HERA LIND

Über alle Grenzen –

Roman nach einer
wahren Geschichte

DIANA

Vorbemerkung

Dieses Buch erhebt keinen Faktizitätsanspruch. Es basiert zwar zum Teil auf wahren Begebenheiten und behandelt typisierte Personen, die es so oder so ähnlich gegeben haben könnte. Diese Urbilder wurden jedoch durch künstlerische Gestaltung des Stoffs und dessen Ein- und Unterordnung in den Gesamtorganismus dieses Kunstwerks gegenüber den im Text beschriebenen Abbildern so stark verselbstständigt, dass das Individuelle, Persönlich-Intime zugunsten des Allgemeinen, Zeichenhaften der Figuren objektiviert ist.

Für alle Leser erkennbar erschöpft sich der Text nicht in einer reportagehaften Schilderung von realen Personen und Ereignissen, sondern besitzt eine zweite Ebene hinter der realistischen Ebene. Es findet ein Spiel der Autorin mit der Verschränkung von Wahrheit und Fiktion statt. Sie lässt bewusst Grenzen verschwimmen.

Sollte diese Publikation Links auf Webseiten Dritter enthalten, so übernehmen wir für deren Inhalte keine Haftung, da wir uns diese nicht zu eigen machen, sondern lediglich auf deren Stand zum Zeitpunkt der Erstveröffentlichung verweisen.

Verlagsgruppe Random House FSC® N001967

Taschenbucherstausgabe 09/2020
Copyright © 2019 by Diana Verlag, München,
in der Verlagsgruppe Random House GmbH,
Neumarkter Straße 28, 81673 München
Umschlaggestaltung: t.mutzenbach design, München
Umschlagmotive: © GettyImages/Dev Carr/Raimund Linke/Ulrich Baumgarten;
Shutterstock/Ssokolov/Triff/paul prescott/Craig Sterken/Rasica/
ESB Professional/xpixel/Roman Samborskyi/Valua Vitaly
Autorenfoto: © Erwin Schneider, Schneider Press
Herstellung: Helga Schörnig
Satz: Leingärtner, Nabburg
Druck und Bindung: GGP Media GmbH, Pößneck
Printed in Germany
Alle Rechte vorbehalten
ISBN 978-3-453-36075-4

www.diana-verlag.de
Dieses Buch ist auch als E-Book lieferbar.

1

Neumünster, 16. Oktober 2010

»Nebenan! Trauen Sie sich ruhig, er beißt nicht!«

Die nette weißblonde Pflegerin im hellblauen Kittel hatte alle Hände voll zu tun. Sie wies mit dem Kinn auf die nächste Tür in dem Pflegeheim, das ich zaghaft betreten hatte. Jahre hatte ich intensiv nach meinem Bruder gesucht. Er hatte uns alle in die Katastrophe gestürzt, aber nicht mit Absicht. Nein, Lotte, er konnte nie etwas dafür!, sprach ich mir Mut zu.

Vorsichtig klopfte ich an. Die Tür war nur angelehnt. Wie von Geisterhand öffnete sie sich einen Spalt. Der Geruch nach Desinfektionsmitteln und altem Mann ließ mich erschaudern.

Ich atmete tief durch. Jetzt war der Moment gekommen, auf den ich über dreißig Jahre gewartet hatte. Jetzt würde ich ihn alles fragen können.

Noch einmal klopfte ich zaghaft, um ihn nicht zu erschrecken. Möglicherweise schlief er ja?

Sanft schwang die Tür vollends auf. Ich straffte die Schultern und hielt die Luft an.

»Hallo Bruno? Ich bin's, Lotte!«

Ein Bett mit Schutzgitter, ein Schrank, ein Nachttisch. Über dem Bett ein Galgen. Die Wände in Beige gehalten. Ein Kaktus, eine Schnabeltasse, ein Teller mit bräunlich angelaufenen Apfelschnitzen.

Am Fenster stand ein Rollstuhl. Darin saß ausgemergelt ein alter Mann mit spärlichem weißen Haar und starrte ins Leere. Seine faltige Haut war grau.

»Bruno?«

Fassungslos sank ich vor diesem Häuflein Elend auf die Knie. Mein Herz hämmerte.

Nein. Ich hatte mir vieles ausgemalt, aber nicht das hier.

Mühsam hob der verhärmte Mensch, der mein Bruder sein sollte, den Kopf. Aus seinem halb offenen Mund kam ein Laut des Erstaunens.

Seine glanzlosen Augen hatten Mühe, meinen Blick zu halten. Dann verzogen sich seine schmalen Lippen zu einem Lächeln. Hatte er mich erkannt?

»Bruno? Ja, da staunst du, was? Ich bin's, deine Schwester Lotte!«

Aus seinem Mundwinkel seilte sich ein Speichelfaden ab. Er versuchte, den Arm zu heben, um ihn abzuwischen, aber es gelang ihm nicht. Schnell griff ich nach einem Handtuch, das über der Stuhllehne hing.

»Du machst ja Sachen!« Ich tupfte an ihm herum wie eine Mutter an ihrem Kind.

Sekundenlang starrten wir uns an. Plötzlich begann seine Unterlippe zu zittern, und aus seinen trüben Augen kamen kleine Rinnsale, die durch sein ausgemergeltes Gesicht pflügten und in seinem ungepflegten Bart versickerten. Er war sichtlich bewegt.

»Bruno, es hat Ewigkeiten gedauert, bis ich dich gefunden habe!«, quasselte ich los. Bloß nicht selbst losheulen jetzt! »Kein Mensch wusste, wo du steckst, und Paul meinte – du weißt doch noch, wer Paul ist, nicht wahr? Mein Mann! Also Paul meinte, übers Internet müsste es doch möglich sein, dich zu finden. Schließlich warst du mal berühmt!«

Ich biss mir auf die Lippe. Offensichtlich war er es jetzt nicht mehr. Kein Mensch scherte sich noch darum, wer Bruno Alexander einmal gewesen war. Ein berühmter, erfolgreicher Geiger, der ganze Konzertsäle gefüllt hatte und den wir im Fernsehen bewundert hatten.

»Wir haben dich gegoogelt, aber nichts Aktuelles über dich gefunden …«

Wie denn auch. Mein Bruder Bruno war seit Jahren eine gescheiterte Existenz. Nur durch die spärlichen Auskünfte seiner inzwischen erwachsenen Kinder, die nichts mehr von ihm wissen wollten, waren wir schließlich auf die Idee gekommen, sämtliche Pflegeheime abzutelefonieren, die in der Nähe seines letzten bekannten Wohnsitzes lagen. Und so waren wir auf dieses hier gekommen. Hier war mein armer Bruder also gestrandet.

Ich zog mir einen Stuhl heran und setzte mich ganz nah zu ihm. Seine mageren Beine steckten in alten Jogginghosen, denen ein eindeutiger Geruch entströmte. Die Pflegerin hatte mir schon gesagt, dass er Windeln trage. Mein Blick glitt zu seinen Füßen hinunter, die in offenen Gummisandalen steckten. Seine Zehennägel waren gelb und verbogen. Ein verwahrlostes Bündel Einsamkeit und Elend vegetierte hier vor sich hin. Wie hatte Bruno nur so tief sinken können … und warum hatte er alle Menschen verloren, die ihn einmal geliebt hatten?

Eine Welle von Scham und Reue überzog mich. Viel zu lange hatte ich damit gewartet, ihn endlich zu finden! Warum hatte ich nur so lange gezögert! Weil ich ein Wiedersehen mit ihm fürchtete. Weil ich Angst davor hatte, die ganze Wahrheit zu erfahren. Weil ich mit mir und meiner Familie vollauf beschäftigt gewesen war.

Ich nahm seine magere Hand. »Bruno, es tut mir leid, dass es so weit mit dir gekommen ist. Deine Exfrau Kati wollte gar nicht mit mir reden, aber sie hat auch nicht wirklich gewusst, wo du abgeblieben bist. Ihr habt ja seit Jahren keinen Kontakt mehr oder?«

Bruno schwieg. Sein Blick war gesenkt.

Ich räusperte mich. »Und deine Kinder waren auch nicht sehr kooperativ.«

Brunos Stirnfalte zwischen den buschigen Augenbrauen vertiefte sich. Okay. Vermintes Gelände. Kati und die Kinder vielleicht nicht weiter ansprechen.

Ich fühlte mich, als hätte ich mit einer Axt auf ihn eingedroschen. Oje. Das hatte ich doch nicht gewollt! Aber so ganz unschuldig war Bruno auch nicht am Zerfall unserer Großfamilie. So harmlos wie möglich plauderte ich weiter.

»Bereits vor Jahren habe ich immer mal wieder bei verschiedenen Behörden angerufen und die Einwohnermelderegister durchforstet, aber du warst nirgendwo mit einem festen Wohnsitz gemeldet. Und dann kam immer wieder was anderes dazwischen, du erinnerst dich vielleicht, dass Paul und ich zwei Töchter haben ... Bruno?«

Er hatte die Augen geschlossen, und sein Kopf war zur Seite gefallen. Schluss mit diesem sinnlosen Geplapper! Das klang ja alles nach Vorwürfen, und das wollte ich doch nicht. Ich wollte nur die erste Verlegenheit überspielen und meine Aufregung auch! Schließlich hämmerte mir das Herz bis zum Hals, und meine Beine zitterten wie Espenlaub, als stünde ich ganz allein auf einer großen Bühne und hätte meinen Text vergessen.

Allein die Vorstellung, den eigenen Bruder nach so langer Zeit in so einem hilflosen Zustand wiederzufinden und dann sofort auf alle Fragen eine Antwort haben zu wollen!

Erschöpft sank ich auf meinem Stuhl in mir zusammen. Die lange Bahnreise vom Chiemsee bis in diese norddeutsche Kleinstadt hatte mich ermüdet. Ich hatte vier Mal umsteigen müssen.

Bruno, dachte ich erschüttert. Du kannst gar nicht mehr richtig sprechen, wie es scheint. Wie naiv war ich eigentlich, davon auszugehen, dass du mir jetzt lückenlos dein ganzes Leben erzählen würdest. Ich atmete tief durch und zwang mich zu Geduld.

Minutenlang hielt ich einfach schweigend seine Hand, die Hand eines Bruders, von dem nur noch diese alte kaputte Hülle übrig war. Vergeblich suchte ich nach Ähnlichkeiten zu früher.

Das also war Bruno. Mein einst heiß geliebter, mutiger, schöner, übermütiger, lebenshungriger großer Bruder. Unsere Mutter und wir vier Schwestern hatten ihn vergöttert, uns darum gerissen, wer ihm vor seinen Auftritten die Schuhe putzen durfte, waren im Konzertsaal vor Stolz und Rührung regelrecht hinweggeschmolzen. Hatten uns die Hände wund geklatscht, seinen Erzählungen gelauscht wie eine fromme Gemeinde dem Pfarrer in der Kirche. Hatten uns vor Lachen gebogen, wenn er heimlich zu Hause den Genossen Honecker nachmachte. Bis er unser Leben durch eine einzige, unüberlegte verrückte, nein, völlig wahnsinnige Aktion aus den Fugen gerissen, um nicht zu sagen zerstört hatte: Bruno hatte unsere Familie für immer zerstört.

Und doch empfand ich nichts als Liebe für ihn. Wie gesagt, er konnte schließlich nichts dafür, hatte das zumindest so nie beabsichtigt und war an seinen Schuldgefühlen regelrecht zerbrochen. Er hätte alles dafür gegeben, es rückgängig zu machen. Doch das ging nicht mehr. Er hatte nicht mehr lange zu leben. Aber die Zeit, die ihm noch blieb, wollte ich mit ihm teilen. Darum war ich hier. Ich hatte es unserem Vater auf dem Sterbebett versprochen. Dass ich nach ihm suchen und ihn nie mehr im Stich lassen würde.

Meine Augen füllten sich mit Tränen. Sanft streichelte ich seine Hand, bat ihn im Stillen um Verzeihung.

»Bruno, wir sitzen alle seit Jahren in Bayern, und da finde ich dich ausgerechnet im nördlichsten Zipfel Deutschlands! Was hat dich nur hierher verschlagen?«

Keine Antwort. Mein Bruder konnte oder wollte nicht mehr sprechen.

Hastig kramte ich in meiner Handtasche nach einem

Taschentuch. Schnäuzte hinein, zerknüllte es in meinen schweißnassen Fingern.

»Du hast immer nur aus Liebe gehandelt, Bruno, das weiß ich! Auch wenn dann alles komplett schiefgelaufen ist.«

Bruno reagierte nicht mehr. Die Last der Erinnerungen schien ihn wie ein Erdrutsch begraben zu haben. Er stellte sich tot. Sein Atem ging schwach. Trotzdem: Immerhin hatte ich ihn überhaupt noch lebend gefunden!

Fast eine Stunde saß ich bei ihm, nahm jede Falte, jedes Haar und jeden Bartstoppel in mir auf und ließ unsere gemeinsame Vergangenheit vor meinem inneren Auge vorbeiziehen.

»Weißt du noch, wie wir zusammen auf dem Elefanten geritten sind?« Ich stupste ihn an. »Die dicke Berta!«

Ein winziges Lächeln breitete sich auf seinem Gesicht aus. Seine Mundwinkel zuckten wie bei einem schlafenden Säugling. Dann entglitten ihm die Gesichtszüge wieder, und mit halb geschlossenen Lidern starrte er ins Nichts.

Schließlich stand ich leise auf, schlich mich aus dem Zimmer und zog sanft die Tür hinter mir zu.

Die Pflegerin machte sich gerade an einem Rollwagen mit Medikamenten, Schnabeltassen, Windeln und Bettpfannen zu schaffen. Im Flur schlurften ein paar alte Menschen mit Rollatoren auf und ab. An der Wand saßen weitere Insassen in Rollstühlen und stierten vor sich hin. Weiter hinten an einem Tisch spielten die Aufgeweckteren mit einer Betreuerin, die ein Kopftuch trug, »Mensch ärgere dich nicht«.

»Kann ich Sie mal einen Moment sprechen?«

»Natürlich. Kommen Sie mit auf den Balkon. Ich muss dringend eine rauchen.«

Die weißblonde Pflegerin, die laut Namensschild am üppigen Busen »Melanie« hieß, wühlte in ihren Kitteltaschen bereits nach Zigaretten.

Auf dem Balkon mit Blick auf trostlose Lagerhallen, Parkplätze, Discountläden und abgeerntete Stoppelfelder ließen wir uns auf zwei Plastikstühlen nieder.

»Schock, was?«

»Das kann man wohl sagen.«

»Wie lange haben Sie ihn nicht gesehen?

»Ich weiß nicht ... weit über dreißig Jahre.«

»Das ist 'ne lange Zeit.« Melanie inhalierte tief und blies den Rauch in die Einöde. »Auch eine?« Sie hielt mir ihre Zigarettenpackung hin. Ich schüttelte dankend den Kopf. »Ich habe meinem Mann versprochen, im Westen keine einzige mehr zu rauchen. Und das habe ich auch geschafft.«

»Wie lange sind SIE denn schon hier?«

»13. Juli 1985«, schoss es aus mir heraus. An diesen Tag erinnerte ich mich besser als an mein eigenes Geburtsdatum. »Wir leben in Bayern.«

»Schöne Gegend.« Melanie nickte anerkennend, legte dann allerdings die Stirn in Falten.

»Aber da stand die Mauer noch.«

»Das kann man wohl sagen.« Ich wühlte in meiner Handtasche nach einem neuen Taschentuch und merkte erst jetzt, wie sehr meine Finger zitterten.

»Und Sie haben Ihren Bruder komplett aus den Augen verloren? Obwohl Sie beide im Westen waren?«

»Das ist eine lange Geschichte. Ich kenne ja nur meinen Teil davon. Ich hatte gehofft, den fehlenden Teil von meinem Bruder zu erfahren. Aber er ist nicht mehr ... derselbe. Deshalb bin ich gerade ein bisschen ... aufgewühlt.«

»In welcher Verfassung war er denn, als Sie ihn das letzte Mal gesehen haben?«, erkundigte sich Melanie.

»Na ja.« Ich schluckte. »Er war ein ganz anderer Mensch. Im Grunde ist mir dieser alte hilflose Mann hier«, ich zeigte mit dem Kinn auf das Zimmer, in dem mein Bruder vor sich hin vegetierte, »... vollkommen fremd.«

Sie zog die Augenbrauen hoch. »Er wird geistig noch voll da gewesen sein. Und jünger und schöner war er auch, nehm ich mal an.« Typisch norddeutscher Humor.

»Das war 1976, kurz vor dem Tod meiner Mutter.« Ich presste die Lippen zusammen und sah wieder diese schrecklichen Bilder vor mir. »Da habe ich ihn für wenige Minuten gesehen, durfte aber nicht mit ihm sprechen.«

»Hä? Warum denn nicht?«

»Er war in Haft. Fünf Jahre lang wegen Republikflucht. Später wurde er dann freigekauft und ausgewiesen. Aus dem Gefängnis freigekauft, verstehen Sie?«

»Ähm, nein?« Melanie war zum Glück zu jung, um sich noch an solche Zeiten zu erinnern.

»Republikflucht? Das heißt, er war schon drüben im Westen? Warum ist er denn in den Osten zurückgekommen?«

»Um unsere sterbende Mutter ein letztes Mal zu besuchen.« Ich musste mir einen Kloß von der Kehle räuspern. »Dabei trug er Handschellen und wurde von vier Vopos bewacht. Er durfte unsere Mutter nicht umarmen und sich auch nicht setzen. Er durfte das angebotene Glas Wasser nicht annehmen und musste den Blick auf den Boden richten.« Schreckliche Erinnerungen durchzuckten mich. »Und ich stand an der Wand. Die Beamten ließen uns nicht aus den Augen, und ich durfte nicht mit meinem Bruder reden. Jetzt kann er nicht mehr mit mir reden.«

Meine Stimme wurde rau wie Schmirgelpapier.

»Wollen Sie nicht doch eine?« Melanie hielt mir erneut ihre Zigarettenpackung hin.

»Nein, danke.« Ich rang mir ein schwaches Lächeln ab. »Aber bitte erzählen Sie mir doch, was Sie über meinen Bruder wissen! Wie ist er hierhergekommen?«

»Ihr Bruder lebte völlig verwahrlost in einer Art Scheune.« Melanie blies Rauch übers Balkongeländer. »Er war ja starker

Alkoholiker und Kettenraucher.« Sie warf ihre Kippe nach unten. »Ich sollte auch aufhören, sehe ja jeden Tag, wohin diese Sucht führen kann. Aber bei dem Stress schaff ich das einfach nicht.«

»Schon gut.« Ich spähte übers Geländer, wo schon ein ganzer Haufen Zigarettenstummel lag. »Mein Bruder hatte in einer Scheune gelebt?«

»Ja, diese Unterkunft hatten ihm wohl seine allerletzten Freunde überlassen, ohne dass er Miete zahlen musste.« Melanie schob die Hände in die Kitteltaschen. »Die haben sich dann aber auch von ihm abgewandt, weil er randaliert hat und frech zu ihnen wurde. Er war irgendwie nicht mehr zurechnungsfähig. Mal aggressiv, mal euphorisch. Einfach seelisch kaputt, wissen Sie?«

»Ja, aber wie ist er bei Ihnen gelandet?«

»Diese sogenannten Freunde haben die Polizei eingeschaltet, um ihn da rauszuklagen. Dann kam die Sozialbehörde ins Spiel. Ihr Bruder bekam einen Betreuer zur Seite gestellt, dem neben der Gesundheits- und Vermögenssorge auch das Aufenthaltsbestimmungsrecht übertragen wurde.«

»Also eine Art Vormund?«

»Ja, genau. Das ist der Herr Berkenbusch. Sehr netter Mann. Und der hat Ihren Bruder hier einweisen lassen. Hier kommt er an keinen Alkohol ran. Er bezieht Sozialhilfe, sodass die Kosten gedeckt sind. Der Betreuer hat uns erzählt, dass Ihr Bruder außerdem eine kleine Rente als Opfer des SED-Regimes erhält. Die wird aber bei der Finanzierung des Heimplatzes nicht als Einkommen angerechnet.«

Ich konnte diese ganzen Informationen kaum verarbeiten. Mein ehemals strahlender Bruder, Liebling meiner Mutter und umschwärmter Musiker, der sich vor Verehrerinnen und beruflichen Angeboten kaum retten konnte, war dermaßen ins soziale Abseits gerutscht?

Ich musste schlucken. »Warum sitzt er denn im Rollstuhl?«

Melanie spielte mit der Zigarettenpackung, sichtlich hin- und hergerissen, ob sie sich noch eine anstecken sollte. »Aufgrund seines offenen Beines und diverser anderer Erkrankungen ist er auf den Rolli angewiesen.« Sie sah auf die Uhr und steckte die Zigaretten in ihre Kitteltasche. »Leider ist die fortschreitende Entzündung in seinem Bein nicht mehr aufzuhalten. Der Arzt, der unsere Insassen hier betreut, sagt, dass er um eine Amputation nicht herumkommen wird. Und die sollte möglichst bald stattfinden.«

Ich sog die kalte Luft ein. »Weiß er das?«

»Keine Ahnung, wir haben es ihm noch nicht gesagt.« Sie stand auf und legte den Kopf schräg. »Ehrlich gesagt haben wir gehofft, Sie würden das tun?«

2

Erfurt, September 1960

»Bruno! Bruuuunooooo!« Jauchzend sprang ich meinem großen Bruder entgegen. Er war zwölf, und ich war zehn. Da kam er! Hätte ich den Triumphmarsch aus der Oper Aida schon gekannt, wäre mir genau dieses Bild vor Augen gestanden: Hoch aufgerichtet und stolz saß der Held meiner Kindheit freihändig auf einem Elefanten. Dieser trottete trompetend seinem Abendfutter im Innengehege entgegen und ließ freudig den Rüssel hin und her schwingen. Die plumpen dicken Füße gruben sich bei jedem Schritt tief in den rötlichen Staub des Erfurter Zoos, der nicht umsonst »Roter Berg« genannt wurde.

»Bruno!« Respektvoll und mit laut klopfendem Herzen blieb ich in gebührlichem Abstand neben dem majestätischen Tier mit den kleinen freundlichen Augen stehen. »Wenn das der Papa sieht!«

»Och, der schimpft schon nicht!« Bruno sah aus wie der kleine Muck, wie er da so lässig auf der dicken Berta thronte. »Gestern bin ich auf einem Kamel heimgeritten, da hat er auch nichts gesagt.«

Unser Vater war hier seit Kurzem Direktor. Dem studierten Tropenmediziner und bisherigen Landtierarzt war dieser Posten überraschend angeboten worden.

Wir – Papa, Mama, Bruno, meine Schwestern Edith und Marianne, Baby Tanja und ich – waren vor einem Jahr mit Sack und Pack aus unserer bayrischen Heimat am Chiemsee aufgebrochen, um im schönen Thüringen ein neues Leben anzufangen. Wir waren auf dem Bauernhof meiner Großeltern mütterlicherseits aufgewachsen und den Umgang mit Tieren und der freien Natur gewöhnt.

»Wir werden in einer prächtigen Villa wohnen!«, hatte unser Vater uns gelockt, das vertraute Paradies am Chiemsee aufzugeben. »Unser Haus steht mitten im Tierpark, auf einem kleinen Hügel! Andere Kinder müssen Eintritt bezahlen und nach ein paar Stunden wieder nach Hause gehen, aber ihr dürft zwischen den Tieren wohnen, mit ihnen spielen und beim Füttern helfen. Na, was haltet ihr davon?«

Wir waren natürlich Feuer und Flamme, während Mama nicht so begeistert von dieser Idee war. Sie liebte den prächtigen Bauernhof ihrer Eltern in Bernau am Chiemsee, ihr Heimatdorf mit der barocken Zwiebelturmkirche und ihre Freundinnen aus Kirchenchor und Trachtenverein. Seit ich denken konnte, lief sie im selbst geschneiderten Dirndl herum wie auch wir vier Mädchen. Bruno, der einzige Sohn meiner Eltern, steckte immer in einer Krachledernen und wurde von allen nur »Burschi« genannt. Unsere Nachmittage verbrachten wir während der Sommerferien im nahe gelegenen Strandbad, wo Burschi uns mit seinen wagemutigen Kopfsprüngen vom Fünfmeterturm beeindruckte, oder im Winter auf der Skipiste bei Ruhpolding, wo Burschi wie der Teufel im Schuss hinuntersauste und jedes Rennen gewann. Und nun sollte unsere Familie in eine fremde Großstadt ohne Berge und Seen ziehen, wo sie diesen komischen thüringischen Dialekt hatten, und dann auch noch inmitten von streng riechenden Raubtieren wohnen, die nachts brüllten, heulten, möglicherweise Krankheiten übertrugen, ausrissen oder sonst was Aufregendes taten?

Papa, der berühmt war für seine misslungenen Kalauer, versuchte, den thüringischen Akzent nachzumachen: »Im Zoo sind die Tiescher gestohlen worden! – Was?? Die scheenen Geenigstiescher? – Nu, die Dischtiescher aus dem Zoorestaurant!«

Wir ahnten schon, dass diese Welt eine sehr fremde für uns sein würde. Mama hatte Tränen in den Augen, aber nicht weil sie so lachen musste, sondern vor Wehmut und Angst.

Die Großeltern tuschelten mit den Nachbarn: »Erst hatten wir Angst, dass er die ganze Familie mit nach Afrika nimmt. Und jetzt verschleppt er sie in den Osten!«

Aber unser Papa schwärmte in den höchsten Tönen von den beruflichen Chancen, die sich für ihn ergeben würden, sowie von Thüringens Rostbratwurst. Außerdem, so sein Hauptargument, könnten wir ja jederzeit zurückgehen, wenn es uns dort nicht gefalle.

Wir können jederzeit zurückgehen – das war das Argument, mit dem er uns Ende der Fünfzigerjahre schließlich überzeugte.

»Wo werdet ihr in Bayern jemals Zebras, Tiger, Pelikane, Krokodile, Affen und Esel zu Gesicht bekommen?«

»Na ja, Affen und Esel jeden Tag«, versuchte meine Mama einen müden Scherz.

Aber dann war es beschlossene Sache. Während der Sommerferien des Jahres 1959 zogen wir um.

Und nun lebten wir schon ein Jahr hier und hatten uns an das aufregende Leben im Erfurter Zoo gewöhnt.

»Wo ist Mama?« Bruno sprang geschickt von der dicken Berta und führte sie am Seil in ihr Nachtquartier. Berta ließ den Rüssel neugierig in seine Jackentasche gleiten, und richtig, er hatte Leckerchen für sie gehortet.

»Bei den Affen.« Ich zeigte zum komplett vergitterten Affengehege. »Sie hat gerade jede Menge Toastbrote mit Marmelade für sie gemacht.«

»Von denen könnte ich auch ein paar verdrücken.« Bruno tätschelte die dicke Berta, dass roter Staub aus ihren Borsten rieselte. »Gute Nacht, mein altes Mädchen. Ich bringe dir später noch was Feines.« Berta strullte bereits in einem festen Strahl auf ihren angestammten Platz an der Mauer und schwang ihren Rüssel zum Abschied hin und her, als wollte sie uns winken.

»Wir haben heute neun Flamingos reingekriegt«, plauderte ich aufgeregt. Mit solchen Neuigkeiten konnte ich die Aufmerksamkeit meines großen Bruders auf mich lenken. »Sie sind hinten im Gewächshaus. Papa ist bei ihnen.«

»Das ist kein Gewächshaus, Dummerchen! Das ist die Quarantänestation. Alle neuen Tiere müssen da erst mal rein, bis Papa festgestellt hat, dass sie keine ansteckenden Krankheiten haben.« Bruno legte den Arm um mich und zog mich zum Affenhaus. »Schau, da liegen noch köstliche Bananen herum.«

»Dürfen wir aber nicht!«

In dieser Hinsicht war unser Papa ganz schön streng. Es war seine Aufgabe und Pflicht, die ihm anvertrauten Tiere artgerecht zu ernähren, zu hegen und zu pflegen. Dafür zu sorgen, dass sich die Neuzugänge gut akklimatisierten. Da konnten wir Kinder manchmal in die Röhre gucken. Eigentlich mussten wir uns auch noch akklimatisieren, denn in Bayern gab es viel mehr Früchte frei zu kaufen als in Thüringen. Aber Papa meinte immer, Kinder seien viel flexibler als exotische Tiere und könnten sich viel leichter anpassen.

»Lotti. Die Affen petzen nicht.« Schon hatte sich Burschi durch den Gitterzaun zwei Bananen geangelt, von denen er mir eine zusteckte. »Und du hoffentlich auch nicht.«

Natürlich nicht. Nie hätte ich meinen heiß geliebten großen Bruder in Schwierigkeiten gebracht.

Die Schimpansen schwangen sich an Lianen zu den Futternäpfen hinunter und rissen an sich, was ihre langen behaarten Finger zu fassen bekamen. Dabei beäugten sie uns mit ihren schwarzen Gesichtern misstrauisch. Völlig angstfrei kokettierte Bruno mit ihnen und schnitt Grimassen. Er konnte ihre Laute und Gesten so gut nachmachen, dass ich mir fast in die Hose machte vor Lachen.

»Vorsicht, da kommt jemand!« Von Weitem hörten wir schon das Getrampel der Kamele und Dromedare, die wie jeden Abend von den Tierpflegern zum Übernachten in den Wirtschaftshof geführt wurden.

»Los jetzt, schnell! Sie haben uns nicht gesehen!« Flink huschte Burschi zwischen den Büschen und Zäunen hindurch zum Haus hinauf, wo noch verschiedene Näpfe, die unsere Mutter mit unseren Schwestern Edith und Marianne zubereitet hatte, auf der Terrasse standen. Sie waren mit Baby Tanja noch beim Füttern, und wir konnten unser übermütiges Unwesen treiben.

Ich kaute noch an der Banane, rannte aber mit eingezogenem Kopf hinter ihm her. Das hier war schöner als Indianer spielen! »Schau, was hier alles rumsteht!« Bruno ließ die Lederhosenträger schnalzen. »Äpfel und Birnen, Bananen,

Pfirsiche und Aprikosen! So was haben die Jungs in meiner Klasse nicht in der Pausentüte.« Er ging seit Neuestem in die sechste Klasse der Polytechnischen Oberschule und ich in die vierte.

»Bruno, wir dürfen nicht ...« Vorsichtig stieg ich über eine Kiste, in der sich weiße Mäuse und Ratten tummelten.

»Papperlapapp! Wir sind doch noch im Wachstum!« Grinsend stopfte er sich die Backen voll, und klebriger süßer Saft rann ihm aus dem Mund. »Hier, kleine Schisserin. So einen Pfirsich kriegst du so bald nicht wieder!«

Wir kauten und schluckten, spielten, wer die Kerne am weitesten spucken konnte. Natürlich gewann Burschi. Er schaffte es in hohem Bogen bis über die Mauer, während meine nur einen Meter vor meinen Füßen in einer Spuckepfütze landeten.

»Was ist denn das hier für ein Kraut?« Bruno beugte sich interessiert über einen Spankorb, aus dem es würzig roch.

»Keine Ahnung? Irgendwas Tropisches?«

»Nee, das riecht nach Knoblauch! Opa sagt immer, der ist ganz besonders gesund und davon wird man steinalt!« Schon sprang er auf. »Den verfüttere ich an Berta! Die soll auch steinalt werden!«

»Burschi, der Papa wird schrecklich schimpfen! Das ist bestimmt für ein anderes Tier bestimmt!«

»Wehe, du petzt!« Blitzschnell griff Bruno in die Kiste, aus der es fiepte und quietschte, und hielt mir am Schwanz eine Ratte vors Gesicht. »Schwör, dass du nicht petzt!«

»Ich schwöre!« Panisch kreischend rannte ich davon, Bruno lachend mit der zappelnden Ratte hinter mir her. Ich wusste, dass er sie mir niemals in den Kragen stecken würde. Er war übermütig und schoss gern über das Ziel hinaus, liebte mich aber abgöttisch und war niemals grausam. Ich war seine Lieblingsschwester. Vielleicht, weil ich altersmäßig am nächsten an ihm dran war: Edith war fünf und Marianne drei Jahre älter als er, und Baby Tanja kam für seine Streiche überhaupt noch nicht infrage.

Keuchend flüchtete ich über die Terrasse ins Haus, zog die Gummistiefel aus und den Kopf ein, weil ein großer bunter Tukan bei uns frei herumflog. Mama erschrak auch jedes Mal wieder von Neuem, wenn sie das Haus betrat. Der Tukan war vor drei Wochen bei uns angekommen und erklärtermaßen Papas Liebling. Er durfte alles, was wir nicht durften: laut kreischen, Bücher aus dem Regal werfen, Essensreste von Tellern picken und sogar von der Lampe aus ein Häufchen fallen lassen. Papa entschuldigte das damit, dass der tropische Vogel sonst Heimweh bekommen würde.

Ja, und wir? Hatten wir etwa kein Heimweh? Du hast sechs bayrische Urviecher nach Thüringen verpflanzt, pflegte Mutter vorwurfsvoll zu sagen.

Die stand zum Glück bald wieder in der Küche und bereitete das Abendessen zu – jetzt endlich für uns Kinder. Klein-Tanja hockte im Laufstall und zog sich am Gitter hoch. Mit großen Augen biss sie in die Stäbe und streckte die Arme nach mir aus. Ich musste mir erst mal die Hände waschen, das war Regel Nummer eins.

Auch wenn Mama hier keine Dirndl mehr trug, sondern praktische, wetterfeste Kleidung, war sie nach wie vor eine schlanke, hübsche Frau mit dunklen Haaren. Sie konnte zupacken und liebte unseren Papa über alles. Auf ihrer Hochzeit in der Zwiebelturmkirche am Chiemsee hatte eine Sängerin gesungen: »Wo du hingehst, da will auch ich hingehen, und wo du bleibst, da bleibe auch ich.« Das hatte unsere Mama uns immer wieder mit feuchten Augen erzählt.

Das war ein Versprechen, das sie wörtlich nahm. Sie wäre auch mit ihm nach Afrika gegangen, aber jetzt war es Erfurt geworden.

»Servus, Lottchen, du kannst Edith helfen, Tanja zu füttern, oder mit Marianne den Tisch decken!« Mama wendete geschickt die bayrischen Speck-Pfannkuchen. Sie wirbelte herum. »Wo ist Burschi? Er hat heute noch keinen Ton Geige geübt!«

Mamas erklärter Liebling war musikalisch sehr begabt und bekam als Einziger von uns Musikunterricht. Früher hatte ihn unsere Mama auf Familienfesten stolz als Wunderkind vorgeführt, und wegen der Nähe zu Salzburg war er oft mit dem kleinen Mozart verglichen worden. Unser Bruno hatte schon als Achtjähriger in der heiligen Messe die Orgel spielen dürfen. Seine Beinchen kamen noch gar nicht an die Fußpedale, aber seine emsigen Fingerchen spielten geschickt auf mehreren Tastaturen. Die Leute unten in der Kirche sangen ahnungslos »Großer Gott wir loben dich«, ohne zu wissen, dass oben ein kleiner Junge in Lederhosen die Orgel spielte. Ich kannte diese Szene nur aus einem stummen Schwarz-Weiß-Film, den meine Mama in nostalgischen Momenten hervorholte und abspielte, wobei sie sich mit dem Zipfel der Küchenschürze die Augen wischte. Hier war die katholische Kirche weit weg, und in der Wildnis des Erfurter Zoos war ihr geliebter Burschi gar nicht mehr so fromm und fügsam wie damals in Bayern, sondern leistete sich mehr und mehr pubertäre und nicht ungefährliche Scherze. Vor dem Streichelzoo mit den jungen Ziegen und Eseln geigte er am hochheiligen Sonntag Popsongs von den Beatles, was die Zoobesucher dazu brachte, Geld in seinen Geigenkasten zu werfen.

Papa schämte sich und verbot Burschi solche Ungeheuerlichkeiten. Zur Strafe musste Burschi das Wildschweingehege säubern.

Mitten in der darauffolgenden Nacht schrie unser vor Zorn bebender Papa durchs Treppenhaus.

»Die dicke Berta hat Koliken und schreit vor Schmerzen.

Die stirbt mir unter den Fingern weg! Ich muss einen Spezialisten aus Leipzig anfordern. Wer hat dem Elefanten um Gottes willen Bärlauch zu Fressen gegeben?«

3

Neumünster, Anfang November 2010

»Wie ist es gelaufen, Herr Doktor?«

Paul und ich eilten über den Krankenhausflur einem grün gekleideten jungen Arzt entgegen, der soeben aus dem OP kam. Wir hatten stundenlang vor der Tür gewartet, und uns war von dem vielen Kaffee aus dem Automaten schon ganz schwindelig. Diesmal waren wir die ganze Nacht mit dem Auto durchgefahren.

Der Operateur, das Medizinstudium noch kaum beendet, wie es schien, riss sich den Mundschutz vom Gesicht. Er hatte noch kein Barthaar am Kinn. Sein Pieper in der Kitteltasche meldete sich. »Und Sie sind …?«

»Ach so, Entschuldigung, das hier ist mein Mann Paul Denkstein, und ich bin Lotte Denkstein, die Schwester von Bruno Alexander, Ihrem Patienten.«

Der Chirurg unterdrückte den Pieper. »Dann lassen Sie uns mal eben in mein Sprechzimmer gehen. – Ja, der rechte Unterschenkel ist amputiert worden. Wir waren entsetzt, wie weit die Entzündung schon fortgeschritten war, und haben viel länger gebraucht als gedacht.« Er öffnete eine Tür und ließ uns eintreten. »Wir haben Stunde um Stunde operiert.« Er wies uns zwei Stühle zu. »Der Patient hat auch sehr viel mehr Narkosemittel gebraucht als üblich.«

Sein Magen knurrte hörbar. Ich hätte dem Mann am liebsten das Butterbrot gereicht, das ich vom Frühstücksbuffet des Hotels hatte mitgehen lassen, und das jetzt in einer Tupperdose in meiner Handtasche steckte. Erschöpft ließ er sich hinter seinem Schreibtisch nieder und unterdrückte zum zweiten Mal den Pieper in seiner Brusttasche. »Heute ist der Teufel los, wir sind mit dem OP-Plan völlig durcheinandergekommen.«

Der Arzt sprang wieder auf, entledigte sich seiner grünen OP-Kleidung und nahm einen frischen weißen Kittel aus dem Schrank.

»Wir wollen Sie gar nicht lange aufhalten, Herr Doktor. Wie geht es ihm? Wird er es schaffen?« Auch Paul und ich erhoben uns.

»Seine gesamte Konstitution ist erschütternd schlecht. Sein Körper hat keinerlei Abwehrmechanismen mehr.« Der Arzt fand den Ärmel nicht, und Paul half ihm hinein. »Dennoch halte ich es für besser, dass er nicht zu lange auf der Intensivstation bleibt.«

Auch ich konnte es nicht lassen und strich dem Arzt mit einem zuvorkommenden »Darf ich?« den Kittelkragen glatt. Gleich darauf schämte ich mich für mein übergriffiges Verhalten. »Warum denn nicht?«, fragte ich rasch.

»Das ist auch eine Frage der Kosten.« Der junge Arzt befreite sich sanft aus unserer fast elterlichen Fürsorge. Er steckte einen Kugelschreiber in die Kitteltasche und stand schon wieder an der Tür. »Die Frage, welche Krankenversicherung überhaupt zuständig ist, klären Sie bitte mit der Verwaltung. Wenn Sie mich jetzt entschuldigen würden.«

Sein Pieper ging zum dritten Mal, und er eilte mit wehendem Kittel hinaus.

Tapfer saßen Paul und ich kurz darauf in der Verwaltung. Wir hatten schon so viele Behördengänge hinter uns gebracht,

Seite an Seite unsere Ausreiseanträge durchgekämpft. Da würden wir das hier auch noch schaffen.

»Man hat uns erst gestern in Bernau angerufen, und wir sind sofort hergekommen. Es ist alles so schnell gegangen, wir kennen uns doch gar nicht aus mit seiner Versicherung ...«, erklärte ich der Dame am Computer.

Die hackte in die Tasten, wälzte Akten, telefonierte und rechnete. Ich fühlte mich wie eine elende Bittstellerin, die ihre Hausaufgaben nicht gemacht hat. Oder wie damals, als wir unseren Ausreiseantrag gestellt hatten. Hunderte von Male hatten wir auf Ämtern herumgesessen. Und wir HATTEN unsere Hausaufgaben gemacht! Wenn eine ihre Hausaufgaben macht, dann ich!

Die Tür flog auf, und der Betreuer, ein sehr sympathisch wirkender Mann um die fünfzig in Jeans und Lederjacke, trat ein. Er hatte einen festen Händedruck und eine sonore Stimme.

»Ivo Berkenbusch. Schön, dass Sie gekommen sind. Das wird Ihnen Ihr Bruder hoch anrechnen.«

Er sah uns mitfühlend an. Mir fiel ein Stein vom Herzen. So ein freundlicher und offensichtlich kompetenter Mann hatte sich in den letzten Monaten Brunos verwirrter Seele angenommen!

Eine dünne kleine Praktikantin brachte Tee und Gebäck, und wir nahmen an einem runden Tisch am Fenster Platz. Die Verwaltungsangestellte ging diskret aus dem Zimmer.

»Wie konnte es nur dazu kommen, dass es mit meinem Bruder so steil bergab gegangen ist?« Ich pustete in meine Tasse und wärmte mir die Hände daran. Paul steckte sich heißhungrig eine paar Müsli-Kekse in den Mund.

»Dasselbe wollte ich eigentlich Sie fragen.« Herr Berkenbusch reichte die Zuckerdose herum. »Ich habe ihn in völliger Verwahrlosung vorgefunden, als die Besitzer der Scheune ihn rausklagen wollten.« Er warf ein Zuckerstückchen in seine

Tasse und rührte um. »Er war geistig schon sehr verwirrt und kaum noch ansprechbar. Er ernährte sich ausschließlich von Alkohol und Zigaretten, war bereits inkontinent.« Ich wollte gerade in ein Hirseplätzchen beißen, ließ es aber wieder sinken. »Auch im Pflegeheim hat er sich immer gegen Körperreinigung gewehrt und nach dem Personal geschlagen und getreten.«

»Er hat Schreckliches erlebt«, erklärte ich. »Wir wissen nicht genau was, aber ...«

Hilfesuchend sah ich zu Paul hinüber. »In der DDR war er lange im Gefängnis.«

»Lotti. Das ist eine andere Geschichte. Wir sollten Herrn Berkenbusch damit nicht belasten.« Paul wischte sich mit dem Handrücken über die Augen. »Was machen wir nur mit ihm?!«

»Nachdem Sie sich nach all den Jahren wiedergefunden haben, habe ich mir diese Frage auch schon gestellt«, sagte Herr Berkenbusch. »Sie wohnen ja so ziemlich am anderen Ende von Deutschland!«

Ich sah Paul ein paar Sekunden fest in die Augen und spürte an seinem warmen Blick, dass er guthieße, was ich gleich sagen würde.

»Ich denke, wir holen meinen Bruder zu uns nach Bayern. Dort gibt es auch gute Pflegeheime.«

Beide Männer sahen mich eine Weile schweigend an.

War ich mir der Tragweite meiner Worte bewusst?

Herr Berkenbusch blickte bedächtig in seine Tasse. »Das ist eine sehr noble Haltung von Ihnen, liebe Frau und lieber Herr Denkstein. Aber Sie sollten nichts überstürzen. Ich erinnere die eifrigen Angehörigen in solchen Situationen gerne an den jungen Hund, den man sich zu Weihnachten anschafft, und der dann später an der Autobahn ausgesetzt wird.«

»Aber ...« Ich fasste mir an den Hals. Mir blieb die Luft

weg. »Wir setzen doch meinen Bruder nicht an der Autobahn aus!« Mein Mund war ganz trocken.

»Nein, das war natürlich nur eine Metapher ...«

»Aber eine schlechte.« Ich hustete.

Paul klopfte mir beruhigend auf den Rücken. »Herr Berkenbusch hat recht, Lotti. So ein Schritt muss wohlüberlegt sein. Wenn wir Bruno zu uns nehmen, dann für immer. Dann gibt es kein Zurück mehr.« Prüfend sah er mich an.

»Aber ich kann ihn doch jetzt nicht mehr im Stich lassen! Ich hab es Vater auf dem Sterbebett versprochen!«

»Sie können sich das ja noch in Ruhe überlegen.« Herr Berkenbusch sah auf die Uhr: »Ich muss noch zu einem anderen Fall.«

Als er weg war, beruhigte mich Paul: »Lotti, bleib cool. Kein Mensch hat die Absicht, Bruno im Stich zu lassen.«

4

Erfurt, 15. Juni 1961

»Niemand hat die Absicht, eine Mauer zu errichten!«

Unsere Familie hockte geschlossen vor dem Schwarz-Weiß-Fernseher in unserer Villa im Erfurter Zoo. Wir starrten auf diesen komischen Opa mit der Fistelstimme, der meine Eltern so in Angst und Schrecken versetzte. Edith hörte auf, sich Mamas Nagellack auf die Finger zu klecksen, Marianne hatte gerade eine Kaugummiblase gemacht und ließ sie platzen, während ich versuchte, meine zweijährige Schwester Tanja in Schach zu halten, indem ich ihr mit einem Stofftier vor der Nase herumwedelte.

Bruno, damals dreizehn, saß auf der Kante eines Sessels und zupfte an seiner Geige herum.

»Seid doch mal ruhig, Kinder!«

Papa lief so aufgeregt hin und her, dass das Parkett ohrenbetäubend knarzte. Bruno klimperte ungerührt weiter, was Papa zur Weißglut brachte. Er riss ihm das Instrument aus der Hand und knallte es etwas zu unsanft auf die Anrichte. Mama hatte ihre Näharbeiten in den Schoß gelegt und sandte ihm einen strafenden Blick.

»Aber für uns gilt dieser Quatsch sowieso nicht. Wir sind doch Bayern!«, verkündete Bruno.

»Halt den Mund, Junge! Das verstehst du nicht!«

»Und ob ich das verstehe! In der Schule versuchen sie schon die ganze Zeit, mich umzuerziehen. Von wegen Junge Pioniere mit ihrem bescheuerten Halstuch und dem Schlachtruf ›Immer bereit!‹«

Mama legte beruhigend die Hand auf Brunos Arm, aber der hörte nicht auf, Papa zu provozieren.

»Ich sag den Idioten immer wieder, dass wir nicht mitmachen bei dieser sozialistischen Scheiße und dass sie mich mal am Arsch lecken können.«

»Gell, Werner, wir können doch jederzeit zurück?« Mama sah Papa besorgt an, und in ihren warmen braunen Augen standen Tränen. Ihre sonst so sanfte Stimme klang fast ein bisschen hysterisch.

Der war ganz rot geworden, und seine Halsschlagader pulsierte. »Bruno, dass du mir jetzt in der Schule kein falsches Wort sagst, verstanden?«

»Ja aber …«

»Verstanden?!«, herrschte Papa ihn an. Tanja fing an zu brüllen, und Mama stand auf, um sie aus dem Laufstall zu heben. Unsere älteren Schwestern hielten vorsorglich die Klappe, und ich natürlich auch.

»Was denn für ein falsches Wort, Mann?« Brunos Stimme kiekste trotzig.

Papa blieb hinter ihm stehen und legte ihm die Hände auf die Schultern. Das sah gar nicht zärtlich aus, sondern eher bedrohlich.

»Zum Beispiel das Wort ›Deutschlandfunk‹, klar? Hör auf, dich damit wichtigzumachen, dass wir hier Westfernsehen schauen, ja? Behalte deine Weisheiten für dich!«

»Aber wieso denn?!« Bruno entwand sich unwillig aus Papas Umklammerung und schlug die väterliche Hand von der Schulter wie ein lästiges Insekt.

Wir Schwestern erstarrten. Das hätten wir niemals gewagt.

Vater war so in Rage, dass er unserem Bruder fast eine Ohrfeige verpasst hätte.

»Du, Bursche, ich hab das mit dem Bärlauch und den Koliken von der Berta noch nicht vergessen, ja? Ich musste mitten in der Nacht den Professor Dr. Dr. Lorenz aus Leipzig herkommen lassen, weil die Elefantenkuh sonst elendiglich verreckt wäre. Außerdem habe ich eine eindringliche Verwarnung erhalten. Noch so ein Vorkommnis und ich kann meinen Job hier vergessen – und ihr alle das schöne Leben in der Villa im Zoo!«

»Au ja, dann ziehen wir eben wieder nach Bayern!«

Der Bruno traute sich aber was! Nur in Mamas Augen funkelten Anerkennung und Stolz. Sie lächelte ihrem Burschi verstohlen zu.

Wir zogen alle die Köpfe ein. Abgesehen davon, dass Papa in letzter Zeit wirklich oft gereizt war und das Thema Ost- und Westdeutschland ständig in Streitgesprächen meiner Eltern präsent war, hatte die Berta-Missetat das Vater-Sohn-Verhältnis nachhaltig beeinträchtigt. In Vaters Augen war Bruno ein Taugenichts und eitler Wichtigtuer. Mit seiner Musik und seinem Charme war er immer mehr zu Mutters Liebling geworden, und der bayrische Geist verband die beiden stärker als je zuvor.

»So, und weil wir gerade beim Thema sind: Dem Professor Dr. Dr. Lorenz schulde ich noch einen Gefallen!« Schnaubend riss unser Vater seinen Autoschlüssel vom Haken. »Ich muss nach Leipzig.«

»Aber Werner, was willst du denn da?!« Mutter umarmte schützend uns Kinder, während Bruno in seiner pubertären Penetranz schon wieder die Geige bearbeitete. Auch wenn es schöne Töne waren, marterten sie doch mein kindliches Harmoniebedürfnis.

»Der Professor ist in den Sommerurlaub nach Ungarn gefahren und hat es nicht mehr geschafft, ein Paket für seine Mutter zur Post zu bringen.«

»Aber wieso bringst du ein Päckchen für den Professor zur Post? Das ist nicht deine Aufgabe, du bist doch nicht sein Laufbursche!«

»Seine Mutter wird achtzig, und das Radio in dem Päckchen ist ein Geschenk für sie.«

»Werner, ich würde das nicht ...« Papa wischte ihren Einwand beiseite.

»Sie hört so gerne Opern. Seine Haushälterin weiß Bescheid und erwartet mich heute.«

»Du bist aber ein netter Mann«, erwiderte meine Mutter sanft. »Extra dafür nach Leipzig zu fahren – und das ausgerechnet jetzt, wo sich die politische Situation so zuspitzt.«

Papa wirbelte herum. »Ich bin einfach nur ein Mann, der sein Wort hält.« Dabei blitzte er Bruno zornig an. »Ich tue ihm diesen kollegialen Gefallen, so wie er mir einen sehr großen Gefallen getan hat, als er die Berta gerettet hat.« Ein letzter schneidender Blick in Richtung Bruno. »Und wehe, du machst noch mal Ärger, junger Mann. Wir können dich auch in ein Internat stecken.«

Schon war mein Vater in seinen alten Mercedes gestiegen und brauste über den rötlichen Staub davon. Bei uns herrschte daraufhin ziemlich dicke Luft. Wir spürten alle, dass unser Papa unter Hochdruck stand und dass er sich die Schuld daran gab, dass wir jetzt hier in Erfurt in so einer brisanten Situation steckten. Sie würden doch keine Mauer bauen…?

Mama verging vor Angst, und wir Kinder zitterten und weinten. Burschi tröstete Mama, so gut er konnte, und machte sich nützlich. Er war wie ausgewechselt, auf einmal der Mann im Haus.

Drei Tage und drei Nächte kam Papa nicht wieder. Es war Hochsommer, der rote Staub klebte uns auf der Haut. Mit jeder Minute, die wir kein Lebenszeichen von ihm hatten, wuchs unsere Panik.

»Dem Papa wird doch nichts passiert sein?!« Händeringend stand unsere arme Mama am Fenster und wusste weder ein noch aus. Sie schlief drei Nächte nicht.

Es waren schreckliche Tage, in denen wir versuchten, unserer Mutter alle Arbeit abzunehmen und nur auf leisen Sohlen durch das Haus zu schleichen.

Bruno übernahm die härteren Arbeiten wie Holz hacken, Gitter schließen, Tiere versorgen.

Am frühen Morgen des vierten Tages kam ein völlig erschöpfter, halb verdursteter Papa ohne Jackett und ohne Gürtel in der Hose barfuß den staubigen Hügel heraufgewankt. Wie eine Fata Morgana. Unsere Mama stand am Fenster und schrie auf. Noch im Nachthemd lief sie ihm entgegen. Wir Kinder standen auf der Terrasse und hörten beide laut weinen. Sie fielen sich in die Arme und schluchzten fassungslos. Unsere starken Eltern waren nur noch ein Häufchen Elend!

Erst später in der Küche bekam ich aus aufgeregten Gesprächsfetzen mit, was passiert war. Papa saß zusammengesunken am Tisch und nahm durstige Schlucke. Essen konnte er nichts. Er war nach Leipzig gefahren, und dann?

»Die Haushälterin hat die Tür nur einen Spalt aufgemacht

und mir das Paket gereicht, ohne mich reinzubitten«, erzählte Papa erschüttert. »Ich konnte aber durch den Spalt sehen, dass alle Möbel im Wohnzimmer mit einem weißen Tuch abgedeckt waren. Als ich gefragt habe, was das zu bedeuten hat, meinte sie, es kommt der Maler, während der Professor im Ungarnurlaub ist.«

Gierig trank er das Wasser mit Zitronensaft, das Mama ihm hingestellt hatte.

»Ich bin dann mit dem Paket zum Postamt gefahren, genau wie der Professor mich beauftragt hat. Schon beim Zoll haben sie mich verhaftet. Vier Männer haben mich in einen Lada gezerrt, und dann wurde ich zum Verhör in ein dunkles fensterloses Haus gebracht. Sie haben mich drei Tage und drei Nächte lang in eine Zelle gesteckt, ohne Gürtel, ohne Krawatte, ohne Schnürsenkel ...« Er schluchzte schon wieder, und wir Kinder rissen die Augen auf und starrten ihn an wie einen Fremden. Das war doch nicht unser kluger Papa, der stets perfekt gekleidet war und immer Rat wusste?!

»Das Radio war nur eine Attrappe«, erzählte Papa stockend. »Im Gehäuse waren Westgeld, Medizintechnik der Firma Zeiss, Jena, und geheime Forschungsdokumente der Uni Leipzig!« Sein Gesicht war eingefallen und aschfahl, und unter seinen Bartstoppeln sah er völlig fremd aus. »Der gute Kollege hat sich in den Westen abgesetzt, und ich sollte ihm seine berufliche Existenz sichern!«

»Werner, mein armer Mann!« Mutter hing förmlich an seinem Mund. »Und wie ging's dann weiter?!« Bruno hockte im Hintergrund auf der Anrichte und spielte mit seiner Gummiflitsche. Ich spürte, dass er sich eine Teilschuld gab. Hätte er Berta nicht vergiftet, hätte Papa diesem Mann keinen Gefallen geschuldet und wäre auch nicht in diese entwürdigende Situation geraten!

Mein Papa versicherte den Stasi-Leuten unter Todesangst

immer wieder, nicht gewusst zu haben, dass das Radio präpariert gewesen sei. Er habe dem Professor noch einen Gefallen wegen der Rettung seiner Elefantenkuh geschuldet. Sie glaubten ihm nicht. Papperlapapp! Elefantenkuh! Bärlauch! Koliken! Was hatte diese hanebüchene Geschichte denn mit Papas Schmuggelversuch zu tun?! Ein Spion war er, ein Landesverräter! Sie gingen ziemlich unsanft mit ihm um, ließen jede Spur von Menschlichkeit vermissen. Ohne Essen und Trinken wurde er in die fensterlose Zelle gesperrt, das Licht blieb Tag und Nacht an. Seine Notdurft musste er in einen Eimer verrichten. Immer wenn er vor Erschöpfung eingenickt war, rissen sie ihn wieder aus dem Schlaf. Dann ging die Befragung von Neuem los. »Was haben Sie mit dem Paket zu tun? Warum haben Sie es zur Post gebracht? Welche Informationen haben Sie noch in den Westen geschmuggelt? Was war Ihr weiterer Plan? Wer wusste noch davon?«

Vater war nur noch müde und stierte vor sich hin. Seine Augen waren gerötet und brannten von dem grellen kalten Licht, sodass er nur noch hauchen konnte: »Ich wusste von nichts!«

»Erst am dritten Tag kam ein Telegramm vom Professor Dr. Dr. Lorenz aus Westberlin, das mich entlastet hat«, beendete Vater seinen dramatischen Bericht.

»Er schrieb, ich hätte wirklich keine Ahnung vom Inhalt des Pakets gehabt. Endlich haben sie mir geglaubt. Endlich war bewiesen, dass ich mit der Sache nichts zu tun habe. Gestern, am späten Abend, haben sie mich endlich ins Freie geschubst. Ich hatte keinen Pfennig Geld, kein Auto, keinen Ausweis und keine Schuhe mehr. Ich bin einfach die Landstraße Richtung Erfurt entlanggelaufen. Ein Lastwagen hat mich auf der Ladefläche mitgenommen, wo ich bis kurz vor Erfurt wie ein Stein geschlafen habe. Den Rest bin ich zu Fuß gegangen.«

Und da war er nun, unser geliebter Papa und erinnerte an

einen Kriegsheimkehrer. In gerade mal drei Tagen hatten sie ihn zu einem Wrack gemacht.

Wir waren alle völlig erschüttert, und Mama konnte gar nicht aufhören zu weinen.

Wenige Tage später zog ein neuer Zoodirektor mit seiner Familie in unsere Villa.

Mein Papa war gefeuert.

Und wir mussten umziehen. Jedoch leider nicht zurück nach Bayern. Ich war noch ein Kind und verstand nicht, warum. Es hatte irgendwas mit diesem Opa zu tun, der behauptete, dass niemand die Absicht habe, eine Mauer zu bauen. Stattdessen bezogen wir eine Dreizimmermietwohnung an einer Hauptverkehrsstraße im fünften Stock. Die Toilette lag auf halber Treppe und wurde von weiteren Mietern benutzt. Natürlich hatte die Wohnung auch keinen Garten. Unten rasselte die blassgelbe Straßenbahn um die Kurve, und Menschenmassen schoben sich vorbei. Aber zum Domplatz waren es nur fünf Minuten zu Fuß.

5

Neumünster, 19. November 2010

»Der Mitpatient da draußen auf dem Flur schafft schon fünf Minuten zu Fuß!«

Ich saß bei meinem apathisch wirkenden Bruder Bruno am Bett und schwärmte ihm etwas von einer Prothese vor, die ich gerade bei einem Patienten auf dem Gang gesehen hatte. »Glaub mir, Bruno, so eine Unterschenkelprothese ist heute gar nichts Besonderes mehr. Du kannst das Laufen durchaus wieder lernen! Wir helfen dir dabei. Der Physiotherapeut ist schrecklich nett und meinte auch, dass ... Bruno? Bruno! Geht es dir nicht gut?«

Bei meinem Eintreten hatte mein Bruder freudig gelächelt, sodass ich ihn gleich mit meinem Optimismus anstecken wollte, aber jetzt lag er plötzlich so komisch verdreht da. Ein Auge war offen, das andere geschlossen. Speichel lief ihm aus dem Mund, und sein Atem ging röchelnd.

Panisch sprang ich auf und drückte die Notklingel.

»Schwester! Hier stimmt was nicht! Eben war er doch noch ansprechbar!«

Die Schwester drückte sofort auf den Pieper, und ein Arzt eilte herbei.

»Wir machen eine Notfall-CT.« Schon wurde mein Bruder hinausgeschoben.

Mit zitternden Knien schlüpfte auch ich aus der Tür. Hatte ich das angerichtet? Mit meinem euphorischen Geschwätz? Ich wollte Bruno doch nur Mut machen!

Oh Gott. Da stand ich nun, mein Herz hämmerte. Sofort rief ich Paul an, der heute morgen nach all der Aufregung erst mal eine Runde joggen wollte. Von wegen! Keuchend versprach Paul, auf dem Absatz kehrtzumachen und sofort ins Krankenhaus zu kommen.

Kurz darauf wurde Bruno bereits von mehreren Personen im Eilschritt zum Aufzug geschoben, der die Belegschaft zum Nothubschrauber aufs Dach brachte.

»Schlaganfall!«, rief mir die Schwester über die Schulter zu. »Ihr Bruder wird in die Neurologie nach Kiel geflogen.« Mein Mund war ganz trocken. Was sollte ich tun? Da hörte ich schon die Schritte meines geliebten Mannes auf der Treppe, der immer zwei Stufen auf einmal nahm.

Mit dem verschwitzten Paul, der sich gerade noch die Kopfhörer aus den Ohren reißen konnte, preschte ich in unserem Wagen nach Kiel. »Ich will unbedingt beim Aufnahmegespräch dabei sein! Bruno kommt bestimmt um vor Angst! Er muss spüren, dass ich bei ihm bin! Ich habe ihm versprochen, ihn nie wieder im Stich zu lassen.«

Paul legte mir die Hand aufs Bein. »Lotti, beruhige dich. Mit deiner Panik hilfst du deinem Bruder auch nicht.« Mit quietschenden Bremsen kamen wir vor der Neurologie zum Stehen. Während Paul den Wagen parkte, rannte ich hinein. Da stand die fahrbare Pritsche mit meinem leblosen Bruder im Gang. »Bruno! Ich bin hier! Hab keine Angst, ich bin bei dir!«

»Kommen Sie bitte! Hier entlang.« Eine Schwester geleitete Bruno und mich in die Notaufnahme. Ich ließ Brunos Hand nicht los.

Der Neurologe machte mir kaum Hoffnungen, als ich kurz darauf vor ihm saß. »Seit dem Schlaganfall ist leider schon viel Zeit vergangen. Wenn Sie nicht gleich Alarm geläutet hätten, wäre es noch schlimmer gekommen.«

Mein Herz hämmerte, fassungslos starrte ich den Notarzt an, der laut Namensschild Armin Werres hieß.

»Die bereits eingetretenen Schäden sind nicht mehr reversibel. Er wird für immer ein Pflegefall bleiben, mit starken sowohl geistigen als auch körperlichen Einschränkungen. Er wird für immer halbseitig gelähmt und inkontinent bleiben, nie mehr sprechen können.«

»Ach, Bruno«, seufzte ich und betrachtete meinen armen Bruder mitleidig. »Ich lass dich nicht im Stich, egal was passiert. Ich hol dich zu uns nach Bayern.«

»Hat er denn außer Ihnen keine Angehörigen?« Dr. Werres sah mich prüfend über seine Brillenränder hinweg an. »Sind Sie als Einzige zuständig?«

»Ich weiß nicht.« Ich presste die Lippen aufeinander und schwieg eine Weile. Erinnerungen schoben sich vor mein inneres Auge und drohten, sich zu überschlagen. »Er war verheiratet, mit seiner Frau Kati. Und er hat zwei erwachsene Kinder, Peter und Yasmin. Ich habe allerdings nicht wirklich Kontakt zu ihnen.«

»Wollen Sie nicht versuchen, sie zu erreichen? Es ist doch ihr Recht, zu erfahren, was mit ihrem Vater ist.«

Schließlich nickte ich. »Vielen Dank, Herr Doktor. Ich denke, das sollte ich tun.«

Kaum wieder zu Hause, schrieb ich meine Nichte mithilfe von Paul über Facebook an. Ob sie sich melden würde? Damals am Telefon hatte sie mir eher unwillig Auskunft erteilt.

Wenige Tage später öffnete ich meinen Mail-Account und traute meinen Augen nicht.

Hallo Tante Lotte,

danke, dass du dich gemeldet hast. Wie du weißt, habe ich den Kontakt zu meinem Vater abgebrochen, aus Gründen, die dir vielleicht bekannt sind – vielleicht aber auch nicht. Schon Mitte der Achtziger haben sie ihm in seinem letzten Orchester fristlos gekündigt. Obwohl er der beste Sologeiger war – wenn er nicht getrunken hat. Er kam aber nur noch angeheitert zu den Proben und hat mehrfach Aufführungen ausfallen lassen, sich auf Konzertreisen danebenbenommen und im Hotel randaliert. Zu Hause hat er unsere Mutter und meinen Bruder Peter nur noch schikaniert, angeschrien und sein letztes Geld versoffen. Als er dann unsere Mutter auch noch schlagen wollte, war es mit unserer Geduld vorbei. Wir wissen, was er durchgemacht hat (obwohl er bestimmt nicht alles erzählt hat), und das ist alles auch ganz furchtbar schlimm, aber irgendwann ist Schluss. Wir haben ihn vor die Tür gesetzt, und Mutter hat sich scheiden lassen. Geld kam sowieso keines mehr von ihm, wir hatten nie Unterhalt von unserem Vater. Mama kann von ihren Gesangsstunden einigermaßen leben, aber wir mussten in eine kleine Wohnung ziehen und den Flügel verkaufen, was nicht einfach war für sie.

Dass es ihm jetzt so schlecht geht, tut mir echt leid, und ich bin gestern sofort von Hamburg nach Kiel in die Neurologie gefahren. Ich bin allerdings im dritten Monat schwanger und will weder mir noch dem Baby schaden. Ich will eigentlich kein Fass mehr aufmachen, gefühlsmäßig ist da auch nichts mehr zu retten.

Es war natürlich kein schöner Anblick, meinen Vater so dort liegen zu sehen. Ob er realisiert hat, dass ich ihn da besucht habe, weiß ich nicht. Aber sein Puls raste, als die Krankenschwester sagte, seine Tochter komme ihn besuchen. Er musste dann fixiert werden, weil er sich die Katheter rausziehen wollte vor Aufregung. Später bekam er noch eine Sonde, denn durch die Lähmung klappt es ja nicht mehr so gut mit der Nahrungsaufnahme. Wenn ihr ihn wirklich nach Bayern holen wollt, kann ich nur sagen: »Hut ab!« Bei euch ist er bestimmt am besten aufgehoben.

Bitte hab Verständnis, dass ich mich jetzt ganz meiner Schwangerschaft und meinem neuen Leben in Hamburg widmen möchte. Wir planen jetzt auch unsere Hochzeit. Zu Peter kann ich nichts sagen. Da mische ich mich nicht ein.

Liebe Grüße von Yasmin

Nach dieser Nachricht von Brunos Tochter war es für uns endgültig klar: Wir würden Bruno zu uns nach Bayern holen. Paul und ich lebten seit unserer Pensionierung immer noch im Chiemgau. Unsere zwei erwachsenen Töchter Katharina und Franziska, die beide in München studiert hatten und jetzt dort arbeiteten, kamen an den Wochenenden mit ihren Partnern zu uns aufs Land, wo wir immer etwas Schönes unternahmen. Da mein Paul ein begeisterter Surfer und Segler ist, und unsere Mädchen und ihre Partner ebenfalls, verbrachten wir halbe Sommer auf dem Wasser. Im Herbst und im Frühling gingen wir wandern und im Winter Ski fahren. Unsere Welt war wieder heil, nur nicht die von Bruno. Er hatte im Leben so viel Pech gehabt!

Auch wenn mir klar war, dass unser Burschi niemals wieder surfen, wandern oder Ski fahren würde: Ich wollte ihn für den Rest seines turbulenten Lebens in die alte Heimat holen. Paul und ich nahmen Kontakt zum örtlichen Sozialamt auf, schilderten die Situation und fragten, was im Falle eines Betreuerwechsels auf uns zukommen würde.

Schnell fanden wir ein passendes Pflegeheim ganz in unserer Nähe – St. Rupert am See. Es war ein kleines, familiär geführtes Haus mit vierzig Bewohnern. In Absprache mit Herrn Berkenbusch, der ja in Norddeutschland amtlich noch sein Betreuer war, meldeten wir Bruno verbindlich an.

Das Sozialamt hatte bereits seine Zustimmung zum Umzug meines Bruders gegeben und stellte uns die Kostenübernahme eines Transports durch das Deutsche Rote Kreuz in Aussicht. Die Angst vor dem Winter und den schwieriger werdenden Straßenverhältnissen gab den Ausschlag, Bruno bald in seinem alten Pflegeheim in Neumünster zu besuchen. Paul und ich wechselten uns mit dem Fahren ab, denn wieder waren es über neunhundert Kilometer einfach, die wir für diesen Besuch zurücklegen mussten. Zwar konnte Bruno seit dem erlittenen Schlaganfall nicht mehr sprechen, nicht mehr laufen und war immer noch rechtsseitig gelähmt, aber das Strahlen in den Augen und sein schiefes Lächeln verrieten, dass er uns erkannt hatte.

»Bruno! Servus, Bruderherz!«, begrüßte ich ihn munter. »Du siehst schon viel besser aus!« Das stimmte nicht, aber ich wollte ihm Mut machen. Er war immer noch ein graugesichtiger, eingefallener, alter Mann, der inzwischen nur noch ein Bein hatte.

»Wir haben schon alles veranlasst, um dich an den schönen Chiemsee zu holen«, stieß Paul in dasselbe fröhliche Horn. »Wenn alles gut geht, bist du schon Weihnachten bei uns in Bayern!«

Bruno quittierte das mit einem freudigen einsilbigen »Jaaaa!«

Doch bereits am nächsten Morgen, am Frühstückstisch unseres Hotels in Neumünster, erreichte uns die nächste Hiobsbotschaft: Bruno war schon wieder ins Krankenhaus eingeliefert worden: Verdacht auf einen erneuten Schlaganfall! Er hatte nachts gekrampft und war nicht ansprechbar gewesen.

Wir rasten sofort in die Neurologie. Um ihn mit unserem Optimismus nicht zu sehr zu strapazieren, saßen Paul und ich diesmal nur stumm an seinem Bett. Ich nahm Brunos Hand und streichelte sie – und er reagierte, erwiderte meine Geste dankbar, indem er mit dem Daumen über meinen Handrücken strich! Über sein Gesicht huschte ein Anflug des schelmischen, jungenhaften Grinsens, mit dem er früher alle weiblichen Herzen zum Schmelzen gebracht hatte. Genauso hatte er ausgesehen, als er mir auf dem Elefanten entgegengeritten war!

Mein Herz zog sich zusammen vor lauter Liebe zu ihm. Er hatte doch nur noch uns!

Die Ärzte versicherten uns, dass er, sobald er transportfähig sei, zu uns nach Bayern transportiert werden würde.

Anders als erhofft, konnten wir nicht im Konvoi mit ihm nach Hause fahren. Zurück am Chiemsee, packte ich meinem Bruder ein kleines Päckchen für die Adventszeit, damit er merkte, dass wir ihn nicht vergessen hatten: Darin waren ein CD-Player mit seinen erfolgreichsten Weihnachtsmusik-Einspielungen, darunter natürlich auch das Weihnachtsoratorium von Bach. Dazu packte Paul hochwertige Kopfhörer, damit Bruno seine Mitpatienten beim Hörgenuss nicht störte. Als ich dieses Päckchen aufgab, versetzte mir die Erinnerung an Papas Päckchendrama einen schmerzhaften Stich. Er war für seine Hilfsbereitschaft verhaftet worden!

Und mich begrüßten sie auf der Post mit einem freundlichen »Grüß Gott!«

Und dann konnten wir nur noch auf drei Dinge warten: Dass ein Heimplatz im St. Rupert am See frei werden, Bruno transportfähig sein ... und dass das alles möglichst noch vor Weihnachten passieren würde. Damit wir gemeinsam feiern konnten wie in alten Zeiten. Auch wenn dafür ein hiesiger Heiminsasse das Zeitliche segnen musste. Dafür steckte ich in der Zwiebelturmkirche im Ort sogar eine Kerze an: Besondere Vorkommnisse erfordern besondere Umstände.

6

Erfurt, Weihnachten 1962

»Was sagst du da? Marianne ist in anderen Umständen?« Mama hatte gerade eine Kerze angezündet, die nun nervös flackerte.

»Wer ist der Kerl, der meiner siebzehnjährigen Tochter das angetan hat?« Zornentbrannt schritt Papa durch unsere beengte Wohnung und schlug mit der flachen Hand auf den Tisch. »Das kommt davon, dass das Fräulein einfach ausgehen durfte und nicht um zehn zu Hause war!«

Schnell pustete ich die Kerze wieder aus. Weihnachtliche Stimmung wollte gerade nicht aufkommen.

Wir standen alle geschockt im Wohnzimmer. Marianne hatte in letzter Zeit gar nicht gehorcht und sich an keine Regeln gehalten. Unsere große Schwester Edith hatte ihre Ausbildung als Erzieherin abgeschlossen, war mit ihren neunzehn Jahren schon ausgezogen und hatte einen festen Freund.

Wenn sie schwanger gewesen wäre, wäre alles nicht so schlimm gewesen. Marianne dagegen stand ein Jahr vor dem Schulabschluss! Und damit war, wie Papa befürchtete, ihr Leben verpfuscht. Was war denn das? Weinte Papa etwa?

Papa war dünnhäutig geworden. Seit seiner Kündigung im Erfurter Zoo und dem damit verbundenen Verlust vieler Privilegien, wie der Bezug von frischem Obst oder ein eigener Dienstwagen, arbeitete er bei der Stadt Erfurt in einem tristen Büro. Dorthin musste er über eine Stunde mit der Straßenbahn fahren, die vor unserer Haustür quietschend um die Ecke bog. Dieser Job war ihm »zum Fleiß«, wie wir Bayern sagen, zugewiesen worden, sprich ganz bewusst, denn Arbeitslosigkeit gab es in der DDR nicht. Und an eine Ausreise in den Westen war längst nicht mehr zu denken.

Mama verdiente als Schneiderin ein gutes Geld dazu. Wir besaßen inzwischen eine gebrauchte Singer-Nähmaschine, die uns unsere Großeltern aus dem Westen geschickt hatten, und die Miete für die Altbauwohnung war erschwinglich. Unsere Eltern zahlten für die Dreizimmerwohnung siebzig Ostmark.

Bruno war inzwischen vierzehn und als hochbegabter Jungstudent an der Musikhochschule Weimar zugelassen worden, wo er die Geigenklasse besuchte. Außerdem spielte er jetzt im thüringischen Jugendorchester und durfte innerhalb der sozialistischen Länder mit auf Konzerttournee gehen. Rumänien, Bulgarien, Ungarn, die Sowjetunion! Sogar in Moskau hatte er schon gespielt!

Klein-Tanja war in der Krippe gut untergebracht, alles hatte sich eingespielt, von daher war unser Familienleben halbwegs geregelt und geordnet ... und jetzt das! Marianne schwanger! Wieder war unsere Mutter der Verzweiflung nahe. Die wenigen Telefonate mit ihren Eltern in Bayern halfen auch nicht weiter. Die gaben unserem Vater die Schuld an allem: Er hatte uns in den Osten verschleppt, wo nun lauter schreckliche Dinge passierten, die uns in Bayern nie passiert wären. Und es gab kein Zurück mehr. Mama hatte ihre Eltern seit drei Jahren nicht mehr gesehen!

Wie sich herausstellte, wollte der Erzeuger von Mariannes Kind bald nichts mehr von meiner Schwester wissen. Daraufhin schlug Papa vor, dass Bruno doch in das der Musikhochschule Weimar angegliederte Studentenheim ziehen könne, sodass Marianne und ihr Baby sein Zimmer haben könnten. Ich sollte mir meines fortan mit Klein-Tanja teilen, die bis dahin bei meinen Eltern geschlafen hatte, um bloß nicht ebenfalls auf dumme Gedanken zu kommen. Bruno wurde also mit vierzehn Jahren aus dem häuslichen Nest geschubst. Immerhin baute er mir mit Papas Hilfe noch ein Hochbett, damit ich ein bisschen mehr Privatsphäre hatte. So war Bruno, er sorgte immer für mich, und meine Liebe zu ihm war grenzenlos.

Ich war jetzt mit zwölf für vieles verantwortlich und versuchte zu helfen, wo ich nur konnte. Meine arme Mutter hatte wirklich genug Sorgen, und meinem Papa wollte ich niemals Ärger machen. Im Gegensatz zu meinen Geschwistern habe ich niemals eine Ohrfeige von ihm bekommen.

Ich kümmerte mich nach der Schule um Tanja und später, nachdem Marianne ihren kleinen Sohn bekommen hatte, auch um den süßen Tobias. Ich strengte mich nicht nur innerhalb der Familie an, sondern auch im Unterricht. Umso enttäuschter war ich, als ich nach der zehnten Klasse mein Abschlusszeugnis in der Tasche hatte.

»Papa? Bist du da?«

Unendlich traurig schlich ich zu meinem Vater, der abends einsam in der Küche saß. »Warum bekomme ich den Ausbildungsplatz in der Stadtbibliothek nicht, Papa?«

Er drückte mich nur stumm an sich und starrte ins Leere.

Draußen ratterte und quietschte mal wieder die blassgelbe Straßenbahn vorbei.

»Ich habe doch alle Unterlagen eingereicht und die Aufnahmeprüfung mit Bravour bestanden! Ich habe alles gewusst, Papa, und die Kollegen in der Bibliothek mochten mich. Vom Direktor bis zur Putzfrau haben sie mich ›die kleine Alexander‹ genannt. Ich hatte den Ausbildungsplatz doch schon so gut wie in der Tasche!«

»Ach, Kind!« Papa strich mir tröstend über den Kopf. »Das tut mir so leid für dich!«

»Sie haben meinen Antrag einfach abgelehnt, ohne Begründung!«

Weinend vergrub ich den Kopf an seinem Hals. Papa tätschelte mir tröstend den Rücken. Dann hielt er mich auf Armeslänge von sich ab, schüttelte mich wie einen nassen Hund, legte den Finger unter mein Kinn und zwang mich, ihn anzusehen: »Nicht heulen. Rücken gerade, Blick nach vorn! Du bist eine Alexander. Die kriegen dich nicht klein!«

Erst viel später konnte ich mir einen Reim darauf machen: Papa war kein SED-Genosse, ich war in Westdeutschland geboren und hatte engen Kontakt zu meinen Großeltern in Bayern. Jemand wie ich, so tüchtig und nett ich auch sein mochte, war da einfach nicht gut angesehen und verdiente keinen Ausbildungsplatz.

So fand ich mich wenig später im staatlichen Büromaschinenwerk »Optima« wieder, wo ich in einer grauen Kittelschürze mit vielen anderen Frauen Schrauben am Fließband sortierte.

Wenn keine Schrauben da waren, weil es mal wieder an Material fehlte, hieß es für mich Fenster putzen, Büro saugen, Hof kehren, Toiletten sauber machen.

Und das mir, die ich die Schule mit Bravour bestanden hatte!

»Fräulein Alexander, zum Chef kommen!« Ein älterer Kollege stand feixend neben mir. »Aber ein bisschen plötzlich!«

Hatte ich etwas falsch gemacht? War ich zu langsam gewesen, zu faul, zu unfreundlich? Doch nichts dergleichen konnte man mir vorwerfen. Papa hatte mich ermutigt, diesen Job mit Freude und hoch erhobenen Hauptes zu machen – so wie er auch seinen erledigte. »Die kriegen uns nicht«, schärfte er mir immer wieder ein. »Wir werden uns unsere Würde niemals nehmen lassen. Rücken gerade, Blick nach oben. Nicht heulen.«

»Ah, da ist ja das nette Fräulein Alexander«, begrüßte mich der Direktor, der aus Solidarität mit seinen Arbeitern ebenfalls im grauen Kittel zwischen Aktenschränken an seinem Stahlschreibtisch saß und gerade eine Leberwurststulle verzehrte. Kauend hielt er mir seine Blechdose hin: »Auch eine?«

»Nein, vielen Dank.« Abwartend stand ich an der Wand. Höflich hatte ich die Hände aus den Kitteltaschen genommen. Mutig sah ich dem Vorgesetzten in die Augen.

»Wie ich höre, haben Sie sich gut eingelebt bei uns.« Der Direktor kaute mit vollen Backen. Mit einem Schluck aus seiner Thermoskanne spülte er nach. »Fleißig, strebsam, höflich, gute Manieren. Hübsch sind Sie auch noch.«

»Vielen Dank.« Ich dachte gar nicht daran, meinen Blick zu senken.

»Aber was ich gar nicht begreife, ist ...« – der Genosse Vorgesetzte blätterte in meinen Arbeitsunterlagen herum und tat so, als suchte er eine bestimmte Stelle – »... dass sich das nette Fräulein Alexander so gar nicht für die Mitgliedschaft in der Sozialistischen Einheitspartei Deutschlands erwärmen kann.« Er sah mich forschend an.

»Was sträuben Sie sich denn so, junges Fräulein?«

»Solange meine Mama nicht ihre Eltern in Bayern besuchen darf, braucht mich niemand mehr zu fragen.«

Der Chef stand auf und griff zum Telefon. »Das war's dann, Fräulein Alexander. Wie man sich bettet, so liegt man.«

Zu Hause hielten wir Familienrat. Ich war völlig aufgelöst und weinend nach Hause gekommen. Wenn wir Arztkinder schon kein Abitur machen durften, hatten wir doch wenigstens eine Fachausbildung verdient!

Papa nahm mich in den Arm. »Nicht heulen. Nicht einschüchtern lassen. Wir gehen unseren Weg.« Sein Kiefer mahlte. Und dann zog er den Prospekt einer privaten Fachschule hervor, an der man Stenografie und Schreibmaschine lernen konnte. Das kostete zwar eine Menge Geld, aber das wollte Papa für mich aufbringen.

»Aber werde ich denn von der privaten Fachschule aufgenommen, als Nichtparteimitglied mit Westkontakt?« Ich malte Gänsefüßchen in die Luft.

So viele Schikanen, so viel Krampf! Dabei hatten wir Kinder eigentlich gar keinen Westkontakt. Ab und zu telefonierte Mama mit ihren Eltern, und die schickten Pakete, das war aber auch alles. Wir waren stolz auf unsere Mama. Dass sie durch den Umzug von West nach Ost so viele Entbehrungen auf sich nehmen musste und immer noch zu unserem Papa hielt, rechneten wir ihr hoch an. Die Familie stand für sie an erster Stelle, egal wo diese sich aufhielt. Natürlich hatte Mama Sehnsucht nach ihren Eltern, ihren Geschwistern und dem wunderschönen Bauernhof am Chiemsee, nach der Abendsonne über den Bergen, der Heimatmusik, den traditionellen Festen. Nie hatte sie ein böses Wort darüber verloren, dass sie all das durch Papas damaligen Entschluss, nach Thüringen zu gehen, verloren hatte. Unwiederbringlich.

Bruno, der ebenfalls sofort aus Weimar gekommen war,

lehnte mit geballten Fäusten an der Wand und dachte laut nach.

»Hört zu, ich weiß, was ich zu Lottes Glück beitragen kann. Das Orchester und die Hochschule kommen gar nicht mehr ohne mich aus. Ich teile denen mit, dass ich dem Sozialismus gegenüber aufgeschlossen bin, verhalte mich ansonsten brav und fleißig und lasse meine staatstreue Gesinnung bei jeder Gelegenheit einfließen. Dann hast du eine reelle Chance, Schwesterherz.«

»Aber du HASST den sozialistischen Staat!«

»Stimmt, und es gibt nur wenige Menschen, für die ich lügen würde.« Bruno sah mich liebevoll an und grinste verschmitzt. »Du gehörst dazu.«

Ich sank ihm stumm in die Arme. Einen besseren Bruder kann man sich gar nicht wünschen!

»Und wenn wir schon dabei sind zu schleimen«, schickte Bruno hinterher, während er sich vorsichtig aus meiner Umklammerung löste, »kannst du, Papa, auch noch mal um eine Reisegenehmigung für unsere Mama ansuchen. Sie soll doch endlich mal wieder ihre Eltern und Geschwister sehen dürfen! Oma und Opa sind schon alt. Nicht, dass es irgendwann zu spät ist.«

»Bruno, du bist unser Aushängeschild.« Papa klopfte ihm anerkennend auf die Schulter. »Wir sind stolz auf dich!«

Das angepasste und ungewohnt brave Verhalten Brunos führte tatsächlich dazu, dass ich die Ausbildung an der Privatfachschule machen durfte. Zu meinem Erstaunen war ich die einzige Schülerin in dem eher schäbigen Wohnzimmer einer alten Dame mit Krampfadern. Meine gewichtige Lehrmeisterin, Frau Heller, die stets zwischen zwei hochnäsig dreinschauenden Pudeln auf dem Sofa saß, war dem Alkohol verfallen. »Fräulein Alexander, bevor Sie sich setzen, holen Sie mir doch schnell noch eine Flasche Nordhäuser Doppelkorn.«

»Gern, Frau Heller.« Schon hatte ich die Klinke in der Hand.

»Und führen Sie die Hunde gleich mit aus, ich schaff das einfach nicht mehr.« Die leere Flasche vom Vortag stand stets neben ihren Elefantenfüßen, die mich an die dicke Berta erinnerten. »Nehmen Sie das Leergut bitte mit und entsorgen Sie es im Hof!«

»Das mache ich, selbstverständlich!«

Am Kiosk unten kannten sie mich schon. »Die kleine Alexander! Mal wieder auf der Suche nach einem guten Tropfen?«

»Ist ja nicht für mich, Herr Kowalsky!«

»Weiß ich doch, kleines Frollein!«

Die Hunde machten Pipi, und ich eilte mit dem Doppelkorn wieder durchs muffig riechende Treppenhaus zu meiner Lehrmeisterin.

Zwischen zwei Schlucken erteilte sie mir Unterricht, diktierte mir Briefe, Zahlen, Listen. Bald beherrschte ich das Zehnfingersystem und stenografierte thüringische Diktate fehlerfrei auf Hochdeutsch. Mit Recht konnte ich stolz auf mich sein. Gerade noch rechtzeitig, bevor meine Lehrerin an Leberversagen starb, bekam ich das ersehnte Zeugnis. Ich hatte mit Auszeichnung bestanden. Jetzt war ich ausgebildete Stenotypistin und Sekretärin. Das Leben mit all den schillernden Möglichkeiten, die es in der damaligen DDR so gab, lag wie ein ausgerollter Teppich vor mir.

7

Erfurt, Herbst 1968

Dank seines Fleißes, seines musikalischen Talents, aber auch dank seiner angepassten Art war Bruno inzwischen Konzertmeister und Solist des Theaterorchesters Erfurt geworden. Die ganze Familie saß stets hinter wichtigen Parteigenossen in der zweiten Reihe und himmelte ihn an, besonders Mama.

Vor jedem Konzert ließ sich Bruno von ihr sein Hemd bügeln und seinen Frack ausbürsten. Wir Schwestern rissen uns darum, wer seine Lackschuhe auf Hochglanz polieren durfte. Wenn er sich in seiner Künstlergarderobe dann kurz vor dem Auftritt noch sein gestärktes weißes Einstecktüchlein ans Revers steckte und sich von uns über die Schulter spucken ließ, waren wir so von ihm entzückt, dass wir vor lauter Aufregung kaum noch zu unseren Plätzen fanden.

Bruno geigte sich in die Herzen der Menschen – selbst in die der strammsten Parteigenossen.

Nach den Konzerten wurde stehend applaudiert und eine Zugabe gefordert. Mama konnte sich vor Rührung kaum halten und schluchzte in ihr Taschentuch. Ihr einziger Sohn, ihr Burschi, bildschön, schwarz gelockt, hinreißend und begabt wurde von der gesamten SED-Riege bejubelt! Das ließ Bruno wieder mal übermütig werden. Als er Mama so weinen sah, spielte er – was für die hochseriöse Klassik wirklich ein Affront war – spontan Heintjes kitschigen Song »Mama«. »Du sollst doch nicht um deinen Jungen weinen …« Dabei ließ er seine Geige schluchzen und grinste sein verschmitztes jungenhaftes Lachen. Wir wussten nicht, ob wir lachen oder weinen sollten!

Das war nämlich im Westen der Hit! Natürlich verriet es, dass wir Westfernsehen schauten, aber selbst der olle Ulbricht und seine Lotte, die ebenfalls im Publikum saßen, wischten sich Tränen der Rührung aus den Augenwinkeln.

Als wir an diesem denkwürdigen Abend aufgewühlt und fröhlich nach Hause kamen, fand Mama ein Telegramm vor, das eine Nachbarin in Empfang genommen hatte. Fassungslos sank sie auf einen Stuhl und konnte sich gar nicht mehr beruhigen: Ihre Mutter war gestorben! Und sie hatte sie seit fast zehn Jahren nicht mehr gesehen. Was für eine Schande, Genosse Ulbricht!

»Du wirst ans Grab fahren, dafür werde ich sorgen!« Papa tätschelte seiner bitterlich weinenden Frau verlegen die Schulter. »Sie lieben Bruno, sie haben ihn als Pfand, er ist das musikalische Aushängeschild der DDR, sie werden dich ausreisen lassen!«

»Papa, ich tippe euch den Antrag!« Sofort holte ich meine alte Schreibmaschine hervor und stellte sie auf den Küchentisch, wo ich sie von ihrer Kunstlederhaube befreite.

Noch in derselben Nacht diktierte mir Papa den schriftlichen Antrag auf eine vorübergehende Ausreise seiner Frau, natürlich nur für die Beerdigung ihrer Mutter. Sowohl er, der Ehemann, als auch wir, die fünf gemeinsamen Kinder, würden natürlich in Erfurt bleiben, sodass sie hundertprozentig wiederkommen würde.

Doch der Antrag wurde drei Tage später mit der Begründung abgelehnt, dass die Sicherheit unserer Mutter in der Bundesrepublik Deutschland nicht gewährleistet sei.

»Hallo? Sicherheit unserer Mama? Beim Begräbnis am beschaulichen Chiemsee? Welcher westliche Geheimagent wird ihr wohl was Böses wollen?« Ich regte mich fürchterlich auf. »Das ist doch reine Schikane!«

»Sie schreiben, dass die Einschränkungen im Reiseverkehr zwischen den beiden deutschen Staaten einzig und allein auf das Verschulden der westdeutschen Politik zurückzuführen seien!«, entrüstete sich Bruno. »Außerdem bestehe Fluchtgefahr. Was für Hornochsen sind das denn!«

»Ich habe doch schon im Antrag erwähnt, dass Mann und fünf Kinder hierbleiben und Mama uns nie im Leben im Stich lassen würde!«, rief ich zornentbrannt. Papa raufte sich die Haare und schleuderte das Amtsschreiben auf billigem grauen Papier, noch dazu voller Tippfehler, wütend auf den Tisch. »Das darf doch nicht wahr sein! Gott was habe ich eurer Mama angetan! Das habe ich doch nicht gewusst, damals, als wir nach Erfurt gezogen sind!«

»Papa! Bitte tu was. Mama weint sich im Schlafzimmer die Augen aus!«

Obwohl Papas Wahlspruch normalerweise lautete »Nicht heulen! Sie kriegen uns nicht klein!«, stürmte er unverzüglich auf die zuständige Behörde und schrie auf die diensthabenden Beamten in Uniform mit geschwollener Halsschlagader ein: »Sie glauben doch nicht im Ernst, dass meine Frau ihre fünf Kinder verlässt! Sie kommt wieder! Aber lassen Sie sie um Gottes willen zum Begräbnis ihrer Mutter reisen! Lassen Sie ihr diese letzte Menschenwürde!«

»Lassen Sie Gott aus dem Spiel. Den brauchen wir hier nicht. Wären Ihre Töchter genau wie Ihr Sohn Bruno der ›Freien Deutschen Jugend‹ beigetreten, und hätten sie ihre linientreue Gesinnung bewiesen, hätten wir Ihre Frau selbstverständlich zur Beerdigung ihrer Mutter fahren lassen«, bekam er von einem teilnahmslos dreinblickenden Uniformierten zu hören. »Aber so natürlich nicht.«

8

Bernau am Chiemsee, 21. Dezember 2010

»Lotte! Wo bist du? Telefon für dich!« Pauls sonore Stimme hallte die Treppe hinauf.

Ich stand gerade unter der Dusche und genoss nach dem Joggen durch die Kälte den prasselnden, warmen Strahl auf meiner Haut.

Paul nahm immer zwei Stufen auf einmal und brachte mir den schnurlosen Apparat. »St. Rupert am See!«

Er reichte mir ein großes Badetuch und hielt mir den Hörer hilfreich ans Ohr, während ich das kuschelige Frottee um mich schlang.

»Ja? Denkstein?«

»Frau Denkstein, hier ist Schwester Silke. Soeben ist ein Heimplatz frei geworden! Einer der Bewohner ist heute Nacht gestorben.«

Ich schluckte. Da hatte mein heimliches Gebet in der Zwiebelturmkirche also geholfen? Herr, gib ihm die ewige Ruhe, betete ich stumm. Und das ewige Licht leuchte ihm. Amen.

»Frau Denkstein? Sind Sie noch dran? Ihr Bruder kann ab sofort bei uns einziehen! Das Zimmer wurde soeben gereinigt. Vielleicht schafft er es noch vor Weihnachten.«

»Das ist ja wunderbar! Vielen Dank! Wir melden uns.« Mein Herz machte einen kleinen Salto vor Freude.

Begeistert fiel ich meinem Paul um den Hals. »Gott hat einen anderen Bewohner in Frieden zu sich geholt. Meinst du, ich komme in die Hölle, weil ich ihn darum gebeten habe?«

»Natürlich«, flachste Paul. »Im Himmel wirst du dich langweilen. Da kennst du ja keinen.«

»Ach Paul, es hätte kein schöneres Weihnachtsgeschenk geben können!« Glücklich warf ich die Badezimmertür hinter ihm zu und schlüpfte in frisch gewaschene Kleidung, die nach Weichspüler duftete.

»Lotti, bitte freu dich nicht zu früh.« Als ich mir die Haare rubbelnd kurz darauf die Treppe runterkam, hielt mein Mann mir eine frische Tasse Kaffee hin. »In drei Tagen geht das nicht.«

»Nein, nicht?« Ich sank auf unseren Küchenbarhocker und schlürfte das heiße Gebräu.

Unser kleines gemütliches Landhaus am Chiemsee war von Paul und mir liebevoll mit Kerzen und Tannenzweigen geschmückt worden, Plätzchen- und Weihrauchduft lagen in der Luft, und das hölzerne Jesuskind lag auch schon auf Heu und Stroh in der Krippe. Wir erwarteten schließlich unsere Töchter, die aus München kommen wollten. Sie waren beide Stewardessen und ständig auf der ganzen Welt unterwegs. Durch einen glücklichen Zufall hatten sie beide über die Feiertage frei.

Auf einmal sollte sich der turbulente Kreis unserer Familiengeschichte schließen? Verstohlen rieb ich mir die Augen und schnäuzte mich in ein Blatt von der Küchenrolle. Paul sandte mir einen skeptischen Blick, während er Rührei briet.

»Lotti, bleib realistisch. So kurz vor Weihnachten und zwischen den Jahren halte ich es für ausgeschlossen, dass wir einen Transport vom Roten Kreuz bekommen.« Paul reichte mir ein halbes Honigbrot. »Beiß mal runter, du bist bestimmt unterzuckert.«

Ich schniefte, kaute und nickte.

»Es wäre natürlich toll, wenn er mit den Mädchen und uns unterm Weihnachtsbaum sitzen könnte.«

Heißhungrig biss ich von dem frischen Landbrot ab. »Danke, Paul, du bist wunderbar!«

»Wunderbar ist ein warmes Brot.« Paul sah mich mit hochgezogenen Brauen an. »Ich weiß, dass du gerade total euphorisch bist wie immer nach dem Joggen. Aber du dürftest gelernt haben, dass nicht alle Wünsche immer sofort in Erfüllung gehen.« Paul zwinkerte mir zu. »Hallo? Mädchen aus der DDR?«

»Ja.« Ich kaute, schluckte und nickte. »Habe ich.«

Nach dem Frühstück griff ich trotzdem beschwingt zum Hörer und informierte freudig das Pflegeheim in Neumünster, das DRK, die Krankenkasse, das Sozialamt und unseren bisherigen Betreuer, den netten Ivo Berkenbusch, über Brunos bevorstehenden Umzug nach Bayern. Ich konnte mich kaum einbremsen vor Tatendrang.

»Sie würden meinem Bruder und mir die größte Freude machen, wenn das noch vor Heiligabend über die Bühne gehen würde«, zwitscherte ich ein ums andere Mal. Paul, der inzwischen die Pfanne schrubbte, schüttelte nur lachend über meinen Eifer den Kopf.

Betreuer Berkenbusch schien Wunder bewirken zu können – oder war es der Weihnachtsmann persönlich? Denn es klappte, wurde sogar zur genauen Punktlandung: Drei Tage später, am Heiligen Abend um sechzehn Uhr, hielt knirschend ein Fahrzeug des Deutschen Roten Kreuzes bei uns in der tief verschneiten Einfahrt!

»Paul! Mädchen! Unser Burschi ist da!«

Jauchzend flog ich die Treppe herunter. Wieder rannte die kleine Schwester ihrem großen Bruder entgegen! Schnell warf ich mir meine kuschelige graue Strickjacke über und schlüpfte in die Fellstiefel, um über den Schneehügel zu eilen. Diesmal saß er nicht auf einem Elefanten.

Die Tür des Transporters wurde von zwei dick vermummten jungen Zivildienstleistenden aufgeschoben, und da saß Bruno: angeschnallt in seinem Rollstuhl auf einer Art Ladefläche. Klein, schmal, gebeugt, frierend und blass. Im Dunkeln. Ganz allein.

Ich konnte meine Tränen nicht zurückhalten. Warum sollte ich auch!

Zwei Lieblingsgeschwister hielten sich nach weit über dreißig Jahren in der einstigen Heimat Bayern wieder in den Armen!

»Bruno! Willkommen zu Hause! Frohe Weihnachten!«

Bruno konnte sich zwar nicht mehr artikulieren, aber seine Mimik und seine Augen sprachen Bände. Er schien aus einer Trance zu erwachen. Die lange Fahrt musste ihn schrecklich erschöpft haben!

»Komm rein, Burschi, wir warten schon so lange auf dich …«

Unser Haus war festlich beleuchtet, in der Tanne im Vorgarten blinkten Hunderte von Lichtern, die Luft war glasklar und eiskalt. Schnell waren mithilfe unserer Töchter Brunos wenige Habseligkeiten aus dem Auto geholt. Er selbst wurde von den Zivis zu Boden gelassen. Der Atem stand ihm in einer Wolke vor dem Mund. Trotz Tiefsttemperaturen war er nur mit einer dünnen Jogginghose auf die Reise geschickt worden!

»Bruno, gleich gibt es heißen Tee, und Paul hat bestimmt auch eine warme Hose für dich!«

Wir bedankten uns bei den jungen Männern, die sicherlich schnell zu ihren eigenen Familien zurückwollten. Paul drückte jedem von ihnen einen Fünfeuroschein in die Hand. Mit vereinten Kräften wuchteten wir meinen Bruder im Rollstuhl die Stufen hinauf in den Hausflur. Dort duftete es schon nach Weihrauch und Vanille. Aus der Stereoanlage drang sanfte Weihnachtsmusik. Wie musste das auf Bruno wirken?

Unten an der Treppe nahm Paul den klapperdürren Bruno beherzt in die Arme und trug ihn ohne viel Federlesens rauf in unser Schlafzimmer. Dort ließ er ihn vorsichtig auf die Tagesdecke sinken, und dann standen wir da. Unsere hochgewachsenen schlanken Mädchen Katharina und Franziska, beide mit langen dunklen Mähnen, warteten schüchtern in der Schlafzimmertür. Sie hatten ihren Onkel ja noch nie gesehen! »Können wir irgendwas tun?«

Leichte Panik stand in ihren Augen. Ein fremder, schwerbehinderter alter Mann, der wirklich nicht gut roch, lag bei ihren Eltern im Schlafzimmer und starrte hilflos an die Decke. Es fielen weder Sauerstoffmasken herunter noch konnten sie mit Schwimmwesten bewaffnet die Notausgänge anstreben!

»Ja! Ihr könnt die Lichter am Baum anzünden und Brunos Weihnachtsoratorium auflegen!«, rief ich beherzt über die Schulter nach hinten. »Wir kommen gleich!«

Paul erwies sich als unglaublich hilfreich und diskret. Er befreite meinen Bruder von seiner nassen Windel und säuberte ihn mit einer Selbstverständlichkeit, die mir die Tränen in die Augen trieb, während ich in unserem Kleiderschrank nach warmen, bequemen Männerklamotten für ihn suchte. Kurzerhand ließ ich ein heißes Bad ein, und Paul legte Bruno in die warme Wanne. Er entspannte sich sichtlich. Später legten wir ihm eine neue Windel an, so gut wir konnten. Am Ende hatten wir den armen Bruno menschenwürdig angezogen und ihm Gesicht und Hände eingecremt. Jetzt roch er gut. In einem grauen Wollpullover, einer Fleecehose und einer dicken Socke an seinem noch verbliebenen Fuß trug Paul ihn schließlich runter ins Wohnzimmer. Er wog sicherlich kaum noch fünfundfünfzig Kilo, hatte also in etwa mein Kampfgewicht.

Brunos Blick zuckte überfordert über die fremden Gesichter.

Als er sein eigenes Geigenspiel aus der Stereoanlage hörte, liefen ihm die Tränen über das Gesicht: »Schließe mein Herze dies selige Wunder fest in deinem Glauben ein.« Das war jetzt definitiv zu viel für ihn.

»Macht mal von vorne!«, regte ich an.

»Jauchzet, frohlocket, auf, preiset die Tage!«, jubelte der Thomanerchor aus Leipzig.

»Mensch, Burschi!« Ich nahm meinen Bruder immer wieder in den Arm und drückte ihn an mich. »Dass wir zwei das noch erleben können, was? Weihnachten in Bernau! Wer hätte das gedacht!« Ich schnäuzte mich verlegen in eine Papierserviette, und auch Bruno brauchte dringend ein Taschentuch.

»Was ist, Leute? Es heißt zwar Weihnachten, aber das heißt nicht, dass man weinen muss!«, versuchte Paul einen Scherz. Dann tischte er die dampfenden Köstlichkeiten auf, die wir gemeinsam vorbereitet hatten. Bruno konnte sie allerdings nicht selbstständig essen. Erstens weil er halbseitig gelähmt war und zweitens weil seine wenigen, noch verbliebenen Zähne nur noch bräunliche Stummel waren. Rotkohl, Klöße und Gänsebraten waren nichts mehr für ihn.

Diskret band ich ihm ein Lätzchen um und fütterte ihn mit warmem Pudding. Der schien ihm wirklich zu schmecken, was er durch erfreutes Aufreißen seines Mundes eindeutig zum Ausdruck brachte.

Katharina und Franziska taten nach dem ersten Schreck so, als wäre das alles völlig normal, und plauderten aus ihrem Berufsalltag.

Schließlich half ich Bruno, aus seiner Schnabeltasse, die er mitgebracht hatte, in kleinen Schlucken lauwarmen Tee zu trinken.

»Prost, mein Lieber. Wie schön, dass du da bist!« Paul öffnete die kleine Champagnerflasche, die unsere beiden Mädels aus der Senator Lounge hatten mitgehen lassen. »Prost, Familie! Wir machen das Beste draus, versprochen!« Wir ließen die Sektgläser klingen.

9

Erfurt, Frühling 1970

»Prost, Familie!« Der zweiundzwanzigjährige Bruno stand in seinen engen Jeans und seiner coolen Lederjacke, die unser Onkel Sepp ihm aus Bayern geschickt hatte, im Wohnzimmer und ließ die Korken knallen. Seine schwarzen Haare waren ihm über den weißen Hemdkragen gewachsen, was damals sehr modern war. Er sah aus wie der junge Elvis. »Ich hab euch etwas mitzuteilen!« Seine Augen und seine strahlend weißen Zähne blitzten übermütig. »Habt ihr alle was im Glas?« Zu diesem besonderen Anlass gab es Rotkäppchen-Sekt.

Die siebenundzwanzigjährige Edith war mit ihrem Mann Jürgen gekommen, mit dem sie inzwischen zwei Kinder hatte. Marianne hielt ihren inzwischen siebenjährigen Sohn Tobias auf dem Schoß, Mama saß mit der zehnjährigen Tanja erwartungsvoll in einem Sessel. Die Kinder hatten Himbeersaft mit Sprudelwasser und konnten es kaum erwarten, davon zu trinken.

»Mach's nicht so spannend, Burschi!« Ich sah Bruno erwartungsvoll an. »Du wurdest bei den Berliner Philharmonikern aufgenommen?«, platzte es aus mir heraus.

»Hahaha!«, machte Edith und tippte sich an die Stirn. »Träum weiter, Lotti. Die sitzen im Westen.«

»Ich werde heiraten«, ließ Bruno die Bombe platzen.

»Nein.«

»Doch.«

»Wen?«

»Meine Frau!«

»Hahaha.«

»Wer ist sie? Wo ist sie? Was macht sie?« Alles redete plötzlich durcheinander. Immerhin waren wir vier Schwestern und eine Mama, die ihren wunderschönen Bruno nun mit einer anderen teilen sollten?

»Hier ist sie!«

Bruno öffnete die Wohnungstür und pfiff einmal gellend durch die Zähne. Und da erschien, wie auf einer Opernbühne, eine rothaarige Schönheit mit wallendem Haar und üppiger Oberweite in einem knallroten Kleid mit knallroten Stiefeln, die sie unmöglich in der Kaufhalle erworben haben konnte. Auf ihren perfekt sitzenden Locken saß keck ein knallrotes Käppchen, wie es gerade im Westen modern war.

Ein Rotkäppchen in XXL!

Sie war mindestens zwei Köpfe größer als wir und war auch sonst viel weiblicher gebaut als wir knabenhaften Alexander-Mädels, die wir alle dunkelhaarig und eher klein waren. Und sie verströmte einen betörenden Duft.

Wow. Das war ein Kaliber. Typisch Bruno.

»Das ist Katja.« Mit Besitzerstolz zog er das Vollblutweib an sich und legte den Arm um ihre ausladende Hüfte. Wir standen alle unter Schock.

»Oh. Hallo, Katja«, murmelten wir. Die Kinder starrten sie mit offenem Mund an, und Tobias lief der Himbeersaft übers Kinn.

»Eigentlich heiße ich Kati. Katja ist mein Künstlername.« Die üppige Prallgunde drückte uns siegessicher die Hand. »Ihr könnt mich nennen, wie ihr wollt.« Ihre Stimme klang glockenhell, selbstbewusst und kräftig.

Papa beäugte sie halb wohlwollend, halb skeptisch. »Ich würde lieber bei Katja bleiben. Burschi und Kati, das klingt mir doch etwas profan.«

Typisch Papa. Der kalauerte sich durchs Leben!

»Bitte, ganz wie Sie wünschen.« Katjas Sopran verzauberte uns augenblicklich.

»Bitte setzen Sie sich doch!«

Auch Katja alias Kati bekam ein Glas Rotkäppchen-Sekt. Wir scharten uns ehrfürchtig um das junge Glück und konnten uns vor Aufregung kaum auf den Stühlen halten.

Gelassen berichtete Katja auf Papas Nachfragen hin über ihre Herkunft: Auch sie stammte aus einer Familie mit Westkontakt – hierzu schickte sie ein perlendes Lachen in G-Dur hinterher, das Vertraulichkeit demonstrierte –, weshalb sie auch dieses Outfit trage. Wir könnten also ganz offen reden, so wie uns der Schnabel gewachsen sei. Der Bruder ihrer Mutter lebte in Westdeutschland, genau wie bei uns! Der hieß nur nicht Sepp, sondern Franz und handelte mit lebendigen Tieren, die er auch von Ost nach West und West nach Ost transportierte. Zuchtbullen, Stiere, Kühe, Kälber, Schweine, Wildschweine – das ganze Programm. Ihr Onkel Franz hatte sogar freundschaftliche Beziehungen zur bayrischen Politik! Wenn ich mich nicht irrte, brachte er den dortigen Volksvertretern eigens Wildschweine aus dem Thüringer Wald, damit die sie im Bayerischen Wald erschießen konnten. Oder hatte ich da was falsch verstanden?

Egal. Es ging ja um Katja, meine zukünftige Schwägerin.

Sie hatte in Weimar am Konservatorium Gesang studiert und debütierte gerade am Stadttheater als Papagena in der Zauberflöte, wo sie unseren Burschi im Orchestergraben am Konzertmeisterpult entdeckt hatte.

»Ein Mädchen oder Weibchen«, schmetterte sie verliebt los, »wünscht Papagena sich!« Darauf stieß sie ein klirrendes Lachen aus, das sich über drei Oktaven erstreckte, und kraulte Bruno den Nacken. Ich wunderte mich, dass unsere Sektgläser noch nicht zerborsten waren.

Sie war eine Erscheinung, durch und durch.

»Und so ein sanftes Täubchen wär Seligkeit für mich!«, vollendete Papa trocken ihre Anspielung auf unseren Burschi.

Ob Katja ein sanftes Täubchen war, daran hatte ich so meine Zweifel. Gurren konnte sie jedenfalls. Und mit den Flügeln schlagen. Bestimmt auch Eier legen.

»Ihr werdet also heiraten.« Mamas Augen glänzten feucht.

»Ja, und zwar diesen August. Und jetzt kommt der Oberknaller.«

»Ja?« Was konnte diese Sensation noch steigern? Dass sie bereits Drillinge erwarteten?

»Wir haben dank der Schlussakte von Helsinki einen Antrag auf Hochzeitsbesuch von der Westverwandtschaft gestellt.«

»Nein.« Uns allen fiel die Kinnlade herunter.

»Das kriegt ihr nie durch«, entfuhr es Ediths Mann Jürgen. Er war Berufssoldat und strammer Parteigenosse. Ob es Neid war oder Unmut, der in seinen Augen stand, konnte ich nicht ermessen. Ich fing Mamas flatternden Blick auf. Zur Beerdigung ihrer Mutter hatte sie nicht fahren dürfen, und jetzt sollte ihr geliebter Burschi es geschafft haben, die Familie zusammenzutrommeln? Westverwandtschaft? Zur Hochzeit? In Erfurt? Ganz großes Kino!

Die Eltern meiner Mutter hatten in Bayern ja eine Landwirtschaft mit vielen Tieren, sodass es ohnehin nicht leicht für sie war zu reisen. Auch deshalb waren sie noch nie bei uns in Erfurt gewesen. Sie hatten großen Respekt vor einem Besuch in der DDR, und die Angst, nicht mehr rausgelassen zu werden, war sehr groß. Auch deshalb hatten wir noch nie zuvor so eine Genehmigung beantragt. Und nun?

»Von wegen! Es hat tatsächlich geklappt. Der Staat hat es erlaubt. Das hat was mit den Verbindungen von Katjas Onkel Franz zur bayrischen Politik zu tun! Die ganze Familie aus dem Westen darf einreisen.«

»Das ist ja unfassbar!« Papa atmete hörbar aus.

Mama hatte feuchte Augen. »Seit der Sache mit dem Radio,

das du der Mutter des Professors in deiner Ahnungslosigkeit geschickt hast, stehen wir auf der Roten Liste. Nie hätte ich gedacht, dass ...«

»Aber jetzt verziehen sich die Wolken!« Papa nahm Mamas Hand und strahlte sie liebevoll an.

Bruno sprang auf und schloss Mutter in die Arme. »Du wirst deine vier Schwestern und deinen Bruder wiedersehen!«

In der darauffolgenden Stille hätte man eine Stecknadel fallen hören können.

Doch das Einzige, was fiel, war eine stille Träne von Mama. Ihr heiß geliebter Burschi hatte das Wunder vollbracht. Nach elf Jahren würde sie auf Brunos und Katjas Hochzeit in Erfurt ihren Geschwistern aus Bayern endlich wieder in den Armen liegen.

»Schaut mal, die Leute drücken sich die Nase platt!« Kichernd hingen wir Mädels im offenen Fenster unseres Mietshauses und schauten hinunter auf die Straße. Dort standen doch tatsächlich ein Mercedes und ein Audi mit Westkennzeichen zwischen den Plastikbombern, den grauen Wartburgs und Trabis! Die Leute stiegen dafür sogar extra aus der Straßenbahn. Zwei dicke, moderne Westautos. Mit Automatik, Sitzgurten und glänzenden Felgen. Mit bedächtig nickenden Wackeldackeln auf der Konsole und bunt umhäkelten Klopapierrollen.

Vier Tanten und ein Onkel waren mit großem Getöse angereist, den Kofferraum voller wundervoller Gaben! Bei uns in der Wohnung herrschte Ausnahmezustand: Mama hatte es geschafft, all ihre bayrischen Geschwister bei uns in der Wohnung unterzubringen. Sie war in einem einzigen Glücksrausch, kochte und servierte ununterbrochen, während ihr Mund vor lauter Fragen nicht stillstand. Das schallende Gelächter der sechs Geschwister hallte in regelmäßigen

Abständen durchs ganze Haus. Papa mahnte schon zu Diskretion!

Nicht dass wir beobachtet oder sogar belauscht würden! Besser, wir erregten kein öffentliches Ärgernis. Aber das war den Verwandten egal. Sie kannten das nicht: abgehört, beobachtet oder belauscht zu werden! »Mia san mia, Sakrament no amoi!«, stieß unser Onkel Sepp urbayrische Laute aus.

Die Hochzeit in St. Severi auf dem Domberg war gleichzeitig ein hochkarätiges klassisches Konzert: Alle gemeinsamen Freunde des Brautpaares musizierten, dass der bayrischen Verwandtschaft nur so der Mund offen stand. Eine Sopranistin sang das »Ave Maria«, begleitet von jungen Mitgliedern des Orchesters, dessen Konzertmeister Bruno war. Ein Bariton gab »Ich liebe dich so wie du mich« von Beethoven zum Besten, und am Ende stimmten mindestens zwanzig junge Chormitglieder des Stadttheaters Erfurt das »Halleluja« von Händel an. Die Orgel brauste, dass wir alle Gänsehaut bekamen. Und wenn wir beobachtet und belauscht wurden? Sei's drum! So eine geradezu königliche Hochzeit bekamen die Parteigenossen auch nicht alle Tage zu sehen und zu hören! Halleluja, sog i!

Mama und Papa saßen mit uns Mädels und den Kindern in der ersten Reihe, und wir hatten gar nicht genug Taschentücher, um uns die Rührungs-und Freudentränen aus den Augen zu wischen. Unser Burschi! Und Kati! So glücklich! Er kam uns vor wie ein Prinzgemahl.

Die Hochzeitskutsche des jungen Paares war natürlich der blumengeschmückte, gepolsterte Mercedes von Onkel Sepp, der durch die Straßen glitt. Alle Leute blieben stehen und staunten!

Die restliche Westverwandtschaft, also die vier Schwestern meiner Mutter, mussten mit Trabis und Wartburgs vorliebnehmen und sparten nicht mit mitleidigen Bemerkungen.

»Mei, da kriagt ma ja an Bandscheibenvorfall. Ja hat die damische Plastikschschüssl koa Federung net?«, schnatterten die Tanten durcheinander.

»Geh, wos stinkt des kloane Knatterfurzding grauslich! Da tät i liaba Trecka foan!«

»Wie könnt's ihr damit leben? Na des is doch narrisch, deppert is des!«

Diese liebevolle Kritik hörten wir ständig, egal ob es um Möbel, Tapeten, Lampen oder unseren Fernseher ging. »Wie hoit's des bloß aus? Ihr seid's ja no in da Steinzeit!«

Es war wie in einem köstlichen Kabarett. Eigentlich lachten wir uns selber aus. Aber wir kannten es ja nicht anders!

Im Restaurant Ratskeller fand die anschließende pompöse Feier statt, die die beiden Westonkels bezahlten: Unser Onkel Sepp, der Großbauer, und Katjas Onkel Franz, der Viehhändler, beschwerten sich als waschechte Bayern gleich lauthals über die kleinen Biergläser und den einzigen, in ihren Augen festgefrorenen, faulen Kellner, der so gar nicht nach ihrer Pfeife tanzen wollte.

»Geh, Meister! Da is ja goa nix drin! Geh, des is doch nur oa Maul voll!« Der arme Kellner machte einen völlig überforderten Eindruck, als er kurz darauf zwölf kleine Gläser vor unseren durstigen Onkels abstellte. Normalerweise waren die Leute dankbar, wenn sie überhaupt einen Tisch im Ratskeller bekamen. Und bis ein Kellner überhaupt von ihnen Notiz nahm und schließlich möglicherweise sogar ein Glas mit einem Getränk brachte, konnte gern mal eine Stunde vergehen! Aber nicht bei unseren bayrischen Onkels! Jetzt wurden dem Werktätigen aber Beine gemacht!

Unser Onkel Sepp knallte gleich mal einen Westhunderter auf den Tisch, und plötzlich gab es Bier im Überfluss. Zum Glück verstand der Kellner den derben Dialekt nicht, der auf seine Kosten ging. »Ja! Da schaust! Jetzt rennt er, der

G'schaftige, Patscherte! Gäid regiert die Wäit! Ja, freilich! Ja, des hast net g'wusst, wos? Da schaust!«

Wir hingen vor Lachen in unseren Stühlen, bis uns der Bauch wehtat. Das war eine Hochzeit nach Burschis Geschmack! Eingekeilt zwischen Westverwandtschaft von beiden Seiten des Brautpaars, erfuhren wir aus erster Hand, was es mit dem »kapitalistischen Feindesland« auf sich hatte. Natürlich gab es Arbeitslosigkeit, die Mieten waren hoch, und ein Hortplatz für jedes Kind war keinesfalls Standard. Aber jeder, so posaunte Onkel Sepp, könne es in Westdeutschland zu etwas bringen, wenn er nur fleißig, wissbegierig, pünktlich und zuverlässig sei. »Wer Geld verdienen will, hat auf allen Gebieten die Möglichkeit!«

»So schaut's aus«, haute Onkel Franz, der Viehhändler, bekräftigend seine haarige Pranke auf den Tisch.

»Lotti, du fesches Dirndl, wie sieht es mit dir aus?« Jovial klopfte mir der Onkel auf die Schulter. »Bist a ganz a sauberes Madl! Was willst du denn mal beruflich tun?«

»Nun ja, ich bin dank meiner privaten Fachschule eine ausgebildete Sekretärin und Stenotypistin!«

»Ja mei, die werden bei uns im Westen händeringend gesucht!«, machte Onkel Sepp mir lange Ohren.

»Und was verdient man da so?«, entrang ich mir errötend.

»Na, um die Tausend brutto tät ich mal sagen! Für den Anfang!«

Ich sank überwältigt in mir zusammen. In Westmark! So eine Kaufkraft war hier absolut utopisch. Außerdem würde ich sowieso niemals rüberkommen und wollte das auch gar nicht. Schließlich hatte ich meine ganze Familie hier. Meine Eltern waren mein Mittelpunkt, mein Nest, meine Geborgenheit. Dann waren da noch meine Schwestern mit ihren Familien und natürlich Burschi, unser aller Augenstern.

Bruno, der wunderschöne Bräutigam im schwarzen Smoking und mit glänzenden Lackschuhen, dazu eine weiße Rose am Revers, ließ sich das Leben auf der westdeutschen Seite in allen Farben schildern. Die gesamte Westverwandtschaft redete lebhaft auf ihn ein. »Bei deinem Talent und deinem Aussehen! Fünffache Gagen tätst du bei uns im Westen verdienen!« Mein schon leicht betrunkener Bruder saugte alles auf wie ein Schwamm, ja nahm von seiner durchaus Raum einnehmenden Braut kaum noch Notiz, deren Kopf immer nur hin- und herflog wie ein Tennisball und deren Schleier wehte wie eine Gardine im Sommerwind.

»Bua, in der Münchner Philharmonie haben sie eine Geigen-Vakanz!«, brüllte der angeheiratete Onkel Franz durch die Bier-und Rauchschwaden. »Das wär der perfekte Job für dich! Wenn du rüberkommst, verschaff ich dir ein Vorspiel beim Karajan!« Woher der Onkel nun wieder diese Beziehungen hatte, wusste ich nicht, und im Moment war es mir auch egal. Vielleicht ging er auch mit dem Karajan auf die Jagd?

Denn was uns Mädels im Moment viel mehr interessierte, war die westliche Mode. Obwohl wir mitten in Erfurt waren, hatte ich den Eindruck, plötzlich in eine andere Welt versetzt worden zu sein. Die Tanten waren durchweg schick und stimmig angezogen. Da passte die Tasche zu den Schuhen, und auch die Schnitte und Farben der Kleider waren für uns Schneiderinnentöchter eine Augenweide. Mama bekam rote Ohren, als sie hörte, was das alles gekostet hatte. Bei uns im Intershop gab es manchmal etwas zu kaufen, aber nicht in dieser Hülle und Fülle, und nicht aus solch erlesenem Material! Ihre Schwestern wirkten selbstsicher, rochen wunderbar und hatten tolle Frisuren. Am Ende schenkten sie ihre Klamotten Mama, die sie für uns umarbeitete. Geschenkt bekamen wir außerdem Unmengen an Seife, Zahnpasta, Kaffee, Seidenstrumpfhosen und sogar Jeans der angesagten Marke Wrangler.

So was Cooles gab es bei uns nicht! Jubelnd rissen wir Mädels einander die Gaben aus der Hand. Unsere Wohnung war Schlaraffenland, Supermarkt und Modeboutique in einem. »Jetzt brauchen wir jahrelang nichts mehr einzukaufen«, freute sich Mama.

10

Bernau am Chiemsee, 2. Januar 2011

»Jetzt wird erst mal eingekauft!«, freute ich mich. Bruno besaß wirklich nicht mehr als das, was er bei seiner Ankunft am Leibe getragen hatte. Einen verfilzten Pullover, ein wirklich nicht mehr frisches Unterhemd, ein paar Windeln, die abgewetzte Jogginghose und eine viel zu dünne Jacke. Außerdem hatte er keinerlei Kosmetikartikel – weder Seife noch Zahnpasta noch Rasierzeug. Aber ich hatte ja auch so einen Druck gemacht. Der Ball lag also bei mir, keine Frage.

Nachdem ich meinen Bruder in sein neues Heim St. Rupert am See gebracht und mich mit den dortigen Pflegerinnen und Pflegern bekannt gemacht hatte, durchstöberte ich erst mal die Boutiquen am Chiemsee, die sonst eher Touristen vorbehalten waren. Aber für Bruno wollte ich wirklich nichts im Discounter erstehen. Für meinen Bruder nur das Beste! Ich kaufte zwei warme Pullover, drei Hemden, drei lange warme Hosen, bei denen ich das rechte Bein abnähte, warme Strümpfe, einen schicken dick gefütterten blauen Skianorak und eine warme Mütze. Erst hatte ich einen grauen warmen Mantel in Erwägung gezogen, aber da Bruno im Rollstuhl saß, war das zu umständlich. Passend zum Skianorak leistete ich uns ein Paar gefütterte Skihandschuhe, denn ich wollte meinen Bruder so oft wie möglich im Rollstuhl ausfahren, und er sollte nie wieder frieren müssen. Auch eine kuschelige Wolldecke musste sein. Später wollte ich bei der Krankenkasse einen Antrag auf einen gefütterten Rollstuhl-Schlupfsack stellen. Im Antragstellen war ich nämlich gut!

Bei Pauls und meinen täglichen Besuchen im St. Rupert am See zeigte Bruno immer wieder Freude über unser Kommen. Sein durch den Schlaganfall gezeichnetes schiefes Lächeln sagte mehr als tausend Worte.

»So, mein Lieber, für heute habe ich einen Friseurtermin für dich ausgemacht!«

Im Salon »Mecki Messer« unten an der Seepromenade verpasste der nette Friseurmeister, zu dem auch mein Paul seit Jahren ging, Bruno einen modischen Igelschnitt. Er sah damit gleich um Jahre jünger aus. Dennoch musste es natürlich eine dicke Mütze mit Ohrenklappen sein, wenn wir ausgingen. Sämtliche Kosten durfte ich einreichen. Ich freute mich so auf unseren ersten Spaziergang auf den Spuren unserer Kindheit! Bruno würde staunen, was sich alles getan hatte in unserer beschaulichen Heimat.

Schwester Silke, die für Bruno zuständige Pflegerin im St. Rupert am See, hatte seine Habseligkeiten inzwischen ausgepackt und drehte sich erfreut zu mir um, als ich sein neues, noch karges Zimmer betrat.

»Schauen Sie mal, Frau Denkstein, was Ihr Bruder hier für einen kleinen Schatz hütet!« Sie öffnete eine kleine Schatulle. Darin lag das rosa Geburtsarmbändchen seiner Tochter mit der Aufschrift: »Yasmin. 25.1.1976«.

Die Tatsache, dass er diese kleine Kostbarkeit immer bei sich getragen hatte, durch alle Stürme seines Lebens, berührte mich so sehr, dass ich noch eine Mail an Yasmin schrieb.

Liebe Yasmin,

ich hoffe, es geht dir und dem werdenden Leben in Hamburg gut! Du wirst sicherlich eine wundervolle Mutter sein. Inzwischen ist dein Vater pünktlich zu Weihnachten bei uns eingetroffen, und wir schenken ihm, so gut wir können, familiäre Nähe. Sein Gesundheitszustand ist immer noch sehr schlecht, und ich glaube, nichts und niemand könnte daran mehr zum Guten verändern als dein und Peters Besuch. Ich weiß, dass es ein weiter Weg ist, und das meine ich durchaus auch im übertragenen Sinn. Ich weiß auch, dass er euch kein guter Vater gewesen ist. Aber jetzt ist er es, der Hilfe und Zuneigung braucht, und ich als Schwester gebe sie ihm gern – vielleicht auch ihr? Bitte grüßt Kati ganz herzlich von mir, die wir als Katja in Erinnerung haben, als schöne, selbstbewusste junge Frau mit einer wunderschönen Stimme. Vor fast vierzig Jahren ist sie mit dem kleinen Pit aus unserem Erfurter Wohnzimmer verschwunden und nie zurückgekommen. Unser Vater hat sie noch zu einem Parkplatz gebracht, von dem aus euer Leben – du warst ja noch nicht auf der Welt – einen neuen, unbekannten Lauf nahm. Es tut mir so leid, dass eure Mutter ihre vielversprechende Karriere im Westen nicht fortsetzen konnte und dass sie mit meinem Bruder nicht glücklich geworden ist. Ich wünsche ihr und hoffe für sie, dass sie auch ohne Bruno wieder ein erfülltes Leben führt!
Ich würde mir so sehr wünschen, dass Kati mir die Chance gäbe, sie einmal zu besuchen und den Rest von ihrer, eurer und Brunos Geschichte zu erfahren! Er kann sie mir ja nicht mehr erzählen.
Alles Gute für dich und dein Kleines, natürlich auch an Peter, den ich als anderthalbjährigen, süßen quirligen Buben ein letztes Mal im Arm gehalten habe.
Sehr liebe Grüße
deine Tante Lotti

Darauf kam leider nie eine Antwort.

An diesem Nachmittag fanden Paul und ich Bruno im Wohnbereich von St. Rupert am See auf einem Sessel sitzend vor. Er schaute gemeinsam mit anderen Bewohnern fern.

»He, Bruno, alter Junge!« Paul schlug ihm freundschaftlich auf die Schulter. »Bis jetzt haben wir dich nur im Rollstuhl sitzen sehen. Das ist ja eine echte Überraschung!«

»Dabei wollten wir dich gerade zu einer ersten Ausfahrt an den See mitnehmen! Du ahnst ja nicht, wie ich mich auf dein Gesicht freue, wenn wir zum ersten Mal gemeinsam zum alten Strandbad gehen! Weißt du noch? Wo du den zweifachen Salto vom Fünfmeterbrett gemacht hast!«

Schwester Silke, die gerade Kuchen und Plätzchen verteilte, sah erfreut zu uns herüber.

»Ich glaube, dass Ihr Bruder am Morgen sogar schon zu einer ersten Ausfahrt im Rollstuhl mit Pfleger Felix unterwegs war. – Gell, Herr Alexander! Sie haben den Chiemsee und das Strandbad schon gesehen!«

Oh nein! Jetzt war die Überraschung verdorben! Ich hatte mich so auf seine staunenden Augen beim Anblick unseres gemeinsamen Kindheitsszenarios gefreut!

Bruno brabbelte Unverständliches. Paul legte die Hand auf meine Schulter. Er wusste genau, was in mir vorging.

»Ach Mensch, Bruno«, entfuhr es mir in meiner Enttäuschung darüber, dass dieser heiß ersehnte Moment nicht uns beiden vorbehalten geblieben war. »Ich hatte mich so darauf gefreut, mit dir raus zum alten Badesteg zu fahren! Ich wollte dir den Fünfmeterturm zeigen, von dem du damals gesprungen bist!« Vor lauter Frust fühlte ich mich wie ein kleines Mädchen, das seinen Willen nicht bekommen hat.

Da gelang es Bruno plötzlich, einen langen Zischlaut herauszubringen.

Erwartungsvoll hingen wir an seinen Lippen. »Schschsch...«
»Was willst du uns sagen, Bruno? Komm, raus damit!« War es das Geräusch des Wassers, an das er sich erinnerte?
»Schschschsch...eiße!«
Das kam so kraftvoll und aus tiefster Seele über seine Lippen, dass wir uns nur ungläubig ansahen und lauthals lachten. Brunos erstes Wort war »Scheiße«. Großartig! Am Ende lachten Schwester Silke, Pfleger Felix und alle anderen Heimbewohner am Tisch mit.

Obwohl mir Dr. Werres in Neumünster prophezeit hatte, dass mein Bruder nie wieder würde sprechen können, hatte er uns gerade das Gegenteil bewiesen.

Wer hätte gedacht, dass dieses Unwort uns einmal so viel Freude bereiten würde?

11

Erfurt, Januar 1971

»Scheiße!« Bruno kam die Treppe heraufgestapft und ließ sich in der Küche an den Tisch sinken. Mama hatte extra einen Kuchen gebacken, denn ihr geliebter Burschi kam nicht mehr so oft vorbei, seit er verheiratet war und seine Katja ein Kind von ihm erwartete.

»Was ist passiert?«

»Ich war wieder mit dem Streichquartett auf einem Gastspiel im Grenzgebiet«, sprudelte es aus ihm heraus, während Mama ihm fürsorglich Kaffee einschenkte und frischen Streuselkuchen servierte. Liebevoll gab sie noch einen Klecks Sahne daneben. Ich wünschte, sie hätte für uns Mädchen auch so einen Service bereitgehalten.

»Ich hatte ordnungsgemäß einen Grenzpassierschein dabei, wie immer. Ihr wisst ja, dieser Schein ist zeitlich begrenzt und kann, wenn ich gesinnungsfeindliche Anwandlungen an den Tag lege, jederzeit eingezogen werden. Dann spielt ein anderer für mich die erste Geige. Ich bekomme diesen Lappen immer erst kurz vor meinem Auftritt – aus betrieblichen Gründen und nur für dienstliche Belange, wie es heißt. Aber nach dem Konzert muss ich ihn sofort wieder abgeben.«

»Aber du machst doch keinen Ärger, Burschi.« Mama setzte sich neben ihn und strich ihm die widerspenstige Elvis-Tolle aus der Stirn. »Habt's ihr denn wenigstens schön gespielt?«

»›Der Tod und das Mädchen‹ von Schubert.« Heißhungrig stopfte sich Bruno Mamas noch warmen, krossen Kuchen in den Mund. »Und als Zugabe ›Die launische Forelle‹.«

»Dann ist's ja gut, Burschi. Komm, magst noch ein Stück?!«

Bruno und ich wechselten bedeutungsschwere Blicke. Ich ahnte, dass Bruno seit der Hochzeit an nichts anderes mehr dachte, als mit seiner Katja, die jetzt im sechsten Monat schwanger war, in den Westen abzuhauen. Onkel Sepp und erst recht Onkel Franz mit seinen Beziehungen hatten ihm diesen Floh ins Ohr gesetzt.

»Die Grenze wird immer mehr vermint!« Bruno schluckte seinen Ärger mit Kaffee hinunter. »Das ist unfassbar, wie die Soldaten da alles mit Stacheldraht zuknallen. Bald findest du kein Schlupfloch mehr.«

»Aber Burschi, wer redet denn hier von Schlupfloch! Du hast Frau und Kind, Familie und Verantwortung!«, versuchte Mama seinen Zorn zu zähmen. »Werner, red du ihm das aus!«, begrüßte sie meinen gerade eintretenden Vater. Der wusch sich erst mal sorgfältig die Hände an der Spüle und krempelte sich dazu die Hemdsärmel hoch. Dann griff er zum Küchenhandtuch, das zum Trocknen über dem Ofen hing.

»Ich weise dich mit Nachdruck auf die große Gefahr, ja auf die völlige Aussichtslosigkeit einer Republikflucht hin«, dozierte Vater mit heiligem Ernst.

»Ganz zu schweigen von der Strafe, die dir droht, wenn du geschnappt wirst.« Er zog die Ärmel wieder runter und knöpfte sich die Manschetten zu. »Jahrelange Haft hast du dann zu erwarten, und anschließend ist deine Zukunft verbaut.« Besorgt schaute Vater seinen Sohn an. Wie immer bei solchen Gesprächen standen ihm die Schuldgefühle ins Gesicht geschrieben. Er hätte damals schließlich nicht nach Erfurt gehen müssen. Keiner hatte ihn dazu gezwungen. Er hätte ein ganz normaler Landtierarzt in Bayern bleiben können. Doch er wollte den Zoo und die Karriere, das Außergewöhnliche, Exotische. Er hatte uns gesagt, wir könnten jederzeit zurück! Zwar konnte damals niemand das Ausmaß erahnen, aber er hatte auch den richtigen Zeitpunkt für eine mögliche Heimkehr verpasst. Und das würde er sich nie verzeihen.

Bruno schaufelte zornig ein drittes Stück Kuchen in sich hinein, und Mama beeilte sich, ihm Kaffee nachzuschenken.

»Du bekommst mindestens fünf Jahre Gefängnis, die du bis zum letzten Tag absitzen musst. Danach bist du als Verräter gebrandmarkt, und das ein Leben lang«, fügte Papa mahnend hinzu. »Denk an Frau und Kind! Denen kannst du das nicht antun. Versprich mir, Bruno, dass du nicht einmal im Traum daran denkst!«

»Scheiße«, sagte Bruno erneut zwischen zwei Schlucken Kaffee. Und würdigte Vater keines Blickes.

Mir zog sich der Magen schmerzhaft zusammen, während ich sah, welch schmerzlichen Freiheitsentzug mein heiß geliebter Bruder verspürte.

Kaum jemand aus unserer Familie nahm Papa das so übel wie Bruno, dessen berufliche Chancen hier auf Dauer überschaubar blieben. In Westdeutschland dagegen könnte er ein Star werden! Um die ganze Welt reisen! Das internationale Publikum würde ihm zu Füßen liegen. Doch so blieb er im Orchester des Stadttheaters Erfurt, und seine kleinen bescheidenen Ausflüge mit dem Streichquartett hielten sich – im wahrsten Sinne des Wortes – in Grenzen.

Er und Katja wohnten inzwischen im ausgebauten Dachboden der alten Villa von Katjas Eltern, die beide Professoren an der Musikhochschule Weimar waren. Das war schon was Besonderes, dass sie sich dort ansiedeln durften! Normalerweise warteten junge Paare lange auf eine eigene Wohnung irgendwo in einem Plattenbau.

»Junge. Sei dankbar. Versündige dich nicht!« Mama räumte die Kaffeetassen ab, und ich beeilte mich, sie zu spülen. Ich bewunderte meine tapfere kleine Mama, die ihr Schicksal nie beklagte! Inzwischen brachte sie an der Berufsschule zukünftigen Näherinnen das Schneidern bei. Es ging uns durchaus nicht schlecht. Selbst Papa hatte sich von seiner ungeliebten Tätigkeit bei der Stadtverwaltung auf eine neue Stelle retten können: Er war jetzt Leiter des Erfurter Tierheims. Als Tropenmediziner war er zwar deutlich überqualifiziert mit all den herrenlosen Hunden, streunenden Katzen und ausgerissenen Wellensittichen, aber für Papa waren alle Tiere gleich. Immerhin war er wieder bei seinen geliebten Viechern.

Und unsere Tanja ging nach wie vor brav zur Schule, Moritz-Schule, dritte Klasse.

»Und du, Lotti?« Endlich hatte Bruno seinen Frust in einem auf Kaffee und Kuchen folgenden Kognak ertränkt. »Was treibst du Schönes?«

Ich war immer noch seine Lieblingsschwester, und dementsprechend liebevoll schaute er mich an.

»Bruderherz, du wirst es nicht glauben: Ich habe einen

Posten als Sekretärin bei der GST ergattert – du weißt schon, bei der Gesellschaft für Sport und Technik.«

»Schau, schau. Die GST also. Nicht schlecht.« Bruno lehnte sich zurück und zündete sich eine Zigarette an. Es war, als würde er eine Friedenspfeife mit uns rauchen.

Eifrig redete ich weiter. »Papa war erst nicht so begeistert, weil es ja so eine Art vormilitärische Sportgesellschaft, eine Massenorganisation für technische Sportarten ist.«

»Ich weiß schon. Trotzdem, Schwesterherz.« Frech blies er mir einen Rauchring ins Gesicht: »Das reinste Männerparadies: Sportschießen, Motorsport, Tauchsport, Funksport, Fallschirmspringen und Segelfliegen.« Bruno tätschelte mir anerkennend das Knie. »Und dazwischen unsere Kleine!« Er gab mir einen Kuss auf die Wange. »Weißt du eigentlich, wie hübsch du geworden bist, Lotti?«

Ich errötete vor Stolz und Freude. »Spiegel haben wir ja in der DDR«, kicherte ich verschämt. Ich war gertenschlank, hatte die modisch angesagte Dauerwelle in Schwarz und ließ meine dunkelbraunen Augen mithilfe von Kajal größer wirken. Dazu meine freche kleine Stupsnase – ein bisschen so wie die junge Uschi Glas, würde ich heute sagen.

»Sperrt die Zuckerplätzchen ein«, grinste Bruno, nun wieder ganz der alte Charmeur. »So geht die Arie des Osman aus Mozarts ›Die Entführung aus dem Serail‹.«

»Wissen wir«, meinte Papa altklug. »Wir haben auch eine Allgemeinbildung.« Er lächelte Mama zu, doch die lächelte nicht zurück. Die ständige Rivalität zwischen unseren beiden Platzhirschen war allgegenwärtig.

Bruno überhörte ihn geflissentlich. »Abgesehen von der beschissenen militärischen Ausrichtung hat dein Arbeitsplatz bestimmt den Vorteil, dass es dort von hübschen Kerlen nur so wimmelt. Lotti, Schwesterchen. Wenn du da nicht bald deinen Traumprinzen triffst!«

Tatsächlich war ich in meinem schicken Büro in einem tollen fünfgeschossigen Haus im Zentrum von Erfurt fast ausschließlich von männlichen, sportlichen und meist gut aussehenden Mitarbeitern umgeben. Selbst die älteren Ausbilder waren mal begeisterte Sportler gewesen. Es gab einen geschmackvollen Empfangsbereich mit Fahrstuhl, was für Erfurter Verhältnisse eine Seltenheit war. Mein persönliches Büro verfügte über eine ansprechende Sitzgruppe und über einen modernen Schreibtisch mit nagelneuer elektrischer Schreibmaschine. Wow, das war ein Job! Und dazwischen ich, in angesagten Klamotten, damals war Minirock modern. Und den konnte ich mir leisten, superschlank wie ich war. Viele bewundernde Blicke ruhten auf mir, und ich genoss es, nicht mehr im grauen Kittel am Fließband zu sitzen. Auch das hatte ich letztlich Burschi zu verdanken, der sich für mich so parteigetreu gab, und das würde ich ihm nie vergessen.

Mein Chef war natürlich auch ein treuer Genosse – Also diesmal echt! –, aber meine Kollegen waren trotz Personalaktenvermerk »Westverwandtschaft« nett und aufgeschlossen zu mir. Auch bei denen wurde nämlich heimlich Westfernsehen geschaut!

»Habt ihr gestern Abend auch ›Was bin ich?‹ mit Robert Lembke gesehen?«, hörte ich sie im Nebenzimmer lachen. »Im goldenen Westen würde ich mir auch gern mal das Sparschwein voll machen lassen!«, seufzten sie hinter vorgehaltener Hand. »Und von dem Geld dort dann richtig einkaufen gehen. Oder nach Mallorca fliegen!« Also, ganz so linientreu waren sie dann wohl doch nicht. Wir zu Hause hatten auch einen Renner: »Spiel ohne Grenzen«. Wir konnten uns ausschütten vor Lachen, wenn wieder mal eifrige Kandidaten auf ihrem Weg zum Ziel auf Schmierseife ausrutschten. Schadenfreude ist doch die schönste Freude!

Papa klebte natürlich am Fernseher, wenn Professor Grzimek »Ein Platz für Tiere« präsentierte, und Bruno konnte dessen weinerliche Stimme so treffend nachmachen, dass wir uns vor Lachen auf dem Teppich wälzten.

»Fräulein Alexander, hast du den heutigen Posteingang schon sortiert?«

Wie in jeder guten Firma duzten wir uns und sprachen uns dennoch mit »Herr« und »Frau« an.

Der Genosse Brackow aus dem Bezirksvorstand rief mich über seine Lautsprechertaste.

»Ich bin gerade dabei. Einen Moment noch bitte, Genosse Brackow!«

Ich konnte meinen Blick gar nicht von dem Foto lösen, das ich gerade in den Händen hielt. »Dies Bildnis ist bezaubernd schön!«, zitierte ich stumm aus Mozarts »Zauberflöte«.

Es gehörte zur Bewerbung eines supersüßen blonden Matrosen namens Paul Denkstein, der in der Abteilung Seesport tätig werden wollte. Obwohl das gar nicht meine Aufgabe war, blätterte ich seine Unterlagen aufmerksam durch. Den Schönling hätte ich gern hier als Kollegen!

Paul Denkstein besaß das, was Genosse Brackow einen einwandfreien Leumund nannte: Sein Vater, Peter Denkstein, war Oberst der Nationalen Volksarmee, seine Mutter, Beate Denkstein, Bankangestellte. Westverwandte gab es keine – na super! Der parteitreue Vater gehörte zum Wehrkreiskommando Gotha. Sein gut aussehender sommersprossiger Sprössling hatte sich für drei Jahre zur Marine gemeldet. Wie schmeichelhaft für den alten Oberst!

Sollte ich die Bewerbungsunterlagen dieses Sahneschnittchens wirklich schon zum Chef tragen? Ich war ganz verzaubert von dessen Antlitz! Der sah so pfiffig aus, so witzig und so männlich. Zuverlässig. Stark wie ein Baum.

»Fräulein Alexander? Wird's bald mit den Kaderunterlagen?«, schnarrte es durch die Sprechanlage.

»Ich komm ja schon!« Heimlich drückte ich einen Kuss auf das Passfoto des süßen Matrosen. »Willkommen im Club, mein sozialistischer Held. Hoffentlich nehmen sie dich!«

Kurz darauf bekam ich vom Vorgesetzten Brackow tatsächlich den Dienstbefehl: »Termin zum Vorstellungsgespräch mit Paul Denkstein vereinbaren!«

Was ich nur allzu gern tat. Mein Herz klopfte laut. Als protokollführende Sekretärin war ich selbstverständlich anwesend, als der große Blonde mit den lustigen Sommersprossen eintrat. Im Original wirkte er noch viel größer als auf dem Foto. Er trug ein dunkelblaues, zweireihiges Sakko, ein beiges Hemd, eine modisch breite taubenblaue Krawatte und graue enge Schlaghosen. Ein Hingucker, die neueste Mode! Durchtrainiert, sehnig, muskulös. Hurra, ein Volltreffer in diesen heiligen Hallen! Paul Denkstein, du könntest mein Herz gewinnen, jubelte es in mir! Und er wurde tatsächlich genommen. Ein warmes Kribbeln machte sich in meinem Bauch breit, als ich ihn zum ersten Mal zu seinem Arbeitsplatz führte. Ob wir wohl Freunde werden würden? An mir sollte es nicht scheitern.

Bei seinem Einstand, einem gemütlichen Beisammensein mit Schnittchen und Bier, suchte Paul Denkstein auch schon meine Nähe. Es funkte so ziemlich in der ersten Minute. Er liebte meine Stupsnase und ich seine Sommersprossen.

Wir plauderten über Wassersport, was nicht unbedingt mein Fachgebiet war.

Er war ein leidenschaftlicher Segler, Schwimmer und Taucher.

Ich schwärmte ihm von wilden Tieren vor. Und erzählte von meinem großen Bruder und unserem Elefantenritt, als wir noch Kinder waren. Dass er mich an diesem Abend nach Hause brachte, allerdings zu Fuß, lag auf der Hand.

12

Bernau am Chiemsee, 15. März 2011

»Guten Morgen, Bruderherz! Ich bin heute zu Fuß da, erstens ist es schon schön draußen, und zweitens ist Paul erkältet und wollte dich lieber nicht anstecken.« Durch die sich automatisch öffnende Glastür wehte ich herein wie der buchstäbliche frische Frühlingswind. Draußen war es noch kühl, aber sonnig. »Wo sind denn die anderen?«

Erfreut hob Bruno den Kopf. Er saß allein im Aufenthaltsbereich seines Heims, sodass ich ihm gleich beim Frühstücken helfen konnte.

»Hm! Was gibt's denn heute Schönes?«

Ich nahm seine einsame Portion von der Anrichte und stellte sie ihm hin.

Blitzschnell hob er mit seinem gesunden Arm den Deckel ab und ließ ihn zu Boden fallen, verschlang heißhungrig das darunter liegende Marmeladenbrot. Mangels gesunder Zähne sah das ziemlich komisch aus. Ganz kurz blitzten Bilder von unseren Affen im Erfurter Zoo in mir auf.

»Aber Bruno! Hast du etwa Angst, man könnte dir das Essen wieder wegnehmen?«, scherzte ich. Sein Blick eilte zu mir, und plötzlich wurde mir bewusst, dass ich da womöglich eine traumatische Erinnerung ausgelöst haben könnte.

War es ihm im Gefängnis so ergangen? Er schlang sein Brot hinunter wie ein ausgehungertes Tier. Rot wie Blut klebte ihm die Marmelade an Mundwinkeln und Kinn. Ich wischte sie unauffällig weg und reichte ihm die Schnabeltasse mit dem lauwarmen Tee.

»Entschuldige, Bruno, das war nicht meine Absicht.« Schnell wechselte ich das Thema. »Draußen ist Frühling! Wir könnten nach dem Frühstück ein bisschen rausfahren!«

»Jaaaaa«, kam es aus vollem Marmeladenmunde fröhlich zurück. Ich war erleichtert.

»Sie können jetzt endlich den gefütterten Schlupfsack vom Sanitätshaus abholen«, mischte sich Schwester Silke ein, die gerade mit dem klirrenden Servierwagen rückwärts aus einem der Zimmer kam. »Jetzt endlich ist er da, nach zehn Wochen!«

»Jetzt brauchen wir ihn auch nicht mehr. Draußen sind fünfzehn Grad!« Schnell stand ich auf und half Silke mit dem sperrigen Gefährt. »Andererseits: Der nächste Winter kommt bestimmt!«

Hoffentlich würde Bruno dann noch leben. Er war doch erst dreiundsechzig Jahre alt und hier im St. Rupert am See der jüngste Bewohner. Ich hoffte so sehr, dass wir nach der langen Trennung noch eine schöne gemeinsame Zeit haben würden. Dafür war ich zu allem bereit!

»Ja, die bürokratischen Mühlen mahlen langsam«, lachte die Schwester. »Jetzt, wo er endlich warme Sachen hat, braucht er schon wieder Frühlingskleidung!«

»Die gehen wir nachher besorgen, was meinst du, Bruno? Machen wir einen schicken Einkaufsbummel?«

»Jaaaa!«

Das taten wir. Ich erstand ein weißes Polohemd, das Bruno gar nicht mehr ausziehen wollte. Er gefiel sich so sehr in dem gepflegten Outfit, dass er sogar darin schlafen wollte. Und warum auch nicht? Ich wollte dafür sorgen, dass er hier nur noch Freuden hatte, und seien sie auch noch so klein.

Inzwischen war ich vom hiesigen Amtsgericht als amtliche Betreuerin zugelassen worden und durfte als solche über sein spärliches Taschengeld verfügen.

Ständig versuchte ich herauszufinden, was ihm wohl gefallen könnte.

Vom Einkaufsbummel hatte ich auch noch eine Pinnwand aus Kork mitgebracht. Gerade war ich dabei, eine Fotowand

für Bruno zu basteln.»Bruno, das hier sind wir als Kinder, weißt du noch? Und hier sind meine beiden Töchter, also deine Nichten, Katharina und Franzi. Sie fliegen als Stewardessen um die Welt. Die hast du Weihnachten schon kennengelernt.«
»Jaaaa.«
Ich sah ihn prüfend an. Verstand er mich, oder sagte er buchstäblich zu allem Ja und Amen? Möglicherweise auch, wenn er Nein meinte? Hatte sein Gehirn noch was anderes im Angebot?

»Und hier lassen wir Platz für deine Tochter Yasmin. Sie erwartet ein Baby, wusstest du das? Bruno, du wirst Großvater!«
Über Brunos Gesicht huschte ein ganz kleines Lächeln. Fast so als wollte er sagen: »Ja aber dafür kann ich ausnahmsweise einmal nichts.«
»Spitzbub!«, lachte ich. »Ich weiß genau, was du denkst.«
»Sie machen das so großartig, Frau Denkstein.« Die sympathische Silke legte Bettwäsche zusammen, und ich half ihr dabei. »Wir haben selten so rührige Verwandte von Schützlingen hier. Nicht wahr, Herr Alexander? Hier blühen Sie auf?!«
»Jaaa!«
Bruno war gerade damit beschäftigt, mit seinem gesunden Arm Schachfiguren aufzubauen. Wir saßen fast jeden Tag vor diesem Spiel, allerdings nicht im herkömmlichen Sinne. Es reichte schon, wenn Bruno die Figuren auf die richtigen Felder stellte. Das konnte etwas dauern, aber es trainierte sein Gehirn. Und es verband uns. Die Partie endete stets im Remis. Nach dieser Beschäftigungstherapie räumten wir alles wieder in das zu einem Holzkästchen zusammenklappbare Schachbrett, das zu seinen wenigen Besitztümern gehörte. Und wenn er schließlich im Bett lag, sang ich Bruno unseren gemeinsamen Lieblingskanon vor. »Bona nox, bist a rechta Ochs! Bona notte, liebe Lotte ...« Früher war das MEIN Gutenachtlied gewesen. Unsere Familie hatte es zeitversetzt gesungen, wie

es sich gehörte – ganz schön kompliziert! Ob Bruno den Text noch im Gedächtnis hatte? Mein Bruder konnte zwar aufgrund seines Schlaganfalls nicht sprechen, aber singen ging wunderbar, weil dafür ein anderes Hirnareal zuständig ist.

Seine Lieblingsstelle war seit jeher gewesen: »Schlaf fei g'sund und reck den Arsch zum Mund.« Die fand er noch heute toll und lachte laut.

Schwester Silke lauschte amüsiert, und bei dem deftigen Ende kicherte auch sie.

Gemeinsam verließen wir das Zimmer. Als ich ihr im Flur beim Wäscheschrank Handtücher reichte, nahm sie mich am Arm und wurde ernst.

»Ich war wirklich schwer schockiert, wie Sie Ihren Bruder damals in Empfang nehmen mussten: ungepflegt, schmutzig, viel zu kalt angezogen für die minus vierzehn Grad!« Schwester Silke knallte die Schranktür etwas lauter zu als nötig. »Ich kann nicht fassen, dass man einen Schwerkranken so behandelt hat, und das nach einem Schlaganfall!«

»Ich will das alles nicht mehr kommentieren.« Ich packte meine Tasche und schlüpfte in meine wattierte Weste. »Jetzt hat für meinen Bruder eine neue Zeitrechnung begonnen – und das ist alles, was zählt!«

Es wurde April und damit Ostern. Schon am Gründonnerstag brachte ich Bruno ein Nest mit Süßigkeiten, und er freute sich wie ein kleines Kind, verputzte sämtliche Schokoladeneier auf einen Schlag. Hätte ich sie nicht so schnell ausgewickelt, hätte er sie mit dem Silberpapier gefuttert.

Sorgen machte mir auch, dass er die Schachfiguren neuerdings nicht mehr aufs Brett stellte, geschweige denn auf die dafür vorgesehenen Felder, sondern sie wie ein Kleinkind ableckte und in den Mund stecken wollte.

»Bruno, nicht doch! Du verschluckst dich doch!«

»Vielleicht sind seine Hirnschäden größer, als wir glauben«, meinte Schwester Silke.

»Manchmal ist er hellwach, und alles scheint zu funktionieren. Dann wieder weiß ich nicht, ob ich ihn überhaupt noch erreiche.« Bekümmert räumte ich alle kleinen Gegenstände aus seiner Reichweite.

Bruno sah uns dabei so ahnungslos an wie ein Kleinkind.

»Immerhin hat er es jetzt schon geschafft, sich mithilfe des Galgens über seinem Bett selbst aufzurichten. Und beim Umziehen steht er ohne zu verkrampfen auf einem Bein. Er ist kooperativ und macht alles, was man ihm sagt. Nicht wahr, Herr Alexander!«

Silke legte Bruno die Hand auf die Schulter, und Bruno lächelte sein Jungen-Lächeln. Ich kannte meinen Bruder. Der hätte am liebsten gesagt: »Lassen Sie doch den förmlichen Herrn Alexander weg, ich bin der Bruno, und Freunde nennen mich Burschi.«

Aber ich wollte ihm nicht vorgreifen und Silke in seinem Namen das Du anbieten. Ich fand gut, wie respektvoll sie mit ihm umging.

Im Gefängnis war er eine bloße Nummer gewesen. Fünf Jahre lang. Und jetzt sollte ihm Respekt entgegengebracht werden. Seine Würde war für mich das Wichtigste.

»Er ist weder aggressiv – so stand es nämlich im Übergabebericht des Pflegeheims in Neumünster – noch zornig!«, fuhr Silke fort. »Er hat hier noch nie nach jemandem getreten oder um sich geschlagen – im Gegenteil, er ist hilfsbereit und arbeitet tüchtig mit.«

»Ich kann mir auch nur schwer vorstellen, dass Bruno so garstig und unkooperativ gewesen sein soll«, pflichtete ich ihr bei. »Vielleicht lag das am Alkoholentzug? Fest steht, dass er sich hier wohlfühlt, weil ihn alle so wertschätzend behandeln! Wie man in den Wald hineinruft, so schallt es heraus.«

»Und? Sind Sie mit Ihrem Antrag auf Logopädie weitergekommen?« Schwester Silke schüttelte das Kopfkissen auf.

»Oh ja! Unser Hausarzt, Dr. Eberhartinger, dem ich Bruno vorgestellt habe, meint, er sei in der Beziehung durchaus therapiewürdig!« Ich freute mich. Alles lief hier in den richtigen Bahnen.

Nach langer Wartezeit war es mir gelungen, noch am Karsamstag einen Zahnarzttermin für Burschi zu bekommen. Er sollte erst mal keinem anderen Patienten begegnen. Im Rollstuhl hatte ich Bruno hingefahren. Hoffentlich würde er die Erstuntersuchung ohne Panik über sich ergehen lassen.

»Alles läuft auf eine Vollprothese im Oberkiefer hinaus«, informierte mich der Zahnarzt, der mir die Röntgenbilder zeigte. »Vorher müssen jedoch die Wurzelreste entfernt werden. Die beiden Kuchenzähne im Unterkiefer können bleiben, werden aber vor der prothetischen Versorgung saniert. Dann sollten die Wunden erst mal in Ruhe abheilen, bevor wir den Gipsabdruck machen und dem Techniker übergeben.«

»Wie sieht es mit den Kosten aus?«, fragte ich besorgt, während Bruno im Behandlungsstuhl saß und in offensichtlicher Panik sein Papierlätzchen in tausend Fetzen riss.

Ich nahm seine Hand. »Ruhig, Burschi. Wir tun dir nichts. Wir wollen dir nur helfen.«

»Den Heil- und Kostenplan können wir erst nach der Sanierung erstellen. Ich kann das Ausmaß des Behandlungsspektrums so noch gar nicht ersehen. Schauen Sie ...« Der Zahnarzt öffnete Bruno den Mund wie einem Pferd das Maul, was ich nicht besonders nett fand, aber anders ging es wohl nicht. Er erklärte mir Brunos marodes Gebiss und klopfte mit dem kleinen Spiegel gegen seine verbliebenen Zahnstummel.

Bruno zuckte vor Schmerz zusammen.

»Das weist alles darauf hin, dass er jahrelang keine Zahnhygiene betrieben hat.«

Ja, wie denn auch, dachte ich. Im Gefängnis hat er mit Sicherheit keine Zahnbürste gehabt. Wenn sie ihm nicht, wie Vater, sogar Zähne ausgeschlagen haben. Leider konnte Bruno mir das nicht mehr erzählen. Und dann als Obdachloser ...

»Wenn Sie das nächste Mal kommen, dann lassen Sie ihn bitte vorher Mundwasser benutzen.« Der Zahnarzt freute sich offenbar genauso wenig wie Bruno auf ein Wiedersehen.

Dennoch bedankte ich mich, dass er sich außerhalb der Sprechstunden für Bruno Zeit genommen hatte.

Am nächsten Morgen – Paul und ich saßen gerade beim Osterfrühstück – rief ganz aufgeregt Schwester Silke an.

Sie entschuldigte sich, uns zu stören. Aber Bruno werde gerade wegen eines epileptischen Anfalls vom Notarzt ins Krankenhaus nach Prien gefahren. Bestimmt waren das Folgen seines gestrigen Zahnarzterlebnisses! Das hatte ein altes Trauma in ihm ausgelöst!

Noch während wir telefonierten, hörten wir den Rettungswagen mit Martinshorn auf der Hauptstraße vorbeijagen.

»Wir kommen!« Schon sprang ich auf und rannte zur Haustür.

»Na dann frohe Ostern!«, sagte Paul, spülte seinen letzten Bissen mit Kaffee hinunter und griff nach dem Autoschlüssel.

13

Erfurt, Ostern 1972

»Na dann frohe Ostern«, entfuhr es Mutter, die im bunten Küchenkittel den Tisch deckte. »Ist das auch kein falscher Alarm?«

»Nein!«, schluchzte ich auf. »Ich war schon beim Arzt. Ich verstehe überhaupt nicht, wie das passieren konnte, ich bin schon im vierten Monat!« An den Fingern hatte ich mir bereits abgezählt, dass es in der Silvesternacht passiert sein musste. »Dabei hab ich doch nur ein einziges Mal bei Paul geschlafen!«

»Bei oder mit?« Mutter zog eine Augenbraue hoch und stemmte die Hände in die Hüften.

»Ja, wo ist denn da der Unterschied?!«, heulte ich trotzig.

Mutter nahm mich tröstend in den Arm. »Ich hab euch Mädels doch immer gesagt, ein Kind bekommt man schneller als ein neues Hemd!«

»Was ist denn das für eine blöde Aufklärung!«, begehrte ich auf. »Er meinte, seine Eltern seien nicht da, wir hätten die Wohnung in Gotha für uns, und vom Balkon aus könnten wir das Feuerwerk sehen.«

»Ach, Kind, was bist du naiv! Hast du denn gar nichts von der Marianne gelernt?« Mutter hielt mich auf Armeslänge von sich ab und wischte mir die Tränen mit dem Schürzenzipfel ab.

»Was sollte ich denn von der Marianne lernen?!« Begriffsstutzig starrte ich sie an. Mein Kinn zitterte.

»Dass man NICHT mit einem jungen Mann mitgeht, wenn er sagt, er will einem seine Briefmarkensammlung zeigen?!«

»Welche Briefmarkensammlung? Was hat das denn mit Briefmarken zu tun!«

»Nichts«, sagte Mutter lakonisch. »Eben drum!«

»Wir haben wirklich nur ein einziges Mal miteinander geschlafen. Wie kann man denn von einmal schlafen schwanger sein!«

»Man kann sogar von einmal wach sein schwanger sein!« Mama stupste mir liebevoll gegen die Nase. »Oh du mein dummes naives Lottchen du! Jetzt bist du ein doppeltes Lottchen.« Diesen Kalauer hätte ich eher Papa zugetraut.

»Ach, Mama, wie bring ich das nur dem Papa bei!« Das war

meine größte Sorge. Mit Marianne hatte er wochenlang nicht geredet, und selbst als sie, lange nach der Geburt ihres Sohnes Tobias, einen netten Mann namens Günther geheiratet hatte, der bereit war, Tobias an Sohnes statt anzunehmen, war er nicht zu ihrer Hochzeit gekommen. Mama und ich hatten einen Wischeimer voller Tränen geheult deswegen. Und nun hatte ich, seine brave Lieblingstochter, ihm auch noch Schande gemacht! Obwohl ich bis über beide Ohren in den fünfundzwanzig Jahre alten Paul Denkstein verliebt war, der mir mit seinen Sommersprossen und sanften Küssen den Kopf verdreht hatte, kam mir meine unerwartete Schwangerschaft mit zweiundzwanzig Jahren doch wie eine Katastrophe vor.

»Da wirst du auf den richtigen Moment warten müssen, Liebes. Platz bitte nicht mit der Tür ins Haus, ja?! Papa hat so viele andere Sorgen!« Mama räumte den Tisch ab und ließ mich mit meinen düsteren Gedanken allein, um zu ihren Schneider-Schülerinnen zu gehen.

Grübelnd stand ich am Fenster, als wieder quietschend eine blassgelbe Straßenbahn um die Kurve kam und genau in diesem Moment Papa ausspuckte.

Ich ließ ihn erst mal in Ruhe ankommen und wartete den passenden Zeitpunkt ab.

Papa saß allein in der Küche und machte sich seinen geliebten Tomaten-Zwiebel-Salat. Dessen Geheimnis bestand darin, dass die Zwiebeln klein wie Stecknadelköpfe gehackt sein mussten, und auch die Tomatenstücke durften nicht größer als daumengroß sein. Dazu kam frische Petersilie, wenn es denn welche zu kaufen gab. Er machte den köstlichsten Tomatensalat der Welt. Währenddessen hörte er leise Bruckner aus dem Küchenradio. Gesenkten Hauptes schlich ich zu ihm und ließ mich wie ein Häuflein Elend aufs durchgesessene Küchensofa plumpsen. Schon meine Körperhaltung sprach Bände.

»Gell, mein Mädel hat Kummer?« Papa schaute kaum von seinem Schneidebrett auf.

»Ja!«, heulte ich erleichtert. Ich liebte ihn doch so!

»Kriegst a Baby, gell?«

»Ja!«, heulte ich noch viel erleichterter.

»Weiß der Matrose davon?! Ich nehme an, er ist der Vater?«

»Paul heißt er«, schniefte ich in ein Küchenhandtuch. »Paul Denkstein. Er wohnt bei seinen Eltern in Gotha, wo wir das Feuerwerk bestaunt haben.«

»Aber nicht nur.« Um Papas Mundwinkel zuckte es.

»Äh ... nein. Aber der ist sonst hochanständig, wahnsinnig nett, freundlich und hilfsbereit, höflich und ...« Erleichtert fiel ich ihm um den Hals. »... cool!«

Das war damals im Westen ein total angesagtes Wort.

»Liebt er dich?«

»Ganz wahnsinnig. Und ich ihn auch!« Dankbar umschlang ich ihn. »Bist du mir nicht böse?«

»Kleines. Es ist dein Leben. Dann schlage ich vor, dass du mal mit deinem Paul Denkstein essen gehst. Und ihm ganz galant zwischen Suppe und Hauptspeise eröffnest, dass er Vater wird.«

»Aber nur, wenn du auch zu meiner Hochzeit kommst«, fiepte ich kleinlaut.

»Kann ich vielleicht vorher mal seinen Vater sprechen?«, schmunzelte Vater. »Vorausgesetzt, sein Sohn möchte dich heiraten?«

»Ja«, sagte ich gesenkten Blickes. »Der ist allerdings volle Wäsche in der Partei.«

14

Prien am Chiemsee, Ostersonntag, 2011

Atemlos stand ich im Eingang der Klinik direkt am Ufer des Sees, vor deren Notaufnahme ein dicker Porsche parkte. Wo war mein Bruder? Ich wusste nur, er hatte Angst und brauchte mich!

»Mein Bruder ist gerade eingeliefert worden!«, sprudelte es nur so aus mir heraus. Trotzdem konnte ich ihn hier nirgendwo entdecken. »Er hatte traumatische Erlebnisse, gestern beim Zahnarzt kamen die wohl wieder hoch, und ich möchte ihn keine Sekunde länger als nötig allein lassen.«

Die Dame in der Notaufnahme sah mich über den Rand ihrer Brille hinweg unwillig an. Ganz so, als hätte ich gesagt, mein hochbegabter Sohn kann schon alleine Pipi machen. Sie zog die eine Augenbraue so hoch, dass sie unter ihrem Pony verschwand.

»Zimmer 204, zweiter Stock«, schnarrte sie nur. Schon rannte ich zum Aufzug. Paul, der den Wagen ordentlich geparkt hatte, kam gerade durch die Eingangstür und lief hinter mir her.

Kurz darauf stand ich am Bett meines Bruders und hielt seine Hand. Von einem Arzt fehlte jede Spur. Als ich mich im Schwesternzimmer erkundigte, hieß es nur, es sei Ostersonntag, der Zustand meines Bruders sei nicht lebensbedrohlich, wir müssten uns eben gedulden. Ich ließ nicht locker, rief immer wieder die Worte »Trauma« und »Zahnarzt«, bis man genervt zum Hörer griff. Kurz darauf kam ein braun gebrannter Arzt ziemlich irritiert hereingestürmt. »Das ist ja ungewöhnlich, dass eine Angehörige mich an einem Feiertag ins Patientenzimmer bestellt, nur weil der Herr gestern beim Zahnarzt war.«

»Tut mir leid, aber ich möchte Ihnen einfach kurz seine Vorgeschichte schildern, damit Sie wissen, was möglicherweise in ihm vorgeht. Es ist nämlich so, dass er wahrscheinlich im Gefängnis ...«

Der Arzt schaute kurz auf. »Fassen Sie sich kurz.«

»Lotti. Es war ein epileptischer Anfall«, beruhigte mich Paul. Der Arzt tippte geistesabwesend auf seinem Handy herum.

»Er hatte einen Schlaganfall und kann seitdem nicht mehr sprechen«, begann ich meinen Bericht. »Und dann noch einen Krampfanfall, von dem wir dachten, es sei ein zweiter. Dabei hat er sich schon wieder ganz toll erholt, nur gestern, beim Zahnarzt ...«

»Die Anamnese lasse ich mir von seinem Hausarzt kommen. Das steht sicher in seiner Akte.« Der Arzt wandte sich zum Gehen.

»Mein Bruder lebt erst seit vier Monaten hier«, fiel ich ihm ins Wort. »Dr. Eberhartinger hat ihn erst einmal gesehen, meint aber, mein Bruder sei durchaus therapiefähig. Schon nächste Woche steht der erste Physiotermin an ...«

»Das ist doch alles kein Thema für die Notaufnahme. Wenn Sie mich jetzt entschuldigen wollen.«

»Aber warum ist er dann hier ...«

»Lotti, beruhige dich.« Paul berührte meine Schulter. Ich wischte seine Hand weg.

»Ich will mich aber nicht beruhigen! Hier geht es um meinen Bruder, und der kann sich selbst nicht mehr artikulieren ...«

Der Arzt hatte die Türklinke schon in der Hand.

Während ich wie eine Löwin für meinen Bruder kämpfte, hatte ich das Gefühl, dass Bruno mich flehentlich ansah, so als wollte er sagen: Bitte gib nicht auf. Bitte halt zu mir. Bitte geh nicht weg.

Ich ließ seine Hand nicht los. »Wir haben auch Logopädie beantragt – Er kann nämlich Scheiße sagen! –, und wir denken ...«

Brüsk unterbrach mich der Arzt mit einer abwehrenden Handbewegung. »Das reicht jetzt.« Der gestresste Mann klappte sein Handy wieder zu. »Nach den Feiertagen ist der Neurologe wieder im Haus.«

»Natürlich. Ich möchte nur vermeiden, dass mein Bruder sich fürchtet.«

»Wie gesagt, wir haben ihm ein starkes Beruhigungsmittel gegeben.«

Jetzt wurde ich aber sauer! Wenn er schon Bruno ruhiggestellt hatte – ich ließ mich nicht ruhigstellen!

»Warum wurde das nicht mit mir abgesprochen?!«

»Er hatte Krämpfe und Zuckungen. Und jetzt entschuldigen Sie mich. Ich habe zu tun.« Der arrogante Arzt ließ uns stehen und verschwand türenknallend.

»Bruno. Hab keine Angst. Wir lassen dich nicht allein.«

Bestimmt hatte er fürchterliche Panik gehabt, daher auch die Zuckungen. Und ich konnte mir auch denken warum: Jahrelang war er diesen Schergen im Gefängnis ausgeliefert gewesen, und die hatten seinen Körper, seine Seele und seine Persönlichkeit zerstört.

Prüfend musterte ich ihn. Er schien sich tatsächlich entspannt zu haben.

»Vielleicht ist es besser so, Burschi«, flüsterte ich unter Tränen. »Schlaf gut und lass dich einfach fallen.« Ich strich ihm über die Stirn. »Wenn du aufwachst, bin ich bei dir. Verlass dich drauf!«

Auf seinem Nachttisch lagen Tabletten in einer blauen Schachtel. Der Name des Medikaments und die Wirkstoffe sagten mir nichts.

»Komm jetzt, Lotti.« Paul zog mich sanft aus dem Zimmer. »Er schläft jetzt. Wir sehen später noch mal nach ihm!«

Nur widerwillig ließ ich mich von Paul fortziehen.

Am späten Nachmittag war Bruno immer noch wie weggetreten. Und auch am folgenden Tag und am darauffolgenden Tag. Man hatte ihn einfach lahmgelegt! Dabei war das hier eine neurologische Klinik! Am vierten Tag platzte mir der Kragen.

Bruno lag apathisch mit halb offenen Augen in seinem Bett und starrte teilnahmslos an die Decke. Er war nicht ansprechbar und reagierte nicht auf uns.

»Weißt du, dass mit jedem Krampf, den Bruno hat, und mit jedem starken Beruhigungsmittel, das sie ihm daraufhin geben, weitere Gehirnzellen bei ihm absterben? Dabei haben wir doch schon so toll mit ihm gearbeitet!« Panik und Zorn stiegen in mir auf. Es konnte doch nicht angehen, dass man auf all meine Einwände und Bitten nicht reagierte?

Endlich bekam ich den Neurologen zu fassen. Er stand mit einer Schwester hinter einer Glasscheibe und sah noch nicht mal auf, als ich dagegenklopfte.

»Bitte, können Sie mir sagen, welche Behandlungen für meinen Bruder geplant sind?«

Ohne seinen Glaskasten zu verlassen, sagte der Arzt zur Schwester: »Wir müssen erst mal die Anamnese des Hausarztes einholen. Und von einem Zahnarzt war auch die Rede.«

»Und der ist in Urlaub«, sagte die Schwester, ebenfalls ohne aufzusehen. Beide waren mit ihrem Computer beschäftigt. Ich sah ja ein, dass sie Wichtiges zu tun hatten, aber mein Bruder Bruno war AUCH WICHTIG! Nach Tagen war man hier keinen Schritt weiter!

»Hallo?!« Erneut hämmerte ich gegen die Glasscheibe. »Es gibt noch keine Anamnese! Mein Bruder ist neu hier! ICH kann Ihnen Auskunft über seine Vorgeschichte geben, ICH habe alle Unterlagen hier ...«

Da ließen Arzt und Schwester einfach eine Jalousie herunter. Ich stieß ein fassungsloses Schnauben aus. Das konnte doch nicht wahr sein! Ich war für sie einfach nicht mehr anwesend.

Nach Brunos fünfter Nacht im Krankenhaus, in der er nicht behandelt, sondern einfach nur stark sediert wurde, wandte ich mich an das Beschwerdemanagement.

Dort ließ man mich schön säuberlich einen Fragebogen ausfüllen. Na bitte. Das konnten sie haben. Wenn ich eines in der DDR gelernt hatte, dann die gebetsmühlenartige Wiederholung meiner Argumente.

Wieso werde ich nicht angehört? Wieso wird mein Bruder nicht therapiert? Wieso wird er mit Beruhigungsmitteln vollgedröhnt? Wieso behandelt man mich wie einen lästigen Eindringling? Wieso wartet man auf einen Hausarzt, der meinen Bruder nicht wirklich kennt? Wieso ignoriert man mein Angebot, die bestehenden Unterlagen über meinen Bruder einzusehen, die ich bei mir trage?

Daraufhin bekam Bruno einen Entlassungsbrief auf sein Bett gelegt: »Wir entlassen Herrn Alexander heute in gutem stabilen Allgemeinzustand.« Kritzelige Unterschrift. Guter Allgemeinzustand? Was für ein Hohn!

Noch am selben Nachmittag wurde er zurück nach St. Rupert am See gefahren. Das war alles.

Erschöpft besuchten Paul und ich Bruno wieder im Heim. Er saß nicht im Rollstuhl bei den anderen. Er stellte auch keine Schachfiguren aufs Brett. Rief weder erfreut »Jaaaa« noch lächelte er uns an.

Er lag apathisch in seinem Bett und starrte an die Decke.

15

Erfurt, 25. August 1972

Auf die Geburt unseres ersten Kindes waren wir perfekt vorbereitet, vom Stubenwagen bis zur Windelausstattung war alles vorhanden, und ich hatte bereits Mutterschaftsurlaub in meiner Firma. Geheiratet hatten wir auch! Paul fühlte sich in unserer fröhlichen Familie sehr wohl. Er war ja ein Einzelkind und hatte sich mit Bruno angefreundet, was mich besonders glücklich machte! Die beiden verstanden sich wie Brüder.

Paul war nach der Hochzeit zu uns in die elterliche Wohnung gezogen, da wir, wie so viele andere junge Paare, noch keine eigene Bleibe hatten.

»Wo Bruno heute nur bleibt?«

»Er wollte doch gleich nach seiner Probe mit dem Streichquartett nach Hause kommen?«

»Na, der wird schauen, wie rund du schon geworden bist, Lotti.« Zärtlich und stolz strich Paul über meinen Bauch. Er strahlte in die Runde: »Ich fühle, es wird ein Mädchen.«

»Woher willst du das denn wissen, du Anfänger?«, neckten ihn meine Schwestern, die inzwischen jede schon zwei Söhne hatten. »Wir Alexanders können nur Söhne!«

Nachdem es das fünfte Enkelkind meiner Eltern war, hofften auch wir auf ein Mädchen.

»Mama wird so süße rosa Kleidchen schneidern!«

»Aber ich hab doch noch sechs Wochen!«, beruhigte ich meine aufgeregte Bande.

»Du siehst jetzt schon aus wie eine Melone«, spottete Marianne. »Warte nur, bis du sie rauspressen sollst.«

»Ach, Mädels, bitte, macht ihr doch keine Angst!«, mahnte Mutter liebevoll. »Es ist noch kein Kind dringeblieben. Ich habe fünf geschafft, und Lotti, du schaffst das auch.« Sie reichte mir ein drittes Stück Kuchen, das ich stöhnend ablehnte.

»Aber du doppeltes Lottchen musst doch für zwei essen!«, neckte mich Tanja.

»Na, das wüsste ich aber!«

Ein schrilles Klingeln an der Wohnungstür unterbrach unser schwesterliches Geplänkel. Das konnte nur Bruno sein!

»Na! Was hab ich gesagt! Der Burschi wittert sofort, wenn es bei uns Kaffee gibt!« Meine Mama freute sich und holte sofort noch einen Teller aus dem Küchenschrank. »Geh rückt's halt a bissl zusammen! Und lasst's was von der Sahne übrig!«

Wenn ihr geliebter Burschi kam, verfiel sie immer in ihr Urbayrisch.

In großer Vorfreude auf meinen Bruder stemmte ich mich von der Küchenbank und watschelte schon ziemlich schwerfällig durch den Flur zur Tür. Dort prallte ich überrascht zurück. Es war Katja, die vor der Wohnungstür stand. Zerzaust und völlig verheult.

»Ja, was für eine Überraschung, komm doch rein ...«

»Dein Bruder ist geflohen«, brach es aus ihr heraus.

»WAS hast du da gerade gesagt?« Es war, als hätte sie mir die Tür gegen den Schädel geknallt. Augenblicklich brach meine kleine heile Welt zusammen. Ich verspürte einen plötzlichen Würgereiz und musste mich an der Wand abstützen. Das konnte ja gar nicht sein. Unser Burschi? Ohne sich von uns zu verabschieden? Ohne uns etwas zu sagen? Ausgeschlossen. Das musste ein Irrtum sein.

Katja stürmte bereits völlig aufgelöst an mir vorbei. In der Küchentür standen leichenblass die Eltern und starrten sie an wie ein Gespenst. Paul, meine Schwestern, ihre Männer und deren Kinder schauten sprachlos um die Ecke. Fassungslosigkeit und Entsetzen standen uns ins Gesicht geschrieben.

»Er ist abgehauen. Weg!«, schluchzte Katja. »Und ich weiß noch nicht mal, ob er noch lebt!« Heulend brach meine Schwägerin auf der Küchenbank zusammen.

Unsere Familie stand da wie eingefroren. Wie in einem Film, der angehalten wird. Minutenlang sagte keiner ein Wort. Nur Katjas Schluchzen war zu hören.

»Was glotzt ihr so? Es ist wahr! Die Stasi war bei mir!«, schrie Katja unter Tränen.

Endlich löste sich Mutter aus ihrer Starre. Kraftlos sank sie aufs Sofa, schlug sich die Hände vors Gesicht und schluchzte auf.

»Was ist passiert? Bitte erzähl der Reihe nach!« Vater stand zitternd vor der Küchenanrichte.

»Wir haben uns gestern Abend gestritten ...«

»Aber warum denn?«

»Ich habe heute Geburtstag und wollte, dass er bei Pit und mir bleibt.«

Pit war gerade ein Jahr alt, ein süßer runder friedlicher Bub.

»Wo ist er denn jetzt, der Kleine?«

»Bei meinen Eltern!«

Keiner von uns kam auf die Idee, Katja zum Geburtstag zu gratulieren. Mit weit aufgerissenen Augen lauschten wir ihren Erzählungen.

»Bruno meinte, er hätte wieder eine Mucke mit seinem Streichquartett im Grenzgebiet, und da könnte er gut verdienen. Er sollte einen alten Flügel dorthin fahren. Einen kostbaren Flügel, den hatte er auf den Lkw geladen.«

»Ja, aber der hat doch gar keinen Lkw-Führerschein«, warf Vater ein.

»Das schert den doch nicht! Euer Burschi kriegt ja immer eine Extrawurst.«

»Ja, aber er kommt ja auch immer wieder!«, nahm Mutter ihn in Schutz. »Auf unseren Burschi ist Verlass!«

»Er würde dich und das Kind doch nie im Stich lassen«, sagte Vater mit Bedacht.

Katja sah mit verweinten Augen zu ihm auf. »Aber genau das hat er getan, euer sauberer Burschi!«

»Vielleicht nur wegen des Streites?« Papa starrte Katja an. »Vielleicht hat er bei Kollegen oder Freunden übernachtet? Er kann manchmal ein ziemlicher Hitzkopf sein!«

»Ein ziemlicher Hitzkopf? Ein Idiot ist er!«

»Katja, du musst dich irren.« Vater packte sie an den Schultern, als könnte er die Wahrheit aus ihr herausschütteln. »Bruno ist spontan und oft chaotisch, aber doch nicht verantwortungslos. Vielleicht hat man ihn wegen der fehlenden Lkw-Fahrerlaubnis festgehalten?«

»Das passt wirklich nicht zu unserem Burschi«. Mama schüttelte vehement den Kopf. »Da musst du irgendwas falsch verstanden haben.«

»Nein, hab ich nicht«, schrie Katja und wischte sich mit dem Handrücken über die Nase. »Heute Vormittag war der Orchestervorstand bei uns! Der hatte Bruno wie üblich den Passierschein ausgestellt und war auch für den Transport des Flügels verantwortlich. Die Stasi war bei ihm! Das wäre sie wohl kaum, wenn es um ein harmloses Verkehrsdelikt ginge, oder wenn Bruno bei Freunden übernachtet hätte!« Sie warf die Hände in die Luft. »Er ist in den Westen geflohen, so begreift das doch endlich! Oder hat es wenigstens versucht!«

Immer noch starrten wir Katja an. Diese Informationen wollten uns einfach nicht eingehen!

Papa schlug die Hände vor den Mund. Seine Halsschlagader pulsierte. Mama schrie auf, und ich klammerte mich an Paul. Mein Mann fand den Sozialismus auch nicht mehr so erstrebenswert. Seit er bei uns lebte, hatte er viele kritische Töne gehört, und er sah ja auch, wie sehr meine Mutter darunter litt, nicht zu ihren Geschwistern nach Bayern zu dürfen. Bei uns schaute er regelmäßig Westfernsehen. Er hatte sich schon des Öfteren mit Bruno über die Möglichkeit einer Flucht unterhalten, aber niemals, niemals wäre es meinem Paul in den Sinn gekommen, mich, seine schwangere Lotti, zu verlassen. Und das sollte Bruno jetzt seiner Katja angetan haben? Wo sie doch schon den süßen kleinen Pit hatten? Das war absolut undenkbar.

Hatte mein heiß geliebter Bruder etwa hinter unser aller Rücken seit Langem seine Flucht geplant? Nein, so war Bruno nicht!

Es konnte also nur eine typische unüberlegte Kurzschlusshandlung gewesen sein. Doch dann war alles möglich. Auch, dass sie ihn erschossen hatten. Bunte Blitze zuckten vor meinen Augen. Meine arme, arme Mama!

»Katja«, bat Papa nach einer gefühlten Ewigkeit. »Bitte noch mal alles der Reihe nach.«

Sie gehorchte, von Schluchzern unterbrochen.

Der Orchestervorstand, Genosse Peters, hatte Bruno, wie schon einige Male zuvor, den Passierschein ausgehändigt. Nur mit diesem Schein konnte er diesen grenznahen ostdeutschen Ort aufsuchen und dort den teuren Flügel für eine Jubiläumsfeier abliefern. Bruno hätte zur Einweihung des kostbaren Stückes ein Violinkonzert spielen und dann gleich wieder zurückfahren sollen.

Aber er war nicht aufgetaucht.

Genosse Peters hatte Katja heute Morgen mit Folgendem konfrontiert:

»Der Lkw ist ohne Ihren Mann mit sechzig Stundenkilometern gegen eine Mauer gekracht. Der Flügel ist total hinüber. Der Laster schrottreif. Die Kosten für das zerstörte Staatseigentum sind gar nicht zu ermessen!«

»Aber was ist mit meinem Mann?! Ist der nicht wichtiger als

so ein Flügel?«, hatte Katja verzweifelt gefragt und ihren kleinen Pit an sich gepresst.

»Seine Leiche wurde noch nicht gefunden. Sobald der Lkw freigegeben wird, bringe ich Ihnen die persönlichen Sachen Ihres Mannes! Es tut mir leid, keine anderen Nachrichten für Sie zu haben, Frau Alexander.« Mit diesen Worten hatte er sich verabschiedet.

Katja war mit ihrem kleinen Pit zu ihren Eltern gerannt, die zum Glück nicht weit entfernt lebten und den Besuch des Vorstandes ebenfalls mitbekommen hatten.

Sie schilderte ihren Eltern gerade, was vorgefallen war, als ein Pkw vor ihrer Tür hielt. Staatssicherheit.

Katja wurde zum Verhör mitgenommen. Auf der Stelle, so wie sie war. Sie saß hinten auf der Rückbank zwischen zwei Stasi-Typen in Zivil.

»Ist mein Mann tot? Ist er gefunden worden?«

»Wir stellen hier die Fragen!«

Statt Mitleid mit der armen jungen Frau zu haben, hatten die Stasi-Männer sie stundenlang in einem Verhörraum im Polizeirevier festgehalten und über Brunos Schicksal im Unklaren gelassen.

»Wenn Sie hier nicht die Wahrheit sagen, nehmen wir Ihnen den Jungen weg.«

Katja hatte geschrien wie ein Tier, dem man sein Junges wegnehmen will.

»Oh bitte, tun Sie das nicht, ich sage doch alles, was ich weiß!«

»Das Baby wird zur Adoption freigegeben und in einer sozialistischen Familie aufwachsen!«

»Nein!«, heulte Katja. »Bitte nicht! Ich sage alles, was ich weiß!«

»Dann erzählen Sie uns, was Sie von den Fluchtplänen Ihres Mannes wissen!«

»Wieso denn Fluchtpläne!«, brüllte die junge Mutter verzweifelt. Ihre Gedanken überschlugen sich, vor Panik machte sie sich fast in die Hose. »Wir haben ein kleines Kind, ein schönes Zuhause, viele Freunde. Mein Mann ist Konzertmeister im Orchester, und auch ich habe eine Festanstellung als Sopranistin am Erfurter Stadttheater! Meine Eltern leben und unterrichten hier. Bruno liebt seine Familie über alles! Seine Eltern und vier Schwestern leben in Erfurt, und er besucht sie jedes Wochenende! Ja, meinen Sie, wir hätten da ernsthaft an Flucht gedacht?«

»Er ist aber geflohen.«

»Ja, wie denn?!«

»WIR stellen hier die Fragen. Beruhigen Sie sich. Hören Sie auf zu heulen, sonst bleiben Sie über Nacht hier.«

»Ich muss aber doch zu meinem Kind!«

»Dann sagen Sie, was Sie über die Fluchtpläne Ihres Mannes wissen!«

So ging das stundenlang hin und her. Katja starb schier vor Angst. Wo war Bruno? War er in den Fluss gesprungen? War er womöglich durch die Werra geschwommen? War auf ihn geschossen worden? Aber wie konnte der Lkw ohne ihn weitergefahren sein? Gab es einen Komplizen? Die Leute aus dem Streichquartett waren bereits alle von der Stasi vernommen worden. Sie waren noch gar nicht losgefahren und wussten von nichts.

»Wie lange haben sie dich festgehalten?« Vater warf einen besorgten Blick auf die erschöpfte Katja.

»Ich weiß nicht ... zehn, zwölf Stunden? Ich habe jedes Zeitgefühl verloren und bin, nachdem sie mich freigelassen haben, direkt zu euch gerannt! Das Gebäude ist ja gleich hier um die Ecke.«

Wir konnten das Polizeirevier tatsächlich vom Fenster aus sehen, ein dunkles, abweisendes Backsteingebäude, um das wir immer einen großen Bogen machten.

»Du musst nach Hause zu deinem Kind«, sagte Vater so gefasst wie möglich.

»Ich habe sie immer wieder gefragt, ob sie Bruno gefunden haben«, stammelte die geschockte Katja. »Ob er überlebt hat, wo er ist, aber sie haben gesagt, das können sie mir leider nicht beantworten, da ich nicht kooperiere! Dabei haben sie mich noch ganz freundlich angegrinst, die Schweine!« Katja zitterte und schrie: »Wenn Bruno tot ist und Pit ohne Vater aufwachsen muss, haben die das auf dem Gewissen!«

Vater starrte ins Leere. Schließlich verließ er die Küche und verschwand im Wohnzimmer, wo er den Fernseher einschaltete. Verzweifelt hoffte er, aus den Nachrichten etwas über Bruno zu erfahren. Aus den Westnachrichten natürlich. Im Ostfernsehen wurde grundsätzlich nicht über Fluchtversuche berichtet, schon um keine Nachahmer auf den Plan zu rufen. Außerdem war jede gelungene Flucht in den Westen eine Blamage für die DDR. Hatte man einen Flüchtigen erschossen, berichtete man natürlich auch nicht darüber.

Endlich ließ sich Katja von Edith und ihrem Mann Jürgen nach Hause bringen. Die beiden hatten einen Trabi. Auch Marianne und Günther verabschiedeten sich mit ihren verstörten Kindern. Nur Mama, Tanja, Paul und ich blieben in der Küche zurück. Wir fühlten uns wie nach einem Bombenangriff.

Mutter weinte pausenlos, und mir war schlecht. Ich hatte Angst, dass Wehen einsetzen könnten vor lauter Schüttelfrost und Würgereiz.

Paul musterte mich besorgt. »Komm, Lotti. Lass uns einen Spaziergang machen.« Er zog mich sanft zur Tür. »Du brauchst jetzt frische Luft. Immer schön atmen.«

»Nein, ich kann nicht! Ich will bei meinen Eltern sein!«

»Liebes, du solltest in deinem Zustand nicht hier sein!« Mutter schob mich sanft nach draußen. »Ich kümmere mich um Papa.« Wie eine Schwerkranke zog mich Paul Stufe für Stufe die fünf Treppen nach unten und zwang mich zu einem Spaziergang in der lauen Abendluft. »Wir haben Verantwortung für unser Kind! Wenn es sechs Wochen zu früh kommt, haben wir das nächste Problem!«

»Ich kann nicht, Paul, ich muss mich übergeben ...«

Liebevoll hielt mich mein Mann, während heftige Krämpfe meinen Körper erfassten. Waren das schon Wehen?

Paul massierte mir den Rücken. »Versuch, dich zu entspannen, bitte!«

Ich riss mich zusammen und atmete tief in den Bauch, um meinem Kind nicht zu schaden. Als der Anfall vorbei war, wankten wir zurück nach Hause. Es war inzwischen nach Mitternacht. Das Radio und der Fernseher liefen ununterbrochen. Wie in Stein gemeißelt saß Vater davor, stets in der Hoffnung auf ein Lebenszeichen von seinem Sohn. Mutter hatte sich im Schlafzimmer eingeschlossen und weinte tonlos. Sie wollte unserem Vater keine Vorwürfe machen, aber leider beruhte auch dieses Elend darauf, dass Papa damals, Ende der Fünfzigerjahre, begeistert das Angebot angenommen hatte, nach Erfurt zu gehen, um dort den Zoo zu leiten. Auch wenn sie das niemals laut sagte, stand dieser Vorwurf jetzt umso hartnäckiger im Raum. Er schrie unseren Vater stumm an, der zunehmend daran verzweifelte. Fast hatte ich Angst, er könnte sich aus dem Fenster stürzen, aber so feige war Papa nicht.

Am nächsten Tag konnte Tanja nicht zur Schule gehen, niemand hatte ein Auge zugetan. Paul musste zur Arbeit, aber nach Feierabend ermutigte er mich erneut zu einem Spaziergang. »Du darfst dich jetzt nicht gehen lassen, Lotti. Die Sache mit Bruno ist schon schlimm genug. Aber unser Kind kann nichts dafür. Es hat ein Recht darauf, gesund zur Welt zu kommen!«

Das half. Ich biss die Zähne zusammen, zwang mich regelmäßig zu essen und flüchtete aus der Wohnung, wann immer ich Gelegenheit dazu hatte. Tief durchatmen und bewegen, das war mein Mantra. Ohne Paul hätte ich das nicht geschafft.

Inzwischen war der vierte Tag angebrochen, und Vaters Hoffnungen, doch noch etwas zu erfahren, wurden immer geringer.

Am darauffolgenden Samstag besuchten Paul und ich Katja, den kleinen Pit und ihre Eltern in deren großer alter Villa.

Auch hier herrschte pure Verzweiflung. Sie wussten von nichts, kein Lebenszeichen, keine Spur von Bruno. Wenn er noch lebte, hätte er sich doch längst gemeldet?!

Wir saßen auf der schattigen Veranda. Noch einmal kauten wir das ganze Drama durch und wussten uns keinen Rat. Klein-Pit würde ohne Vater aufwachsen müssen! Das ahnungslose Kind saß gerade auf Katjas Schoß, als ein Nachbar über die Hecke rief: »Anruf in der Friedhofsgaststätte für Sie!«

Katja pflückte Klein-Pit von sich ab und drückte ihn ihren Eltern in die Hand.

Zu dritt rannten wir, so gut das in meinem Zustand ging, übers Kopfsteinpflaster der kaum befahrenen Straße und stürmten die Gaststätte. Katja riss den Hörer an sich, der neben dem grünen Telefon mit der Wählscheibe lag. Paul und ich hielten uns an den Händen. Einige Trauergäste reckten neugierig die Hälse.

Eine Männerstimme sprach. War es Bruno? Ja, das war seine Stimme! Ein ganzer Sack Zement glitt von meinem Herzen. Meine Knie waren weich wie Pudding.

»Bruno?«, schrie Katja unter Tränen. »Bist du am Leben?!«
Wir drückten unsere Ohren an den Hörer.

»Ich bin im Westen! Es geht mir gut. Ich bin von der Westpolizei nur tagelang verhört worden, sie mussten sichergehen, dass ich kein DDR-Spion bin!« Er lachte gequält. »Wie geht es dir, Katja? Es tut mir so leid wegen unserem Streit ... Ich habe es nicht so gemeint! Ich liebe dich und Pit.«

»Wie bist du rübergekommen?«, brüllte Paul in den Hörer. Seine Stirnadern pulsierten so schnell, wie mein Herz raste.

»Ich hab einen Ziegelstein aufs Gaspedal gelegt, um die Grenzer abzulenken.«

»Du machst Witze!«

»Nein, so war es«, kam es aufgeregt aus dem Hörer. »Ich bin im Schritttempo die Grenze entlanggefahren, auf dem Weg zum Empfänger des Flügels, bei dem ich das Konzert geben sollte. Schrittfahren ist da ja Vorschrift. Da sah ich, dass sie die letzten Bäume am Werra-Ufer abgeholzt haben. Dass sie alles verminen und sämtliche Schlupflöcher schließen, die ich bis dahin immer im Auge gehabt hatte.«

Wir lauschten gebannt, sosehr uns das Blut auch in den Adern rauschte.

»Der Flügel im Lkw war mit einem Ziegelstein gesichert, damit er nicht wegrollt. Ein zweiter Ziegelstein lag bei mir auf dem Beifahrersitz, falls einer nicht reichen sollte. Da kam mir dieser Gedankenblitz: Ich hab ihn genommen und während der Fahrt mit dem Fuß ganz langsam aufs Gaspedal geschoben. Es hat funktioniert! Plötzlich fuhr der Laster von allein, erst ganz langsam, dann immer schneller, je mehr ich den Stein vorschob ...«

»Bruno, das ist ...«

»Still! Lass ihn weiterreden!«

Der Wirt schloss diskret die Falttür zum Saal, in dem die Trauergäste lange Ohren machten.

»Leute, es war eine Kurzschlusshandlung! Jetzt oder nie, hab ich mir in dem Moment gedacht.«

Das war typisch Bruno. Er war einfach extrem impulsiv.

»Ich war gerade an der Stelle, wo die Werra ziemlich schmal ist, und in der Sekunde war gerade Wachablösung. Die Kerle sind in verschiedene Richtungen davonmarschiert. Da hab ich die Tür aufgerissen und mich aus dem Fahrerhäuschen fallen lassen. Der Lkw ist wie von selbst weitergerollt. Ich sofort runter an die Werra, reingesprungen und losgeschwommen, als auch schon der erste Schuss peitschte! Ich bin untergetaucht und unter Wasser weitergeschwommen, bis ich dachte, mir platzt die Lunge!«

»Was?! Kannst du lauter reden, hier ist so ein Lärm!«

»Ich bin untergetaucht und unter Wasser weitergeschwommen! Als ich einmal kurz Luft geholt habe, knallten mir die Schüsse nur so um die Ohren. Dann bin ich weitergetaucht, bestimmt zwanzig Meter. Und dann vorsichtig ans andere Ufer geschwommen. Im Schlick zwischen den Sträuchern hab ich mich lange totgestellt. Das haben wir ja beim Militär gelernt. Als keine Schüsse mehr kamen, bin ich durchs Schilf gerobbt ... und dann gerannt!«

»Wie hieß der Ort?!« Wir krochen förmlich in den Hörer.

»Witzenhausen! Ohne Witz! – Da saßen die Leute gerade beim Mittagessen. Die haben mich rennen sehen. Der Mann hat die Tür aufgerissen und mich reingezogen, die Frau gleich trockene Klamotten geholt ... Dann haben sie mich erst mal zum Mittagessen eingeladen und gesagt: ›Guter Mann.‹«

Wir schwiegen geschockt. Sekundenlang herrschte Totenstille.

»Ja, toll!«, sagte Katja schließlich aufgebracht. »Wirklich toll. Jetzt biste drüben.«

In unsere grenzenlose Erleichterung mischte sich genau diese Erkenntnis.

Er war drüben, für immer! Ohne seine Frau und sein Kind! Ohne Mama, Papa, die Schwestern und mich!

»Kati, das hab ich gar nicht bedacht!«, kam es kleinlaut aus dem Hörer.

»Ja. Da kann ich mir jetzt auch nichts für kaufen!«

»Katja, Liebling! Ich habe jetzt schon Sehnsucht nach dir und Pit!«

»Das hättest du dir früher überlegen müssen, du Idiot!«

»Ich komm zurück!«

»Untersteh dich, dann bist du tot!«

Aufgebracht knallte Katja den Hörer auf die Gabel, und wir rannten fassungslos zu ihren Eltern und Klein-Pit zurück. »Er hat rübergemacht!«, hörte ich Katja sagen. Und dann fing sie wieder fürchterlich an zu weinen. Pit heulte mit, und es herrschte erneut blanke Verzweiflung.

»Komm!« Ich nahm Paul an die Hand, und trotz meiner fortgeschrittenen Schwangerschaft rannten wir die ganze Strecke zu meinen Eltern nach Hause.

Die Fenster waren bei der sommerlichen Hitze weit geöffnet. »Mama, Papa!«, schrie ich mit aller Kraft. »Burschi lebt!«, brüllte ich in den fünften Stock hinauf. »Er lebt! Er ist im Westen!«

Die fassungslosen Gesichter meiner Eltern erschienen an zwei verschiedenen Fenstern. Beide waren um Jahre gealtert.

Ich keuchte die Treppen hinauf, immer zwei Stufen auf einmal nehmend. Wir fielen uns weinend in die Arme, mein unrasierter Papa mit den dunklen Augenringen, meine zitternde Mama und die verstörte Tanja. Papa sah völlig fremd aus mit seinen weißen Bartstoppeln. Mama hatte bestimmt drei Kilo abgenommen.

Jetzt trennte die Grenze sie auch noch von ihrem Lieblingssohn. Daran würde Mutter zerbrechen. Erst jetzt wurde mir das Ausmaß dieser Katastrophe so richtig bewusst. Ab sofort war Bruno aus unserem Leben getilgt. Genauso gut hätte er tot sein können.

16

Bernau am Chiemsee, 18. Mai 2011

Lieber Peter, liebe Yasmin,

heute schreibe ich euch, weil ich euch mitteilen möchte, dass es eurem Vater sehr schlecht geht. Ich weiß, ihr habt euer eigenes Leben, und du, liebe Yasmin, erwartest dein erstes Baby. Du, lieber Pit, hast dich ja leider noch gar nicht gemeldet. Sicherlich steht ihr in Hamburg voll im Berufsleben und habt wenig Zeit, euch Gedanken über euren Vater zu machen. Vielleicht empfindet ihr meine Briefe auch als lästig, dennoch betrachte ich es als meine Pflicht, euch daran zu erinnern, dass es euren Vater noch gibt.
Aber er war dem Tod näher als dem Leben, und ich habe darüber nachgedacht, wie es für ihn wäre, sterben zu müssen, ohne seine Kinder noch einmal gesehen zu haben.
Er hat in seinem Leben viel falsch gemacht, oder sollte ich besser sagen: Das Leben hat mit Eurem Vater viel falsch gemacht! Hat er nicht trotz allem das Recht, sich in Frieden von seinen Kindern zu verabschieden?
Deshalb möchte ich alles versuchen, um euch drei noch einmal lebend zusammenzubringen. Euer Vater sehnt sich so sehr danach, euch um Verzeihung bitten zu können. Bestimmt wird er dafür nicht mehr die Worte finden, aber ein Blick in seine Augen wird euch viele Antworten auf eure Fragen geben, davon bin ich fest überzeugt.

Lasst mich berichten, wie es aktuell um ihn steht.

Täglich sind mein Mann Paul und ich bei eurem Vater im Heim St. Rupert am See.

Während er in den ersten Monaten gute Fortschritte gemacht und stets mit freudigem Lachen auf unser Kommen reagiert hat, sich selbst mit dem Rollstuhl fortbewegt hat, und von unserem Hausarzt für therapiewürdig eingestuft worden ist, hat ihn an Ostern nach einem für ihn qualvollen Zahnarztbesuch, der vermutlich ein altes Trauma bei ihm getriggert hat, ein weiterer epileptischer Anfall erwischt. Er wurde in die Neurologie eingewiesen, wo man ihn leider nicht behandelte, sondern einfach nur stillgelegt hat wie ein altes Kraftwerk.

Durch die vielen Schmerz- und Beruhigungsmittel war er noch lange danach kraftlos und apathisch. Wieder musste ich Himmel und Hölle in Bewegung setzen, um ihn in sein vertrautes Zimmer im Heim zurückzubekommen. Das haben wir ihm so schön wie möglich eingerichtet. Es hat Südwestlage und deshalb viel Sonne und Helligkeit. An den Wänden hängen viele Fotos aus unserer gemeinsamen Kindheit und Jugend, und ich beschreibe ihm viele Erinnerungen. Eine Wand habe ich allerdings für die von euch erhofften Fotos freigelassen und ihm immer wieder angekündigt, dass diese noch kommen werden. Ganz langsam ist er wieder aus seiner Lethargie erwacht und endlich wieder ansprechbar. Sein erster Blick galt dieser immer noch leeren Wand.

Die einzigen zwei Worte, die er von sich gibt, sind »Pit« und »Yasmin«!

Liebe Kinder meines Bruders, versteht mich bitte nicht falsch: Natürlich werden wir eure Entscheidung akzeptieren. Ich möchte euren Vater nur nicht weiter mit Ausreden hinhalten. Abgesehen davon, dass er aufgrund seiner vielschichtigen Erkrankung und der Folgen seines Schlaganfalls vieles nicht mehr aufnehmen und verarbeiten kann. Aber lasst euch gesagt sein: Er hat nur noch einen einzigen Wunsch, nämlich euch wiederzusehen! Deshalb frage ich euch nach EUREN Wünschen. Wollt IHR IHN noch einmal sehen? Ich bin mir nicht sicher, inwieweit euch meine Berichte über seinen schwankenden Gesundheitszustand überhaupt interessieren, da von eurer Seite keine Nachfragen gekommen sind. Leider durchleben wir immer wieder kritische Momente. Erst gestern hatte er wieder einen Kreislaufkollaps und ist aus seinem Rollstuhl gefallen. Trotzdem hat euer Vater sich bis jetzt immer wieder aufrappeln können. Fast so, als wäre ihm bewusst, dass er noch eine letzte Aufgabe im Leben hat: euch um Verzeihung bitten zu können.

Doch die sich häufenden Krisen sind für mich auch immer wieder ein Anlass, darüber nachzudenken, wie denn eines Tages die Bestattung eures Vaters erfolgen sollte.

Bitte denkt nicht, dass ich euch nur mit den irgendwann anfallenden Bestattungskosten belästigen will.

Mein Mann Paul und ich haben inzwischen Ansparungen dafür vorgenommen, und wenn es so weit ist, wird er ein würdiges Begräbnis bekommen. Ich hoffe, ihr seid mit einer Beisetzung im Familiengrab – ich habe erst vor einigen Jahren die Urne unserer Mutter aus Erfurt umsetzen lassen, sie ist jetzt bei unserem Vater und unseren Großeltern und Tanten – einverstanden?

Es wäre schön, wenn wir eure Meinung zu diesem schwierigen, aber doch wichtigen Thema erfahren könnten!

Nun möchte ich euch keinesfalls länger unter Druck setzen.

Möglicherweise wird euer Vater noch eine ganze Zeit bei uns sein.

Bitte überlegt doch gemeinsam, ob ihr es nicht doch einmal einrichten könnt, aus dem hohen Norden zu uns an den schönen Chiemsee zu kommen. Der Sommer naht, und damit vielleicht auch Ferien? Vielleicht lässt sich das Nützliche ja mit dem Angenehmen verbinden? Ihr seid uns immer herzlich willkommen.

Unsere Töchter Katharina und Franziska würden sich freuen, ihren Cousin und ihre Cousine, die sie nur von »Westpaketen« kennen, endlich einmal persönlich zu treffen. Sie haben eure »coolen Klamotten« stets mit Stolz getragen! Wir haben ja immer Fotos geschickt. Ach, es gäbe so viel zu erzählen! Sicherlich nicht nur Schönes und Lustiges, dessen bin ich mir durchaus bewusst.

Aber sollten wir nicht gemeinsam die Vergangenheit aufarbeiten, von der jeder von uns nur Bruchstücke weiß? Auf diese Weise ließen sich viele klaffende Löcher in unserer Familiengeschichte schließen.

Bitte lasst auch eure Mutter diese Mail lesen, leitet sie ruhig weiter, ich habe ihre Kontaktdaten leider nicht. Auch bei ihr kann ich nur erahnen, wie viel sie mit unserem Burschi durchgemacht hat.

Aber er ist nicht allein an allem schuld. Im Grunde seines Herzens ist er ein absolut liebenswerter, anständiger Kerl. Erst das Schicksal hat ihn zu dem gemacht, den ihr zu kennen glaubt.

Bitte gebt mir und uns allen die Chance, euren Vater neu – und besser! – kennenzulernen.

Auf ein Treffen mit euch freut sich

eure Tante Lotti mit Onkel Paul, Katharina und Franziska

Auf diese Mail kam ebenfalls nie eine Antwort.

17

Erfurt, 11. September 1972

»Happy Birthday, liebe Tanja!« Papa, Mama, die Schwestern und Schwager, Paul und ich gratulierten meiner kleinen Schwester mit einem Ständchen zum zwölften Geburtstag und aßen gemeinsam die Torte, die Mama liebevoll für sie gebacken hatte. Die Stimmung war natürlich sehr gedrückt, denn Brunos Flucht war gerade erst drei Wochen her. Einerseits waren wir unglaublich erleichtert, dass er lebte und jetzt im Westen war, wo er seine beruflichen Chancen hoffentlich nutzen konnte. Andererseits litten wir mit ihm, dass er Frau und Sohn verloren hatte! Seine Schuldgefühle mussten größer sein als die von Papa.

Wie oft er sich wohl schon für seine Kurzschlussaktion verflucht hatte? Wie groß musste seine Sehnsucht sein? Wir wussten, dass er bei Onkel Sepp und Tante Gitti untergekommen war, und ab und zu erhielten wir Anrufe. Er schwankte dann zwischen Euphorie und Verzweiflung, tröstete sich mit Alkohol. Immer wieder sprach er davon, zurückkommen zu wollen, und Papa beschwor ihn händeringend, nicht einmal daran zu denken!

»Bruno, die buchten dich ein, du läufst in dein endgültiges Verderben! Schlag dir diesen Gedanken aus dem Kopf. Du musst jetzt mit deiner Entscheidung leben.«

Die Eltern kamen fast um vor Sorge.

»Bitte lass uns das nicht am Telefon diskutieren, du bringst uns nur alle in Gefahr!«, warnte Paul. Von seinen parteitreuen Eltern wusste er, dass Westtelefonate abgehört wurden.

»Junge!«, rief Mutter weinend. »Mach das Beste draus, die Würfel sind gefallen! Grüß mir meine Schwestern und meine Heimat! Und leg Blumen auf das Grab meiner Mutter!«

»Der Junge weiß nicht, was sie mit ihm machen, wenn sie ihn erwischen!«, grämte sich Vater, nachdem der Hörer aufgelegt war. Bruno hatte laut geweint. »Ich komm zurück! Ich gehör zu euch!«

»Ausgeschlossen, er kann hier nicht mehr leben! Sie werden ihn für Jahre ins Gefängnis stecken, und wenn er rauskommt, wird er ein Geächteter sein.«

»Der kriegt hier kein Bein mehr auf die Erde«, stimmte auch Jürgen zu, Ediths Mann, ebenfalls sehr parteitreu. »Der soll mal schön im Westen bleiben. Wie man sich bettet, so liegt man!«

Die arme Tanja hatte wirklich keinen schönen Geburtstag. Die innere Unruhe fraß uns alle auf.

Um nicht immer wieder über Bruno zu reden und uns damit im Kreis zu drehen, schauten wir mit unserem Geburtstagskind im Westfernsehen »Alle meine Tiere.« Das war auch Vaters Lieblingssendung und lenkte den armen Papa vielleicht ein wenig ab. Eng aneinandergekuschelt hockten wir im Wohnzimmer und verdrückten den Geburtstagskuchen. Nur ich hatte keinen Appetit. Mein Lieblingsbruder, der hier Temperament reingebracht hatte, fehlte mir so sehr! Die Lücke, die er gerissen hatte, war wie eine klaffende Wunde, die sich nie mehr schließen würde. Auch Paul fehlte Bruno, nicht nur als Schwager, sondern auch als Freund. Klaglos übernahm er nun sämtliche handwerkliche Dinge im Haushalt, und Mama bedankte sich für seine Umsicht stets mit leckerem Essen.

Warum war mir nur schon wieder so übel? Lag es wirklich an dem Telefonat mit Bruno und den darauffolgenden Diskussionen? Oder doch eher an den Krautfleckerln, die wir zu Tanjas Geburtstag zum Mittagessen gehabt hatten? Ich hatte mich gezwungen, davon zu essen.

»Dass ihr noch Kuchen runterkriegt! Mir liegen die Krautfleckerln immer noch im Magen!«

Ich versuchte, die ziehenden Bauchschmerzen zu ignorieren.

»Du hast doch fast nichts gegessen, Kind.« Mutter sah mich besorgt an.

»Normalerweise würde dir ein kleiner Schnaps helfen«, murmelte Papa, und ein winziges Lächeln stahl sich auf seine schmal gewordenen Lippen. »Gegen die Winde nah beim Kinde.« Ein kleiner Kalauer ging noch.

»Ich mach dir einen Tee.« Mama sprang schon auf und lief in die Küche. Die anderen schauten weiter fern. Alle paar Minuten schleppte ich mich zur Toilette, weil ich meine Blähungen niemandem zumuten wollte. »Ach Gott, jetzt geht das schon wieder los …« Erneut rannte ich zum Klo auf halber Treppe. Das war gar nicht komisch. Hoffentlich verspürte kein anderer Mieter einen ähnlichen Drang!

Papa beobachtete mich und behielt gleichzeitig seine Taschenuhr im Visier. Was er dann sagte, werde ich nie vergessen.

»Tochter, das Baby kommt.«

»Ach Schmarrn, Papa, es ist doch noch viel zu früh! Ich habe noch einen ganzen Monat vor mir!«

»Tochter, die Ereignisse der letzten Wochen haben ihre Spuren hinterlassen.« Er musterte mich eindringlich, während ich mich in Krämpfen wand. »Ich würde sagen, es ist Zeit für ein Taxi!«

Und dann ging alles ganz schnell. Paul und ich rasten in die Klinik.

Wenige Stunden später, immer noch am zwölften Geburtstag meiner kleinen Schwester, wurde unsere kleine Tochter Katharina geboren. Sie war eine winzige Frühgeburt, die wegen ihres Untergewichts sofort in die Kinderklinik Erfurt verlegt werden musste. Dort kam sie in den Brutkasten.

Ich hatte sie weder gesehen noch berührt!

Völlig erschöpft und verwirrt von der schmerzhaften Geburt, lag ich weinend im Krankenhaus und hatte Sehnsucht nach meinem klitzekleinen Mädchen. Das hilflose Geschöpf hatte auch noch eine Lungenentzündung und kämpfte um sein kleines Leben!

Pauls Eltern und meine Familie besuchten mich zwar täglich und überhäuften mich mit Geschenken, aber ohne das Kind fühlte ich mich erneut wie amputiert, wie meiner Seele beraubt.

Wenn sich Pauls und meine Eltern sahen, begrüßten sie sich distanziert höflich. Obwohl sie nun gemeinsam Großeltern waren, blieben sie beim förmlichen Sie. Brunos Flucht wurde komplett totgeschwiegen. Pauls Eltern taten so, als hätte es Bruno nie gegeben. Das war mehr als unangenehm. Ich litt sehr darunter.

Sobald die Besuchszeit vorbei war, weinte ich ganze Nächte durch. Es war tatsächlich alles ein wenig zu viel für mich. Immer wenn die Tür aufging, musste ich daran denken, wie es wäre, wenn jetzt Bruno hereinkommen, mich mit seinen weißen Zähnen verschmitzt anstrahlen und mich mit einem Witz oder einer lustigen Geste aus meiner Trauer reißen würde! Mein Bruder Bruno hatte noch immer allem etwas Positives abgetrotzt. Meine Seele konnte es nicht verwinden, dass er uns auf diese Weise verlassen hatte. Auch wenn ich es ihm nicht in die Schuhe schieben wollte: Die Frühgeburt und das Untergewicht meiner kleinen Tochter waren auch der unüberlegten, spontanen Aktion meines Bruders geschuldet.

Wie so vieles Leid, das unserer Familie noch widerfahren sollte – nur gut, dass ich das zu diesem Zeitpunkt noch nicht wusste!

Mein Mutterinstinkt war nur auf eines ausgerichtet: »Wann darf ich endlich meine kleine Katharina sehen?«

»Wenn Sie fieberfrei sind, junge Dame.« Die robuste Krankenschwester schüttelte das Fieberthermometer und sah mich rügend an: »Sie weinen jetzt seit sieben Tagen und Nächten. Davon geht das Fieber bestimmt nicht weg!«

»Aber ich muss einfach weinen! Ich habe doch solche Sehnsucht nach dem Baby! Meine Tochter braucht mich doch!« Dass ich auch wegen Bruno weinte, behielt ich lieber für mich.

Man konnte nie wissen, wer parteitreu war und möglicherweise Informationen weitergab.

»Wenn Sie entlassen werden wollen, hören Sie auf zu weinen.«

»Ich kann einfach nicht …« Sturzbäche von Tränen ergossen sich über mein weißes Nachthemd. Stundenlang musste ich Milch abpumpen, die dann zu meinem winzigen Mädchen gebracht wurde. Es war zum Verzweifeln!

Die Schwester schüttelte mein durchnässtes Kopfkissen auf und nahm mir die Stoffwindel weg, die ich schon wieder vollgeheult hatte.

»So, die heben wir mal für Ihre Tochter auf, dafür ist sie nämlich gedacht.«

Das wirkte.

In der Minute hörte ich auf zu weinen. Diese Schwester Rabiata hatte ich anscheinend gebraucht. Ich riss mich zusammen, aß brav mein schreckliches Krankenhausessen, schlief zwei Nächte tief und fest … und wurde am nächsten Tag fieberfrei entlassen.

Zusammen mit meiner Mutter fuhr ich sofort mit der blassgelben Straßenbahn in die Kinderklinik.

Dort durfte ich mein Töchterchen zum ersten Mal sehen, wenn auch nur durch eine Glasscheibe. Ganz verrunzelt lag sie dort mit krummen Beinchen und geballten Fäustchen im Brutkasten. Sie hatte ein winziges Mützchen auf und war an Schläuche angeschossen. Gott, so ein erbärmliches hilfloses

Würmchen! Vor lauter Sehnsucht streichelte ich die Scheibe! Mutter kämpfte auch schon wieder mit den Tränen: Der Verlust von Bruno zehrte an ihren Nerven.

Doch für unser neues Familienmitglied mussten wir stark sein. Vier Wochen lang besuchten wir mein Würmchen täglich und sandten ihm durch die Scheibe alle Liebe und alle Energie, um zu wachsen und zu gedeihen. Dann hatte die Kleine endlich das erforderliche Gewicht erreicht: fünf Pfund. Die Säuglingsschwester drückte uns das rosa Paket in die Hand: »Viel Glück. Seien Sie vorsichtig. Sie ist noch sehr schwach!«

Paul hatte sich von einem Arbeitskollegen extra einen Trabi geliehen, und mit meinem zerbrechlichen Winzling im Arm saß ich neben Mutter auf der Rückbank.

Nun wurde es doch ein bisschen eng in der Wohnung! Paul hatte inzwischen im Rathaus einen Antrag auf eine eigene Wohnung gestellt, doch es gab eine endlose Warteliste.

Zum Glück waren meine Eltern sehr rücksichtsvoll, und Tanja war eine begeisterte junge Tante, sodass unser Zusammenleben irgendwie klappte.

Nach meinem Mutterschutzurlaub bekam Katharina mit vier Monaten einen Krippenplatz, der glücklicherweise auf dem Weg zu meiner Arbeit lag, die ich nahtlos wieder aufnehmen konnte.

»Unsere kleine Alexander ist wieder da!«, freute sich der Chef, obwohl ich ja inzwischen Denkstein hieß. »Prächtig siehst du aus – das Muttersein steht dir gut!«

Ich freute mich sehr, wieder bei meinen netten Kollegen zu sein. Paul absolvierte mit Freude und Erfolg sein Fortbildungsprogramm.

»Weißt du was?« Eines Abends nahm mich Genosse Brackow beiseite. »Ich hab schon gehört, dass du dich um eine Wohnung bemühst. Du bist beliebt, machst einen guten Job – und das Wichtigste: Dein Mann ist in der Partei. Also nicht lange um den heißen Brei herumgeredet: Hier im Gebäude stehen ganz oben zwei Räume leer, die könntest du haben!«

»Aber ... das sind doch Büroräume?«

»Da kommst du nur mit dem Aufzug hin, dort begegnest du keinem Mitarbeiter!«

»Aber geht das denn so einfach?«

»Wenn man in der Partei ist, geht vieles!« Er zwickte mich gönnerhaft in die Wange. »Dein Paul ist doch ein ganz Patenter! Seine Eltern haben die besten Beziehungen, da kriegst du sicherlich bald auch eine Waschmaschine und das ganze Zeug!«

Paul warf sich nach Feierabend in den Blaumann, renovierte und strich die Räume und besorgte uns wie auch immer alles, was wir für unser Glück brauchten.

Unsere Katharina war gerade sechs Monate alt, als wir in unsere frisch möblierte »Wohnung« einziehen konnten. Es war ideal! Direkt am Arbeitsplatz, in einem modernen Gebäude mitten in der Innenstadt mit einer herrlichen Aussicht über Erfurts Kirchtürme und den schönen Stadtpark – noch dazu mit AUFZUG! Jahrelang war ich Treppen gestiegen, und jetzt schwebte ich mit dem Kinderwagen direkt in unsere Gemächer! Ich kam mir höchst vornehm vor.

Kaum war ich mit der Arbeit fertig, holte ich meine Katharina aus der Krippe, und dann spazierten wir erst mal durch den Park zu meinen Eltern, wo ich gern freiwillig wieder Treppen stieg und bis halb sieben blieb.

Auf dem Rückweg kaufte ich schnell noch etwas ein, wenn Mutter mir nicht von ihrem Essen etwas im Henkelmann mitgegeben hatte. Anschließend läuteten Paul, Katharina und ich dort oben in unserem heimlichen Schlupfloch den Abend ein. Paul war ein begeisterter junger Papa und sich für nichts zu schade. Auch nicht zum Wickeln oder nächtlichem Herumwandern mit der jungen Dame, damit ich auch mal eine Mütze voll Schlaf bekam. Jeden zweiten Sonntag rückten seine Eltern aus Gotha zum Kaffee an, erfreuten sich an ihrer kleinen Enkelin und überhäuften uns mit Geschenken. Über Bruno und seine Flucht wurde nach wie vor kein Wort verloren. Es war, als hätte es meinen Bruder nie gegeben.

18

Bernau am Chiemsee, Ende Mai 2011

»Bruno! War das jetzt Zufall?« Mir entfuhr ein überraschtes Lachen. »Du hast meinen Bauern mit deinem Turm geschlagen! Wirst du mich jetzt besiegen?«

Bruno und ich saßen im kleinen Garten vor seinem Zimmer im St. Rupert und spielten wieder mal Schach. Seit seiner Rückkehr ins Heim hatte er erneut immense Fortschritte gemacht. Es war ein zäher Kampf gewesen, ihn so weit zu bringen, aber es hatte sich gelohnt!

Seine junge fesche Logopädin, Frau Frischling, arbeitete regelmäßig mit ihm. Er konnte schon wieder bis drei zählen – im wahrsten Sinne des Wortes! Wenn er einen guten Tag hatte, fand man ihn in der Halle beim Kegeln mit seinen Mitbewohnern. Die Bewohner saßen in geselliger Runde, in der Mitte standen die Kegel, und jeder hatte drei Würfe. Es war rührend, wie sehr sich Burschi mit heiligem Ernst bemühte! An solchen Tagen fuhr er selbstständig mit seinem Rolli durch die Gegend, lachte laut und hatte richtig Spaß am Leben. Sein fröhliches »Jaaaa«, schallte mir schon von Weitem entgegen, und mir ging das Herz auf.

Bruno hatte inzwischen ein eigenes Konto. Die konkurrierende Bank im Ort hatte durchblicken lassen, dass sie für

Sozialhilfeempfänger keines einrichten werde, und ich war hoch erhobenen Hauptes gegangen. Der Hausarzt, Dr. Eberhartinger, hatte nach endlosen Sprechstunden endlich eine lange Patientenakte mit Brunos Vorgeschichte erstellt. Die Klinik in Prien hatte sich schriftlich bei mir entschuldigt und versprochen, meinen Bruder in Zukunft respektvoller zu behandeln. Der Richter des Vormundschaftsgerichtes hatte mich schlussendlich zur Betreuerin meines Bruders ernannt, wobei auch dieser Mann Bruno mit seinen unsinnigen Fragen total überfordert hatte.

»Hören Sie, Herr Alexander, können Sie mich verstehen?!«

»Er hört Sie, Sie müssen ihn nicht anschreien. Verstehen kann er Sie akustisch sehr wohl, aber ob er immer den Sinn Ihrer Worte erfasst, liegt an seiner Tagesform.«

Bruno saß im Rollstuhl neben mir, und der Richter war aus seinem Zimmer in den Flur gekommen, weil der Rollstuhl nicht durch die Tür passte.

Hier saßen wir in einem Erker.

»Herr Alexander, wie geht es Ihnen?«

Bruno schaute durch ihn hindurch.

Das sieht man doch, dachte ich. Er springt nicht gerade aus dem Hemd vor Glück.

»Glauben Sie, dass sich Ihr Gesundheitszustand verbessert hat, seit Sie hier sind?«

»Jaaaa.«

Ich hätte ihn küssen können, meinen pfiffigen Bruder!

»Herr Alexander, Sie brauchen aber dennoch einen amtlichen Betreuer?!«

»Er kann Ihnen nicht antworten.«

»Jaaaa!«

»Aber er antwortet doch!«

»Er sagt immer Ja, auch wenn er Nein meint.«

»Also, Sie brauchen KEINEN amtlichen Betreuer?«

»Bitte, Herr Richter, wenn Sie VOR der Anhörung einen Blick in die Akte geworfen hätten, würden Sie solche Fragen nicht stellen!« Ich zeigte auf die besagte Stelle: »Gelähmt, inkontinent, gestörtes Sprachzentrum.«

»Gut. Dann sagen Sie doch mal in Ihren eigenen Worten, warum Sie einen Betreuer brauchen!«

»Jaaaa!«

»Und mit Ihrem bisherigen Betreu…« Er blätterte konfus in seinen Unterlagen, über die er eindeutig keinen Überblick hatte. »Mit Herrn Berkenbusch waren Sie nicht zufrieden?!«

»Jaaaa!«

»Herr Berkenbusch ist in Norddeutschland, er hat sehr gut gearbeitet, aber wir haben meinen Bruder vor fünf Monaten nach Bayern geholt.«

»Wieso sind Sie denn umgezogen, Herr Alexander?«

»Jaaaa!«

»Was können Sie mir denn zu Ihrer Behinderung sagen? Können Sie selbstständig gehen?«

»Jaaaa!«

»Sie sehen doch, dass er nur ein Bein hat. Wie können Sie solche Fragen stellen!«

»Benutzen Sie Gehhilfen, Herr Alexander?«

»Bitte, schreien Sie doch nicht so, er ist nicht schwerhörig!«

»Dann erzählen Sie doch mal, was ein Betreuer alles für Sie übernehmen sollte!«

Jetzt reichte es mir aber! Der Mann hatte seine Hausaufgaben nicht gemacht. Während ich meine Wut mühsam unterdrückte und versuchte, höflich und sachlich zu bleiben, löste Bruno die Situation auf seine Weise.

Plötzlich wendete er den Rolli und brauste über den Flur davon.

Ich musste herzhaft lachen, und irgendwann lachte der Richter sogar mit.

»Burschi, was hältst du von einem schönen Spaziergang?«
Emsig räumten wir die Schachfiguren zurück in die Holzkiste.

»Jaaaaa!« Er strahlte mich an. Inzwischen trug er ein etwas zu großes, vorstehendes Zahnprovisorium, das ihm ein ganz neues, jüngeres Aussehen verlieh. Sein spitzbübisches Lächeln wirkte durch dieses neue Gebiss noch strahlender und frecher. Ein bisschen war es ja ein Pferdegebiss. Apropos:

»Wir könnten die Ponys am Bauernhof füttern!«

»Jaaa!« Schon wendete er seinen Rolli und düste begeistert durch die Flure. Schwester Silke lachte überrascht hinter ihm her.

»Ihr Bruder hat solch fantastische Fortschritte gemacht! Alle staunen hier, wie toll er sich wieder erholt hat.«

Sie verschwand in der Küche und holte Kartoffel- und Kohlrabischalen aus dem Biomüll. Netterweise packte sie sie in eine Papiertüte. »Sie wollen Ponys füttern gehen?!«

Ich trabte hinter Bruno her, der ins leere Zimmer eines Mitbewohners gefahren war und mir hier offensichtlich etwas zeigen wollte. Er hob die Decke von Herrn Brettschneider an und zog daran.

»Bruno, das ist nicht unser Bett.«

»Ja!« Bruno zerrte an der blauen Tagesdecke.

»Nein!« Ich wollte ihn aus dem Zimmer schieben, aber er sperrte sich dagegen.

»Willst du auch so eine Decke?«

»JA!«

»Zum Ausfahren?«

»Ja!«

Aha. Da hatte er es doch geschafft, mir einen seiner Wünsche mitzuteilen. Ganz schön pfiffig.

Bevor wir also Ponys füttern gingen, zogen wir noch durch die aufregende Einkaufsmeile von Bernau und erstanden eine ähnliche Decke für Brunos anderthalb Beine.

Er fühlte sich sichtlich wohl, als wir mit dem hübschen Deko-Artikel auf seinem Schoß von dannen zogen.

Beim alten Bauernhof, der schon in meiner Kindheit hier gestanden hatte, grasten die Ponys – vermutlich die Urenkel oder Ururenkel der Tiere, die wir damals gefüttert hatten – und blickten uns erwartungsvoll entgegen. Ich zauberte die Tüte mit den Gemüseschalen hervor und drückte sie Bruno in die Hand. Ganz nah lenkte ich sein Gefährt an den Zaun heran.

»Nun kannst du das Pony füttern. Spürst du seine weiche Schnauze?« Ich führte seine Hand zum samtweichen Maul, doch stattdessen steckte sich Bruno selbst eine Kartoffelschale in den Mund!

»Geh, Burschi! Nicht wie damals im Erfurter Zoo!« Ich musste lachen. Damals hatten wir auch den Tieren das Futter wegstibitzt! Aber das hatte wenigstens geschmeckt! »Komm her, spuck sie wieder aus!« Ich steckte ihm den Finger in den Mund.

Endlich hatte Bruno verstanden, was er mit den Schalen machen sollte. Wie ein Kind hatte er seine helle Freude daran, wie die Ponys laut schmatzend ihr Futter vertilgten. Besorgt musterte ich meinen Bruder. Wie konnte es sein, dass ihm so geniale Schachzüge gelangen, sein Hirn aber kurz darauf wieder solche Aussetzer hatte? Was tat sich da in seinem Unterbewusstsein?

Als die Sonne schon tief stand, lenkte ich einem plötzlichen Impuls folgend den Rollstuhl zum Friedhof, auf dem unsere Eltern lagen. Nach der Maueröffnung hatte ich die Urne unserer Mutter umbetten lassen.

»Bruno, bist du je am Grab unserer Mutter gewesen?«
»Ja!«
»Aber Bruno, das kann doch gar nicht sein – wie denn auch! Du weißt wahrscheinlich gar nicht, dass sie hier liegt?«

»Ja!«

»Möchtest du zum Grab unserer Mutter gehen, Bruno?«

»Ja!«

Ich machte einen Schwenk zum Blumenladen am Friedhofseingang, und kurz darauf standen Bruder und Schwester zum ersten Mal nach Mutters Tod gemeinsam an deren Grab. Ob Bruno sich an seine letzte Begegnung mit ihr erinnern konnte? Ein Frösteln überzog mich wie ein kalter Windhauch, und ich beugte mich zu Bruno, um ihm die blaue Decke fester um die Beine zu wickeln.

»Bruno, kannst du dich an die letzte Begegnung mit Mutter erinnern?«

»Ja«, lautete seine obligatorische Antwort.

»Wirklich?!«

»Ja.«

Ich war mir nicht sicher, ob ich seine und meine Erinnerungen noch einmal heraufbeschwören wollte.

19

Erfurt, 15. Mai 1973

»Bruno hat angerufen.« Meine Eltern empfingen Paul, Klein-Katharina und mich bei unserem Sonntagsbesuch mit besorgten Gesichtern. Er war nun schon ein knappes Jahr im Westen.

»Und? Wie geht es ihm? Hat er es endlich bei den Berliner Philharmonikern geschafft?«

»Bei den Berlinern nicht, aber die Münchner haben ihn genommen.«

»Wow!«, entfuhr es mir. »Nicht schlecht Herr Specht!«

Wir pellten Katharina aus dem Jäckchen, banden ihr das Mützchen ab, setzten uns auf die Küchenbank und ließen uns mit Kuchen und Kaffee verwöhnen. Papa hatte tiefe Schatten unter den Augen. Warum? Mama schwärmte stolz: »Unser Burschi ist schon zweiter Konzertmeister mit Verpflichtung zum Solo!« Sie drückte Katharina ein selbst gebackenes Plätzchen in die Hand.

»Er hat uns die Zeiten durchgegeben, wo wir ihn im Westfernsehen sehen können! Jetzt gehen sie mit Beethovens Neunter auf Japan-Tournee, sie spielen vor dem japanischen Kaiserpaar!«

»Das ist doch toll!«, freute ich mich. »Unser Burschi sieht die Welt.« Paul und ich knufften uns vergnügt in die Seite.

»Und? Hat er schon eine Wohnung?«

»Ja, doch! Das ist nicht so wie bei uns, dass man sich auf eine Warteliste setzen lässt.« Mama lachte. »Mithilfe von Onkel Sepp hat er sofort eine Wohnung im schönsten Schwabing beziehen können.«

»Da rockt der Bär.« Paul pfiff anerkennend durch die Zähne. »Ein Nachtclub neben dem anderen.«

»Er verdient großartig«, seufzte Papa vom Fenster her. Er rauchte nervös.

»Aber das ist doch alles wunderbar!« Fragend sah ich in die Runde.

»Er hat Geld, Freiheit und Erfolg«, fuhr Mutter fort. »Alles, was er sich je erträumt hat.« Sie hielt inne, und ihre Augen wurden feucht. »Außer seine Frau Katja und seinen kleinen Sohn Pit natürlich. Die hat er nicht.« Mit einem Klirren stellte sie die Kaffeekanne ab. »Das macht ihn psychisch fertig. Warum sonst trinkt er so viel? Manchmal hör ich es richtig an seiner Stimme. Das packt unser Burschi einfach nicht!«

Plötzlich hätte man die Luft in unserer Küche schneiden können. Das ganze euphorische Schwärmen war auf einmal nur noch heiße Luft. Mir stockte der Atem, als ich Papas Gesicht sah. Sein Blick sprach Bände.

»Er möchte zurückkommen«, ließ er die Bombe platzen. »Er lässt sich nicht davon abbringen.«

»Nein!«, entfuhr es mir. »Der ist ja wahnsinnig!«

»Spinnt der?!«, entfuhr es Paul. »Der läuft ins offene Messer!«

»Der Burschi vergeht vor Schuldgefühlen.« Plötzlich sank Mama auf den Stuhl und schlug die Hände vors Gesicht. Ihre Schultern zuckten.

»Mama!« Erschrocken strich ich ihr über den Rücken. »Du sollst doch nicht um deinen Jungen weinen«, ging mir Heintjes Schlager durch den Kopf. Aber dafür war die Situation viel zu ernst.

»Der Junge läuft in sein Verderben«, stöhnte Papa. Er schnippte seine Kippe aus dem Fenster, schloss es und lehnte den Kopf gegen die Scheibe. Auch seine Schultern bebten. Beide Eltern weinten!

Ich hatte das Gefühl, jeden Moment in Ohnmacht zu fallen. Nur die Anwesenheit von Katharina hielt mich davon ab.

»Ihr müsst ihm das ausreden!« Paul sprang auf und legte den Arm um Papa. »Das ist Selbstmord, was er da macht!«

Ich fütterte mechanisch mein Kind mit kleinen weichen Kuchenstückchen und starrte auf den bebenden Rücken meines Vaters. »Papa! Rede mit uns! Was genau hat Burschi gesagt?«

»Dass er es nicht mehr aushält. Dass er schon einen Weg finden wird zurückzukommen.« Papa sprach mit der Wand. »Dass Katjas Onkel Franz seine Beziehungen zur bayrischen Politik spielen lassen will. Irgendwas völlig Wirres – Bruno eben. Wenn der sich mal was in den Kopf gesetzt hat …«

Paul drehte Papa sanft zu uns und führte ihn zum Küchensofa, wo er kraftlos niedersank. »Wir wissen nicht, wie wir ihn daran hindern können!« Mama wischte sich die Augen. »Euer Vater hat stundenlang mit ihm telefoniert.«

Keiner bekam mehr einen Bissen hinunter – außer Katharina.

»Aber das Schlimmste ist, dass unser Telefonat abgehört wurde«, ließ Papa schwach vernehmen.

Vor lauter Schreck ließ ich den Löffel fallen und starrte in die Runde. »Das glaub ich nicht.« Mir entfuhr ein hysterisches Lachen. »So viele Menschen können doch gar nicht in Staatsdiensten stehen, dass alle Telefonate in der DDR ständig abgehört werden! Die haben doch was anderes zu tun!«

Paul drückte unauffällig meinen Arm. »Ich glaube, dein Vater hat recht. Man hört es am Knacken in der Leitung. Ihr werdet abgehört. Bestimmt schon seit Brunos Flucht.«

»Das WEISST du?«, fuhr ich ihn an. Die Schamesröte schoss mir ins Gesicht. Was hatte ich schon alles am Telefon zu Paul gesagt, wenn er bei uns zu Hause angerufen hatte?

»Ich wollte euch nicht beunruhigen.« Paul nahm mir das Kleinkind ab, das jetzt fordernd in meinem Gesicht herumpatschte.

»Und jetzt, Papa?« Mit brennenden Augen starrte ich meinen Vater an, der wie ein Häuflein Elend auf dem Sofa saß und ins Leere starrte.

»Ich habe mit Engelszungen auf ihn eingeredet! Alles ist denkbar. Nicht nur dass sie ihn jahrelang einbuchten! Sie können ihm und Katja auch das Kind wegnehmen!« Er sprang abrupt auf. »Wisst ihr, was sie mit Republikflüchtigen machen, die so dumm sind, hier wieder zu Kreuze zu kriechen?«

Das Blut rauschte mir in den Ohren. Ich wollte es lieber nicht hören.

»Das Kind kommt in eine linientreue Familie! Das sieht er nie wieder! Und Katja wird mit allen Mitteln dazu gezwungen, sich scheiden zu lassen!«

»Papa, nein ... «

»Doch, so ist das«, bestätigte Paul kleinlaut.

Ich starrte ihn an. Gott! Was wusste er noch alles, was ich nicht wusste?! Mir kamen die Tränen.

»Das machen sie mit einem, der seine Flucht bereut und freiwillig zurückkehrt?«

»Ja leider. Sie statuieren ein Exempel.« Pauls Kieferknochen mahlten. Er schämte sich für seine parteitreuen Eltern. Das stand zwischen ihm und ihnen wie eine unsichtbare Mauer.

»Wie kriegen wir Burschi dazu, drüben zu bleiben?«, fragte ich in die Runde, um mir dann selbst die Antwort zu geben. »Ich glaube, eher bringt der sich um. Und sei es auf Raten.«

Mama schluchzte laut in ein Küchenhandtuch. »Der Junge darf auf keinen Fall zurückkommen«, jammerte sie. »Der schaufelt sich hier mit Sicherheit sein eigenes Grab! Während er drüben ...«

Stundenlang zermarterten wir uns den Kopf.

»Wie geht es denn Katja? Und was sagt die dazu? Was meinen ihre Eltern?«, fragte ich.

Meine Eltern wechselten vielsagende Blicke. Vater seufzte und steckte sich die nächste Zigarette an.

Paul hob ein Spielzeug auf, das Katharina auf den Küchenboden geworfen hatte.

»Wir sollten uns da raushalten«, meinte Mutter plötzlich. Und Paul pflichtete ihr bei: »Je weniger wir wissen, umso besser.«

Und dann fing meine Mutter plötzlich an, mit Katharina Fingerspiele zu spielen.

Nur unserem Nesthäkchen war es zu verdanken, dass wir endlich das Thema wechselten. Dieses süße Kind schaffte es durch seine Arglosigkeit, uns aus der Verzweiflung zu reißen.

Nach mehreren Sonntagen bei meinen Eltern – wir besuchten sie jedes gerade Wochenende, während Pauls Eltern uns an den ungeraden aus Gotha besuchten – war von Brunos Rückkehr keine Rede mehr. Ich war irgendwie erleichtert. Anscheinend hatten sie es ihm ausgeredet.

»Der Burschi kommt nicht zurück, der weiß genau, was dann passiert!«, war das Einzige, was mein Vater zu diesem Thema noch herausrückte.

Aber sein Blick ... ging nicht etwas ganz anderes in ihm vor? Und Mama ging immer ganz besonders emsig zu irgendwelchen hausfraulichen Tätigkeiten über, wenn wir darauf zu sprechen kamen, sodass wir gezwungen waren, aufzustehen und das Zimmer zu wechseln.

Diese emsige Geschäftigkeit fiel mir an einem Sonntagnachmittag besonders auf. Paul hatte es sogar schon vorgezogen, Katharina in Ruhe um den Block zu schieben. Auch ich machte mich zum Aufbruch bereit, denn am nächsten Tag mussten wir früh raus. Da klingelte es. Paul hatte wohl den Schlüssel vergessen? Ich ging ihm aufmachen.

Papa verzog sich ins Wohnzimmer. Und Mama hatte plötzlich noch das Schlafzimmer aufzuräumen.

Zu meinem Erstaunen stand ein wildfremder Herr auf der Matte.

»Ja bitte?«

Da stand ich nun mit dem unbekannten Besucher. Er machte einen freundlichen, höflichen Eindruck.

»Wären Sie bitte so freundlich, mir dabei zu helfen, ein Paket hier heraufzubringen?«

Noch einmal sah ich mich suchend nach meinen Eltern um, doch sämtliche Zimmertüren waren geschlossen.

»Aber natürlich, gern.«

Leichtfüßig sprang ich hinter dem Fremden die Treppe hinunter.

Während ich dem schweigenden Mann erst um die Ecke und dann in eine dunkle Nebenstraße folgte, wunderte ich mich kurz, dass weder Paul noch meine Eltern diesem Menschen begegnet waren. Nur ich. Komisch. An der fensterlosen Seite unseres Miethauses parkte ein Lieferwagen mit Leipziger Kennzeichen.

Der Herr wuchtete das schwere Paket aus dem Kofferraum, und gemeinsam schleppten wir es durchs Treppenhaus in die Wohnung.

»Vielen Dank, das war's auch schon!« Der Mann war genauso schnell verschwunden, wie er gekommen war. Und wie von Geisterhand gingen die Zimmertüren auf, und die Eltern erschienen beiläufig im Flur. Auch Paul war plötzlich mit Katharina wieder da.

»Was ist?« Mein Blick huschte von einem zum anderen. »Wer war das?« Ratlos sah ich sie an.

»Ach, das war ein Tierarzt aus Leipzig, der mir ein paar interessante Bücher schickt.«

Papa war bereits am Auspacken und verteilte die Holzwolle im Flur. Paul reichte ihm ein Messer, und Mutter räumte den Abfall weg.

Schon wieder diese emsige Geschäftigkeit! Was ging hier vor?

Dann klingelte es erneut an der Tür.

Diesmal war es Katja mit dem süßen kleinen Pit.

»Na so eine Überraschung!«, entfuhr es mir. »Wir wollten gerade gehen, Paul und ich. Aber jetzt bleiben wir natürlich noch!«

Pit war jetzt knapp zwei Jahre alt. Begeistert spielte er mit Katharina.

»Katja, wie schön, dass du mal vorbeischaust! Komm doch rein!«, sagte Papa gedehnt und schob sie in die Küche.

»Schau mal, wer da ist!«

Irgendwas an diesem Überraschungsbesuch war faul. Katja kam sonst nie unangemeldet vorbei – erst recht nicht, wenn es draußen schon dunkel war.

»Bleibt doch zum Abendessen«, rief Mutter.

Katja hatte rote Flecken im Gesicht. Sie wirkte aufgeregt und konnte meinem Blick nicht standhalten. Hatten sie die fünf Treppen mit dem lebhaften Kleinkind auf dem Arm so außer Atem gebracht? »Wo ist es?!«

»Das Buch?« Papas Blick flackerte nervös.

»Nein, das ... Das andere.«

»Ach, das ... Mundwasser! Hier, Katja, schau.« Mit zitternden Fingern packte mein Vater die große schwere Holzkiste weiter aus. Es war wirklich jede Menge Holzwolle darin, und sie war auch von innen weich ausgeschlagen. Tatsächlich kam ein braunes Fläschchen zum Vorschein.

Hastig verstaute es Katja in ihrer Handtasche.

Seit wann hatte meine Schwägerin solche Bedürfnisse?

Ich konnte zwar verstehen, dass sie sich ab und zu einen genehmigte, um sich zu trösten ... aber das ging doch auch unbeobachtet zu Hause?

Egal, die Sache ging mich gar nichts an.

»Wollt ihr nicht doch noch bleiben?«, fragte Mutter mich plötzlich flehentlich.

Paul zuckte mit den Achseln: »Jetzt, wo Pit und Katharina so schön zusammen spielen – warum nicht?«

Also aßen wir gemeinsam zu Abend. Über Bruno wurde kein Wort gesprochen, was ich schon recht seltsam fand. Immer wenn ich Katja nach ihm fragte, sprang sie plötzlich auf, um sich um Pit zu kümmern.

»Er ist so schrecklich lebhaft«, jammerte sie. »Den krieg ich nie zum Einschlafen.«

»Sing ihm doch was vor«, sagte ich naiv, erntete aber bloß gequälte Blicke.

»Geht Pit schon in eine Kinderkrippe?«, fragte ich, um die merkwürdige Atmosphäre zu entschärfen.

Anscheinend war auch das wieder eine falsche Frage. »Nein. Nicht nötig.« Katja räusperte sich nervös.

»Ach, du hast ja deine Eltern! Wie geht es ihnen?«

»Danke.« Katja fasste sich an den Hals. »Wir haben so unsere Meinungsverschiedenheiten.«

»Natürlich.« Auch eine falsche Frage.

»Und was macht das Singen, Katja? Hast du schon wieder ein festes Engagement?«

»Nein«, kam es unwillig zurück. »Nach ... der Sache lassen sie mich nicht mehr auftreten.« Nervös kramte sie das Fläschchen hervor und ging mit Pit ins Nebenzimmer.

»Irgendwas hat sie ...«

»Sie kommt einfach nicht drüber weg«, unterbrach mich Mama.

»Ich würde sagen, das reicht jetzt.« Papa stand entschlossen auf und sah auf die Uhr. »Ich bring die beiden nach Hause.«

»Jetzt schon, Werner?« Mama sah ihn kopfschüttelnd an.

»Wir können ja noch ein bisschen spazieren fahren. Dann schläft der Kleine bestimmt ein.«

»Na wenn der endlich mal Auto fahren darf, bestimmt nicht!« Ich spürte, dass da irgendwas im Busch war. Aber was?

20

Erfurt, 1. Juni 1973

»Hallo? Geht's dir nicht gut? Was ist passiert?«

Gerade war ich im Treppenhaus Katjas Vater begegnet, der mich aber entweder nicht erkannt hatte oder zu sehr mit sich beschäftigt war, um meinen Gruß zu erwidern. Ich schleppte mein schlafendes Töchterchen die fünf Treppen rauf, und als Mama mir die Tür öffnete, spürte ich sofort: Hier stimmt etwas nicht. Es war schon wieder etwas passiert.

»Hattet ihr Besuch?« Keuchend setzte ich Katharina ab und umarmte Mutter, die mich jedoch gleich wieder losließ.

»Ja, Erwin war gerade hier. Er war sehr aufgebracht. Katja ist anscheinend mit Pit in den Westen geflohen.«

Ich erstarrte.

»Hä? Wie soll denn das gehen? Das ist doch völlig unmöglich …«

»Irgendwie hat sie es geschafft.« Papa starrte ins Leere.

»Aber … Sie war doch noch vor Kurzem hier?«

Papa seufzte. »Das war wohl ihr Abschiedsbesuch.«

»Ja, aber … Was habt ihr damit zu tun?« Mein Blick huschte fragend zwischen meinen Eltern hin und her.

»Nichts, natürlich.« Mutter trug mein Töchterchen ins kühle Schlafzimmer. »Wenigstens dieses Enkelkind bleibt mir noch …«

In ihren Augen standen Tränen.

»Oh Mama, nicht weinen!«

Ich ließ mich auf die Sitzbank fallen und legte das Halstuch ab, weil mir so fürchterlich heiß war. »Ist denn die Flucht … gelungen?«

Papa schloss die Küchentür. Schwer stützte er sich auf den Tisch. Wieder war er um Jahre gealtert. Sein sonst so blütenweißes Hemd wirkte genauso grau und zerknittert wie sein Gesicht.

»Anscheinend schon. Erwin kam gerade von der Polizei, wo er Meldung machen musste. Katja hat ihn aus dem Westen angerufen. Sie ist mit Pit bei Bruno in München.«

Mir fiel die Kinnlade herunter.

»Papa! Das ist doch unmöglich! Nun sag schon, was hat Erwin erzählt?«

Alles schien mir wie ein wirrer Traum. Dann ist Bruno ja endlich glücklich, schoss es mir durch den Kopf. Bruno brachte vieles fertig. Aber dass er DAS geschafft haben sollte ... Und das alles ohne unser Wissen?!

»Aber ...« Ich spürte die Anspannung in der Küche. »Wusstet ihr davon?«

»Kind.« Mutter öffnete den Schrank und klapperte laut mit Geschirr, ohne einen sinnvollen Handgriff zu tun. Leise sagte sie: »Je weniger Leute etwas davon wissen, umso besser. Wir hatten natürlich keine Ahnung.«

Hielten meine Eltern die Wohnung für verwanzt? Ich schüttelte ungläubig den Kopf und starrte abwechselnd von einem zum anderen.

»Und Erwin glaubt, ihr hättet was damit zu tun?«, fragte ich. »Oder warum war der eben hier?«

Mama zischte: »Er hat Papa vorgeworfen, davon gewusst zu haben!« Sie sah Papa fragend an und fuhr dann fort: »Katja hätte das mit dem Kleinen niemals alleine geschafft, behauptet Erwin!« Inzwischen war Mutter zu einem aufgeregten Flüstern übergegangen.

»Ja, aber wie hat sie denn nun ...?!«

»Pscht!« Wir zuckten zusammen. Es hatte geklingelt. Erschrocken verharrten wir im Flur, ohne zu öffnen, als wir die vertraute Stimme meiner Schwester Marianne hörten: »Ich bin's!«

Erleichtert und erstaunt zugleich riss ich die Tür auf.

Marianne schlüpfte herein, und ihre erste Frage war: »Wisst ihr was von Katja?«

»Wie kommst du denn darauf?« Mein Herz hämmerte. Mutter presste sich das Küchenhandtuch vor den Mund. Vater stand leichenblass in der Wohnzimmertür. »Was weißt du davon?«

Marianne schob sich energisch herein.

»Habt ihr mal einen sauberen Schlüpfer?«

»Ja natürlich...« Mutter eilte ins Schlafzimmer und versorgte Marianne mit frischer Wäsche. Wenig später kam meine Schwester aufgeregt aus dem kleinen Bad.

»Habt ihr mal was zu essen?«

»Ja natürlich...« Wir folgten ihr in die Küche. »Kind, beruhige dich. Was ist passiert?!«

»Heute ist mein Haushaltstag, das heißt, ich hab in der Firma frei und war gerade bei mir daheim im Hof beim Wäscheaufhängen. Die Kinder haben gespielt, als ein Vopo auf dem Moped vorfuhr. Der Polizist rief mir über den Zaun zu: ›Ist eine gewisse Katja Alexander Ihre Schwägerin?‹

Darauf ich, die Wäscheklammer im Mund: ›Ja, wieso?‹

Dann er: ›Kann ich die mal sprechen?‹

Ich stell also den Wäschekorb ab: ›Ja, aber bei mir ist sie nicht!‹

Darauf er: ›Wann haben Sie Ihre Schwägerin denn zum letzten Mal gesehen?‹

Da musste ich echt überlegen. ›Ich glaube so um Weihnachten rum.‹

Anschließend ist der Vopo ohne ein weiteres Wort abgebraust. Ich hab mich noch gewundert, was das sollte, denn so dicke sind Katja und ich eigentlich nicht, als auch schon die Stasi dastand. Drei Männer in Zivil. Ich sollte mitkommen, sofort.«

Marianne blies sich eine Strähne aus dem Gesicht, ließ sich auf die Küchenbank fallen und griff ausgehungert nach dem Leberwurstbrot mit den Gewürzgurken, das meine Mutter ihr stillschweigend vorsetzte. Durstig trank sie zwei Tassen Tee. Schweigend starrte ich sie an. In meinen Schläfen hämmerte es. Sie hatte richtig lange nichts gegessen und getrunken, sie war festgehalten worden!

»Ich sagte den Typen, dass sie ja wohl sehen, dass ich zwei

kleine Söhne habe und nicht mitkommen kann. Ich wollte wissen, worum es überhaupt geht, bitte schön. Sie meinten nur eiskalt, ich hätte jetzt fünf Minuten Zeit, Tobias und Markus irgendwo unterzubringen, sonst blieben sie eben sich selbst überlassen.« Hastig verschlang sie das Leberwurstbrot, immer noch sichtlich gestresst. »Ich hab die Jungs nur ganz schnell zu meiner Nachbarin gebracht. Die stand da schon und hat gesehen, dass der Hut brennt. Daraufhin haben mich die Männer in ihr Auto geschoben, in die Zentrale für Staatssicherheit gebracht und stundenlang dort festgehalten.« Ihre Stimme zitterte bedenklich, und die Röte schoss ihr ins Gesicht.

»Das scheußliche Gebäude, das wir von unserem Küchenfenster aus sehen können.«

Mir wurde trotz der Hitze eiskalt. Da hatte meine arme Schwester die letzten Stunden verbracht?

»Hätte der Verhörraum Fenster gehabt – ich hätte euch gerne zugewinkt«, knurrte Marianne. »Ich bin fast verrückt geworden. Ich weiß doch nichts! Aber das wollten sie mir nicht glauben, die Schweine. Die haben mich noch nicht mal auf die Toilette gehen lassen. Ich hab mir in die Hose gemacht vor Angst.«

Papa drehte sich weg und biss sich in die Faust. Ich hörte, wie er einen Schrei unterdrückte.

»Dauernd haben die mich nach Katja und ihren Fluchtplänen gefragt!« Marianne kippte ein Glas Wasser nach dem anderen weg. »Bis ich begriffen habe, dass mich meine feine Schwägerin als Alibi benutzt hat! Sie hat ihren Eltern erzählt, sie würde mich mit Pit besuchen. Weil die Jungs so nett zusammen spielen! Pah! Das haben die doch noch nie getan!«

»Das hat Erwin mir auch an den Kopf geworfen«, murmelte Papa sichtlich verstört. Seine Finger umklammerten die Fensterbank.

»Dabei könnt ihr es doch gar nicht besonders gut miteinander«, fügte Mama gedehnt hinzu.

»Fragt sich nur, woher Katja wusste, dass ich heute meinen Haushaltstag habe?«, wunderte sich Marianne und sah fragend in die Runde. »Außer euch weiß so was doch niemand?«

»Also ICH …«, wehrte ich alle Anschuldigungen ab, »bin raus. Ich rede doch nicht mit Katja über DEINEN Haushaltstag! Die war sowieso so komisch, als sie neulich da war. Total einsilbig und …« Ich verstummte. Plötzlich fiel bei mir der Groschen, dass es nur so schepperte. »Mama? Papa? Was hatte es mit diesem Fläschchen auf sich? Irgendwas verschweigt ihr mir doch?«

Meine Mutter war gerade intensiv damit beschäftigt, den Spiegel anzuhauchen und mit dem Ärmel zu putzen, und Vater kehrte mir den Rücken zu wie ein Schutzschild.

»Ich habe den Idioten klar verklickert, dass sie sich nicht wundern sollen, wenn die Leute reihenweise abhauen«, redete sich Marianne weiter in Rage. »Solange Sie meine Mutter nicht nach Bayern zu ihren Geschwistern und ihrem Sohn reisen lassen, können Sie nicht mit meiner Mithilfe rechnen! ›Wir sind Bayern! Wir gehören gar nicht hierher!‹, habe ich denen an den Kopf geworfen!«

»DAS hast du dich getraut zu sagen?« Ich starrte sie an. Sie hatte weiße Flecken um den Mund.

»Ja! Ich hab ihnen auch vor den Latz geknallt, dass Mama noch nicht mal zur Beerdigung ihrer Eltern fahren durfte, und was das mit Menschlichkeit noch zu tun habe!«

Ich bewunderte meine Schwester für ihren Mut. Wir ließen uns alle nicht einschüchtern, das hatten wir von Papa gelernt.

Letztes Jahr war auch noch unser Opa am Chiemsee gestorben, und unsere Mutter hatte ihren Vater seit vierzehn Jahren nicht gesehen. Als Einzige von ihren Geschwistern war sie nicht beim Begräbnis gewesen.

»Eine Schande ist das doch, hab ich mich empört!«, erzählte Marianne weiter. »Und ihnen vorgeworfen, was für herzlose Barbaren sie sind! So gewinnt man doch nicht das Vertrauen der Bevölkerung! Unsere Mutter wäre doch wiedergekommen! Nie im Leben hätte sie ihre Kinder und ihren Mann im Stich gelassen! Aber das hat die gar nicht interessiert. Sondern nur, was ich von Katja und Pit weiß.« Wütend fegte sie ihren Teller vom Tisch. »Einen Scheißdreck weiß ich!«

Sofort bückte sich Mama nach den Scherben und sammelte sie auf – fast schon ein symbolischer Akt.

»Du solltest den Mund nicht so vollnehmen, Marianne«, sagte Papa ernst. Seine Lippen wurden zu schmalen Strichen. »Ich sage euch jetzt etwas, das ihr euch beide bitte ganz dick hinter die Ohren schreibt: ›Reden ist Silber, Schweigen ist Gold.‹«

21

Erfurt, 17. Oktober 1974

Über ein Jahr war vergangen. Paul und ich arbeiteten immer noch bei der Gesellschaft für Sport und Technik, kurz GST, der Firma, in der wir uns kennengelernt hatten und in deren oberen Räumen wir mit unserer Katharina auch wohnten. Unser Chef, der uns beide sehr mochte, hatte mit Sicherheit erst von Brunos und dann von Katja und Pits Flucht in den Westen erfahren, aber wir schwiegen darüber, so wie Papa es uns eingebläut hatte. Alle schwiegen darüber, auch meine Schwiegereltern.

Es war, als hätten wir einen seltsamen Makel. Alle wussten

davon, doch niemand erwähnte es. Manchmal kam ich mir vor, als hätte ich einen ekligen Ausschlag.

Ich saß gerade beim Diktat, als mein Chef einen Anruf bekam: »Die kleine Alexander soll ganz schnell in ihr Elternhaus kommen.« Ich erstarrte, meine Finger froren ein.

»Na, dann laufen Sie schon. Hoffentlich ist nichts passiert!« Der Chef gab mir einen aufmunternden Klaps auf die Schulter. »Nehmen Sie ein Taxi, das geht schneller!«

Aber ich stieg wie gewohnt in die blassgelbe Straßenbahn. Die zehn Minuten Fahrt kamen mir wie eine Ewigkeit vor. Mein Herz raste, und mein Mund war ganz trocken. Hoffentlich hatte Papa nicht wieder einen Herzinfarkt wie damals, als Marianne mit siebzehn schwanger war?

Im Treppenhaus nahm ich keuchend immer zwei Stufen auf einmal. Oben angekommen, öffnete mir auf mein Klingeln hin nicht wie sonst meine Mutter, sondern ein fremder Mann. Er war kein Arzt. Und auch kein Freund der Familie, das sah ich auf den ersten Blick. Stasi. In Zivil.

»Ausweisen.« Ein kalter, unpersönlicher Blick traf mich. Dann wedelte er mit der Hand. Zitternd zückte ich meinen Personalausweis.

»Hiermit teile ich Ihnen mit, dass wir Ihren Vater wegen zweifacher Beihilfe zur Republikflucht verhaftet haben.«

Keuchend stand ich im Flur. In meinen Schläfen hämmerte es. Ich kämpfte gegen Brechreiz an, und bunte Flecken tanzten mir vor den Augen. Unser Papa! Verhaftet!

Aber WARUM?!

Saß Papa jetzt etwa auch in diesem grauenvollen Gebäude, das wir vom Küchenfenster aus sehen konnten? Fröstelnd schlang ich die Arme um mich.

Der Mann schob mich ins Wohnzimmer. Hier saß unsere Mama wie ein Häuflein Elend im Sessel. Auf dem Sofa, ihr gegenüber, saß ein weiterer Herr in Zivil und hämmerte im

Adler-Such-System auf einer mitgebrachten Reiseschreibmaschine herum. Das unrhythmische Tastengeklapper malträtierte meine Nerven.

»Mama! Was ist passiert? Wie geht es dir?« Ich sank vor ihr auf die Knie.

»Ruhe, sofort!«, herrschte mich der Mann an, der mir aufgemacht hatte, und schob mich zum anderen Sessel. »Hinsetzen und Mund halten.«

Unser Wohnzimmer war zu einem Verhörraum umfunktioniert worden! Die Jalousien waren heruntergelassen, sodass wir fast im Dunkeln saßen. Fassungslos rang ich die Hände. Was konnte ich tun, wie meiner armen Mama helfen?

Aus dem Schlafzimmer hörte ich ein Poltern. Oh Gott, waren da noch mehr? Jetzt klirrte es auch in der Küche, und im Bad schepperte es ebenfalls. Es waren doch tatsächlich fünf Fremde in unserer Wohnung!

Abwechselnd erschienen sie im Wohnzimmer und flüsterten dem Kerl am Tisch etwas ins Ohr, das dieser umständlich in die alte Schreibmaschine hackte. Das dauerte ewig. Wäre die Situation nicht so dramatisch gewesen, hätte ich mich ausschütten können vor Lachen. Doch so hätte ich am liebsten laut geschrien. Meine arme kleine Mama war völlig verängstigt und zitterte am ganzen Leib.

»Sie, Fräulein Alexander!« Der an der Schreibmaschine steckte sich eine Zigarette an. »Bringen Sie mir einen Aschenbecher«, grollte er.

Bevor der uns noch auf den Teppich aschte, holte ich ihm schnell einen.

»Sie sind doch ausgebildete Sekretärin. Schreiben Sie für mich!« Der Kerl verlangte tatsächlich, dass ich seine Drecksarbeit übernahm!

»Ich denke, das gehört nicht zu meinem Aufgabenbereich«, antwortete ich kühl. Gern hätte ich mehr Hohn in meine

Stimme gelegt, aber meine Kehle war wie ausgedörrt. Wütend rieb ich mir die Tränen aus den Augen.

»Dann dauert es eben umso länger.« Hack. Hack. Hack. Der Idiot brauchte für jeden Buchstaben fünf Sekunden.

Dann rumorte es im Flur. Ich spähte um die Ecke. Jemand hängte unsere Bilder ab und entfernte die Glasrahmen!

»Was suchen Sie denn?«, fragte ich hilfsbereit.

Keine Antwort. Sie holten sogar die kalte Asche aus dem Ofen, durchwühlten jede Schublade und schüttelten Bücher aus. Das einzig Verbotene, das sie fanden, waren alte Burda-Hefte mit Schnittmustern, die Mutter von der Westverwandtschaft bekommen hatte. Achtlos ließen sie sie fallen. Die Stille dehnte sich wie ein Gummiband. Schweigend machten die Männer weiter. Ich fühlte mich völlig überrumpelt.

Das Ganze dauerte mehrere Stunden. Sie fanden nicht, was sie suchten. Schockiert verharrten wir in unseren Sesseln und rührten uns nicht.

»Morgen haben Sie um neun Uhr im Untersuchungsgefängnis zu sein. Sie können Ihrem Mann ein paar notwendige Sachen mitbringen.« Die Männer verließen im Stechschritt die Wohnung, vorher nahm Mutter noch die schriftliche Vorladung entgegen, die sie unterschreiben musste. Vor Zittern konnte sie fast den Stift nicht halten. Es war wie ein schrecklicher Albtraum.

Endlich waren wir wieder allein in unseren vier Wänden. Es sah aus, als hätte eine Bombe eingeschlagen. Kleidung lag zerwühlt auf dem Boden, Besteckschubladen waren ausgekippt, das Badezimmerschränkchen geleert, Handtücher und Bettwäsche durchwühlt worden. Asche, Abfall und Essensreste hatte man wahllos übers gesamte Parkett verteilt, während leere Bilderrahmen an der Wand lehnten.

Ich rappelte mich auf und umarmte meine arme Mama, aus der jedes Leben gewichen zu sein schien.

»Mama! Was ist denn da los!?«

»Du hast es ja gehört: Dein Vater wurde wegen Beihilfe zur Republikflucht verhaftet. Angeblich hat er Katja und Pit zur Flucht verholfen.«

»Ja, wie denn das?« Ich hielt sie auf Armeslänge von mir ab und starrte ihr in das zerfurchte, angstverzerrte Gesicht. »Er hat sie doch nur nach Hause gefahren, an dem Abend, als wir sie zuletzt gesehen haben?«

Mutter zuckte apathisch mit den Schultern und starrte an mir vorbei.

»Mama, weißt du etwas?« Sanft rüttelte ich sie an den Schultern. »Sollte ich etwas wissen?«

Sie starrte Löcher in die Luft, drohte jeden Moment zusammenzubrechen. Ich beeilte mich, ihr ein Glas Wasser zu holen.

»Es ist besser, wenn du nichts weißt.«

Also doch! Wie genau hatte Papa das angestellt? Und warum wurde er erst JETZT verhaftet?! Die Sache mit Katja und Pit war doch schon fast eineinhalb Jahre her? Irgendjemand musste Papa verraten haben. Aber wer? Wer hatte Bescheid gewusst, wo doch sogar ich ahnungslos gewesen war? Eine Frage, auf die wir nie eine Antwort erhalten sollten.

In dem Moment hörten wir den Schlüssel in der Wohnungstür und fielen erneut in Schockstarre. Hatten die schon einen Schlüssel? Möglich war alles.

Es war aber nur Tanja, die von der Schule kam.

Entsetzt starrte sie auf das Bild der Verwüstung.

»Was ist denn hier los?«

So einfühlsam wie möglich erklärte ich meiner kleinen Schwester, was passiert war.

»Irgendjemand muss Papa verraten haben. Anscheinend hat er Katja und Pit irgendwohin gefahren, von wo aus die beiden fliehen konnten. Wer davon wusste, und warum es erst jetzt ans Licht gekommen ist, darüber haben sich die Männer, aber auch Mama ausgeschwiegen. Wichtig ist, dass du dich jetzt um sie kümmerst.«

Inzwischen war es Nachmittag geworden, und wir waren zu keinem klaren Gedanken mehr fähig. »Bitte versuch, hier aufzuräumen.« Ich rüttelte meine kleine Schwester energisch. »Kannst du das übernehmen? Ich muss jetzt Katharina aus der Kinderkrippe abholen, aber spätestens morgen, wenn Mama aus dem Gefängnis zurück ist und weiß, wie es mit Papa weitergeht, komme ich wieder.«

Am nächsten Tag ging ich ganz normal zur Arbeit, als wäre nichts passiert. Ich ließ mir nichts anmerken, so schlecht mir auch war. Am Nachmittag holte ich Katharina aus der Kinderkrippe und überlegte, ob ich mit ihr zu Mama fahren sollte, doch ich wollte meiner kleinen Tochter diesen Stress nicht zumuten. Sie kannte ihre Oma nur ausgeglichen und freundlich, und ich wollte nicht, dass sie sie in dieser Verfassung sah. Lieber wartete ich, bis Paul von der Arbeit kam, um dann sofort allein zu meiner Mutter zu fahren. Umso erstaunter war ich, als Tanja am frühen Abend bei uns auf der Matte stand.

»Die Mama ist noch nicht zurück!«

»Aber sie hatte doch schon heute morgen um neun den Termin!«

Tanja weinte. »Ich fürchte mich allein in der Wohnung! Was ist, wenn sie die Mama auch verhaftet haben?!«

Ich nahm meine kleine Schwester in die Arme. »Warten wir auf Paul, der kümmert sich um Katharina, und dann komme ich mit dir nach Hause.«

Ausgerechnet heute musste Paul Überstunden machen! Absicht oder Zufall?

Gegen acht Uhr abends erschien er endlich, und sofort zogen Tanja und ich los. Inzwischen hatte ich auch meine Schwestern Edith und Marianne angerufen, die ebenfalls zu unserer

Wohnung aufbrachen. Schon von Weitem sahen wir, dass die Fenster unserer Wohnung dunkel waren. »Sie werden die Mama doch nicht auch im Gefängnis behalten?« Ich drückte ihr die Hand. »Das wäre nicht auszudenken!«

Wir eilten durchs Treppenhaus nach oben. Tanja schloss auf. Immer noch waren Spuren der Verwüstungen vom Vortag zu sehen, also machte ich mich ans Aufräumen. Tanja saß heulend auf der Couch.

In diesem Moment ging die Tür auf, und unsere zarte Mutter schob sich herein, gefolgt von unseren Schwestern Edith und Marianne, die mit ihr eingetroffen waren.

Wir Frauen der Familie Alexander standen geschockt im Chaos unserer Wohnung. Dann halfen wir Kinder Mutter auf den Wohnzimmersessel und ließen sie nicht mehr aus den Augen. Was sie wohl alles hatte ertragen müssen?

Ich beeilte mich, ihr etwas zu essen zu machen, aber sie trank nur Wasser in gierigen Schlucken. Endlich hatte sie sich so weit gefangen, dass sie uns ihren Tag schildern konnte.

»Um neun Uhr stand ich im Untersuchungsgefängnis. Ich hatte natürlich ein paar Sachen für Papa dabei, Waschzeug, Rasierzeug, frische Wäsche und etwas zu essen. Das wurde mir kommentarlos abgenommen. Dann ließen sie mich stundenlang in einem fensterlosen Raum warten. Ganz allein. Das ist schrecklich zermürbend, kann ich euch sagen! Die Gedanken fahren Karussell, und die Angst wächst sich zu einer richtigen Panik aus. Endlich kamen zwei Männer, die mich mit der Schreibtischlampe blendeten. Ich war denen total ausgeliefert.«

Fassungslos biss ich mir auf die Lippen. Mutter erzählte weiter, und ich sah die Szene regelrecht vor mir: »Ihnen ist bekannt, dass Ihr Mann Ihrer Schwiegertochter und Ihrem Enkelsohn zur Flucht verholfen hat?!«

»Das höre ich zum ersten Mal«, sagte Mutter tapfer.

»Was wissen Sie darüber?«

»Nichts, natürlich! Ich glaube nicht, dass mein Mann ...«

»Wo war ihr Mann am Abend des 15. Mai 1973?«

»Aber das ist ja schon fast eineinhalb Jahre her«, versuchte Mama erst mal Zeit zu gewinnen. »Keine Ahnung, er ist abends meistens zu Hause.«

»Er ist mit Ihrer Schwiegertochter und Ihrem Enkel weggefahren.«

»Möglich.«

»Was heißt hier ›möglich‹? Sie wissen nicht, wo sich Ihr Mann nachts herumtreibt?«

»Es ist wirklich sehr lange her, aber ich überprüfe doch nicht grundlos jede Aussage meines Mannes!«

»Wann ist er zurückgekommen?«

»Weiß ich nicht. Da dürfte ich schon geschlafen haben.«

»Sie wollen doch nicht behaupten, dass Ihr Mann nachts stundenlang mit dem Auto unterwegs ist, ohne dass Sie wissen, wo er sich herumtreibt?«, versuchten sie meine Mutter aus der Reserve zu locken.

»Mein Mann treibt sich nicht herum. Er hat damals nur unsere Schwiegertochter und unseren Enkel nach Hause gefahren.«

»Sie geben es also zu.«

»Ja natürlich. Was ist denn daran verwerflich?«

»An diesem Abend ist Ihre Schwiegertochter mit dem Kleinen in den Westen geflohen!«

»Ja, das ist mir inzwischen bekannt.«

»Sie lügen also die ganze Zeit!«

»Ich wusste nichts davon. Nie wäre mir in den Sinn gekommen, meinen Mann damit in Verbindung zu bringen. Das wäre wirklich zu abwegig!«

»Überlassen Sie das Interpretieren von Sachverhalten bitte uns!«

»Natürlich.«

»Katjas Eltern haben Tochter und Enkel verloren!«

»Das tut mir sehr leid. Wir haben auch einen Enkel verloren.«

»Ihnen wird noch viel mehr leidtun!« Der Mann schlug mit der flachen Hand auf den Tisch. »Nämlich, dass Sie Ihren Mann so schnell nicht wiedersehen! Kooperieren Sie mit uns und sagen Sie, was Sie wissen!«

»Nichts, wirklich nichts, ich habe keine Ahnung.«

»Halten Sie den Mund! Sie lügen!«

Mutter hielt den Mund. Das war den Männern auch wieder nicht recht.

»Reden Sie! Was wissen Sie über die Fluchtpläne Ihrer Schwiegertochter?«

So war das stundenlang hin und her gegangen. Mal redeten sie milde auf meine Mutter ein und behaupteten, sowieso schon alles zu wissen, mal schrien sie sie an. Wenn die Männer müde wurden, gingen sie raus, und es kamen zwei neue, die immer wieder dieselben Fragen stellten. Mutter beteuerte stets, sich an den besagten Abend nur noch ganz schwach erinnern zu können. Letztlich hatte unsere Mama zwölf Stunden in diesem Raum gesessen, ohne etwas zu essen oder zu trinken angeboten zu bekommen. Einmal durfte sie unter Aufsicht einer streng dreinblickenden uniformierten Frau die Toilette aufsuchen. Die Frau redete kein Wort mit ihr.

Vor einer Stunde, als Mama schon der Kopf auf die Tischkante fiel, war ein Beamter mit einem Schriftstück in den Raum gekommen und hatte es ihr vor die Nase geknallt. »Ihr Mann hat alles zugegeben. Ist dies seine Handschrift?«

Sie fuhr hoch und kramte nach ihrer Lesebrille. »Ja.«

»Lesen Sie laut vor!«

Mama blinzelte vor Erschöpfung. Ihr ganzer Körper war steif, und sie ordnete ununterbrochen die Falten ihres Plisseerocks, nur um nicht verrückt zu werden. Die ganze Zeit über war sie mit dieser Lampe geblendet worden. Sie entzifferte Papas zittrige Handschrift: »Die Beweise sind erdrückend, sag, was du weißt, dann ist die Befragung für dich zu Ende.«

»Also?«, herrschten die Männer meine Mama an. »Was wissen Sie? Raus damit, oder Sie verbringen nicht nur diese Nacht hier, sondern auch alle weiteren! Dann kommt das Jugendamt und kümmert sich um ihre Tochter Tanja. Wir haben Umerziehungsheime für Kinder aus solch hartgesottenen Familien«, setzte der eine Kerl noch einen drauf.

Mama knickte ein. Sie hatte von diesen Heimen gehört. Die brachen die jungen Menschen mit Drill und Schlafentzug, ließen sie harte Arbeit verrichten und machten aus ihnen willenlose Marionetten.

»Ich weiß, dass mein Mann Katja und den Kleinen damals zu irgendeinem Autobahnparkplatz gebracht hat. Sie sind dort in einen Lkw eingestiegen, der im Auftrag ihres Onkels Franz lebende Tiere transportiert hat. Mehr weiß ich nicht, und mehr wollte ich auch nicht wissen.«

»Aha. Lebende Tiere also.«

»Ja. Rinder, glaube ich. Mehr weiß ich nicht.« Reflexartig richtete sie sich auf und sah den Männern fest in die Augen. »Wie Sie wissen, sind mein Mann und ich schon lange verheiratet. Irgendwann muss man sich einfach für oder gegen Vertrauen entscheiden. Und ich habe mich dafür entschieden. Punkt.«

Die Männer sahen sich fragend an. Auf einmal durfte sie gehen.

»Darf ich meinen Mann sehen?«

»Er wird im Nebenraum verhört. Wir sind noch nicht fertig mit ihm. Seien Sie morgen früh um neun wieder hier.«

Mit dieser Anweisung war unsere Mama ohne ein weiteres Wort zum Ausgang begleitet worden. Ihre inständigen Bitten, unseren Vater nur eine Minute sehen zu dürfen, wurden eiskalt ignoriert. Und all das hatte sich in unmittelbarer Nähe zu unserer Wohnung abgespielt!

Fröstelnd starrten wir zu dem dunklen Gebäude zwischen den Straßenlaternen hinüber. Da sollte unser geliebter Papa jetzt sein? Musste er auf einer Pritsche schlafen? Hatte er Mamas Sachen bekommen? Wurde er immer noch verhört? Taten sie ihm etwa Gewalt an? Ich musste mir schon wieder die Augen wischen und hörte mich schwer atmen wie eine alte Frau.

»Was machen wir jetzt?«

»Nichts. Wir können nichts machen. Nur warten.«

»Der arme Papa«, heulte Tanja.

»Das ist alles Brunos Schuld«, zischte Edith, bevor sie davonrauschte. »Immer hat sich alles nur um deinen Burschi gedreht, Mama, und jetzt sitzen wir seinetwegen alle in der Scheiße!«

Mama brach weinend zusammen, und ich warf Edith einen wütenden Blick zu. Ihr jetzt auch noch diesen Vorwurf zu machen war das Taktloseste, was ich je erlebt hatte!

»Verschwinde, Edith!«, zischte ich und riss die Wohnungstür auf. Wortlos sauste sie hinaus. Die Dunkelheit im Treppenhaus verschluckte sie.

Wütend knallte ich die Tür hinter ihr zu. Dann verabschiedete sich auch Marianne. Sie musste zu ihren Kindern zurück.

Tanja und ich hielten unsere Mama ganz fest. Bei der Vorstellung, was unser geliebter, sensibler Papa gerade aushalten musste, verschlug es uns schier den Atem.

Am nächsten Morgen um neun ging unsere tapfere Mutter wieder zum Untersuchungsgefängnis. Und wieder hatte sie Sachen für Papa dabei, die ihr erneut wortlos abgenommen wurden. Trotz stundenlanger Wartezeit bekam sie Papa nicht zu Gesicht. Völlig zermürbt kam sie erst nachmittags wieder zurück. Sie hatte in den letzten beiden Nächten kein Auge zugetan und war nur noch ein Schatten ihrer selbst.

Tanja und ich nahmen sie in die Mitte und fuhren gemeinsam mit Marianne, die an einer Straßenbahnhaltestelle auf uns wartete, zur Plattenbauwohnung von Edith und ihrer Familie. Eigentlich war ich stinksauer auf sie, aber sie hatte als Einzige ein Telefon, weil ihr Mann Jürgen Berufssoldat war und immer abrufbereit sein musste.

Wir standen alle schweigend im Wohnzimmer, während Edith die lange Münchener Nummer wählte. Bruno meldete sich erfreut, das konnten wir hören. »Schwesterherz! Wie geht es euch? Was gibt's Neues?!«

Mit schneidender Stimme sagte sie kalt und vorwurfsvoll: »Sie haben Papa verhaftet! Er ist seit vorgestern im Untersuchungsgefängnis.«

Bruno schluchzte verzweifelt auf: »Oh, verdammt!! Jemand muss uns verraten haben!« Er konnte es nicht fassen, weinte laut und bitterlich. »Kann ich Mama sprechen?«

Edith gab Mama den Hörer: »Hier, dein Burschi.« Das sagte sie so zynisch, dass ich ihr am liebsten eine reingehauen hätte.

Sie konnte den Hörer nicht halten, so fertig war unsere Mutter. Ich übernahm das für sie, doch ihre Stimme versagte den Dienst.

Als sie Bruno hörte, brach sie vollends zusammen. Wir weinten alle, und Bruno weinte am lautesten. Jetzt hatte er Frau und Kind bei sich, aber den Rest der Familie zerstört. Unser Papa wurde vielleicht gerade gefoltert, und Mama war dem Wahnsinn nahe.

»Es tut mir so wahnsinnig leid!« Bruno jaulte wie ein angeschossenes Tier. »Bitte, was kann ich tun?«

»Gar nichts! Wir sitzen jetzt einfach knietief in der Scheiße«,

sagte Edith kalt. Zusammen mit Jürgen verließ sie den Raum.
Ich schnappte mir den Hörer und presste ihn ans Ohr.

»Wie ist die Flucht denn damals gelungen?«, fragte ich atemlos.

Doch bevor Bruno antworten konnte, klickte es in der Leitung. Wir wussten Bescheid, natürlich wurden wir abgehört. Vor lauter Schreck legte ich auf.

22

Bernau am Chiemsee, 16. Juni 2011

»Hallo? Wollen Sie zu meinem Bruder?«

Ein merkwürdiges Gespann keuchte durch den Flur des Pflegeheims. Ich sah nur einen riesigen sabbernden Bernhardiner, der einen älteren Mann in bayrischer Tracht hinter sich herzog.

Der Weißhaarige, der sich suchend umsah, wandte mir sein zerfurchtes, aber freundliches Gesicht zu und grinste erfreut.

»Ja servus und grüß Gott, junge Frau! Ich will zu Bruno Alexander. Ich habe gehört, dass der hier neuerdings wohnt.«

»So? Und woher wissen Sie das?«

»Ich hab mal für seinen Onkel Franz gearbeitet. Klöpfer Viehtransporte, Siegsdorf.« Er kratzte sich verlegen am Kopf. »Und ich verdanke ihm mein Häuserl. Des is a lange G'schicht. Der Bruno, des is a ganz a feiner Kerl!«

»Wie schön, dass mein Bruder noch Freunde hat!«, sprudelte es nur so aus mir heraus. »Dann sind Sie hier richtig. Hallo, ich bin seine Schwester, Lotte Denkstein.« Ich drückte dem Mann die Hand. Er hatte einen so festen Händedruck, dass mir fast der Ehering zerbrach.

»Xaver Frankl, habe die Ehre!« Ich sah, dass er riesige Ohren hatte. Der Mann erinnerte mich irgendwie an die dicke Berta: gutmütig und freundlich, ein Urbayer, wie er im Buche steht.

»Wissen S', der Bruno und ich, wir waren mal richtig dicke Freunde. Leider hab ich ihn über die Jahre aus den Augen verloren, aber es hat sich rumgesprochen, dass seine Schwester ihn zurück nach Bayern geholt hat und dass Sie sich jetzt um ihn kümmern. Das find ich großartig.« Der Kerl hatte feuchte Augen, was mich ganz verlegen machte.

»Will der Hund mit?« Skeptisch musterte ich das riesige Vieh, das den Mann zielstrebig hinter sich herzog, als wüsste es genau, in welchem Zimmer Bruno lag.

»Ja, das ist der Davidoff. Gell, Davidoff. Du bist ein ganz ein Braver.« Der Weißhaarige tätschelte das schwarz, weiß und braun gescheckte Fell, und der Hund sah mich genauso hilflos an wie Bruno manchmal.

»Und woher kennen Sie meinen Bruder?«, hakte ich nach, während ich neben dem Duo herlief.

»Oh, wir sind alte Fluchtkameraden. Und Sie kenn ich auch! Gell, Sie sind die Frau, die nachts im Regen auf dem Parkplatz im Trabi gesessen ist. Ihr Mann war auch dabei. Ich hab Ihnen von Ihrem Onkel ein Paket gebracht.«

Mir fiel die Kinnlade herunter. Fragend sah ich ihn an.

»Ja freilich!«, beharrte der Mann. »An das Jahr kann ich mich nicht mehr erinnern. Ist ja schon lange her, gell, Davidoff?!«, sagte er zu seinem Hund. Der konnte sich offensichtlich auch nicht erinnern.

Davidoff hinterließ eine beträchtliche Schleimspur im Flur und zog sein Herrchen mit einer Kraft weiter, dass er kaum hinterherkam.

Mit einem besorgten Blick auf Schwester Silke, die gerade vorbeikam, klopfte ich an Brunos Tür.

Aber die lachte nur. »Tiere tun unseren Patienten gut und sind ausdrücklich erlaubt!«

»Ich wisch das gleich weg!«, bot ich an.

»Kein Ding«, lachte Schwester Silke. »Wenn Sie wüssten, was wir hier alles wegwischen! Da wird sich Ihr Bruder aber freuen!«

Fröhlich zog sie mit ihrem klappernden Wägelchen weiter.

»Bruno, du hast Besuch! Schau mal, wer da ist!«

Der alte Mann und der riesige Hund schnauften in Brunos Zimmer.

Bruno saß im Bett und schaute fern. Freudiges Erstaunen zeichnete sich auf seinem Gesicht ab. Der Hund legte sich erwartungsvoll hechelnd hin und beschnupperte Brunos über einen Stuhl gelegte Kleider.

»Ja servus, Bruno! Ja sag amal! Was machst'n du für Sachen?« Der Weißhaarige schüttelte Bruno die Hand. Ein breites Grinsen erschien auf dem Gesicht meines Bruders, und ich schaltete schnell den Fernseher aus.

»Kennst mich noch?« Er schlug Bruno auf die Schulter. »Ja freilich!«, gab er sich gleich selbst die Antwort.

»Mein Bruder kann Ihnen nicht antworten, aber ich würde sagen, er erkennt Sie.« Ich bot beiden Wasser an und setzte mich, nachdem ich dem freundlichen alten Bayern den Stuhl freigeräumt hatte. »So. Jetzt bin ich gespannt wie ein Flitzebogen. Was verbindet Sie beide?«

Und der alte Bayer begann zu erzählen.

»Ich hab in den Siebzigerjahren bei der Firma des angeheirateten Onkels von Bruno Alexander, bei Franz Klöpfer, Viehtransporte, in Siegsdorf gearbeitet – gell, Bruno!? Und regelmäßig Lebendvieh von West nach Ost gebracht und umgekehrt. Ja dafür hat es einen starken Mann gebraucht, gell, Bruno!«

»Wirklich?«, übernahm ich die Konversation für meinen Bruder.

»Der Franz war einer von uns, für den wär ich durchs Feuer gegangen.« Der alte Mann zog sich den Schal vom Hals und tätschelte Davidoff, der nach wie vor laut hechelte.

»Ein Chef und Freund wie man sich keinen Besseren wünschen kann. Gell, Bruno, du erinnerst dich an den Franz!«

»Jaaa!« Brunos Augen leuchteten wie nie zuvor.

Ich sah die Vertrautheit zwischen den beiden, eine richtige Männerfreundschaft.

»Und jetzt beginnt unsere Geschichte – gell, Davidoff?«, versuchte er den Hund mit ins Gespräch einzubeziehen, doch das Riesentier hatte bereits die Augen geschlossen und sich in sein Schicksal ergeben.

»Eines schönen Tages irgendwann in den Siebzigerjahren, sagt der Franz zu mir: ›Xaver, horch amal, mein Neffe, das ist der berühmte Geiger aus der Ostzone, weißt schon. Der will seine Frau mitsamt seinem kleinen Sohn über die Grenze schmuggeln.‹«

Ich spitzte die Ohren. Das war also der geheimnisvolle Fluchthelfer! Nie hatte ich erfahren, was damals wirklich passiert war. Und nun saß der hier an Brunos Bett!

»›Und du, Xaver, wolltest dir doch schon immer ein kleines Häuserl kaufen. Das Geld kriegst du von mir, wenn du die Ossi-Kati und den Kleinen rüberbringst.‹ – ›Ja sakra‹, sag i, ›ist das nicht gefährlich, Chef? Nachher buchten s' mich noch ein? Ich hab selbst vier kleine Kinder!‹«

»Aber der Chef hatte einen ganz ausgefuchsten Plan.« Hier machte der alte Xaver eine Kunstpause und schaute Bruno Beifall heischend an: »Mit einem präparierten Benzintank! Magst dich erinnern, Bruno?«

Bruno starrte ihn an. Genau wie ich. Einzig der riesige Hund hatte die Augen geschlossen und schnarchte seelenruhig.

»Was hat denn Ihre Frau dazu gesagt?« Gespannt stützte ich das Kinn in die gefalteten Hände.

»Ja mei, die Gretel. Die war entsetzt! Die hat die Hände überm Kopf zusammengeschlagen. Die Gretel war gläubige Kirchgängerin und hat immer für die Brüder und Schwestern in der Diaspora eine Kerze angezündet. Was a scheena Schmarrn war. Weil des sowieso nix nutzt, sag ich zu meiner Gretel. ›Gretel‹, sag i, ›ich denk drüber nach, einer zerrissenen jungen Familie zu helfen. Wie Maria und dem Jesuskind.‹ Ich dachte, damit überzeug ich meine Gretel. ›Und a scheens Geld gibt's auch dafür!‹

Die Gretel hat mich angeschrien. ›Bist narrisch, du Depperter! Xaver, ich verbiete es dir ausdrücklich!‹«, zitierte er nun sein Weib. »›Keiner holt dich aus dem Ost-Gefängnis raus, wenn sie dich erwischen, und das werden sie! Heilige Maria! Aber ich sitz hier mit vier kleinen Kindern und weiß nicht, wie ich sie durchbringen soll ohne dich. Bitte tu uns das nicht an!‹

Ich versprach ihr also, den Plan zu verwerfen und das Geld nicht anzunehmen. Was ein wirklich scheena Batz'n gewesen wär. Ich halt also mein Maul, und das Thema ist erledigt. Denkt die Gretel. Und das ist gut so.« Der alte Mann nahm einen Schluck Wasser und freute sich, weil wir ihn so atemlos anstarrten, Bruno und ich. Ob Bruno der Erzählung folgen konnte? In seinem Kopf arbeitete es, das konnte ich deutlich sehen.

»Der Klöpfer Franz hingegen hat große Stücke auf mich gehalten. Und deshalb …« Xaver klopfte sich auf die Schenkel bei der Erinnerung an das schöne Geld. »Und deshalb liefen die Fluchtvorbereitungen auf Hochtouren. Wollt ihr das hören?«

»Jaaaa!« rief ich, obwohl das sonst Brunos Text war. Mit einem Blick auf meinen Bruder stellte ich sicher, dass er die Geschichte ebenfalls noch mal hören wollte.

»Der Klöpfer Franz hat einen neuen Viehtransporter gekauft. So ein Lkw kostet ein Schweinegeld, weshalb der Klöpfer Franz zum Bürgermeister und Polizeichef nach Traunstein ist, um die Herren in den Fluchtplan einzuweihen. Von ihnen brauchte er die Zustimmung, diesen neuen Lkw nach der Flucht sofort ummelden zu können, damit bei einer Fahndung im Nachhinein keine Verbindung mehr zu diesem Wagen hergestellt werden konnte. Die Herren gaben ihr Okay.«

Für die letzten Sätze hatte der alte Bayer sich eines bemühten Hochdeutschs befleißigt.

»So, nun wird's spannend«, freute er sich und rieb sich die Hände. »Jetzt hab ich nämlich den jungen Mann kennengelernt, dessen Frau und Kind rübergeholt werden sollten: Bruno Alexander.« Er strahlte meinen Bruder an. »Gell, Bruno! Ein berühmter Geiger warst, a bildschöner Lackl.« Wieder rüttelte er gutmütig Brunos Schulter, und dieser ließ es sich nicht nur gefallen, sondern schien die raue, aber herzliche Art des Alten regelrecht zu genießen.

»Also, dieser Lackl hier hat jede Nacht in der Werkstatt, die wir verdunkelt hatten, kräftig mit angepackt. Mithilfe vom Klöpfer Franz, dem Onkel deiner Frau, hast du gelernt, den Tank umzubauen, gell, Bruno?« Der alte Xaver freute sich wie ein Schneekönig, dass er so aufmerksame Zuhörer gefunden hatte!

»Im Blaumann und mit Schraubenzieher sah der Bruno ganz anders aus als im Frack mit seiner Geige. Meine Gretel war ja ein Fan von ihm. Nie hätte die geglaubt, dass derselbe Kerl, den sie so anschmachtet wie sonst nur noch den Udo Jürgens jede Nacht bei uns heimlich in der Werkstatt rumgeschraubt hat! Wir drei Männer bauen also den Tank aus und wieder ein, immer schneller, immer routinierter, um alles zu testen: Ruckzuck, Tempo Tempo, ist alles ausreichend ausgepolstert, wie viele Minuten dürfen es höchstens werden, bevor einem da drin endgültig die Luft ausgeht … Wir hätten bei

›Wetten, dass …?‹ auftreten können, aber wir durften ja nix verraten, gell, Bruno?«

Ich hatte Augen so groß wie Untertassen, und der alte Xaver wendete sich an mich.

»Ich hab Ihren Bruder dann nachts probehalber im Tank rund um den Chiemsee kutschiert. Der hat das immer wieder am eigenen Leib ausprobiert. Monatelang haben wir Probefahrten gemacht. Bis zu einer Stunde war es da drin gut auszuhalten. Gell, Bruno.«

»Jaaa!«, brummte Bruno drängend. Er wollte die Geschichte weiter hören.

»Ganz wichtig waren die Bügel um den Tank, die musste ich wieder millimetergenau anschrauben, damit keine sauberen Streifen darunter hervorgeschaut haben. Die mussten gebraucht aussehen, mit viel Schmiere und Öl, sprich wie immer.« Er warf wieder einen Blick auf mich: »Weiberleit! Verstehst mi net, gell?«

»Doch«, behauptete ich. Ehrlich gesagt konnte ich mich für Tankbügel, Schmiere und Öl nicht sonderlich begeistern. Aber wenn es der Geschichte diente …

»Dann haben wir gespannt auf den ersten Auftrag für diesen neuen, präparierten Lkw gewartet: Bullen, ja freilich! Hochaggressive junge Stiere. Die haben den strengsten Geruch, und zu denen traut sich kein Grenzer auf die Ladefläche, schon gar nicht mit den Hundsviechern. Hast mi, verstehen Sie mich?«, korrigierte er sich auf Hochdeutsch.

»Klar.« Ich nickte tapfer. Aufgeregt knetete ich die Hände.

»Ja weißt, Dirndl. Bei Bullen ging nicht mal der Tierarzt da rein. Herrgott, sakra, des war gefährlich! Bei allen anderen Viechern wurden ab einer bestimmten Stückzahl Gitter zwischen die Tiere gestellt. Aber Bullen wurden nicht angebunden. Bullen sind schwer zu transportieren, weil sie so unter Stress stehen und in Panik geraten können, was für alle Beteiligten lebensgefährlich werden kann. Für Viecher und Menschen gleichermaßen, hast mi?«

»Ich glaube ja.« Mein Herz schlug schneller. Das war ja unfassbar spannend!

»Bei Pferden, Schafen, Schweinen, Kälbern gehen die Tierärzte gern mal auf die Ladefläche. Bei Bullen ist das ausgeschlossen. Bullen können dich tottrampeln.«

Ich glaubte Xaver aufs Wort, zumal unser Vater selbst Tierarzt gewesen war!

»Die Tierärzte kannten das Risiko – und die Zöllner an der Grenze auch. Ein depperter Tierarzt hat irgendwann mal verlangt, die Laderampe zu öffnen. Ich hab mich strikt geweigert! Daraufhin hat es der Kerl selbst gemacht. Na, prost Mahlzeit! Die Bullen haben ihn über den Haufen gerannt, und der Grenzübergang war über zwanzig Stunden gesperrt.« Xaver schlug sich lachend so laut auf die Schenkel, dass der Hund aufwachte und erschrocken aufbellte.

»Gib a Ruah, Davidoff!« Der Alte kraulte dem struppigen Gesellen das Fell, der wieder ergeben die Augen schloss.

»Der Trottel, der damische! Überlebt hat er's net! Aus der ganzen DDR wurden Soldaten angekarrt, um die Bullen wieder einzufangen. Ich weiß nicht, wer sich mehr ang'schissen hat, die Bullen oder die Soldaten!« Der derbe Urbayer genoss seine Schilderungen. »Mei, hab ich gelacht!«

Bruno klebte an Xavers Lippen.

»Sie wollten ja eigentlich von Katjas Flucht mit dem kleinen Pit berichten«, versuchte ich den Mann wieder auf die Spur zu bringen.

»Genau. Die Bullen standen also auf der Ladefläche. Wir kamen zum Grenzübergang. Grelle Lichter, laute Schreie, Hektik, Stress pur. Durch die Luftschlitze haben die Beamten ins Wageninnere geleuchtet. Geblendet und verängstigt haben sich die Viecher erst in die eine und dann in die andere Ecke gedrängt. Dabei haben sie jede Menge Angsthormone ausgeschüttet. Das war ein Gestank! Die üblichen Spürhunde durften sich diesen Viehtransportern auch nicht nähern, um die Bullen nicht zusätzlich zu stressen. Hast mi, Bruno?!«

»Bruno? Wird es dir zu viel?«

Ich nahm die Hand meines Bruders, aber er entzog sie mir brüsk, was bedeutete, dass er die Geschichte weiterhören wollte.

»Noch mal von Anfang an: Am 15. Mai 1973 wurde es ernst. Ich bekam den Auftrag, mein Frachtgut beim Schlachthof Gotha in Thüringen abzuliefern. Meine Gretel saß nichts ahnend zu Hause. Herrgott sakra, es war ein verdammtes Risiko. Wir haben üblicherweise vormittags geladen – für unseren Plan eher ungünstig. Wir brauchten Dämmerung. Um auch hier kein Risiko einzugehen, hat mir der Klöpfer Franz gezeigt, welches Teil unter der Motorhaube ich locker schrauben muss, damit der Lkw nicht mehr richtig anzieht. Also Vortäuschung einer Panne, um Zeit zu gewinnen, bis es dunkel wird.

Ich bin also mit zwanzig Stundenkilometern und einem vermeintlich kaputten Lkw aufs Schlachthofgelände gefahren und hab ihn dort abgestellt. Dann bin ich mit betroffener Miene ins Büro und hab darum gebeten, in meiner Firma anrufen zu dürfen, weil mein Lkw kaputt ist, und ich nicht laden kann.

Die Frau vom Klöpfer Franz, die Elfriede, hat schon auf diesen Anruf gewartet, so war das abgesprochen.

Sie also: ›Na mei, ein nagelneuer Lkw und dann gleich das! Wart, ich schicke dir gleich den Franz mit dem Werkstattbus nach Gotha. Das kann aber dauern, gell?‹

Nach Stunden kam der Franz mit seinem Werkzeugbus ganz wichtig angefahren. Wir haben dann stundenlang im Schlachthof rumgeschraubt und ganz ernst getan: ›So ein Scheiß, ein nagelneuer Lkw und schon kaputt!‹ Alle hatten schon total Mitleid mit uns und haben uns Thüringer Rostbratwurst angeboten. Bier haben wir ja leider keines trinken dürfen, gell.

Als es endlich dunkel wurde, war der Lkw repariert. Ich hab ja bloß das Teil, das ich gelockert hatte, wieder festziehen müssen, das war alles. Wir haben dann noch eine Probefahrt gemacht, und der Franz ist wieder zurück. Ich hab dann die Bullen geladen und zwischendurch noch drei Zigaretten geraucht. Ich musste ja genau den Zeitplan einhalten! Dann bin ich wie vereinbart zu dem Parkplatz gefahren, wo ich die junge Frau und den kleinen Buben zu mir in die Fahrerkabine holen sollte. Des war deine Frau und dein Bub, gell, Bruno!«

Wieder klopfte Xaver Bruno rau, aber herzlich auf die Schulter, und jetzt spürte ich doch ein deutliches Unbehagen bei meinem Bruder. Wurde ihm die Geschichte nicht doch etwas zu viel? Aber ich war selbst gespannt wie ein Flitzebogen!

»Wie ging es weiter?!«

Der riesige Bernhardiner war in seiner eigenen Spucke eingeschlafen.

»Der alte Alexander, gell, Bruno, das war dein Vater?! Also der stand mit seinem Trabi schon da, mit ausgeschalteten Scheinwerfern natürlich, auf dem verlassenen dunklen Parkplatz. Ich mich rübergebeugt, die Beifahrertür auf, die junge Frau mit dem Kind reingezerrt, Tür wieder zu und weggefahren. Der alte Alexander hat mein Gesicht gar nicht erkannt, der hätte mich niemals beschreiben können.

Dann durfte die junge Frau mit dem Kind in meine Schlafkabine, ich Vorhang zu und Decke drüber. Schon waren wir auf der Autobahn.« Xaver kratzte sich am Kinn: »Der Kleine hat gebrüllt wie am Spieß – genau wie die Bullen auf der Ladefläche! Ich hatte also Gefahrgut im doppelten Sinn geladen.«

Wieder schaute ich besorgt zu Bruno hinüber, der immer unruhiger wurde.

»Normalerweise hab ich damals den Grenzübergang Hof/Berg genommen, doch von dort aus ist der letzte Parkplatz vor der Grenze zu weit entfernt. Wir hatten deshalb vorher schon beschlossen, den Grenzübergang Herleshausen zu nehmen. Da war der letzte für uns Wessis gestattete Parkplatz nur fünf Minuten von der Grenze weg. Und da wollte der Bruno ja auch auf der westlichen Seite warten, gell, Bruno?«

»Jaaa«, tönte Bruno, aber keine Zustimmung schwang in seiner Stimme mit, sondern blanke Panik. Er erlebte alles noch mal, das spürte ich.

Ungerührt sprach Xaver Frankl weiter. »Die junge Frau hat hinten dringehockt und versucht, das Kind zu betäuben. In ihrer Panik hat sie dem Kleinen gleich die doppelte Dosis von so einem Zeug aus einer braunen Flasche gegeben.«

Ich schluckte. »Herr Frankl«, sagte ich. »Ich fürchte, wir müssen Ihre Geschichte hier abbrechen. Mein Bruder ist sehr erschöpft.«

»Ja, wenn das so ist ...« Der alte Mann erhob sich schwerfällig und weckte damit auch den Hund. »Dann komm ich ein andermal wieder, gell?« Schon wandte er sich zum Gehen.

»Jaaaa«, brüllte Bruno plötzlich ganz laut, und ich begriff, dass er Nein meinte. Nicht gehen! Weitererzählen! Seine Augen waren weit aufgerissen, und sein Atem ging schnell.

Ich reichte ihm ein Glas Wasser. »Bitte, versuch ruhig zu bleiben, Burschi.«

Zu Herrn Frankl sagte ich: »Ach, bitte, erzählen Sie zu Ende. Es ist gerade so spannend!«

»Ja, freilich. Davidoff, sitz!« Der Weißhaarige ließ sich erneut auf dem Stuhl nieder, der bedenklich knarrte.

»Die Frau und der Kleine mussten ja in den Benzintank, und da sollten sie so kurz wie möglich drin sein. Der Bruno hat den zwar getestet, aber nicht in so einer Paniksituation wie die Frau. Die hatte Schnappatmung, und ich musste der erst mal ein Schnapserl geben. Endlich war der Kleine von den K.o.-Tropfen außer Gefecht gesetzt, die Frau wurde auch ruhiger, und ich erreiche den Parkplatz, seh schon die taghell erleuchtete Grenze. Doch dann, ja ich glaub, ich spinn, war der damische Parkplatz gesperrt! ›Kruzitürk'n‹, sag i, ›was mach ich jetzt?‹

Der Kleine ist fast schon scheintot, die Frau schreit hysterisch rum: ›Der muss zum Arzt, ich hab dem zu viel gegeben, der atmet ja kaum noch!‹

Was blieb mir also anderes übrig, als einfach am Straßenrand anzuhalten? Bei laufendem Motor und brennenden Scheinwerfern steig ich aus, schraub den Tank ab, geb die vereinbarten Klopfzeichen, die Frau schlüpft mit dem schlafenden Baby aus der Kabine und fällt mir in die Arme, fast bewusstlos vor Angst. Ich schieb erst den kleinen Bengel in den Tank und quetsche dann die Frau hinterher. Gell, Bruno, du hast mir gesagt, die Frau ist schlank und wiegt höchstens sechzig Kilo, aber das war a Schmarrn. Die Frau hatte mindestens siebzig, und der Kleine auch schon seine zehn! Ich hab den verdammten Tank kaum hochgekriegt! Wie ein Gewichtheber hock ich da im Straßengraben, den Tank auf dem Schoß, und versuch den hochzustemmen, um ihn von außen anzuschrauben. Zwei, drei Versuche hab ich gebraucht und dabei geflucht wie ein Kutscher. Der Schweiß rinnt mir nur so übers Gesicht, endlich hab ich das Ding mit letzter Kraft oben und schraub es gerade fest, als mir von hinten einer auf die Schulter klopft. ›Sakra!‹, sag i. Ich bin so am Keuchen und seh nur noch Sterne, taumle rückwärts und fall in ein mannshohes Brennnesselgestrüpp. Krutzitürk'n, das hat narrisch gebrannt! Beugt sich im Scheinwerferlicht ein junger ABV, das ist ein Grenzpolizist, über mich und fragt ganz blöd: ›Hab ich Sie erschreckt?‹«

Xaver hielt inne und schaute uns an. Wir hingen an seinen

Lippen. Selbst der Bernhardiner hatte ein Auge geöffnet und starrte sein Herrchen gebannt an.

»Der Sauhund muss mit dem Moped den Hang hochgekommen sein, ich hab nichts gehört und nichts gesehen. ›Naaaa‹, sag ich, ganz cool. ›Naaaa, i leg mi halt gern in die Brennnesseln, das ist gut für die Durchblutung!‹

Der junge Beamte hat nicht gewusst, ob des a Gaudi is oder was. Fragt der ABV ganz amtlich: ›Haben Sie eine Panne?‹ und hilft mir auf! Fragt noch mal in aller Seelenruhe so preußisch korrekt: ›Haben Sie eine Panne?‹

Derweil schnaufen und stampfen die Stiere, dass es fast die Ladefläche zerreißt.

›Ja mei, eben haben mich Ihre Kollegen aufgehalten: Mein Rücklicht tät nicht brennen, und da dacht ich mir, ich schau auf dem Parkplatz nach, aber der ist ja gesperrt! Jetzt wollt ich halt testen, wo's hapert, aber ich kann so fix nix finden! Und die Sauviecher brüllen umanand, da wirst ja narrisch! Bin schon zweimal um den Laster rumgegangen, aber alles funktioniert einwandfrei!‹

Daraufhin meint der: ›Testen wir es doch mal aus!‹

›Guade Idee‹, sag i. Der AVB läuft um den Laster rum, ich führ ihn vor wie einen Trottel, schick ihn nach rechts, nach links, und noch mal andersrum, bremse, blinke, Standlicht, Fernlicht, die Stiere schnauben und toben, bis der Kerl in einer Wolke aus Testosteron und Bullenpisse schließlich sagt: ›Wahrscheinlich war es ein Wackelkontakt‹ und ›Gute Weiterfahrt.‹

Minuten später erreich ich die Grenze und bin mir nicht sicher, ob ich die Bügel vom Tank millimetergenau festgeschraubt hab, weil mich der Kerl so erschreckt hat. Verdammt! Wenn die saubere Teile sehen, riechen die Lunte! Mal abgesehen davon, dass es schnell gehen muss – der Kleine braucht einen Arzt! Ich fahr also so dicht an die Rampe ran, dass kein

Blatt Papier mehr zwischen meine Bullen und die Rampe passt, damit die Grenzer nicht zum Tank runterleuchten können. Immer noch brennen meine Hax'n und meine Hände wie Sau von den Brennnesseln, und ich denk schon, ich bin in der Hölle. Die Gretel hat recht gehabt, das war keine gute Idee. Bestimmt seh ich meine Kinder nie wieder! Aber jetzt steck ich mittendrin in der Scheiße.

Der Tierarzt kommt und kontrolliert die Papiere, späht durch die Lüftungsschlitze, läuft um den Lkw herum und macht sich Notizen. Währenddessen kommt der Grenzer und will sich mit mir unterhalten. Sauber, denk ich, das hat mir gerade noch gefehlt. Der will wissen, wie wir die Tiere vor der Schlachtung betäuben, mit einem Knüppel oder mit Elektroschock? ›Na, wir greifen durchs Arschloch bis vor zum Herzen, dann druckst zua, und schon fällt das Viech um und is hie.‹ Bei diesen Worten zeig ich ihm meine blutroten Hände, die immer noch brennen wie Hölle. ›Des is noch von heit in der Friah! I bin der beste Würga von ganz Oberbayern.‹

Der Typ schaut mich groß an, sagt kein Wort mehr und geht endlich die Papiere stempeln.

Nach dreißig Minuten konnte ich weiterfahren.

Dann kamen die Westler, aber von denen hatte ich ja nix mehr zu befürchten.

Zügig ging's rüber. Die Grenze liegt im Tal, danach geht's sofort auf eine Kuppe. Dort oben sollte ich hupen, damit mich der Bruno auf dem Parkplatz hört, wo er schon wartet. Gell, Bruno, weißt des noch?«

Wieder ein raues Schulterklopfen. Brunos Augen waren weit aufgerissen. Nackte Panik stand darin. Aber jetzt wollte ich auch noch das Ende der Geschichte hören!

»Ich hab die Grenze noch nicht richtig verlassen, als ich auch schon auf die Hupe hau und gar nicht mehr runtergeh –

bis zum Rastplatz, wo der Bruno steht und schuhplattelt! Ganz laut gejodelt hat der. Holladadihooo!« Xaver jodelte uns vor, und der Hund fuhr erschrocken hoch. Bruno zuckte zusammen, weil das riesige Tier jetzt aus voller Kehle bellte.

»Ja und dann?«, schrie ich gegen das Getöse an.

»Ich fall dem Bruno vor die Füße, meine Beine wie Pudding. Da schraubt der Bruno schon den Tank ab, schneller als bei ›Wetten, dass …?‹, wuchtet ihn runter und holt sie raus! Die Frau fällt ihm weinend in die Arme, der Kleine leblos. Bruno drückt ihn an sich und versucht ihn mit Mund-zu-Mund-Beatmung wiederzubeleben, während die Frau schreit: ›Wir müssen sofort zum Arzt, ich hab dem zu viel gegeben, ich glaub, der ist schon tot!‹«

Alle Farbe war aus Brunos Gesicht gewichen. Seine Lippen bebten.

»Aber die Flucht ist gelungen«, versuchte ich die Geschichte zu Ende zu bringen.

»Freilich. Der Bruno hatte mein Geld dabei, gell, Bruno, für mein Häuserl. Ich kann die Scheine gar nicht zählen, bin so erledigt, dass ich dastehe wie festbetoniert. Zwei Kollegen müssen mich rechts und links stützen, damit ich zur Raststätte komme. Der verdiente Cognac war so lecker, als hätten mir die Englein aufs Herz gepieselt.

Der Bruno ist dann mit Frau und Kind in seinem Pkw sofort nach Kassel – erst in die Kinderklinik und später zum Meldeamt, um die beiden anzumelden. Der Bua ist dann irgendwann wieder aufgewacht. Gell, Bruno, der lebt, der Bua?!«

»Ja, der lebt«, sagte ich schnell. »Peter heißt er.«

»Ja suppaa!«, freute sich Xaver. »Mein Kollege hat dann das Steuer übernommen, und ich bin als Beifahrer mit zum Entladen bis nach Siegsdorf. Ich hab die ganze Zeit kein Auge zugetan. Am Nachmittag kamen wir in Siegsdorf an. Meine

Frau steht da: ›Xaver, was ist mit dir passiert? Du schaust so anders aus!‹

Da zeig ich ihr das Geld: ›Frau, ich hab im Lotto gewonnen! Wir können das Hausbauen anfangen!‹

Das war das erste und letzte Mal, dass ich meine Gretel sprachlos gesehen habe. Bis heute glaubt's, ich hätt im Lotto gewonnen! Der Klöpfer Franz hat noch am selben Tag ein neues Kennzeichen für den Lkw in Traunstein geholt. Ich hab den Tank zurückgebaut und bin am Montag mit genau demselben Lkw wieder in die Zone gefahren.«

Xaver stand nun endgültig auf. »Ja, das war's. Ich dachte, ich muss dem Bruno das unbedingt noch mal erzählen. Des war a Meisterstück!«

Wieder klopfte er Bruno auf die Schulter, nahm seinen Hund, und ich begleitete ihn noch zum Ausgang, wo ich ihm dankbar die Hand schüttele. »Es bedeutet mir unendlich viel, diesen Teil der Geschichte erfahren zu haben!«

»Ja freili!« Xaver kraulte seinen Hund. »Und das Häuserl, das wir dem Bruno verdanken, hamma immer noch. Inzwischen laufen schon die Enkel drin umanand. Der Bruno hat uns Glück gebracht. Pfia Gott!«

Schon wendete der originelle Urbayer sein Vieh, das interessiert an einer Bettpfanne schnupperte. »Gemma heim nach der Mama, gell, Davidoff.« Die Glastür schloss sich hinter dem urigen Gespann.

»Herr Frankl«, rief ich ihm noch hinterher. »Wie haben Sie meinen Bruder eigentlich gefunden?!«

Aber da war der alte Mann schon weg.

23

Erfurt, 6. Februar 1975

Vier Monate verbrachte unser Vater in Untersuchungshaft. Es gab keinerlei Kontakt zu ihm. Meine Mama durfte ihn nicht besuchen und ihm auch nicht schreiben. Wir hatten keine Ahnung, wie es ihm ging. Und das obwohl er sich in einem Gebäude befand, das wir vom Küchenfenster aus sehen konnten! Manchmal bildeten wir abends einen Trichter mit den Händen und riefen mit vereinten Kräften: »Papa! Wir lieben dich!« Was hatte er schon so Schlimmes getan, dass er wie ein Schwerverbrecher behandelt wurde? Er hatte Katja und den kleinen Pit zu dem Parkplatz gefahren, mehr nicht.

Die Gerichtsverhandlung fand unter Ausschluss der Öffentlichkeit statt.

Wir Angehörige wurden nicht einmal über den Termin der sogenannten Verhandlung informiert.

Er bekam einen Pflichtverteidiger, was völlig absurd war, denn sein Strafmaß stand von vornherein fest. Der Pflichtverteidiger schrieb unserer Mutter einen Brief mit folgendem Inhalt:

»In der Strafsache gegen Ihren Ehemann Werner Alexander hat heute vor dem Kreisgericht Erfurt Mitte die Hauptverhandlung stattgefunden. Ebenfalls fand heute die Urteilsverkündung statt.

Ihr Ehemann wurde wegen Beihilfe zum ungesetzlichen Verlassen der DDR zu einer Freiheitsstrafe von zwei Jahren und einem Monat verurteilt. Seine Strafe verbüßt er im Staatsgefängnis Cottbus. Die Kosten in Höhe von 311,89 Mark sind zu entrichten an das Gerichtskonto ...«

Dass Papa eine Gefängnisstrafe erhalten würde, war uns

bewusst. Wie hoch sie ausfallen würde, dafür gab es keinerlei Anhaltspunkte. Wir hatten Gerüchte gehört, laut denen ähnliche Fälle mit bis zu acht Jahren geahndet worden waren.

»Gefährdung der Sicherheit der DDR – das gibt immer hohe Strafen ohne Bewährung!«, wurde bei uns in der Firma hinter vorgehaltener Hand erzählt. Oft wusste ich nicht, ob der Kollege, der dieses Thema angeschnitten hatte, mich bewusst aus der Reserve locken und Informationen aus mir herauskitzeln wollte oder nicht. Ich hielt mich an Papas goldene Regel: »Reden ist Silber, Schweigen ist Gold.«

Nach diesem Urteil suchte ich sofort den Verteidiger auf, der mir ebenfalls bestätigte, wir seien mit diesem Strafmaß noch gut weggekommen.

»Und wie sieht es mit den Besuchsrechten aus?« Ich klammerte mich an meine Handtasche, die ich nervös auf- und zuklappte.

Er sortierte umständlich seine Unterlagen, bis er mir schließlich ein Formular unter die Nase schob: »Nach Antragstellung darf Ihre Mutter Ihren Vater alle sechs Monate für eine halbe Stunde besuchen.«

Cottbus war knapp vier Autostunden von Erfurt entfernt.

»Das wird meine Mutter seelisch nicht verkraften. Sie ist nur noch ein Wrack.«

Er schob mir ein weiteres Formular hin: »Sie können einen Antrag auf Begleitung stellen, dann muss Ihre Mutter nicht allein fahren.«

Der Rechtsanwalt klappte seinen Aktendeckel zu, damit war die Sache für ihn erledigt.

Sofort tippte ich zu Hause einen Antrag auf Gestattung der Begleitung meiner Mutter zu den angegebenen Besuchszeiten, insgesamt fünf Termine innerhalb der siebenhundertfünfzig Tage, die mein Vater konkret einsitzen musste.

Meinem Antrag wurde stattgegeben. Nun war ich also die

offizielle Begleitperson, die unseren Papa zweimal im Jahr für eine halbe Stunde sehen durfte.

Das trostlose Gebäude war Grau in Grau, die Fenster waren natürlich vergittert.

Ich hatte den Trabi vorschriftsmäßig geparkt. Hand in Hand schritten Mutter und ich über den verwilderten Parkplatz, die Tasche mit unseren liebevoll verpackten Gaben an uns gepresst.

Ich wagte es nicht, meine arme Mama anzuschauen, sonst wäre ich in Tränen ausgebrochen. Ich spürte nur ihre aufrechte Körperhaltung, ihre tapfere innere Einstellung. Sie durfte Papa gegenüber keinerlei Schwäche zeigen – und seinen Peinigern erst recht nicht! Ich holte tief Luft. Es roch nach feuchtem Gemäuer, Angstschweiß und anderen menschlichen Ausdünstungen. Am liebsten hätte ich auf dem Absatz kehrtgemacht.

Der Gedanke, dass mein gebildeter, sensibler Vater in diesem hässlichen Kasten fünfundzwanzig Monate würde absitzen müssen, wollte mir einfach nicht in den Kopf.

Der Pförtner, der kein Wort mit uns sprach, riss uns die Besucherpapiere aus der Hand und verlangte unsere Personalausweise. Dann winkte er uns weiter. Er griff zum Telefon und meldete uns an. Ging das etwa alles schon von unserer Besuchszeit ab?

Ein Aufseher mit klirrendem Schlüsselbund schritt vor uns her – durch schmutzige Flure und dunkle Höfe. Jedes Mal schloss der Beamte umständlich ein Gitter auf und hinter uns wieder zu. Wir betraten ein Rückgebäude, das von der Straße nicht einsehbar war. Nach Durchschreiten eines weiteren langen Flures, der nur von einer nackten Glühbirne schwach beleuchtet wurde, und nach erneutem Auf- und Zuschließen von Gittern und Eisentüren betraten wir den sogenannten Besucherraum. Grauweiße Metalltische, die in der Mitte durch eine schmutzige Glasscheibe voneinander getrennt wurden, standen auf einem kalten Betonfußboden. Die kleinen vergitterten Fenster waren so weit oben eingelassen, dass man nur ein Stück grauen Wolkenhimmel erkennen konnte. Fröstelnd rieb ich mir die Arme. An den Tischen saßen bereits stumm und eingeschüchtert andere Besucher. Sie hatten vollgestopfte Taschen dabei, bestimmt auch alles Mitbringsel für ihre Angehörigen. Neben der Tür, durch die wir eingetreten waren, bauten sich nun zwei Wachtposten auf, mit versteinerten Gesichtern. Schwer vorstellbar, dass es Menschen waren, die in diesen Uniformen steckten. Hatten die tatsächlich auch ein Zuhause? Eine Frau? Kinder? Freunde? Oder waren sie aus kaltem Wachs?

An der gegenüberliegenden Wand befand sich eine Tür mit Milchglasscheibe auf Augenhöhe. Plötzlich erkannte ich dahinter Gestalten, die sich auf uns zubewegten. Ich hörte Schritte. Im Gleichklang. Schleppend.

Mich überzog es heiß und kalt. Die Gesichter nichts als verschwommene Konturen. Mein Gaumen war trocken, der kalte Schweiß brach mir aus. War mein Papa darunter?

Dann ein Befehl: »Gefangene, stehen bleiben!« Schlüsselgerassel. Umständlich, wichtig. Mehrere Schlösser. Ein Riegel wurde beiseitegeschoben. Dann öffnete ein Vollzugsbeamter von innen die Tür. Nummern wurden gebellt.

»Gefangener 2351, eintreten! Gefangener 5938, eintreten! Gesicht zur Wand!«

Wie in Zeitlupe betraten nun erschöpft wirkende Männer in dunkelbraunen engen Anzügen mit einer Nummer auf der Brust den Raum. Mit gesenkten Köpfen trotteten sie herein wie Schlachtvieh. Bis sie alle mit dem Gesicht zur Wand standen, war schon wieder kostbare Zeit verronnen. Wir starrten die Gefangenen an. Ich umklammerte Mutters schweißnasse Hand. Papa war nicht dabei! Es herrschte eine unheimliche Stille, die von einem harschen Kommando zerrissen wurde.

»Einzeln nach Aufruf der Nummer umdrehen und setzen!«

Zu meinem Befremden riefen nun die Gefangenen der Reihe nach selbst ihre Nummern und wurden daraufhin wie Blinde zu ihrem jeweiligen Besuchertisch geführt. Ich glotzte verständnislos.

Sie durften ihren eigenen Namen nicht mehr nennen! Eiskalte Wut stieg in mir auf.

Der ausgemergelte alte Mann mit dem schütteren weißen Haar, der an unseren Tisch geführt wurde, war mir fremd. Er starrte auf seine Hände, als gehörten sie gar nicht zu ihm. Erst als er sich setzte und uns in die Augen schaute, erkannte ich meinen Vater. Er war im Gefängnis sechzig geworden, sah aber aus wie achtzig. Der vertraute Blick aus seinen gütigen Augen traf mich mitten ins Herz. Mein geliebter Papa! Was hatten sie ihm angetan! Als er seinen Mund zu einem schiefen Lächeln verzog, sah ich mit Entsetzen, dass ihm die Vorderzähne fehlten. Sein Mund war ein schwarzes Loch. »Hallo«, entrang er sich. »Wie geht es euch?«

Das fragte er als Erstes! Wie es UNS ging! Ich wollte mich weinend an seine Brust werfen und aus diesem Albtraum aufwachen, seine tröstende Hand in meinem Haar fühlen, doch eine Berührung war unmöglich. Zwischen uns ragte die schmutzige Scheibe empor, die schon abertausend Zärtlichkeiten verhindert hatte.

Der Uniformierte, der ihn zu uns geführt hatte, stand auf Tuchfühlung hinter ihm, jederzeit bereit, ihn hochzureißen und fortzubringen. Wir wussten, dass wir weder über die Tat noch über die Haftbedingungen reden durften. Aber was blieb uns dann?

Ich hatte einen riesigen Kloß im Hals. »Gut geht es uns, Papa.« Gott, meine Stimme klang rau wie Schmirgelpapier. Nur nicht losheulen! Ich räusperte mich. »Wir sind so froh, dich zu sehen. Wie geht es dir?«

»Gut«, behauptete er tapfer.

»Was machst du? Wie verbringst du deine Tage?«

»Ich arbeite im Schichtdienst für eine Plastikfabrik«, lallte er zahnlos. »Das ist nicht unbedingt das, wofür ich ausgebildet bin, aber es gibt viel zu lernen.«

Ich wollte schreien! Unser Papa war ein studierter Tropenmediziner! Und musste jetzt tagein, tagaus stumpfsinnige Handgriffe machen?

»Wir haben dir was mitgebracht!« Mit zitternden Händen breitete Mutter unsere Gaben auf dem Tisch aus. Erlaubt waren nur gekaufte, abgepackte Dinge aus dem Konsum, damit nicht etwa eine Feile oder anderes Fluchtwerkzeug in einem selbst gebackenen Kuchen eingeschleust werden konnte. Die Gefangenen hatten Einkaufsnetze dabei, um ihre Geschenke mitnehmen zu können.

»Mit ganz lieben Grüßen von den Verwandten aus dem Westen!« Mutter legte Lux-Seife, Marken-Rasierer, Pralinen, Schokolade, Kaffee und eingeschweißten gekauften Kuchen auf den Tisch. »Alle lieben dich sehr und denken an dich. Sie sind überaus dankbar für das, was du für sie getan hast.« Weiter kam sie nicht, der Aufseher trat bereits einen Schritt vor. Mutter biss sich auf die Lippe.

Der Aufseher zückte ein Messer und schnitt mit stoischer Miene sämtliche Verpackungen auf, zerstörte mit Wonne die liebevollen Verpackungen. Die Pralinen kullerten einzeln über den Tisch, die Schokolade wurde mit dem Messerrücken rabiat in kleine Stücke zertrümmert, die Seife angestochen und der Kuchen zerbröselt. Die Rasierklingen wurden gleich aus dem Verkehr gezogen. Suizidgefahr!

Papa verstaute die Krümel und Bröckchen in seinem Einkaufsnetz. Ich schämte mich dafür, dass er so demütig wirkte. Dabei war er diesen Chargen charakterlich und intellektuell tausendmal überlegen!

»Darüber freue ich mich sehr und sende ganz liebe Grüße zurück.«

»Die Zeit ist um!«, schnarrte eine Stimme. »Gefangene wegtreten!«

Sofort wurden die Gefangenen mit ihren losen Habseligkeiten im Netz hochgerissen, und schon während der drei Schritte zur Tür fiel die Hälfte der Gaben auf den Boden. Erbarmungslose Stiefel zermalmten die Kostbarkeiten, während die Häftlinge erneut unter lautem Rufen ihrer vierstelligen Nummer durch die Tür geschoben wurden. Unser Vater blickte sich nicht mehr um. Durch die Milchglasscheibe sah ich, wie er stolz und erhobenen Hauptes davonging. Gefolgt von einer Spur aus Kaffeepulver, während sich Seife, Schokolade und Kuchenbröckchen bereits zu einer unförmigen Masse verbunden hatten. Nichts von alledem würde er genießen können.

Mich überkam der Drang, mich zu übergeben. Mein geliebter Papa! Er hatte nichts getan, außer Bruno zu helfen – aus Vaterliebe! Er war kein Verbrecher, kein Mörder und kein Vaterlandsverräter! Wäre mein Mund nicht so ausgedörrt gewesen, hätte ich es gellend herausgeschrien. Doch auch wir Besucher wurden nun ebenfalls durch sämtliche Sicherheitsschleusen und Höfe wieder nach draußen geführt. Wir durften uns nicht miteinander unterhalten. Die ganze Prozedur dauerte zweieinhalb Stunden – unseren Vater hatten wir gerade mal zehn Minuten gesehen.

Ein einziger Gedanke erfüllte meinen Kopf: Ich muss unseren Papa hier rauskriegen. Koste es, was es wolle. Und wenn ich zu Dr. Meister persönlich ging! Rechtsanwalt Dr. Herbert Meister war im Westfernsehen in der Sendung »Kennzeichen D« als Heilsbringer vorgestellt worden. Er galt als Vermittler zwischen Ost und West, als wichtiger Drahtzieher beim Freikauf politischer Gefangener. An ihn würde ich mich wenden, selbst wenn ich Schulden dafür aufnahm, die ich mein ganzes Leben würde abbezahlen müssen.

Als wir endlich wieder draußen standen und uns die nach Kohlestaub, Öl und Abgasen riechende DDR-Luft wiederhatte, brach meine Mutter direkt vor dem Gefängnistor zusammen. Ich konnte sie nur noch auf schnellstem Weg ins Krankenhaus bringen.

Dort wurde ihr von den Ärzten Krebs diagnostiziert. Nieren- und Blasenkrebs im fortgeschrittenen Stadium.

24

Ostberlin, 19. März 1975

So. Hier sollte das also sein. Langsam fuhr ich durch die von Platanen gesäumte Straße und verrenkte mir den Hals beim Suchen nach der richtigen Hausnummer. Der Trabi, den Paul von Freunden geliehen hatte, knatterte erschöpft. Bewusst fuhr ich mit einem fremden Auto, das noch nicht im Visier der Stasi war. Nervös spähte ich durch die stark verschmutzte Windschutzscheibe. Das zwischen den Ästen schräg einfallende Licht malte bizarre tanzende Muster auf die Straße.

Dr. Herbert Meister war offiziell als Rechtsanwalt in Ostberlin zugelassen. Seine Kanzlei in der Bleicherstraße 4 lag verborgen hinter hohen Sträuchern und noch kahlen Bäumen in einer eher unscheinbaren Wohnsiedlung im Osten Berlins. Die ersten Forsythien streckten ihre strahlend gelben Blüten schon der noch fahlen Sonne entgegen. Ich parkte den Trabi, nahm die Tasche mit all meinen Unterlagen und schritt entschlossen auf das efeubewachsene Haus zu, in dem der sagenumwobene Dr. Herbert Meister residieren sollte.

Rufnummer und Adresse hatte ich über meinen Bruder Burschi in Erfahrung gebracht. Der war vom Westen aus längst aktiv geworden und hatte Herrn Dr. Meister dank der großzügigen Hilfe von Onkel Franz, dem Fuhrunternehmer aus Bayern, schon Geld geschickt. Bruno hätte sich selbst zerrissen, um unseren Papa freizubekommen.

Dr. Meister hatte Bruno bereits einen Brief geschrieben, dessen Inhalt ich kannte.

»Ich bin über den Fall Ihres Herrn Vater unterrichtet. Seien Sie davon überzeugt, dass von meiner Seite aus alles unternommen wird, um eine vorzeitige Entlassung in die Bundesrepublik zu erreichen. Auch der schlechte Gesundheitszustand Ihres Herrn Vater ist mir bekannt. Bitte gedulden Sie sich noch kurze Zeit. Insgesamt kann ich Ihnen sagen, dass die Aussichten für eine baldige Entlassung günstig stehen. Ich hoffe sehr, dass wir es bald schaffen. Gerne sehe ich dem Besuch Ihrer Schwester entgegen.«

In der Einfahrt, die zu einer Garage führte, parkte ein schwarzer Mercedes mit Ostberliner Kennzeichen. So etwas hatte ich noch nie gesehen!

Beeindruckt betätigte ich die Messingklingel, neben der sich kein Namensschild befand. Surrend wurde ich von einer Kamera ins Visier genommen. Ich lächelte hinein und zupfte mir noch den Blusenkragen unter dem Kostüm zurecht. Für Herrn Dr. Meister hatte ich mich so schick gemacht, wie ich nur konnte.

Ein Summer ertönte, und ich drückte die schwere Tür auf, betrat einen hellen freundlichen Vorraum, der mit hellbraunen Teppichen ausgelegt und mit Pflanzen geschmückt war. Diese umrahmten eine geschmackvolle dunkelrote Ledersitzgruppe.

An gläsernen Schreibtischen saßen hübsche Sekretärinnen mit eleganten Hochsteckfrisuren an elektrischen Schreibmaschinen und knabberten hauchzarte, mit Pfefferminz gefüllte Schokoladenkekse der Marke »After Eight«. Die kannte ich nur aus der Westwerbung. Ich kam mir vor wie in einem James-Bond-Film.

Ich glaubte, selbst schon im Westen zu sein, als ich in eine Art Salon geführt wurde, der wohl als Wartezimmer diente. Auf dem Beistelltischchen lagen »Die Bunte«, »Der Spiegel« und »Der Stern«.

Butterkekse und Karaffen mit Orangensaft und Wasser standen bereit. Ich musste mich in den Arm zwicken. Schade, dass ich das niemandem in meiner Firma erzählen konnte!

Außer mir saß niemand im Wartezimmer. Mein Herz klopfte zum Zerspringen. Würde ich diesen Dr. Meister, den ich nur aus dem Fernsehen kannte, jetzt persönlich zu Gesicht bekommen?

»Frau Denkstein, Herr Herrmann lässt bitten.« Wieso Herr Herrmann?, fragte ich mich irritiert. Eine weitere Sekretärin in einem maßgeschneiderten rosafarbenen Kostüm mit Goldknöpfen und seidenem Halstuch geleitete mich freundlich in ein elegantes Büro, in dem aber eindeutig der mir aus dem Fernsehen bekannte Dr. Meister an einem wuchtigen Schreibtisch saß. Auch hier schwere Teppiche, Pflanzen, Kristallleuchten und auf einem Beistelltischchen zwischen zwei wuchtigen Ledersesseln Kristallkaraffen mit Wasser, Saft und Whiskey. Ein Behälter mit Eiswürfeln machte das Westklischee komplett.

Anscheinend hatte sich Herr Dr. Meister für DDR-Bürger ein Pseudonym zugelegt, wenn er ihre Interessen gegen den Staat wahrnahm. Mir persönlich war völlig egal, wie er sich nannte, wenn er nur meinem Papa zur Freiheit verhalf!

Freundlich gab er mir die Hand.

»Schön, dass Sie sich persönlich herbemüht haben, Frau Denkstein. Ihr Bruder hat sich schon vehement für Ihren Vater eingesetzt, und ich kann Ihnen die erfreuliche Mitteilung machen, dass Ihr Herr Vater auf der Liste derjenigen steht, die für die Ausweisung nach Westdeutschland infrage kommen.« Der dezent duftende Herr im grün-blau gemusterten Anzug beugte sich vor und reichte mir nur kurz ein Blatt Papier: »Sie ist alphabetisch geordnet, und Ihr Vater steht ganz oben bei A wie Alexander.«

Tatsächlich konnte ich Vaters Namen an vorderer Stelle erkennen.

Schnell nahm der freundliche Rechtsanwalt die Liste wieder an sich, was verständlich war, schließlich sollte ich mir die anderen Namen nicht einprägen. Sie gingen mich ja auch gar nichts an. Es folgte ein ausgedehntes Schweigen. Das emsige Tippen der Vorzimmerdamen war klar und deutlich zu hören. Ich war verwirrt. Plötzlich sollte alles so schnell gehen?

»Was also darf ich meiner Familie in Erfurt ausrichten?«, hörte ich mich mit fremder Stimme fragen. Der Anwalt faltete die Hände und sah mich eindringlich an.

»Dass Ihr Herr Vater bald nach Westdeutschland gebracht wird. Es kann sich nur noch um wenige Tage, maximal ein bis zwei Wochen handeln. Wir arbeiten auf Hochtouren daran und stehen mit den zuständigen Stellen in Verhandlung.« Er legte die Liste hinter sich ins Regal. »Ich darf Sie nur um äußerste Diskretion bitten, damit uns nichts mehr dazwischenkommt. Es handelt sich um eine streng vertrauliche Angelegenheit.«

»Natürlich, Herr Dr. Mei…, Herr Hermann.« Ich nestelte an meinem kurzen Rocksaum herum. »Selbstverständlich. Ich bin Ihnen ja so unendlich dankbar…« Jetzt zitterte meine Lippe, sodass ich mir fest daraufbeißen musste. Eine Träne kullerte über meine Wange, und ich wühlte in meiner Handtasche nach einem Taschentuch.

»Mein Vater hätte es so verdient, endlich von diesem Albtraum erlöst zu werden. Ist er erst einmal drüben, könnten wir einen Antrag stellen, dass er Mutter nachholen kann«, purzelte es aus mir heraus, »sie ist krank und hat nicht mehr lange zu leben. Meine Eltern wünschen sich nichts sehnlicher, als endlich wieder in ihrer alten Heimat Bayern leben zu dürfen.«

Ich musste mich unterbrechen, um nicht laut loszuheulen, und tupfte mir die Augen. Wahrscheinlich war meine Ostschminke längst verschmiert.

»Herr Hermann« bot mir etwas verlegen ein Glas Whiskey an, das ich jedoch dankend ablehnte.

»Nein, nein, ich bin mit dem Auto da.«

»Dann ist es mir eine Ehre, Ihnen diese Freude machen zu können.« Der Mann drückte mir fest die Hand und begleitete mich persönlich zur Tür.

»Fahren Sie vorsichtig, Ihr Vater braucht Sie ja noch!«

Ob der gute Mann sich der Tragweite dieses frommen Wunsches bewusst war? Vater und ich würden uns wahrscheinlich nie wiedersehen. Da müsste schon ein Wunder geschehen! Dafür würde mein geliebter Papa im Westen sein, in Sicherheit, bei Bruno! Heftiger Jubel, gepaart mit Verzweiflung und Sehnsucht, tobte in mir, während ich dem geliehenen Trabi zustrebte. Jetzt müssen wir nur noch Mama rüberkriegen. Das wird meine nächste Aufgabe sein, dachte ich zuversichtlich. Sie wird in München die besten Ärzte finden und dort mit Papa hoffentlich noch eine gute Zeit haben. Endlich konnte ich etwas für meine Eltern tun, ihnen etwas von der Liebe zurückgeben, die sie mir und meinen Geschwistern seit jeher gegeben hatten.

Ich hatte für meine Lieben zu Hause die besten Neuigkeiten der Welt.

25

Erfurt, Dezember 1975

»Das gibt's doch nicht! Dein Dr. Meister hat dich nach Strich und Faden verarscht!«

Neun Monate waren seit meinem Besuch bei dem Anwalt vergangen, und nichts war passiert!

Meine Schwestern und ihre Ehemänner sahen mich vorwurfsvoll an. »Du hast das nur geträumt mit dem tollen Einfamilienhaus, dem Whiskey und dem roten Ledersofa! Gib's zu! Das war nur ein frommer Wunsch von dir.«

»Nein, ich war wirklich da, er hat mir die Liste gezeigt, auf der ich Papas Namen ganz oben mit eigenen Augen gesehen habe.«

»Und er hat wirklich gesagt, dass es nur noch wenige Tage, höchstens ein paar Wochen dauert?«, fragte Edith mit schneidender Stimme. Heftig wedelte sie mit einem grauen Schrieb vom Gefängnis Cottbus herum. »Und warum schicken sie jetzt Mama und dir völlig kommentarlos den nächsten Besuchstermin?« Sie schlug mit der Hand gegen den Wisch: »Mitzubringen sind: Besuchserlaubnis, Personalausweis, Meldebescheinigung. Als Geschenkartikel sind folgende Gegenstände erlaubt …«

Ihr Blick war so kalt, dass er mich frieren ließ. So hasserfüllt hatte ich sie bisher nur einmal ausgesehen – nämlich damals, als sie Bruno am Telefon mitteilte, dass Papa festgenommen worden war.

Mir schossen die Tränen in die Augen. »Ich weiß es doch auch nicht! Bruno sagt, alle Vorbereitungen sind getroffen. Er holt ihn von jedem Grenzübergang ab. Papa sollte doch spätestens an Weihnachten im Westen sein!«

»Um dann bald Mutter nachzuholen«, setzte Marianne

hinzu und schaute zu unserer lieben Mama hinüber. »Als Frührentnerin darf sie sicherlich bald aus der DDR ausreisen. Wer nicht mehr arbeiten kann ...« Sie unterbrach sich, weil ihr Mann Günther ihr einen warnenden Blick zuwarf.

Meine beiden Schwager waren parteitreue Genossen.

Mutter saß, sichtbar von Schmerzen gezeichnet, in der hintersten Sofaecke. Ihr Krebs war unbarmherzig weiter fortgeschritten, und sie konnte die meiste Zeit nur noch liegen. Sie war erst sechsundfünfzig Jahre alt, sah aber inzwischen aus wie siebzig.

»Ich hätte noch vier Jahre«, hauchte sie matt. »Wenn ich noch arbeitsfähig wäre.«

»Aber das ist doch eine grenzenlose Schweinerei!«, regte sich Jürgen auf. »Wahrscheinlich hat dieser Scheiß-Meister nur ordentlich Kohle eingesackt, damit er seinen Westpomp auf unsere Kosten genießen kann!«

Zum Glück spielten unsere Kinder draußen auf der Straße und schlitterten vergnügt über Eispfützen. Sie sollten von unserem Dilemma möglichst nichts mitkriegen.

»Grenzenlos ist hier das falsche Wort«, sagte Paul trocken. Er hatte sich an die Wand gelehnt, die Hände in den Hosentaschen. Mein armer lieber Paul spürte nun schon seit Jahren am eigenen Leib, was sein einst so gepriesener sozialistischer Staat aus Menschen machte. Auch wenn seine Eltern immer noch treue Parteigenossen waren – der Vater war inzwischen pensionierter Oberst und genoss nach wie vor Privilegien wie ein Auto russischer Bauart oder Aufenthalte in Luxushotels, zu denen normalsterbliche DDR-Bürger keinen Zugang hatten –, hatte sich Pauls Gesinnung inzwischen um hundertachtzig Grad gedreht. Ich rechnete es ihm hoch an, dass er immer bedingungslos zu mir und meiner Familie hielt und dafür den Groll seiner Eltern auf sich nahm. Schließlich war er ihr einziger Sohn.

»Hat dir dieser Dr. Meister irgendwas schriftlich gegeben?«, bohrte Edith nach. Sie wedelte auffordernd mit der Hand. »Kann ich das mal sehen?«

»Natürlich nicht, im Gegenteil!« Ich warf die Hände in die Luft. »Er hat mich um äußerste Diskretion gebeten. Er hat wortwörtlich gesagt: ›Ich darf Sie nur um äußerste Diskretion bitten, damit uns nichts mehr dazwischenkommt. Es handelt sich um eine streng vertrauliche Angelegenheit.‹«

»Und was willst du nun machen?« Marianne sah mich herausfordernd an. »Noch mal zu ihm fahren, in einem knappen Kostümchen, und noch ein Ründchen weinen?«

»Und das passende Schnütchen dazu ziehen?«, giftete Edith. »Und diesmal vielleicht doch einen Whiskey mit ihm trinken?«

»Lasst Lotti in Ruhe!«, verteidigte mich Mama mit matter Stimme. »Wir werden Papa selbstverständlich in Cottbus besuchen. Und kein Wort über die ganze Sache verlieren.«

»Erst war Burschi euer Liebling, und jetzt ist es Lotti«, giftete Edith. »Warum ist sie die Einzige von uns, die Papa besuchen darf?«

»Ich habe schon nach unserem ersten Besuchstermin schriftlich darum gebeten, dass beim nächsten Mal einer meiner Schwestern die Besuchsgenehmigung erteilt wird«, verteidigte ich mich. »Aber in dem unerfreulichen Brief, den Edith mir gerade vorwurfsvoll unter die Nase gehalten hat, steht Mamas Name und meiner. Ich bin da wirklich nicht scharf drauf.«

»Und das sollen wir dir glauben«, ätzte Edith.

»Macht doch, was ihr wollt!«, gab ich gekränkt zurück.

26

Cottbus, 18. Februar 1976

Der nächste Besuch bei Papa in Cottbus war umso deprimierender. Meine Eltern waren nur noch ein Schatten ihrer selbst – einer elender als der andere. Trotzdem sahen sie sich liebevoll und aufmunternd in die Augen.

»Wie geht es dir?« Mama legte ihre schmale Hand zärtlich gegen die schmutzige Scheibe.

»Muss ja.«

Papa wandte sich an mich.

»Ich habe einen Antrag auf Ausreise in die Bundesrepublik gestellt«, nuschelte er kaum verständlich. »Für Mama, Tanja und mich. Wäre das in Ordnung für euch größere Schwestern?«

»Natürlich, Papa, natürlich!« Ich biss mir auf die Zunge, um bloß nichts von Dr. Meister zu sagen. Eigentlich sollte er längst im Bus nach drüben sitzen. »Wir wünschen uns nichts sehnlicher, als dass du …, dass ihr … mit Burschi … Jedenfalls fragen wir uns, warum nicht längst etwas passiert ist?«

Ich vermied es, das Wort »Westen« zu sagen, denn unmittelbar hinter Papa stand der Aufseher.

»Ich habe den Antrag nicht für mich allein gestellt«, nuschelte Vater. »Sondern für uns drei.«

War etwa DAS der Haken? Wäre Vater allein längst frei? Weigerte er sich etwa, ohne seine Frau und seine sechzehnjährige Tochter Tanja zu gehen? Ich sah ihm tief in die matten Augen und traute mich nicht, diese Frage laut zu stellen. Natürlich! Niemals würde er ohne Mama gehen. Mama hatte Krebs! Und Tanja käme, weil noch nicht volljährig, in ein Umerziehungsheim. Papa würde die beiden niemals im Stich lassen! Lieber würde er seine gesamte Strafe absitzen, als auch nur daran zu denken, ohne sie in den erlösenden Westen zu gehen. Forschend sah ich ihm ins Gesicht. Müde hob er den Kopf.

»Lotti, stell du für Mama noch mal extra einen Antrag an den Rat der Stadt, Abteilung Inneres, Erfurt!«, bat mich Papa eindringlich. »Vielleicht ist meine Post nicht angekommen.«

In seinen tief in den Höhlen liegenden Augen flackerte ein winziger Hoffnungsschimmer.

»Versprochen, Papa.« Ich nickte und biss mir auf die Lippe. Am liebsten hätte ich laut geschrien: »Papa, so geh doch! Geh doch um Gottes willen! Du könntest morgen im Bus sitzen! Wir kriegen Mama schon irgendwie rüber!«

Aber ich schwieg. »Reden ist Silber, Schweigen ist Gold«, erinnerte ich mich an Papas Worte. Und in seinen Augen las ich die Antwort auf meine unausgesprochenen Frage:

Niemals! Ohne Mama gehe ich nicht.

Als wir nach diesem zweiten Gefängnisbesuch in Cottbus wieder im Auto saßen, starrte meine Mutter nur noch apathisch vor sich hin. Ich brachte sie, so gut ich konnte, mit Kissen und Decken in eine halbwegs bequeme Position auf der Rückbank, und schweigend traten wir die stundenlange Heimfahrt an. In meinem Kopf überschlugen sich die Gedanken: So kann Papa nicht weiterleben. Das schafft er nicht. Und Mama auch nicht. Die gehen mir beide zugrunde!

Sehr geehrter Herr Staatsratsvorsitzender Honecker!

Ich stelle diesen Antrag auf Entlassung aus der Staatsbürgerschaft der DDR und Übersiedlung in die BRD, weil ich die Gesellschaftsordnung der DDR ablehne, weil die DDR entgegen den Bestimmungen über Menschenrechte meine persönliche Freiheit und die meiner Familie einschränkt bzw. nicht

zur Wirkung kommen lässt und weil unsere gesamte Familie ursprünglich aus Bayern kommt.
Wir wollen einfach wieder in unsere Heimat zurück, die wir 1959 verlassen haben. Laut Erklärung der Menschenrechte der UNO vom 10.2.1948 heißt es, Artikel 15, Abs. 2: »Niemandem darf seine Staatsangehörigkeit willkürlich entzogen noch ihm das Recht versagt werden, seine Staatsangehörigkeit zu wechseln.« Nach der Verurteilung meines Mannes, der wegen Beihilfe zur Flucht unserer Schwiegertochter und unseres Enkels in die BRD, wo bereits unser Sohn lebt, zwei Jahre und einem Monat in Cottbus einsitzt, hat sich der Wille zum legalen Verlassen der DDR und zur Rückkehr in die BRD gefestigt.
Sowohl mein Mann als auch ich sind ernsthaft erkrankt und können der DDR als Arbeitskräfte nicht mehr nützlich sein.

Hochachtungsvoll

Elisabeth Alexander

Ich überlegte lange, aber dann legte ich die ärztliche Diagnose über Mutters Krebserkrankung und ihre Lebenserwartung von höchstens noch einem Jahr ohne das Wissen meiner Mutter dem Antrag bei. Wenigstens dieses Jahr sollte ihr mit ihrem Burschi und Vater in Freiheit beschieden sein.

Drei Monate später hatte sich immer noch nichts getan. Auf meinen Antrag war keine Antwort gekommen. Es war, als stünde die Zeit still. Papa saß nach wie vor im Gefängnis in Cottbus, und wir hatten keinen Kontakt zu ihm. Den nächsten Besuch bei ihm im September würde ich allein antreten müssen, denn Mama war nicht mehr transportfähig. Sie stand unter Morphium, so es denn zu bekommen war, und lag nur noch wie eine leblose Hülle auf dem Sofa. Der Krebs fraß sich durch ihren Körper, fraß sie förmlich von innen auf, und ihre Kräfte schwanden zusehends. Irgendwann war sie so geschwächt, dass sie das Sofa nicht mehr verlassen konnte. Seit Papa nicht mehr da war, weigerte sie sich, allein im Ehebett zu schlafen, und hatte sich ihr Lager im Wohnzimmer eingerichtet. Früher hatte sie dort Westfernsehen geschaut, doch jetzt fehlte ihr selbst dazu die Kraft. Sie dämmerte bei zugezogenen Vorhängen vor sich hin.

Ausschlaggebend für ihren starken Krankheitsschub war, dass sie seit Wochen nichts mehr von Burschi gehört hatte. Wir hatten ihn nach dem letzten Besuch bei Vater sofort angerufen, und ich hatte ihm auch meinen Antrag für Mutter am Telefon vorgelesen, ihm auch erzählt, dass ich die ärztliche Diagnose zum Beweis des Ernstes der Lage beifügen würde. Es waren schrecklich traurige, zähe Wintermonate gewesen, ohne Papa und ohne ein Lebenszeichen von Burschi. Noch nicht mal das übliche Westpaket zu Mamas siebenundfünfzigstem Geburtstag war angekommen!

So gut es ging, lebten Paul und ich unser Leben, arbeiteten fleißig, hielten zusammen und freuten uns an unserer dreijährigen Katharina, die gern in die Krabbelstube ging. Meine Schwestern Edith und Marianne waren mit ihren Familien und ihrer Arbeit beschäftigt und hatten sich spürbar von mir distanziert.

Tanja lebte zwar noch bei Mama, entfloh der heimischen Tristesse aber bei jeder Gelegenheit. Ich war die Einzige, die sich täglich um Mama kümmerte, nach der Arbeit direkt zu ihr in die Wohnung fuhr, um dort nach dem Rechten zu sehen. Jetzt war ich es, die Essen mitbrachte und die Wäsche machte, aufräumte und Tanja bei den Hausaufgaben half. Sie schwächelte in der Schule und schwänzte den Unterricht, war mit unserer Familiensituation einfach heillos überfordert.

Ich öffnete auch die Post und kümmerte mich um die Einkäufe, während Paul wie gehabt anfallende Reparaturarbeiten erledigte.

Gerade saß ich bei Mama im abgedunkelten Wohnzimmer und kühlte ihr die Stirn.

Sie murmelte wie so oft Burschis Namen, und ich redete tröstend auf sie ein.

»Bestimmt hat er eine lange Auslandstournee mit seinem Orchester. Er meldet sich, sobald er kann, ganz sicher!« In Wirklichkeit glaubte ich das selbst nicht mehr. Hatte uns Burschi denn ganz vergessen?

»Lotti? Komm mal ganz schnell!«, kam es aufgeregt aus der Küche.

Tanja beugte sich aus dem Küchenfenster und zeigte hinunter auf die Straße. Eine blassgelbe Straßenbahn kam gerade scheppernd um die Kurve, um mit ihren üblichen quietschenden Schmerzenslauten zum Stehen zu kommen. Menschen drängten sich an der Haltestelle.

»Da lungern schon seit Stunden so Männer in Anzügen rum und schauen rauf zu unserer Wohnung. Natürlich ganz unauffällig. Siehst du die?«

»Bist du dir sicher? Warten die nicht auf die Straßenbahn?«

»Nein, die steigen nicht ein!«

Sie lehnte sich noch weiter aus dem Fenster.

»Da, schau! Hab ich's doch gerochen!!« Aufgeregt zerrte sie an meinem Jackenzipfel. »Da hält ein Polizeiwagen in unserer Einfahrt!«

Wir stellten uns auf die Zehenspitzen und schauten senkrecht nach unten.

»Kannst du sehen, wie viele da drin sitzen?«, wollte Tanja wissen.

»Vier Männer. Zwei vorne, zwei hinten.«

»Guck mal, jetzt wird das Tor von innen wieder zugemacht. Das steht doch sonst tagsüber immer offen!«

»Pass auf, du fällst mir ja noch raus!« Ich zog Tanja wieder ins Innere.

»Sei mal still! Hörst du das? Sie kommen die Treppe rauf!«

Ich spitzte die Ohren. Mein Herz fing an zu rasen. Tatsächlich. Männerschritte. Das ganze Treppenhaus vibrierte.

Auf leisen Sohlen schlich ich zur Wohnungstür und spähte durch den Spion.

»Was siehst du?«, flüsterte Tanja atemlos.

»Da stehen zwei bewaffnete Polizisten im Treppenhaus!«, wisperte ich zurück. Oh Gott, wie gruselig! Durch das Auge des Spions sahen ihre Gesichter wie verzerrte Fratzen aus.

Als die schrille Klingel die Stille durchschnitt, und es gleichzeitig heftig klopfte, schrak ich zurück und klammerte mich an Tanja, deren Herz auch spürbar raste. Sie hatte weiße Flecken im Gesicht.

»Mach einfach nicht auf!« Tanja hatte die Fäuste auf den Mund gepresst und starrte mich angsterfüllt an. Männerstimmen. Sie berieten sich.

Wieder klingelte und klopfte es.

Ich glaubte meinen Ohren nicht zu trauen! »Ich bin's, Burschi!«

Die Stimme meines Bruders klang gepresst, aber es war eindeutig seine! Entsetzt öffnete ich die Tür einen Spaltbreit und spähte wie ein neugieriges Tier aus seiner Höhle, als sie schon von außen aufgedrückt, und ich zur Seite geschubst wurde. Ich knallte mit der Schulter gegen die Wand.

»Besuchsgenehmigung bei der Mutter für den Gefangenen Bruno Alexander, einsitzend wegen Republikflucht und zweifacher Beihilfe zur Republikflucht in Bautzen. Ausnahmegenehmigung wegen fortgeschrittener Krankheit Ihrer Mutter, Antrag ausnahmsweise stattgegeben dem Antragsteller, Gefangener Werner Alexander, einsitzend in Cottbus, wegen guter Führung und Verzicht auf eine Ausreise in die BRD. Besuchsgenehmigung ausschließlich für Frau Elisabeth Alexander, exakt fünfzehn Minuten ab jetzt.«

Der Mann warf einen Blick auf seine Armbanduhr, und ein anderer betätigte eine Stoppuhr, wie ich das bei Leistungssportlern in Pauls Trainingslager kannte. »Treten Sie zur Seite.«

Mein Herz setzte einen Schlag aus. Im Eilschritt wurde mein Bruder, mit Handschellen links und rechts an einen Polizisten gekettet, durch den Flur geführt. Die Wohnzimmertür wurde aufgerissen.

Ich wollte hinterhereilen, um Mama vorzuwarnen, aber ein dritter Polizist riss mich zurück.

»Die Besuchserlaubnis gilt nur für eine Person.« Der vierte stand vor der Küchentür, um Tanja in Schach zu halten. »Wenn Sie Ärger machen, wird der Besuch sofort abgebrochen.«

»Aber das ist Bruno, mein Bruder. Ich will ihn wenigstens begrüßen!«

»Nicht gestattet!« Wieder wurde ich an die Wand gedrängt, wo ich mir die schmerzende Schulter rieb. Ich war so verdattert, dass ich gar nicht begriff, was da gerade passierte.

Burschi? Hier in Erfurt? Gefangener in Bautzen? Seit wann? Er war also beim Versuch, Mutter noch einmal zu sehen, gefasst worden? Warum um Himmels willen war er zurückgekommen? Weil ich Hornochse ihm die ärztliche Diagnose am Telefon vorgelesen hatte?!

Drinnen hörte man leise Stimmen, erst Bruno, dann Mutter. Beide weinten. Sie konnten sich nicht in den Arm nehmen, nicht berühren! Und die beiden wildfremden Männer, an die Bruno gekettet war, standen an Tanjas und meiner Stelle an Mamas Krankenlager! Wir durften nicht hinein!

Der Kerl an der Küchentür starrte unverwandt auf seine

Stoppuhr und freute sich sichtlich daran zuzusehen, wie die letzte gemeinsame Lebenszeit von Mutter und Sohn verstrich.

Mich überkam eine ohnmächtige Wut. Das konnten die doch nicht machen, in unserer Wohnung! Ich wollte ihm an die Gurgel gehen, die blöde Stoppuhr aus dem Fenster werfen, den Mann beißen, kratzen, schlagen und treten.

Nach den paar Minuten würden Bruno und Mutter einander nie wiedersehen!

Doch stattdessen war ich wie versteinert.

»Wieso ist mein Bruder überhaupt in Bautzen im Gefängnis?«, versuchte ich den Kerl in ein Gespräch zu verwickeln. »Und was hat das mit dem zurückgezogenen Ausreiseantrag meines Vaters zu tun?!«

Der beachtete mich nicht weiter, sondern hielt den Blick auf seine Stoppuhr gerichtet, deren emsiges Ticken mein Trommelfell marterte.

Tanja hatte ein Glas Wasser und einen Teller mit Keksen auf ein Tablett gestellt und wollte es ins Wohnzimmer tragen. Noch nie war eines von uns Kindern zu Besuch gekommen und hatte nicht wenigstens ein paar Kekse und etwas zu trinken angeboten bekommen!

Der Kerl mit der Uhr hielt sie grob zurück. »Nichts da, Fräulein! Wenn Sie das nicht sofort unterlassen, wird der Besuch auf der Stelle abgebrochen.«

Leichenblass und zitternd standen wir im Flur. Ich versuchte, mein Ohr an die Wohnzimmertür zu legen, um etwas von dem Gespräch mitzukriegen, aber diesmal zog der Aufpasser mich rüde weg: »Gehen Sie ans Ende des Flures. Noch ein Störversuch, und der Besuch ist auf der Stelle vorbei.«

Tanja und ich mussten mit verschränkten Armen neben der Wohnungstür stehen bleiben, wie zwei Schulkinder, die etwas angestellt hatten!

Die kostbare Zeit verrann schneller als Sand in einer Sanduhr. Nach exakt fünfzehn Minuten wurde die Wohnzimmertür wieder aufgerissen und Bruno von den beiden Männern im Sturmschritt aus der Wohnung geführt.

»Gesicht zur Wand!«, wurde er angebrüllt. Im Schweinsgalopp polterten sie die Treppe wieder hinunter.

Wir hatten kein Wort mit Bruno sprechen können! Er sah grauenhaft aus, zerrissen und zerschunden, hatte ein blaues Auge und war schrecklich dünn!

Mit wackeligen Knien rannten wir in die Küche, rissen das Fenster auf und sahen gerade noch, wie der Polizeiwagen aus unserer Hofeinfahrt knatterte und eine graue hässliche Abgaswolke hinter sich herzog.

Darin saß unser Bruder. Dem sie gerade bei lebendigem Leib das Herz herausgerissen hatten. Weder Mutter noch Katja noch Pit würde er jemals wiedersehen. Sie hatten ihm alles genommen, was ihm lieb war. In diesem Moment schwor ich mir, alles in meiner Macht Stehende zu tun, um die Wunde, die seiner Seele damit zugefügt wurde, zu lindern. Und wenn es weit über dreißig Jahre dauern sollte, bis es mir gelang.

27

Bernau am Chiemsee, Ende Juni 2011

»Bruno?«

»Ja.«

»Dort liegt unsere Mutter. Kannst du lesen, was auf dem Grabstein steht?«

»Ja.«

»Elisabeth Alexander, geboren 1919 in Prien am Chiemsee, gestorben am 25. Juni 1976 in Erfurt.«

»Ja.«

»Genau heute vor fünfunddreißig Jahren.«

»Ja.«

»Mamas Urne ist damals in Erfurt beigesetzt worden. Ich erinnere mich noch genau an die Beerdigung. Weder Vater noch du durftet teilnehmen.«

»Ja.«

»Du warst damals in Bautzen.«

Schweigen. Kein notorisches »Ja.«

»Nachdem du sie besucht hattest, konnte sie loslassen, Bruno. Es war gut, dass du noch einmal bei ihr warst.« Ich strich ihm über den Kopf. Auch wenn sein Leben danach nie mehr so war wie zuvor: Diese fünfzehn Minuten hatten Mama in Frieden gehen lassen.

Dafür hatte unser Vater seine gesamte Strafe bis auf den letzten Tag abgesessen.

Lange schwiegen wir.

Dann nahm ich die Gießkanne, ging zum Brunnen und ließ sie volllaufen. Sorgfältig goss ich das Grab, nahm die schon welken Blumen aus der Vase und warf sie auf den Komposthaufen.

Bruno saß in seinem Rollstuhl und hielt den frischen Strauß fest umklammert.

Das arme geplagte Hirn meines Bruders hatte keine verlässlichen Erinnerungen mehr. Und das war bestimmt ein Segen für ihn. Mit schiefem Gesicht starrte er auf das Grab unserer Eltern. Begriff er wirklich, wo er jetzt war?

»Schau, und da liegt auch unser Vater, der bald nach seiner verbüßten Haftstrafe ausgewiesen wurde. Mutters Urne habe ich vor ein paar Jahren ebenfalls umbetten lassen. Die Schwestern hatten alle keine Zeit, sich um das Grab zu kümmern, und ich wollte, dass sie bei Vater liegt.«

»Ja.«

»Das hätte sie bestimmt auch so gewollt: eine letzte gemeinsame Ruhestätte, hier in ihrer alten Heimat.«

»Ja.«

Ich bückte mich und entfernte ein paar Blütenblätter vom Grabstein.

»So. Jetzt kann man ihre Namen wieder besser lesen. Und du wirst hier auch liegen, Bruno, wenn es so weit ist. Bist du damit einverstanden?«

»Ja.«

»Das dachte ich mir.«

Forschend sah ich meinen Bruder an und versuchte herauszufinden, was in diesem Moment in ihm vorging. Doch das konnte ich nur erahnen.

»Wollen wir die Blumen jetzt in die Vase stellen?« Ich streckte meine Hand danach aus, doch Bruno hielt sie weiterhin fest.

Lange verharrten wir gemeinsam dort, schweigend. Die Vögel zwitscherten, sonst herrschte einfach nur wohltuende Stille. Wir ließen sie auf uns wirken.

Langsam verschwand die Sonne hinter den Bäumen und warf wunderschöne Muster auf das Grab. Es war, als würden unsere Eltern uns noch einmal zuwinken.

»Sollen wir aufbrechen?«

»Ja.« Bruno holte ungeschickt aus und warf die Blumen aufs Grab.

Dann gingen wir.

28

Cottbus, 16. November 1976

»Entlassung von Werner Alexander, ehemaliger Tropenmediziner, geboren 1915 in Jena/Thüringen, aus der Strafvollzugseinrichtung Cottbus, Bautzener Str. 140/41. Abholer haben bereitzustehen ab acht Uhr. Entlassung bis elf Uhr.«

Paul und ich hatten uns beide freigenommen und waren schon nachts aus Erfurt losgefahren. Die vierjährige Katharina befand sich in der Obhut von Tanja, die in unserer Wohnung schlief.

Aufgeregt standen Paul und ich seit sechs Uhr früh vor dem riesigen Eisentor der Strafvollzugsanstalt Cottbus und gingen fröstelnd auf und ab. Der Herbstwind fegte die letzten braunen Blätter von den knorrigen Ästen auf der anderen Seite des schmucklosen Parkplatzes. Sie segelten kraftlos in die Pfützen. Sprühregen lag in der Luft. Immer wieder hauchte ich die eiskalten Hände an. Handschuhe hatte ich natürlich vergessen. Paul nahm meine Hände in seine und wärmte sie. Ich ließ mich gegen seine Schulter sinken.

»Wie spät ist es inzwischen?«

»Gleich elf.«

»Die lassen uns warten, die Schweine. Typisch!«

»Lotti, bleib ruhig. Gleich hast du deinen Papa wieder.«

Wir traten auf der Stelle, um warm zu werden. Immer wieder rannte ich um den Parkplatz herum. Die Turmuhr einer benachbarten Kirche schlug unbarmherzig im Viertelstundentakt, als wollte sie uns verhöhnen. Als es zwölf Uhr mittags läutete, geriet ich in Panik.

»Da steht, Entlassung bis elf Uhr! Sie lassen ihn nicht raus, Paul! Mir wird ganz anders. Vielleicht hat er es nicht überlebt!«

»Lotti, pssst!« Paul legte den Finger auf die Lippen. »Da tut sich was!«

Endlich hörten wir Stimmen und Schritte.

»Gefangener Nummer 2974 vortreten!«, bellte ein Wärter scharf.

»Für Sie ab sofort Herr Dr. Alexander.«

Das war Papas vertraute Stimme. Mit ungebrochenem Stolz!

Mein Mann nahm mich fest in die Arme und drückte mich. Minutenlang standen wir unbeweglich da, Arm in Arm, und starrten auf das eiserne Tor. Die Zeit schien stillzustehen. Nur ein paar schwarze Krähen stießen fast schadenfrohe Laute aus, bevor die Kirchturmuhr erneut läutete: Viertel nach zwölf.

Endlich schob sich das Gefängnistor quietschend auf, und mein heiß geliebter Papa kam uns hoch erhobenen Hauptes entgegen! Sein Mantel war ihm viel zu weit, der Hut war ihm über die Ohren gerutscht, ja selbst die Schuhe schienen ihm zu groß geworden zu sein.

Mein Papa, der immer so viel Wert auf sein äußeres Erscheinungsbild gelegt hatte, ein Herr vom Scheitel bis zur Sohle, den ich nie anders als im Anzug und mit Krawatte gesehen hatte, war jetzt von einem Obdachlosen kaum noch zu unterscheiden.

Ich riss mich von Paul los und warf mich in seine ausgebreiteten Arme. Fast hätte ich ihn umgeworfen, so schwach und zerbrechlich war er geworden. Er hielt mich lange fest, ohne ein Wort zu sagen. Dann umarmte er Paul. Beide Männer mussten sich die Tränen aus den Augen wischen, und auch ich heulte inzwischen wie ein Schlosshund.

»Kommt, lasst uns hier weggehen, ich gönne den Schweinen diesen Anblick nicht!« Paul zog uns davon. Wir schritten mit Vater zum Trabi.

»Wohin?«, fragte Paul Vater.

»Ins nächste Wirtshaus.«

Während Papa sich ein doppeltes Frühstück bestellte und auch bis zum letzten Krümel aufaß, erzählte er stockend von seinem Aufenthalt im Gefängnis. Dabei versuchte er, möglichst schmerzfrei auf der Bank zu sitzen, und rutschte auf seinem knochigen Hintern hin und her.

»Was ist? Tut dir was weh?«

»Ich musste zwölf Stunden am Tag auf einem Eisenhocker sitzen, ohne Kissen, ohne Anlehne. Liegen und Stehen war tagsüber nicht erlaubt. Ich habe zwei offene Stellen am Gesäß.«

Paul und ich starrten in unsere Kaffeetassen. Wir bekamen keinen Bissen hinunter. Und das war bestimmt nur die Spitze des Eisbergs!

In dieser unmenschlichen Haftanstalt wurde gequält und gefoltert. Weitere Einzelheiten gab Papa nicht preis. Er hatte unterschreiben müssen, gut behandelt worden zu sein.

»Ich habe im Schichtdienst in der Plastikfabrik gearbeitet«, erzählte Vater leise und mit gesenktem Blick. »Mal tagsüber, mal nachts, immer zwölf Stunden am Stück. Erst dann durfte ich aufstehen.« Es schien, als schämte er sich für seinen Aufenthalt.

Sein »Verdienst« abzüglich der »Spesen« betrug 413 Mark und 75 Pfennige.

Seinen Personalausweis durfte er sich demnächst gegen Vorlage seiner Entlassungspapiere im Volkspolizei-Kreisamt Erfurt abholen.

»Gab es denn keinen Zahnarzt?«, entfuhr es mir, nachdem er keinen einzigen Bissen manierlich kaute, so wie er es uns früher beigebracht hatte. Er weichte alles in Kaffee und Milch ein und zerdrückte es dann am Gaumen wie ein Greis.

»Nein.« Papa tunkte ein Stück Brot in seine Tasse, in der schon unappetitlich viele Bröckchen schwammen. »Die ausgeschlagenen Zähne gehörten noch zu den eher harmlosen Misshandlungen. Ein Arzt kam erst, wenn es mehr als ernst war.«

Ich kämpfte gegen Brechreiz. Paul legte seine Hand auf meine. »Und wie warst du ... untergebracht? Hattest du wenigstens eine Zelle für dich?«

Vater zog fragend eine Augenbraue hoch, so als wollte er sagen »Sonst noch einen Wunsch?«

»Wir waren zu sechst, zwei Stockbetten mit je drei Schlafplätzen übereinander. Dazwischen ein halber Meter zum Stehen. Die anderen Insassen waren sofort bereit, mir ein unteres Bett zu überlassen, weil ich der Älteste von uns Verbrechern war.«

Er sagte wirklich »von uns Verbrechern«!

»Daraufhin ließen mich die Aufseher mit Absicht ganz oben schlafen. Die anderen durften mir nicht helfen. Ich musste mich ganz allein da hochhangeln. Irgendwann hatte ich nicht mehr die Kraft dazu in den Armen. Manchmal haben die anderen heimlich nachgeschoben. Doch wenn wir dabei erwischt wurden, mussten wir die ganze Nacht im Gang stehen.«

Ich schluckte.

Vater steckte sich ein eingeweichtes Stück Kaffeebrot in den zahnlosen Mund.

»Das Licht hat Tag und Nacht gebrannt. Alle halbe Stunde wurde die Zelle von außen durch eine Luke inspiziert. Zweimal am Tag bekamen wir auf einem Plastiktablett wortlos einen Fraß reingeschoben, den niemand essen konnte, dazu ein Schluck Wasser in einer Blechtasse. Hmm, der Kaffee schmeckt himmlisch!« Papa schlürfte den Rest auf. Ich beeilte mich, ihm eine Serviette zu reichen.

»Eines versteh ich nicht ...« Ich räusperte mich und sah Paul hilfesuchend an. »Ich hatte von Dr. Meister die feste

Zusage, dass du auf der Liste von Leuten stehst, die freigekauft werden und in den Westen ausreisen dürfen. Vor zwei Jahren war ich bei ihm! Er hat damals von wenigen Tagen gesprochen, und jetzt sind mehr als zwei Jahre daraus geworden!«

»Ich habe das abgelehnt.« Papa tupfte die Brotkrumen bedächtig mit dem Finger von der Tischplatte. »Entweder mit Mama und Tanja oder gar nicht.«

Paul und ich sahen uns vielsagend an.

»Sie haben es mir angeboten«, nuschelte Papa. »Eines Tages wurde ich in den Verhörraum gerufen. Sie meinten, eure Mutter habe Krebs und werde bald sterben, ich könnte doch jetzt ruhig in den Westen rübermachen. Der Bus warte schon. Ich habe das abgelehnt, darauf bestanden, meine Frau noch mal zu sehen.«

Wir starrten stumm auf die Plastiktischdecke. So viel Grausamkeit wollte einfach nicht in unsere Köpfe. Schillernde Fliegen umsurrten uns und ließen sich auf Honigtröpfchen nieder.

»Danach haben sie mich wochenlang im Unklaren gelassen, was mit Mama ist. Und plötzlich wurde ich wieder in den Verhörraum gerufen. Es hieß, Bruno sei beim Versuch, zurück in die DDR zu gelangen, erwischt und eingebuchtet worden. Ich hielt das für eine Finte. Die erzählen dir so viel, wenn sie dich zum Weinen bringen wollen! Bruno würde doch nicht freiwillig zurückkommen und sehenden Auges in sein Verderben rennen? Aber sie sagten, er wisse von Mamas Krankheit und wolle sie noch mal sehen.«

Alles in mir zog sich schmerzhaft zusammen. Hätte ich es Bruno lieber nicht sagen sollen? Wäre er dann im Westen geblieben? War ich daran schuld, dass er jetzt im Zuchthaus saß?

Ich wollte vergehen vor Elend und Scham. Paul schüttelte nur andeutungsweise den Kopf. Seine Augen sagten: Nein, Liebes. Du bist nicht daran schuld. Du hast wie ihr alle immer nur versucht, deiner Familie zu helfen.

»Sie haben mir einen Deal vorgeschlagen: Ich überlasse meine nächste Besuchszeit Bruno. Entweder er oder ich dürfen Mama noch mal sehen. In diesem Ausnahmefall dürfe Bruno für eine Viertelstunde zu ihr nach Hause. Dafür müsse ich meinen Ausreiseantrag zurückziehen.«

Papa starrte seufzend ins Leere. Seine müden grauen Augen hatten keine Tränen mehr.

»Ich wusste, der Junge ist wegen Mama zurückgekommen. Also habe ich ihm meine Besuchszeit überlassen.«

Wir starrten Papa an. Meine schlimmsten Ahnungen bestätigten sich. »Du hast fünfundzwanzig Monate abgesessen, damit Mama und Bruno sich eine Viertelstunde sehen dürfen?«

Papa wischte sich den Mund mit der Serviette ab und schlürfte mit zitternden Fingern noch den übergelaufenen Kaffee von der Untertasse. Unwillig flog eine Fliege auf. »Natürlich«, sagte er schlicht. »Etwas anderes kam doch gar nicht infrage.« Mühsam stand er auf. »Ich möchte jetzt als Erstes zu Mamas Grab«, sagte er. »Ist das möglich?«

Dann blätterte er das Geld für sein Frühstück und unsere Kaffees auf den Tisch.

»Aber Papa, das erledigen wir schon!« Paul wühlte hektisch in seinen Hosentaschen und ich in meiner Handtasche.

»Nein. Lasst eurem alten Vater diese Freude.« Papa humpelte schon die Treppe hinunter zum »stillen Örtchen«. »Jetzt ziehe ich mich erst mal in Ruhe zurück. Ihr ahnt nicht, wie lange ich mich schon darauf gefreut habe.«

Die Wiedereingewöhnung Papas in der Erfurter Wohnung gestaltete sich als schwierig. Er vermisste Mama an allen Ecken und Enden und kam auch mit der inzwischen fast erwachsenen Tanja nur schwer klar. Wir hatten sie vor dem Kontrollbesuch des Jugendamtes retten können, indem wir sie täglich zu uns in die Wohnung holten. Trotzdem war sie in die falschen

Kreise geraten, was nur verständlich war. Bevor sie die Nächte einsam in der Wohnung verbrachte, lungerte sie lieber rauchend mit anderen heimatlosen Jugendlichen auf der Straße herum. Nun war Papa mit massiven gesundheitlichen Problemen wieder da, konnte das Wasser nicht halten und musste über kurz oder lang an der Prostata operiert werden. Am schlimmsten waren die Nächte, die Dunkelheit – ja, am schlimmsten war die Ruhe. Die war er einfach nicht mehr gewöhnt. Sie machte ihm Angst! Auch er mied das Ehebett – genau wie Mama. Wie sie schlief er im Wohnzimmer, bei voll eingeschaltetem Licht. War er endlich eingeschlafen, schrie er im Schlaf und redete wirres Zeug. Oft schlug er auch um sich, als wollte er sich vor Angriffen schützen. Tanja fürchtete sich vor ihm und bat darum, weiter bei uns wohnen zu dürfen.

Ich konnte und wollte Papa nicht allein lassen, und so zog ich fürs Erste zu ihm, während Paul sich Tanjas annahm. Wäre Paul nicht so ein anständiger Kerl gewesen, wäre unsere Ehe womöglich noch in eine Krise geraten. Andere Männer hätten so eine Situation vielleicht ausgenutzt, nicht so Paul. Er paukte mit Tanja Mathematik und kochte ihr abends was zu essen.

Wegen seines starken Gewichtsverlusts war Vater nur noch Haut und Knochen. Ein graues, eingefallenes Gespenst, das kaum die Tasse halten konnte. Ich versuchte, ihm Mutter ein Stück weit zu ersetzen, ihn zu bekochen und zu umsorgen. Wir kauften neue Kleidung für ihn: drei Nummern kleiner als gewohnt. An meinem Arm schlurfte er mühsam die vielen Treppen hinauf und musste auf jedem Treppenabsatz stehen bleiben. Acht Wochen blieb ich bei ihm, begleitete ihn zu Behörden und Ärzten und päppelte ihn auf, so gut ich konnte. Außerdem war ich seine engste Vertrauensperson, was seine Trauerbewältigung betraf. Tanja, die gerade mit Hängen und Würgen und Pauls Unterstützung ihren Schulabschluss machte, vermisste ihre Mutter selbst schon genug und konnte ihm da nicht helfen.

Bruno saß nun schon über ein Jahr in Bautzen ein, und seit seinem überraschenden Kurzbesuch bei Mutter kurz vor ihrem Tod hatten wir nichts mehr von ihm gehört. Wir hatten auch keine Besuchserlaubnis bekommen, trotz mehrerer Anträge! Wir wurden einfach ignoriert.

Katja rief bei Edith an, um ihr zu Mutters Tod zu kondolieren.

Die erzählte mir später, wie das Gespräch verlaufen war. Nicht gut.

Katja fühlte sich zum zweiten Mal im Stich gelassen. Wer konnte es ihr verdenken?

Wieder war Bruno in einer Nacht-und-Nebel-Aktion abgehauen. Als Beifahrer mit gefälschten Papieren eines gewissen Xaver Frankl, der für Onkel Franz arbeitete, war er zurück in den Osten gefahren, um Mutter noch ein letztes Mal zu sehen. Sie hatten ihn natürlich erwischt. Er war ins offene Messer gelaufen und hatte damit zum zweiten Mal seine Ehe und seine Freiheit leichtfertig aufs Spiel gesetzt. Er hatte zwar, so Katja wörtlich, großspurig getönt, es werde ihm schon nichts passieren und er werde nach ein oder zwei Tagen mit einer Ladung Bullen wie sie damals zu ihr nach München zurückkommen. Doch sie hatte ihn nur angeschrien, dass sein Plan Wahnsinn sei! Wie oft er das Schicksal denn noch herausfordern wolle? Abgesehen von seinen unentschuldigten Fehlzeiten beim Orchester, von dem er bereits eine Abmahnung erhalten habe. Katja war inzwischen mit dem zweiten Kind schwanger gewesen und fühlte sich in der fremden Großstadt komplett alleingelassen. Sie versuchte, sich als Sängerin über Wasser zu halten, hatte aber nur sporadisch Engagements und war auf Brunos Gehalt angewiesen. Ich konnte ihren Zorn auf Bruno verstehen.

Dennoch fand ich Brunos Tat bewundernswert. Trotz der negativen Konsequenzen, die seine damalige Republikflucht, der Sprung aus dem Lkw und das Durchschwimmen der Werra, später dann das Nachholen von Katja und Pit im Benzintank für uns als Familie gehabt hatten, bewunderte ich ihn grenzenlos für seine Tapferkeit. Er liebte seine Familie über alles und riskierte für jeden Einzelnen Kopf und Kragen. In meinen Augen war er ein Held. Dass er das für Mutter getan hatte, nötigte mir vollsten Respekt ab. Ich sehe sie noch auf dem Sterbebett liegen – ihr Gesicht war so gelöst wie schon lange nicht mehr.

29

Erfurt, 2. Januar 1977

Acht Wochen nach Vaters Rückkehr aus dem Gefängnis fühlte er sich stark genug, seinen Posten als Tierheimleiter wieder anzutreten. Arbeitslosigkeit gab es in der DDR ja nicht, und gefaulenzt wurde auch nicht! Tapfer fand er sich am ersten Arbeitstag des neuen Jahres wieder an seinem alten Arbeitsplatz ein.

Doch als ich abends nach der Firma zu ihm in die Wohnung kam, fand ich ihn mit einem amtlichen Schreiben am Küchentisch vor. Sie hatten ihm gekündigt!

»Zeig her, Papa! Das können die doch nicht machen. Du hast deine Strafe verbüßt.« Ich stürzte mich auf die umständliche Litanei, mit der sie Papas Kündigung begründeten.

Ihre persönliche Stellung zur Partei der Arbeiterklasse und ihrer Politik sowie die daraus entstandene Situation hat dazu geführt, dass Ihre Autorität und Ihr Ansehen in dem Ihnen unterstellten Kollektiv in Mitleidenschaft gezogen wurden.

Es kann nicht mehr angenommen werden, dass Sie mit unmittelbar unterstellen Mitarbeitern und darüber hinaus mit allen Beschäftigten des Betriebes, mit denen sie mittelbar zu tun haben, ein Verhältnis finden, in dem auf der Grundlage eines bestimmten Maßes an politischer Klarheit die Arbeit eines Kollektivs von Menschen zu organisieren ist und die Klärung politischer Grundfragen als Voraussetzung für die erfolgreiche Lösung der wirtschaftlichen Aufgaben angesehen wird.

Ihr persönliches Verhalten, der Wechsel des persönlichen Standpunktes und der eigenen Meinung haben dazu geführt, dass mit der Mehrzahl der Beschäftigten unseres Betriebes der Kontakt absolut abgerissen ist und eine weitere Beschäftigung als unmöglich eingeschätzt wird. Dazu hat es von den Werktätigen unseres Betriebes eine Reihe von Anregungen und Empfehlungen z. B. in Partei und Gewerkschaftsversammlungen gegeben, wonach die weitere Zusammenarbeit mit Ihnen abgelehnt wurde. Wenn auch Ihre fachlichen Leistungen in der Vergangenheit im Wesentlichen zufriedenstellend waren, so ist doch in unserem Betrieb ein Leiter nicht der Verwalter von Sachen, sondern in erster Linie der Leiter eines Kollektives von Werktätigen und für deren politisch-ideologische Erziehung verantwortlich. Da Sie auf diesem Gebiet versagt haben, müssen wir trotz fachlicher Kenntnisse ungeeignet nach § 31/Abs. B, AGB für die Durchführung dieser Aufgaben bescheinigen.

Von betrieblicher Seite wurden große Anstrengungen unternommen, einen geeigneten Arbeitsplatz für Sie zu beschaffen. Sie werden in Zukunft die Tribünen des Erfurter Stadions sauber halten und erhalten dafür einen der Tätigkeit angemessenen Monatslohn von 500,00 Mark.
Gez.
Hoffmann/Betriebsleiter Sportstätten Verwaltung Erfurt

»Diese Schweine!«, entfuhr es mir. »Du bist promovierter Tropenmediziner. Und jetzt sollst du acht Stunden am Tag Spucke, Pisse und Bier von grölenden Fußballfans wegwischen?!«

»Tochter, mäßige dich.« Papas Lippen waren nur noch ein schmaler Strich.

Ich wollte mich aber nicht mäßigen!

Es war ein weiterer schwarzer Tag für Papa und für die Würde unserer Familie. Und damit nicht genug!

Als er auf dem Rückweg von seinem nicht vollzogenen Arbeitstag im Tierheim wie befohlen beim Kreisamt der Polizei Erfurt Nord seinen Personalausweis abholen wollte, bekam er diesen nicht ausgehändigt. Man wollte ihm nur einen vorläufigen Wisch ausstellen, einen PM12, der ihn als ehemaligen Häftling brandmarkte, den Papa verweigerte.

Er war jetzt offiziell ein Niemand ohne Ausweisdokument. Doch als solcher ging er hoch erhobenen Hauptes durch Erfurts Straßen nach Hause.

Durch seine Arbeit in der Plastikfabrik während der Haft, bei der er zwei lange Jahre giftige Dämpfe eingeatmet hatte, hatte er sich ein schweres Lungenleiden zugezogen. Er sollte nicht lange als Putzkraft arbeiten: Schon 1977 wurde er Vollinvalide und musste sich außerdem einer längst überfälligen Prostataoperation unterziehen. Danach war er zum Tragen von Windeln gezwungen. Diese wiederum waren in Apotheken höchst selten zu bekommen, und Westpakete durften wir nicht mehr in Empfang nehmen. Als Witwer mit Mindestrente lebte er ein tristes, zurückgezogenes Leben voller Schmerzen, Scham und Einsamkeit.

30

Bernau am Chiemsee, 15. Juli 2011

»Ach, Paul. Ich bin so froh, dass Bruno kein tristes, zurückgezogenes Leben voller Schmerzen, Scham und Einsamkeit führen muss!«

Es war ein ungewöhnlich heißer Sommermorgen, und wir saßen auf dem Balkon unseres kleinen Landhauses und frühstückten genüsslich. Diese Morgenstunden gehörten nur uns. Der Chiemsee kräuselte sich fast schelmisch im Sommerwind, und die unten im Hafen vertäuten Segelboote tanzten auf den Wellen.

»Es macht mich so glücklich, für ihn sorgen zu dürfen. Wir haben so viel nachzuholen.« Ich seufzte schwer.

»Weißt du, wie sehr Bruno mich an deinen Vater erinnert?« Paul köpfte sein frisches Ei von freilaufenden, glücklichen bayrischen Biohühnern.

Ich nickte. »Bruno ist ungefähr so alt wie Vater damals, als er aus dem Gefängnis kam.«

Paul legte die Zeitung beiseite, die er auf der Sportseite aufgeschlagen hatte, nahm meine beiden Hände und sah mich eindringlich an.

»Weißt du, was ich denke, Lotti? Du solltest deine Geschichte aufschreiben.«

»Für wen?«

»Für seine Kinder. Für unsere Mädchen. Und für deren Kinder später.«

Ich nickte. »Darüber habe ich schon nachgedacht. Aber Pit und Yasmin zeigen keinerlei Interesse, sie melden sich nicht!« Seufzend lehnte ich mich zurück. »Es fehlen ja viele Jahre in Brunos Leben, über die ich nichts weiß!«

»Und Katja?«, fragte Paul.

Ich schüttelte den Kopf.

»Die blockt. Die will mit der Familie Alexander nichts mehr zu tun haben.«

»Dann schreibst du eben einfach alles auf, was du weißt. Es muss ja nicht lückenlos sein. Dein Vater wurde in den Westen ausgewiesen, nachdem er arbeitsunfähig geworden war. Das war am 19.Juli 1977.«

»Genau.« Ich schenkte uns beiden Kaffee nach. »Und da saß Bruno für fünf Jahre in Bautzen. Ohne Kontakt zu uns, geschweige denn zu Vater im Westen.«

»Dann wurde auch Bruno ausgewiesen«, fuhr Paul fort. »Das muss Anfang der Achtziger gewesen sein. Er war nicht mehr der, den Katja damals geheiratet hatte.«

»Nein.« Ein unbehagliches Schweigen breitete sich zwischen uns aus, und trotz der morgendlichen Hitze fröstelte ich. »Alles, was Vater im Gefängnis erlebt hat, dürfte Bruno auch erlebt haben – mindestens!«, mutmaßte ich düster. »Wahrscheinlich sogar Schlimmeres, Brutaleres, während einer deutlich längeren Zeit.«

»Er wird versucht haben, Katja und die Kinder zu finden«, sinnierte Paul. »Vielleicht waren sie längst weggezogen und hatten sich in einer anderen Stadt ein eigenes Leben aufgebaut?«

»Verdenken könnte man es ihr nicht«, räumte ich ein. »Vielleicht gab es bereits einen anderen Mann in ihrem Leben?«

»Zu uns hat er jedenfalls keinen Kontakt mehr aufgenommen«, fasste ich zusammen. »Das kann nur bedeuten, dass Bruno erst mal selbst mit seinem Leben klarkommen wollte. Er war so ein stolzer starker Mann gewesen!«

Paul nickte.

»Wie geschockt muss Katja damals gewesen sein, als plötzlich ein völlig verstörter, kaputter Mann vor ihr stand, der plötzlich wieder Teil ihres Lebens sein wollte!«

»Nach dem Gefängnis war Bruno ein Wrack, nicht mehr richtig arbeitsfähig. Ich weiß ja, wie es deinem Vater ergangen ist: Er konnte nicht mehr schlafen, hatte Albträume, schrie nachts, hatte körperliche Gebrechen und keine Zähne mehr.«

»Katja hat sich irgendwann scheiden lassen, die Kinder kannten ihn nicht mehr. Papa und Bruno bekamen auch keinen Draht mehr zueinander, beide waren verbitterte einsame Menschen.«

»Dein Vater hat einmal erzählt, Bruno hätte sich nach der Trennung ins Ausland abgesetzt«, gab Paul zu bedenken.

Ich nickte. »Ab da verliert sich die Spur zu Bruno. Ich wünschte mir so sehr, er könnte mir erzählen, was er nach seiner Ankunft im Westen so alles erlebt hat.«

»Vermutlich wird er dieses Geheimnis immer für sich behalten«, antwortete Paul. »Oder glaubst du, er wird eines Tages wieder sprechen können? So wie du dich um ihn bemühst ...« Mein Mann sah mich liebevoll an. »Andererseits – was würde es schon bringen, all die hässlichen Details zu kennen?«

Dankbar fing ich den Ball auf. Paul hatte so recht! Hier und jetzt konnte ich ihm helfen, was geschehen war, war geschehen.

»Auf jeden Fall arbeitet er toll mit, wenn die Therapeutin kommt«, sprudelte es aus mir heraus. »Wir werfen ihm einen Luftballon zu, rufen eine Zahl, und er fängt ihn auf und sagt die nächste Zahl.«

»Aber, Lotti, du bist dir schon darüber im Klaren, dass sein Gehirn nachhaltig geschädigt ist? Mach dir nicht zu viele Hoffnungen.«

»Trotzdem, ich gebe nicht auf«, beharrte ich. »Er hat so viel Liebe, Zuwendung und Hoffnung verdient! Das Schicksal hat es verdammt noch mal nicht gut mit ihm gemeint, und irgendwie spüre ich, dass ich diejenige bin, die ihn gegen Ende seines Lebens wenigstens ein bisschen dafür entschädigen kann. Wenn sich seine Kinder schon nicht melden ...«

Paul drückte meine Hand. »Das weiß ich doch, Lotti. Du übertriffst dich ja selbst mit deiner Fürsorge, aber du kannst seine Kinder nicht zwingen.«

»Bei uns steht heute jedenfalls Logopädie auf dem Programm.« Ich stand auf und fing an, das Geschirr abzuräumen.

Lächelnd nahm mir Paul die Tassen ab. »Lass das. Mein Segelboot kann warten, dein Bruder nicht.«

»Und außerdem wollen wir später die Enten füttern. Du siehst, mein Terminkalender ist voll.« Ich drückte ihm einen Kuss auf die Wange.

»Dann wünsche ich dem Geschwisterpaar für heute einen schönen Tag.« Paul räumte den Rest ab. »Ich gehe bei dem Traumwetter jedenfalls segeln.«

Wir wechselten einen verständnisinnigen Blick. Eines Tages würde mein Platz wieder an seiner Seite sein. Aber jetzt wollte ich meinem Bruder beistehen.

Mit einem Tablett voller Eisbecher aus der benachbarten Eisdiele trudelte ich kurz darauf im Heim ein. Schwester Silke und Pfleger Felix strahlten mich an. Trotz der frühen Morgenstunde hatten wir schon neunundzwanzig Grad!

»Wo ist Bruno?«

Die beiden fingen über ihren Eisbechern an zu lachen. Eine andere Frage hatten sie von mir auch nicht erwartet.

»Er hat gerade Therapiestunde und übt die Namen seiner Kinder!« Schwester Silke leckte genüsslich an ihrem Löffel mit Sahneeis. »Er hat die Hoffnung noch nicht aufgegeben, dass sie ihn besuchen kommen.«

»Ein Teil der Fotowand ist ja immer noch frei«, meinte Felix eisleckend.

Ich straffte mich und ging in Brunos Zimmer. »Pit«,

schallte es mir entgegen. »Yas-min!« Er jauchzte die Namen richtig, so viel Spaß machte ihm die Stunde bei der Logopädin. Laura Frischling machte ihrem Namen alle Ehre: Sie war klein und zierlich, und ihr sommersprossiges Gesicht wurde von wilden roten Löckchen umrahmt. Sie war aber auch eine ganz Süße! Bruno war bestimmt ein wenig verliebt in sie. Jedenfalls machte er eifrig mit. Der Luftballon schwebte hin und her, auf diese Weise sollte Bruno seine Motorik und seine Stimme gleichzeitig üben. Ein rührendes Bild.

Einer plötzlichen Eingebung folgend, klatschte ich in die Hände.

»Wisst ihr was, ihr Lieben?« Ich fing den Luftballon auf und hielt ihn fest. »Wir üben jetzt die Namen des Pflegepersonals, nicht mehr nur die seiner Kinder«, schlug ich beherzt vor.

Bruno sah mich unwillig an.

»Schließlich hast du, lieber Bruno, täglich mit ihnen zu tun, und diese Menschen sind für dich da.« Ganz im Gegensatz zu deinen Kindern, dachte ich. Ein leiser Groll auf seine beiden Sprösslinge stieg in mir auf. Egal, was vorgefallen war: Kein Vater hatte es verdient, in seinem Elend so missachtet und ignoriert zu werden.

»Sil-ke!«, deklamierte ich Bruno vor und zeigte auf ihr Bild an der Fotowand.

»Sil-ke!« – »Fe-lix!« – »Lau-ra!« Erst jetzt fiel mir auf, dass er seine Zahnprothese nicht trug. »Wo sind denn seine Zähne?«, fragte ich.

»Ich hab sie nicht gefunden«, gestand Frau Frischling. »Trotzdem wollte ich nicht unverrichteter Dinge wieder abrauschen. Ihr Bruder freut sich doch immer so auf die Stunden!«

»Pit!«, gab Bruno wieder von sich. »Yas-min.«

Lag das an seinem nur eingeschränkt arbeitenden Gehirn, dass er nicht mehr anders konnte, als diese Namen zu sagen?

Oder wollte er uns damit seinen letzten sehnsüchtigen Lebenswunsch mitteilen?

Ich ließ nicht locker. »Lot-ti!«, sagte ich und zeigte auf mich. »Lot-ti!«

»Pit«, kam die Antwort. Er fing den Ballon auf und hieb voller Zorn darauf ein. Plötzlich richtete sich seine ganze Empörung gegen uns.

»Scheiße!«, schallte es deutlich durch den Raum. »Pit! Yas-min!« Er bearbeitete den Ballon so lange, bis er platzte.

»Mein Lieber!« Ich legte ihm die Hand auf die zuckende Schulter, aber er wischte sie trotzig weg. »Du weißt, dass ich alles versuche, um deine Kinder hierherzukriegen. Aber Yasmin hat gerade Stress mit ihrem Baby und schafft den weiten Weg einfach nicht. Und Pit hat vermutlich beruflich so viel zu tun, dass ...«

Betroffen schwieg ich. Was wusste ich schon über die wahren Beweggründe seiner Kinder, ihren Vater nicht zu besuchen? Laura Frischling und ich sahen uns betroffen an.

Zum Glück klopfte es in dem Moment, und Felix kam grinsend herein.

»Schauen Sie mal, Frau Denkstein, was Ihr Bruder heute Nacht geschafft hat.«

Er hielt mir eine entzweigebrochene Zahnprothese unter die Nase.

»Bruno?« Ich fuhr zu meinem Bruder herum, der zornig vors Stuhlbein trat.

»Hast du die Prothese absichtlich kaputt gemacht?«

»Jaaaa!«, kam es plötzlich ganz stolz aus seiner Schmollecke.

»Wie hast du das denn geschafft?!«

»Jaahaa!« Triumph und Freude schwangen darin mit. So nach dem Motto: Ihr glaubt doch nicht, dass ich mir so ein Scheißding einsetzen lasse, das mich drückt und schmerzt und obendrein noch bescheuert aussieht?

Ein ungläubiges Lachen entrang sich meiner Kehle. Laura Frischling und Pfleger Felix stimmten mit ein und schließlich auch Bruno.

Von unserem Gelächter angelockt, steckte Schwester Silke den Kopf zur Tür herein.

»Na, hier scheint es ja lustig zu sein! Lasst mich mitlachen!«

Ich erklärte ihr, auf welche Weise es meinem Bruder gelungen war, sich von seiner verhassten Zahnprothese zu befreien. »Er scheint sie nicht nur zertreten, sondern mit dem Fuß beide Teile weit unter den Schrank geschoben zu haben!« Wir hatten richtig Spaß mit unserem zahnlosen Burschi.

Schwester Silke machte mich darauf aufmerksam, dass Bruno inzwischen aus seiner einzigen kurzen Hose herausgewachsen war. »Er hat so gut zugenommen, dass er jetzt mindestens zwei Hosengrößen mehr braucht.«

»Bruno, Bruno«, schüttelte ich den Kopf. »Erst dein Gebiss zerdeppern, dann Scheiße sagen und zu guter Letzt auch noch einen Bauch kriegen.« Wir amüsierten uns königlich an diesem heißen Tag im Pflegeheim. Auf keinem Segelschiff der Welt hätte ich so viel Spaß gehabt. Und während ich ihm eine frische Windel anlegte, foppte ich ihn weiter: »Bald unterscheidest du dich nicht mehr von den anderen Kerlen deines Alters. Bauch, Glatze, schlechte Laune. Du warst einmal so ein schöner Mann!«

Daraufhin erntete ich sein ganz spezielles, schelmisches Bruder-Grinsen. Er hatte seinen alten Humor immer noch nicht verloren.

31

Bernau am Chiemsee, 12. August 2011

Heute war der große Tag, an dem Bruno auf seiner Unterschenkelprothese stehen sollte! Durch Brunos gesundheitliche Komplikationen hatte sich die Sache immer wieder verzögert, doch jetzt war es endlich so weit. Der weiß bekittelte Orthopädiemeister Herr Ziegler legte ihm die Prothese fachmännisch an. »Gleich folgt Ihr großer Auftritt«, sagte er anspielungsreich.

Gespannt standen wir um sein Bett herum. Bruno verfolgte das Geschehen mit großen Augen. Ich merkte wie aufgeregt er war. Auftritt: Bruno Alexander! Publikum: immerhin vier!

Die Prothese saß. Nun ging es darum, Bruno auf die Beine zu bekommen. Natürlich war er ängstlich, wurde aber von Silke und Herrn Ziegler so professionell gehalten, dass ich keine Angst um ihn haben musste. Silke gab Bruno Anweisungen und führte sein Becken so, dass er automatisch sein Prothesenbein belastete.

Selbst der Fachmann staunte, wie schön Bruno mitmachte. Ich war so stolz auf meinen Bruder wie damals, als ich hinter dem Genossen Honecker und seiner Margot mit den blasslila Haaren in der zweiten Reihe saß. Mein Bruder stand wieder fest auf beiden Beinen!

»Bruno, du wirst es schaffen! Du wirst irgendwann wieder laufen können!«, sprudelte es in meiner Begeisterung aus mir heraus.

»Jaaaaa!«, hallte es mir entgegen.

»Das ist eine große Leistung«, pflichtete Silke mir bei. »Sie haben sich ganz toll im Griff, Herr Alexander!«

»Jahaaa!«, echote er stolz.

»Ich denke, für heute ist es genug.« Herr Ziegler half Bruno wieder auf die Bettkante und befreite ihn von dem ungewohnten Ding. »Morgen üben wir weiter.«

»Ruh dich aus, Bruno! Ich hole in der Zwischenzeit deine Unterlagen vom Hausarzt ab.« Ich gab Bruno einen Kuss auf die Stirn, und er drückte dankbar meine Hand. Wie gern hätte ich ihm seine Geige gebracht! Aber er würde sie nie wieder halten, geschweige denn spielen können, und diesen Schmerz wollte ich ihm ersparen.

»Heute Nachmittag besuch ich dich wieder!«

Aufgekratzt schwang ich mich aufs Rad. Dr. Eberhartinger leistete inzwischen wunderbare Arbeit – nachdem ich ihn penetrant genervt hatte. Er hatte eine ausführliche Anamnese verfasst. Diese vollständige Krankengeschichte Brunos wollte ich in Kopie zukünftig immer bei mir haben.

»Die CT-Auswertung vom Krankenhaus ist da.« Dr. Eberhartinger begrüßte mich mit festem Händedruck. »Kommen Sie, wir haben zwar schon Mittagspause, aber für Sie habe ich immer Zeit.«

Insgeheim grinste ich. War ich anfangs noch eine lästige Mücke gewesen, die alle am liebsten erschlagen hätten, wurde ich jetzt mit ausgesuchter Höflichkeit empfangen. Ich hatte mich für meinen Bruder eingesetzt wie eine Löwin und Himmel und Hölle für ihn in Bewegung gesetzt, damit er noch ein menschenwürdiges Leben führen konnte.

Doch die nächste Bombe war bereits im Anflug.

»Seine Unterleibsschmerzen und seine Inkontinenz haben einen Grund«, eröffnete mir der Arzt ernst. »Es besteht leider Verdacht auf ein Prostatakarzinom im fortgeschrittenen Stadium.«

»Und das bedeutet …?« Mir brach der Schweiß aus. Sollten meine ganzen Bemühungen umsonst gewesen sein? Hatte Vater das nicht auch gehabt?

»Gerade diese Art von Krebs entwickelt sich jedoch sehr langsam«, beruhigte mich Dr. Eberhartinger.

»Trotzdem.« Der Arzt sah mich an. »Haben Sie sich schon mal mit dem Gedanken an ein Hospiz beschäftigt? Wir können möglicherweise irgendwann nur noch palliativ behandeln. Eine Operation würde ihn in seinem Zustand nur unnötig quälen.«

Ich nickte. »Ich habe mich bereits zu einem Grundkurs in Sterbebegleitung angemeldet. Nach dem qualvollen Tod meiner Mutter vor fünfunddreißig Jahren stand für mich fest, irgendwann einmal Sterbenden und deren Angehörigen zur Seite stehen zu wollen.« Ich schluckte. »Ich konnte ja nicht ahnen, dass es wieder um die eigene Familie gehen würde.«

»Lassen Sie sich Zeit, Frau Denkstein. Wie gesagt, mit Ihrem Bruder ist gerade alles in ruhigem Fahrwasser. Es kann noch Jahre so weitergehen. Schenken Sie ihm einfach eine gute Zeit. Aber das tun Sie ja schon.« Beruhigend tätschelte er mir die Schulter. »Eine Schwester wie Sie kann man sich nur wünschen!«

Mit vielen guten Ratschlägen und beruhigenden Worten verließ ich die Arztpraxis. Auch wenn der blaue See und das hochsommerliche Wetter lockten, ein paar Stündchen im Strandbad abzuhängen: Ich hatte Bruno versprochen, am Nachmittag noch mal wiederzukommen! Daher schwang ich mich aufs Fahrrad und radelte zurück zum St. Rupert am See.

Und meine gute Tat wurde sofort belohnt: Kaum hatte ich das Rad abgeschlossen, traute ich meinen Augen nicht. Da stand Bruno auf zwei Beinen in der Tür und strahlte mich an.

»Bruno, du stehst!«

»JAAAA!«

»Ja, noch nicht ganz.« Silke lachte. »Er stützt sich noch an den Türrahmen. Aber er wollte Sie unbedingt überraschen und sich absolut nicht in den Rolli setzen lassen!«

Nicht auszudenken, wenn ich nicht mehr gekommen wäre und meinem Drang nachgegeben hätte, im Strandbad einmal alle viere von mir zu strecken! Ich schluckte gerührt.

»Richtig laufen geht natürlich nicht. Kommen Sie, Herr Alexander, wir setzen Sie wieder in den Rollstuhl.«

Gemeinsam halfen wir ihm hinein.

In einer Aufwallung von Liebe und Dankbarkeit gingen wir fast eine Stunde im Garten von St. Rupert am See spazieren. Er saß zwar nicht auf einem Elefanten, sondern im Rollstuhl. Aber ansonsten war es wie früher im Erfurter Zoo.

32

Erfurt, 25. November 1977

»Herzlichen Glückwunsch, Frau Denkstein. Es ist wieder eine Tochter!«

Diesmal war die Schwangerschaft den Umständen entsprechend gut verlaufen, und ich durfte einem gesunden, wohlgenährten Mädchen im Krankenhaus das Leben schenken.

Paul war gerade bei einer großen nationalen Sportveranstaltung in Leipzig für organisatorische Dinge eingesetzt, kam aber kurz nach der Geburt für ein paar Minuten angehetzt und überreichte mir strahlend einen Strauß roter Rosen. Wo er die nur hergezaubert hatte?

»Wie wollen wir die kleine Zaubermaus nennen?«

»Franziska!« Ich strahlte ihn an. »Kathi und Franzi sind einfach bayrische Namen. Ich möchte sie Mama zu Ehren so nennen.«

Meine Schwangerschaft hatte ich erst bemerkt, als ich schon im fünften Monat war, so sehr hatte mich das Drama um Papa beschäftigt. Kaum war er nicht mehr arbeitstauglich, war er noch im Sommer ganz plötzlich ausgewiesen worden. Morgens um acht hatte er sich am Bahnhof Erfurt einzufinden. Dort wurde ihm ein Ticket zweiter Klasse nach München überreicht. Er durfte kein Geld und keine Lebensmittel mitnehmen, also auch keinen Proviant. Das erfuhr ich alles später am Telefon, als er schon drüben war.

An seinem Ausreisetag hatte ich gerade frühmorgens um sieben meine kleine Katharina in den Hort gebracht und war auf dem Weg zu meiner Arbeitsstelle, als die blassgelbe Straßenbahn an mir vorbeiratterte. Und darin saß mein Vater! Mit versteinerte Miene fuhr er an mir vorbei. Mein Papa, das durfte doch nicht wahr sein! Ich winkte wie verrückt, wedelte mit beiden Armen, rannte noch hinter der Straßenbahn her …, als mir schlecht wurde. Ich sank auf die Schienen und wurde von hilfsbereiten Passanten zu einer Bank geführt. Dort fächerte man mir Luft zu und legte mir die Beine hoch. Es war ein schrecklich heißer Sommertag, ich hatte zu wenig getrunken und fast nicht geschlafen. Das Ausbleiben meiner Periode hatte ich auf die Sorge um meinen Vater geschoben.

Schließlich kam ein Notarzt, der feststellte, dass ich bereits im fünften Monat schwanger war!

Papa war von drei Stasi-Leuten in Zivil, von denen einer neben ihm und zwei hinter ihm in der Straßenbahn saßen, zum Bahnhof begleitet worden. Er durfte sich nicht mehr umdrehen, weder nach links noch nach rechts schauen. Sang- und klanglos wurde unser Papa entfernt. Ich hatte das irgendwie gespürt und instinktiv noch Abschied nehmen wollen – aber er hatte mich nicht mehr wahrgenommen.

Nun lebte er seit einigen Monaten bei Mamas Schwester Tante Gitti am Chiemsee. Wie gern hätte er die Geburt einer weiteren Enkeltochter erlebt! Von ihm und der übrigen bayrischen Verwandtschaft kam regelmäßig Post und nach Franzis

Geburt auch riesige Pakete. Jetzt, wo die beiden »Staatsverräter« weg waren, durften wir sie wenigstens wieder empfangen.

Edith war nun mit ihrer Familie in die Wohnung im fünften Stock gezogen, für die sie damals nach wie vor eine Miete von siebzig Ostmark zahlte. Sie hatte zwei Söhne, die schon groß waren. Mariannes Söhne dagegen kamen in die Pubertät. Tanja hatte ihre Schule mit Ach und Krach beendet. Auch sie durfte nicht studieren, machte aber eine Lehre zur Reisekauffrau und wohnte bei Edith und ihrer Familie in der ehemals elterlichen Wohnung.

Mein geliebter Paul war nach wie vor Genosse, ein Funktionär für sportliche Ausbildung. Sein Arbeitsplatz befand sich im Gebäude des Bezirksvorstands. Uns zuliebe führte er ein Doppelleben: nach außen hin parteigetreu mit sozialistischer Gesinnung, in Wirklichkeit längst abtrünnig. Am Tag der Arbeit hisste er mir zuliebe nicht die obligatorische Fahne, und bekam dafür bei seiner Arbeit prompt einen Rüffel. Nach wie vor beobachtete jeder jeden, und es wurde beim kleinsten Vergehen Meldung gemacht.

Katharina war nun mit fünf Jahren ein fröhliches Kindergartenkind, freute sich unbändig über ihr Schwesterchen, und unsere Welt schien – bis auf die Tatsache, dass Bruno im Gefängnis war und wir keinerlei Lebenszeichen von ihm bekamen – in Ordnung zu sein.

Doch unsere kleine Franziska machte uns gesundheitlich Sorgen. Mit vier Monaten begann sie an starken Durchfällen zu leiden, ihr Bäuchlein wurde immer dicker. Mehrmals schleppte ich das wimmernde Kind zur Kinderärztin und wies auf eine mögliche Ernährungsstörung hin, wurde aber von dieser Frau nur angeschnauzt: »Wer ist hier der Arzt? Das sind ganz normale Blähungen sonst nichts!« Als ihre kleine Schwester ein Jahr alt war, fragte Katharina mit kindlicher Logik: »Bekommt die Franzi jetzt auch schon ein Baby?«

Das rüttelte mich auf. Gemeinsam mit Paul fuhren wir zur Kinderklinik Jena.

Der junge blonde Kinderarzt Dr. Jens Bergmann hatte unser knapp einjähriges Baby kaum gesehen, da schmetterte er uns auch schon die Diagnose entgegen: »Zöliakie!«

»Bitte was?!« Wir wichen erschrocken zurück. »Was ist das? Davon haben wir noch nie gehört!«

Der nette junge Arzt setzte sich zu uns auf die Krankenliege, strich Franzi über das verschwitzte Köpfchen und erklärte uns die Krankheit: »Dabei handelt es sich um eine chronische Erkrankung des Dünndarms mit lebenslänglicher Gluten-Unverträglichkeit. Sie ist genetisch bedingt. Sie können nichts dafür und auch nichts daran ändern.«

Wir sahen uns erschrocken an, konnten mit dieser Diagnose gar nicht umgehen. Doch das Wichtigste war, dass jemand Franzi endlich von ihren quälenden Bauchschmerzen erlöste und einen Namen für ihre Krankheit hatte!

»Sie kommen bei meiner Kollegin Frau Professor Ziegler von der Kinderklinik Erfurt in die besten Hände«, beruhigte uns Dr. Bergmann. Ich hatte mich mit Händen und Füßen gewehrt, dorthin zurückzukehren, weil man in der Notaufnahme dort so herrisch gewesen war. »Sie kommen gleich mit Franzi auf Station. Die Kollegin bringt die besten Voraussetzungen mit, sie hat für ihre Doktorarbeit selbst auf diesem Gebiet geforscht. Ich habe sie gelesen und weiß deshalb einiges darüber, aber Frau Professor Ziegler ist eine Koryphäe auf dem Gebiet!«

Das hörte sich beruhigend an. Wir bedankten uns und fuhren mit dem Überweisungsschein umgehend zu der Professorin.

»Zöliakie bedeutet, dass Ihre Tochter ab sofort kein Weizenmehl, keine Milch und keinen Zucker mehr zu sich nehmen darf. Nicht ein einziges Gramm!«, warnte sie uns eindringlich.

»Es steht sehr ernst um Ihre Tochter! Darum bekommen Sie eine Ausnahmegenehmigung für den regelmäßigen Erwerb von Bananen!«

Sie stellte uns tatsächlich ein Rezept auf Bananen aus, in der Bahnhofsapotheke zu erwerben! Diese Bananen lagen versteckt unter dem Ladentisch und wurden nur in besonderen Fällen herausgerückt, daher der Name »Bückware«.

Von nun an kümmerte sich Paul akribisch um Franzis Ernährung. Er backte selbst glutenfreies Brot, das Franzi ausnahmslos essen durfte. Da der Teig lange gären musste, und das fertige Brot schnell schimmelte, hatte ich große Angst. Aber Paul in seiner Ruhe und Gelassenheit beantragte einen Gefrierschrank, den er – möglicherweise auch dank seiner Parteizugehörigkeit und seinem Draht zur politischen Obrigkeit – rasch bewilligt bekam. Darin fror er das Brot portionsweise ein.

Außerdem beantragte er aufgrund der Erkrankung seiner Tochter ein Telefon. Und siehe da, per Eilverfahren wurde es genehmigt und angeschlossen.

Im Antragstellen waren wir gut! Wir ahnten nicht, wie viel besser wir darin noch werden würden!

Von nun an konnten wir ab und zu mit Papa telefonieren! Die Verwandten in Bayern verwöhnten ihn, so gut sie konnten, bekochten ihn und päppelten ihn wieder auf. Doch meine Mama fehlte ihm sehr, und er trauerte grenzenlos. Auch Bruno, der ja schon im Westen gelebt und dort Spuren hinterlassen hatte, fehlte Vater. Er war einsam, denn wir Töchter konnten ja alle nicht zu ihm.

»Hast du Kontakt zu Katja aufgenommen?«, fragte ich Vater.

»Ich habe es versucht. Sie ist mit Pit und Yasmin nach Norddeutschland gezogen.«

»Wie geht es ihr und den Kindern?«

»Ich weiß es nicht«, seufzte Vater. »Sie will nichts mehr mit uns zu tun haben. Bruno hat sie und die Kinder gleich zweimal im Stich gelassen und sich in Lebensgefahr gebracht, ohne seine Pläne mit ihr abzusprechen. Sie ist nicht gut auf ihn zu sprechen.«

Jetzt saß mein armer Bruder immer noch ein. Trotz mehrerer Anträge erhielt ich keine Besuchsgenehmigung. Über seinen Pflichtverteidiger erfuhr ich nur, dass er mindestens fünf Jahre abzusitzen hatte, wahrscheinlich deutlich mehr. Wegen Franzis Krankheit hatte ich nicht mehr die Kraft, weitere Anstrengungen zu unternehmen. Später tat mir das schrecklich leid. Wäre es nicht doch möglich gewesen, durch Hartnäckigkeit ein- oder zweimal im Jahr einen kurzen Besuch bei ihm erwirken zu können? Hätte das etwas an seinem Schicksal geändert? Hätte er sich dann nicht so von aller Welt verlassen, von seiner Familie im Stich gelassen gefühlt? Wäre seine weitere Entwicklung dann anders verlaufen?

Eine Familie ist dazu da, einander beizustehen, besonders in schweren Zeiten! Das hatten unsere Eltern uns vorgelebt.

Aber damals hatten wir so viele Ängste auszustehen, dass uns kaum Luft zum Atmen blieb.

»Beachten Sie bitte unbedingt, dass auch nur ein Gramm Mehl zu schweren Schäden an Knochen und Gehirn Ihrer Tochter Franzi führen kann.« Dieses Damoklesschwert hing über mir als Mutter. Kein Krümel Kuchen, Brot oder Brötchen, keine Schokolade, kein Eis, kein Gummibärchen – nichts durfte die Lippen meines Töchterchens erreichen!

Eines Nachmittags besuchten wir eine ehemalige Kollegin in der Bibliothek, in der ich als Schülerin so gern gearbeitet hatte. Katharina lernte gerade lesen, und ich verbrachte die Nachmittage gern in der Kinderecke mit den bunten Bilderbüchern. Noch während ich die nette Kollegin begrüßte und umarmte, hörte ich Katharina schrecklich schreien. »Nicht, Franzi, das darfst du nicht runterschlucken!« Sie stürzte sich auf ihre zweijährige Schwester und öffnete ihr mit Gewalt den Mund. Erschrocken eilte ich herbei.

Auf dem niedrigen Kindertisch in der Leseecke hatten Salzstangen gestanden! Und meine Kleine hatte sich eine davon in den Mund gesteckt.

Mit vereinten Kräften pulten wir der brüllenden Franzi die Reste wieder aus dem Mund.

Vorsichtshalber fuhr ich sofort mit ihr zu Frau Professor Ziegler – in Tränen aufgelöst und panisch vor Angst, sie könnte dadurch irreparable Gehirnschäden davontragen. Die Ärztin redete mir noch mal eindringlich ins Gewissen: Man dürfe Franzi in den nächsten drei Jahren nicht eine Sekunde aus den Augen lassen! Auch im Restaurant dürfe ich grundsätzlich nichts bestellen, was mit angedickten Saucen oder Ähnlichem zubereitet war! Daher waren auch Nachtisch, Eis und Süßigkeiten absolut tabu.

Das war trotz all der Freude an den entzückenden Mädchen eine harte Zeit, sodass Bruno, der in Bautzen ein Martyrium durchzustehen hatte, manchmal etwas in den Hintergrund geriet. Als junge Mutter hatte ich einfach keine Kraft für mehr, ich wog gerade noch einundfünfzig Kilo.

Genau aus diesem Grund hatte Paul einen weiteren Antrag auf Verbesserung unserer Lebensbedingungen gestellt: den auf einen eigenen Schrebergarten!

Obwohl der für normalsterbliche Bürger unerreichbar oder mit einer jahrelangen Wartezeit verknüpft war, gelang es meinem beharrlichen Mann, innerhalb von wenigen Tagen ganz oben auf der Liste zu stehen. Und wir bekamen einen – und was für einen! Ein Sonnenparadies am Stadtrand von Erfurt, weit entfernt von jedem Autoverkehr.

Den gesamten Sommer über hämmerte und zimmerte Paul

ein kleines bayrisch anmutendes Holzhäuschen für uns, in dem wir sogar schlafen konnten. Ich nähte rotkarierte Gardinen und ebensolche Bettwäsche, und bald sah unsere Laube aus wie eine Almhütte. Außerdem pflanzte ich alles an, was unsere kleine Maus essen durfte: Tomaten, Gurken, Salat, Radieschen, ja sogar Erdbeeren. Woher Paul diese Samen gezaubert hatte, verriet er nicht. Vielleicht von seinen Eltern?

Jedes Wochenende ging es nun mit Sack und Pack in den Garten, und während der Sommerferien blieben wir gleich ganz dort. Er wurde unsere kleine Oase, unsere kleine Insel, und alle Sorgen mussten draußen bleiben.

33

Erfurt, April 1981

Nach vier Jahren Mutterschaftsurlaub, der mir wegen Franzis Krankheit problemlos gewährt worden war, kehrte ich an meinen alten Arbeitsplatz zurück. Franzi war im Kindergarten gut aufgehoben, wo man akribisch auf ihre Ernährung achtete. Katharina dagegen würde bald auf die Polytechnische Oberschule gehen. Da Paul sich als linientreuer Genosse gab, und Katharinas Großvater ein pensionierter Oberst mit Beziehungen war, gab es mit ihr keinerlei Probleme. Sie war eine fleißige Schülerin und brachte nur gute Noten nach Hause. Sie kümmerte sich fürsorglich und verantwortungsvoll um ihre kleine Schwester, und ich konnte endlich wieder durchatmen.

Ich war gerade mal einunddreißig Jahre alt und wollte auch mal wieder an mich denken!

Voller Freude begrüßte ich meine vertrauten Kollegen sowie

meinen Chef. Endlich war ich an der Schreibmaschine wieder in meinem Element!

»Die kleine Alexander ist wieder da«, hieß es liebevoll. »Du hast uns gefehlt, Mädchen!«

»Eigentlich heiße ich ja schon lange Denkstein ...« Ich lachte verlegen.

»Aber das wissen wir doch, Kleine! Gut schaust du aus, Lotti! Das Muttersein steht dir. Nur ein bisschen dünn bist du geworden. Wie geht es den Kindern?«

»Großartig.« Ich strahlte. »Sie wachsen und gedeihen!«

»Keine hat so guten Kaffee gemacht wie du, Lotti!« Der Chef nahm mich zur Begrüßung sogar in die Arme.

Es tat mir gut, endlich mal wieder unter Erwachsenen zu sein. Welche Mutter kennt das nicht, wie schön es ist, mal wieder rauszukommen und dem erlernten Beruf nachzugehen. Erst recht, wenn man so nette Kollegen hat!

Wir plauderten und lachten wie in alten Zeiten. An diesem Morgen drängten sich acht Leute in meinem Büro, obwohl nur zwei Stühle darin standen. Es war, als wäre ich nie fort gewesen. Wir schwelgten in Erinnerungen an die mitunter verrückte gemeinsame Zeit in der Firma.

Später kehrte Ruhe in meinem Büro ein, und ich erledigte gewissenhaft meine Arbeit.

»Frau Denkstein, bitte nach Dienstschluss zum Chef«, schallte es gegen Feierabend aus dem Lautsprecher der Telefonanlage. Bestimmt wollte er mir noch einmal unter vier Augen sagen, wie sehr er sich über meine Rückkehr freute. Oder war sogar eine Beförderung vorgesehen? Ich fuhr mir mit dem Kamm durch die Dauerwelle, zog mir den Lidstrich nach und trug frischen Lippenstift auf.

Doch als ich das Chefzimmer betrat, prallte ich zurück. Acht Augenpaare starrten mich an. Alles Vorgesetzte, Parteisekretär, Bezirksvorstand, Sicherheitsoffiziere ...

»Oh, hallo …« Mir schoss die Röte ins Gesicht. So ein offizielles Willkommenskomitee für mich kleine Sachbearbeiterin? Also tatsächlich eine Beförderung? Mein Herz schlug schneller.

»Setzen Sie sich, Frau Denkstein.« Nicht Lotti. Nicht »die kleine Alexander«.

Sie guckten so ernst. Gar nicht mehr so freundlich wie noch am Morgen. Meine Knie wurden weich. Hatte ich gleich am ersten Tag etwas falsch gemacht?

Ohne Umschweife kam der Sicherheitsbeauftragte zur Sache.

»Frau Denkstein, uns hat die Information erreicht, dass dein Vater in die BRD umgezogen ist. Wie stehst du dazu?«

»Ja, das stimmt. Er wurde ganz plötzlich ausgewiesen …«

»Wir wissen auch von der Republikflucht deines Bruders, von der Flucht deiner Schwägerin mit deinem Neffen. Von der Beihilfe zur Flucht und der anschließenden Verurteilung deines Vaters sowie von der Verurteilung deines Bruders. Zwei deiner Familienmitglieder verbüßen Haftstrafen oder haben Haftstrafen verbüßt.«

Ich schluckte. Schweigend sah ich sie an. Das wussten sie doch nicht erst seit heute!

»Hast du Kontakt zu ihnen?!«

»Zu meinem Vater ja, zu meinem Bruder nein.«

»Du hast also Westkontakt.«

»Meine kleine Tochter ist auf Westpakete angewiesen, da sie an Zöliakie erkrankt ist und …«

»Ja oder nein?«

»Ja.«

»Bist du bereit, den Kontakt aufzugeben?«

Fassungslos sah ich von einem zum anderen. Was sollte diese Frage? Insgeheim hörte ich Vater sagen: »Reden ist Silber, Schweigen ist Gold.« Also blieb ich abwartend sitzen.

»Wenn dafür dein Bruder freigekauft und in den Westen abgeschoben würde?«, fragte schließlich einer.

Mein Herz setzte einen Schlag aus. Ich richtete mich zu meiner vollen Größe auf. Dr. Meister? Mein Herz hüpfte! Bruno konnte nichts Besseres passieren.

»Habt ihr etwa Informationen darüber? Wisst ihr was?« Nervös biss ich mir auf die Unterlippe. »Kommt mein Bruder frei?« Mein Blick zuckte zwischen ihnen hin und her. Doch sie starrten nur auf ihre Papiere, als hätten sie mich noch nie gesehen. Nur der Chef sah mir besorgt ins Gesicht.

»Frau Denkstein. Du bist durch deine Verbindungen ins kapitalistische Ausland zum Sicherheitsrisiko geworden. Man gibt dir aber die Möglichkeit, auch weiterhin für uns alle als geschätzte Kameradin arbeiten zu dürfen, wenn du dieses Schriftstück unterschreibst.«

Aha! Hatten sie mich deshalb einen Tag arbeiten und wieder Büroluft schnuppern, mit den Kollegen scherzen lassen, damit ich mich wieder an sie gebunden fühlte, bevor sie die Bombe platzen ließen?

Ich hielt ihren Blicken schweigend stand.

Der Chef schob mir mit undurchdringlicher Miene ein Blatt Papier hin, auf dem ganz oben das Wort »Lossagung« stand.

»Lossagung?« Fragend schaute ich von einem zum anderen.

»Ja, das steht da.« Der Parteisekretär tippte mit dem Bleistift darauf wie ein Lehrer auf eine Frage bei der Mathematikprüfung. Dann lehnte er sich auf seinem Stuhl nach hinten und verschränkte genervt die Hände im Nacken. Offensichtlich hielt er mich für begriffsstutzig.

»Lossagung von Vater Werner Alexander und Bruder Bruno Alexander. Hiermit versichere ich …« Die Buchstaben verschwammen mir vor den Augen.

Ich sollte mich von Papa, von Bruno lossagen? Niemals!

Wie konnten sie das von mir verlangen? Meine langjährigen Kollegen?

»Los, Frau Denkstein. Einfach unterschreiben. Und schon geht das Leben weiter. Wir schätzen dich alle. Weißte doch!« Karl, ein älterer, väterlich gutmütiger Kollege rüttelte sanft meinen Arm.

Mir schwirrte der Kopf. Brüsk schob ich den Schrieb von mir. »Ich denke nicht daran!«

Hatte sich Papa jemals von uns losgesagt? Oder Bruno? Oder meine Mutter? Wir hielten zusammen wie Pech und Schwefel, bis zum letzten Atemzug! Und dabei würde es auch bleiben. Wir waren eine Familie!

Sie redeten auf mich ein, wollten mich umstimmen, malten mir eine rosige Zukunft mit eigenem Trabi, Beförderung und Urlaub in Ungarn am Balaton aus, doch ihre Worte prallten an mir ab.

»Im Leben nicht. Vergesst es! Ich sage mich nicht von meinem Vater und von meinem Bruder los.«

»Du wirst nirgendwo mehr eine Stelle als Sekretärin finden, Lotti. Das ist eine Vertrauensposition.«

Ich schwieg. In meinen Ohren sirrte ein schriller Ton, der zu einer dauerhaften Sirene anschwoll.

Wie leicht wäre es gewesen, rasch meine Unterschrift unter diesen Wisch zu kritzeln, um mein bequemes Leben weiterführen zu können. Aber ich sah Papa seine fünfundzwanzig Monate absitzen. Und Bruno seine fünf Jahre. Wer garantierte mir denn, dass mein Bruder daraufhin wirklich in den Westen gelassen wurde? Nein, ich würde nicht zum Judas unserer Familie werden. Stumm schüttelte ich den Kopf.

»Ganz sicher nicht, Lotti?«

»Ganz sicher nicht.« Dann nahm ich all meinen Mut zusammen und sagte etwas, das sich sonst nur Bruno getraut hätte: »Da könnt ihr eure Ärsche drauf verwetten.«

Peinliche Stille trat ein.

Der Chef zog die Augenbrauen hoch und tauschte vielsagende Blicke mit den anderen.

Der ältere Kollege starrte peinlich berührt zu Boden.

»Dein letztes Wort?«

»Mein letztes Wort.«

Daraufhin überreichte mir der Chef ein weiteres Schreiben. Entsetzt starrte ich darauf. Wieder verschwammen die Buchstaben vor meinen Augen.

Fristlose Kündigung. Mit sofortiger Wirkung ist Frau Charlotte Denkstein, geborene Alexander, von ihrer Tätigkeit bei der GST enthoben. Der Arbeitsplatz ist noch heute zu räumen.

Ich zwang mich, nicht vor den anderen in Tränen auszubrechen. Wieder Papas Stimme in meinem Kopf: »Nicht heulen! Rücken gerade, Blick nach vorn! Die kriegen uns nicht klein!«

»Das beinhaltet natürlich auch die fristlose Kündigung deiner Wohnung im Haus«, hörte ich den Chef sagen. »Du hast es so gewollt, Lotti. Wir hätten es dir gern erspart.«

Ich schluckte. Und biss mir auf die Lippe. Du schaffst das, beschwor ich mich. Paul und ich, wir schaffen das.

Meine Mädchen würden ihr Zuhause verlieren, ihren Kindergartenplatz, ihre Freunde. Wir würden umziehen müssen, Gott weiß wohin.

Aber mein Entschluss stand fest. Ich würde mich niemals von Papa und Bruno lossagen. Von meiner bayrischen Verwandtschaft und Herkunft. Mutter würde sich im Grabe umdrehen. Ich straffte die Schultern. »Stift?«

Ich zeichnete meine Kündigungen gegen, gab jedem die Hand und verließ hoch erhobenen Hauptes das Chefbüro.

Kurz darauf stand eine fassungslose, arbeitslose, wohnungslose, zutiefst gedemütigte, traurige junge Mutter im dicksten Feierabendgetümmel weinend auf der Straße.

Straßenbahnen quietschten um die Kurve, Autos knatterten und hupten, Menschen drängten sich an Kreuzungen. Alles lief wie in Zeitlupe vor mir ab.

Vor einer Viertelstunde hatte ich noch in meinem Büro gesessen, zufrieden mit meinem Tagwerk, und mich so gefreut, wieder am Arbeitsplatz zu sein!

Wohin sollte ich jetzt gehen, um Trost zu suchen? Paul war noch bei einem Auswärtstermin, die Kinder im Kindergarten. Wie ferngesteuert lief ich tränenüberströmt die alte Strecke zur Wohnung meiner Eltern, in der ja jetzt Edith mit ihrer Familie und Tanja wohnten. Keuchend nahm ich immer zwei Stufen auf einmal. Blitze zuckten mir vor den Augen, mein Mund war wie ausgedörrt, und es hämmerte in meinen Ohren. Ich klingelte Sturm an der Wohnungstür, aufgewühlt und verzweifelt, auf der Suche nach Trost, einer Umarmung, einem lieben Wort.

Die Tür öffnete sich, und eine Sekunde lang überkam mich die törichte Hoffnung, meine liebe Mutter würde dastehen, mir Kaffee und Kuchen anbieten und mich in die Arme ziehen. Sie würde mich in die gemütliche Küche führen, wo Vater und sie mich aufbauen würden.

Doch es war Edith, die mir die Tür öffnete. Mit blassem, unbewegtem Gesicht ließ sie mich eintreten. Auf der Küchenbank saß die inzwischen zweiundzwanzigjährige Tanja, die mich ebenfalls ganz merkwürdig von unter ihren Ponyfransen ansah. Beide schienen mit meinem Kommen gerechnet zu haben.

»Sie haben mich gefeuert«, heulte ich. »Und unsere Wohnung ist damit auch weg!«

»Tja!«, war alles, was Edith dazu zu sagen hatte.

Tanja schwieg und kaute auf ihrer Unterlippe herum.

»Ja, was sagt ihr denn dazu, dass ich mich schriftlich von Papa und Bruno lossagen sollte?!«

Trost suchend und zutiefst verletzt starrte ich meine Schwestern aus verweinten Augen an. »Und das nach zehn Jahren hervorragender Zusammenarbeit im Büro!«

Edith zuckte nur mit den Schultern. Sie lehnte mit dem Rücken am Fenster, und im Gegenlicht hatte sie so viel Ähnlichkeit mit Mama! Aber ihr kaltes, abweisendes Verhalten sprach eine ganz andere Sprache. Fröstelnd schlang ich die Arme um mich. Plötzlich überkam mich ein schrecklicher Verdacht.

»Edith, du hast doch nicht etwa …? Haben sie euch auch so ein Schreiben vor die Nase gehalten?«

Edith drehte sich um, hauchte die Scheibe an und begann, mit ihrem Ärmel die Schlieren wegzuputzen.

»Edith?« Meine Stimme wurde ungewohnt schrill. »Rede mit mir! Tanja, sag du mir bitte …«

Tanja sprang auf und rannte wortlos ins Wohnzimmer, knallte laut die Tür hinter sich zu. Das konnte doch nicht wahr sein!

Ich folgte ihr und riss sie wieder auf.

Ich prallte zurück, denn im Wohnzimmer saß auf Papas Sessel ein Mann und schaute eine Tiersendung. Ich sah nur den grauhaarigen Hinterkopf, und eine unstillbare Sehnsucht wallte in mir auf. Doch dann drehte er sich um. Es war Ediths Mann Jürgen, Berufssoldat und ein eifriger Verfechter sozialistischer Gesinnung. Klar, woher der Wind wehte!

Ich schluckte und trat drei Schritte zurück.

»Sag mir, dass Edith das nicht getan hat!« Haltsuchend umklammerte ich die Türklinke.

Er beugte sich vor und sah mich von unten an wie ein lauerndes Tier.

»Reg dich ab, Lotti. Ich habe deiner Schwester dringend dazu geraten, die Lossagung von Bruno und eurem Vater zu unterschreiben.«

Ich schluckte. »Das steht dir gar nicht zu, misch dich nicht in unsere Familie ein ...«

»Und ob mir das zusteht, Lotti! Das ist auch MEINE Familie. Wir haben zwei Kinder, die studieren wollen.«

»Wir haben auch zwei Kinder, die studieren wollen«, schrie ich. »Und trotzdem machen wir so eine Schweinerei nicht mit!«

»Eure Entscheidung. Uns geht es hier gut, und das soll auch so bleiben. Bald kriegen wir unser neues Auto, und im Sommer wollen wir alle nach Bulgarien fahren. Die Jungs sind sportlich und werden gefördert, Edith hat einen tollen Arbeitsplatz, und diese Wohnung kostet uns nur einen Appel und ein Ei ...«

»Halt den Mund!«, schrie ich. »Das war die Wohnung MEINER Eltern, du Dreckskerl!«

Ich wirbelte herum und sah, wie Tanja ein Sofakissen wie einen Schutzschild vor sich hielt.

»Tanja, schau mir in die Augen. Hast du etwa auch ...?«

Tanja vergrub das Gesicht im Kissen und schluchzte.

»Du hast dich von Papa und Bruno losgesagt?!«

Sie wehrte mich rüde ab. »Lass mich! Du tust mir weh!«

Ich riss ihr das Kissen weg, packte ihren Kopf und zwang sie, mir in die Augen zu sehen.

»Los, sag es! Sag es mir ins Gesicht.« Ich schüttelte sie wie einen jungen Hund. »Du hast es unterschrieben. Du hast dich von den Menschen losgesagt, die dich ihr Leben lang beschützt und geliebt haben?!«

»Bruno hat mich nicht beschützt!« Aus meiner kleinen Schwester brach plötzlicher Trotz und Hass hervor. Ihr Gesicht war von roten Flecken übersät, und ihre Halsschlagader pulsierte. »Er hat uns doch erst alle in die Scheiße reingeritten! Uns alle! Hörst du?!« Tränen schossen ihr aus den Augen und liefen über die noch kindlich runden Wangen. »Edith sagt das schon lange. Es ist alles Brunos Schuld!«

Ich ließ sie los. »Bruno hatte keine andere Wahl!« Meine Stimme war rau wie Schmirgelpapier. »Bruno hat aus Liebe gehandelt wie Papa auch.«

»Papa ist wegen IHM ins Gefängnis gekommen, und Mama ist DESWEGEN krank geworden! Und jetzt ist sie TOT!«, schrie Tanja mich an. »Immer hat sich nur alles um Bruno gedreht! Burschi hier und Burschi da!« Sie hieb mit der Faust auf das Sofakissen ein: »Ich war doch immer nur das fünfte Rad am Wagen!«

»Tanja, das ist doch nicht wahr…« Ich setzte mich neben sie und packte sie an den Schultern. »Was passiert ist, ist passiert. Aber wir müssen doch jetzt als Familie zusammenhalten!«

»Nein!«, brüllte Tanja. »Die ganze Scheiße ist ja nur deshalb passiert! Wegen dem ›Zusammenhalten!‹« Verächtlich malte sie Gänsefüßchen in die Luft. »Jetzt haben wir schon zwei Knastis in der Familie! Ich hab da keinen Bock mehr drauf! Ich will endlich mein Leben leben, kapiert das doch endlich!«

Befremdet wich ich zurück. War das das Ergebnis einer Gehirnwäsche? Plötzlich durchzuckte mich ein neuer, hässlicher Gedanke. »Und was ist mit Marianne?«

Keine Antwort. Die Luft im Wohnzimmer war zum Schneiden. Hier hatten wir als Familie viele Diskussionen und auch Streits ausgefochten, aber noch nie war der Raum von so viel Kälte erfüllt gewesen. Ich ging rückwärts aus dem Zimmer. An der Flurwand hingen gerahmt Porträts meiner Eltern. Ich sah ihnen forschend ins Gesicht, in der Hoffnung, einen gütigen Rat zu erhalten, doch sie starrten stumm aus ihren Bilderrahmen. Im Stillen entschuldigte ich mich bei ihnen für das Verhalten meiner Schwestern, doch die Gesichter zeigten keine Regung. Mir war, als wäre ich aus meinem einstigen warmen Nest in eine trostlose Wüste verbannt worden, in der Gefühle keine Rolle mehr spielten, und in der jeder nur an seinen eigenen Vorteil dachte. Wo geleugnet, gelogen und geschleimt wurde, nur um möglichst gute Karten bei den selbst ernannten Regierungschefs zu haben.

Edith stand schweigend in der Küchentür, ein Geschirrtuch in der Hand. Sie hatte die Wohnungstür bereits aufgemacht und scheuchte mich hinaus wie ein lästiges Insekt! Ohne ein Wort des Einlenkens oder des Abschieds. Ohne ein »Lass uns das erst mal alles überschlafen, und dann reden wir weiter«. So hatte Papa es uns gelehrt, und so hätte er jetzt zwischen uns vermittelt. Doch leider befand er sich auf der anderen Seite der Mauer.

Ratlos fand ich mich im Treppenhaus wieder, drehte mich um, und wollte noch was sagen. Doch die Wohnungstür war bereits hinter mir ins Schloss gefallen.

Unfähig, mich zu bewegen, verharrte ich davor, auch noch nachdem das Licht im Treppenhaus längst ausgegangen war. Im wahrsten Sinne des Wortes stand ich ganz allein im Dunkeln da.

Am Abend fiel ich Paul in die Arme und berichtete ihm alles brühwarm. Für ihn kam meine Entlassung genauso überraschend wie für mich. Dennoch fand er sofort tröstende Worte: »Du gehst nur drei Schritte rückwärts, um Anlauf zu nehmen. Ab morgen schreibst du Bewerbungen. Und ich kümmere mich um eine neue Wohnung. Nach vorne schauen, Lotti! Nicht verzweifeln. Ich halte zu dir.« Er war der sprichwörtliche Fels in der Brandung. Wenigstens einer, der noch zu mir hielt. Er hatte mich noch nicht eine Sekunde enttäuscht!

»Du verlangst also nicht, dass ich mich von Papa und Bruno lossage?« Verheult schaute ich ihn an.

»Aber nein!« Paul legte zwei Finger unter mein zitterndes Kinn und zwang mich, ihm in die Augen zu sehen. »Hast du das je von mir gedacht?«

Wortlos sank ich ihm in die Arme und drückte ihn, so fest ich konnte. Das war mein Paul, mein geliebter Mann, der eisern zu mir hielt! Im Gegensatz zu meinem Schwager Jürgen, dem Feigling, der von meiner Schwester Unmenschliches verlangte! Mit meinem Paul konnte ich immer offen über alles reden. Er war in der Zwickmühle, hin- und hergerissen zwischen mir und seinem Respekt vor den eigenen Eltern. Bei denen wurde das Thema konsequent totgeschwiegen. Wir taten immer so, als wäre alles in bester Ordnung, wenn die Gothaer sonntags zu uns zum Kaffee kamen. Dann wurde Kuchen gegessen, mit den Kindern gespielt, im Park spazieren gegangen und über Belangloses geplaudert. Dabei liebäugelten auch wir heimlich längst damit, in den Westen zu gehen. Pauls Eltern würden bald Rentner sein, sodass sie ihren einzigen Sohn auch drüben besuchen konnten. Aber ansonsten war es ein frommer Wunsch, der in diesem Leben bestimmt nicht mehr in Erfüllung gehen würde, glaubten wir.

Nach außen hin gab mein Paul sich diplomatisch. Da er hauptsächlich auf sportlichem Gebiet tätig war und sich großer Beliebtheit bei seinen jungen Schützlingen erfreute, konnte er sich recht neutral verhalten. Es genügte, wenn er die Begriffe »Freundschaft«, »Kameradschaft« und »allzeit bereit« spielerisch mit dem Mannschaftsgedanken des Sports verband.

Gleich am nächsten Morgen begann ich damit, Bewerbungen zu schreiben. Doch von sämtlichen Kombinaten wurde ich aufgrund meiner Vorgeschichte als Sekretärin sofort abgelehnt.

34

Erfurt, 1. Juni 1981

Wenigstens fanden wir eine bezahlbare Dreizimmerwohnung mit Balkon im dreizehnten Stock eines Plattenbaus im Neubaugebiet. Nach unserem Umzug bekam ich endlich einen Vorstellungstermin … im Volkseigenen Betrieb Erfurter Blumensamen. Der war bis zur Gründung der DDR in Privatbesitz der Familie Rebersdorf gewesen, an die sie nach dem Mauerfall auch wieder zurückging.

Der Kaderleiter, ein rotgesichtiger älterer Herr mit Spiegelglatze namens Erwin Dreier, empfing mich zu einem Gespräch in seinem Büro neben der Fabrikhalle. Es war ein Vieraugengespräch, und das konnte alles bedeuten.

»Sie sind also wegen Ihres Westkontaktes von der GST entlassen worden?!« Stirnrunzelnd blätterte er in meinem Kündigungsschreiben und studierte mein sehr gutes Zeugnis mit aufrichtigem Interesse. Er machte einen väterlich gütigen Eindruck, und am liebsten hätte ich ihm mein ganzes Elend erzählt. Aber das ging natürlich nicht. Man konnte wirklich niemandem trauen! Vielleicht war Erwin Dreier sogar eigens von der Stasi auf mich angesetzt worden?

»Ich habe mich geweigert, mich von meinen Verwandten im Westen loszusagen«, antwortete ich tapfer.

Stockend erzählte ich ihm einen Teil unserer Geschichte.

»Das haben Sie gut gemacht.« Der Mann schob seine Lesebrille auf die Glatze und sah mich anerkennend an. Ich glaubte, meinen Ohren nicht zu trauen. Das hatte ich gut gemacht? Meinte der das ernst?

»Wie geht es Ihrem Vater?« In seiner Stimme lag ehrliche Besorgnis. »Ich möchte mir gar nicht ausmalen, was der während der Gefangenschaft durchgemacht hat.« Erwin Dreier fuhr sich mit dem Handrücken über die Augen. »Man hört ja die schrecklichsten Dinge. Aber sie müssen ja alle unterschreiben, dass sie gut behandelt wurden.«

Seufzend schob er meine Unterlagen von sich und sah mich tieftraurig an. Spielte der mir was vor? Das konnte doch keine Falle sein oder? Würde ein Stasi-Mann so etwas freiwillig zugeben?

Diplomatisch antwortete ich: »Es geht ihm jetzt den Umständen entsprechend gut.«

»Das freut mich zu hören.« Herr Dreier beugte sich interessiert vor. »Und Ihr Bruder? Ich war mal ein ganz großer Fan von ihm, müssen Sie wissen! Ich spiele selber Geige, natürlich nur hobbymäßig.«

»Ich weiß es nicht. Meines Wissens sitzt er immer noch in Bautzen ein.«

Ich schwieg und knetete mein Papiertaschentuch auf dem Schoß.

»Tragisch, wirklich. Bei der Ausstrahlung, bei dem Talent! – Na ja, nach fünf Jahren Bautzen wird er sicherlich nicht mehr so blendend aussehen wie früher ...« Herr Dreier verstummte peinlich berührt. »Aber ich seh ja auch nicht mehr so gut aus wie früher«, beeilte er sich hinterherzuschicken. »Das Brandenburgische Konzert von Bach mit dem Violinensolo von Bruno Alexander habe ich jedenfalls auf Schallplatte!« Helmut Dreier pfiff die ersten Takte und dirigierte mit seinem Bleistift. Er war einer von uns! Ein gebildeter Schöngeist! Was DEN wohl in diese Blumenzwiebelfabrik verschlagen hatte?

»Ihr Vater hat in meinen Augen genauso wenig ein Verbrechen begangen wie Ihr Bruder!«, schimpfte er. »Welcher Vater würde seinem Sohn nicht helfen? Und welcher junge Ehemann wollte nicht bei Frau und Kind sein!« Er spuckte fast aus vor Verachtung. »Und dass Ihr Bruder wieder zurückgekommen ist, um Ihre Mutter noch einmal zu sehen, das nenne ich wahre Tapferkeit! DAS ist echter Zusammenhalt!«, trompetete er so laut, als wollte er alle lauschenden Spitzel beschämen. »Alles andere ist eine Schande für diesen Staat.«

»Ja, also, wenn Sie mich für geeignet halten …«, versuchte ich ihn wieder auf den eigentlichen Anlass unseres Gesprächs zu bringen. »Ich brauche dringend einen Job!«

»Frau Denkstein, Sie können noch heute als Sachbearbeiterin und Disponentin in der Abteilung Blumenzwiebeln und Knollen anfangen. Ich weiß nicht, ob das schon immer Ihr Traum war … meiner war es mit Sicherheit nicht.« Er steckte die Hände in die Hosentaschen, lehnte sich entspannt an die Fensterbank und sah mich aufmunternd an. »Aber eines kann ich dir versichern, Denkstein: Du bist hier unter Freunden!«

Meine beiden engsten Kolleginnen, die durch mein Büro gehen mussten, um in ihres zu gelangen, gestanden mir später, sie hätten Angst gehabt, ich sei als weiblicher Spitzel in ihre heile Blumenzwiebelwelt eingeschleust worden. Beide waren ebenfalls nicht linientreu. Fräulein Borchert, eine große Kräftige mit grauem Dutt, stets hochgeschlossenen Blusen und langen Faltenröcken, war sehr in der evangelischen Kirche engagiert und sang dort im Chor. Fräulein Dünnbügel, eine kleine Knabenhafte mit Herrenschnitt, hatte ebenfalls Verwandte im Westen und bereits einen Ausreiseantrag gestellt. Nach einer kurzen Zeit gegenseitigen Misstrauens waren wir alle ein Herz und eine Seele.

Von nun an gingen Großhändler für Gärtnereibetriebe bei mir im Büro ein und aus und reichten ihre Anträge auf Blumenzwiebeln und Pflanzensamen bei mir ein. Um mehr Hyazinthen zugeteilt zu bekommen, versuchten sie auch schon mal mit Pralinen und Schokolade ihr Glück. Außerhalb meiner vier Wände hatte ich ein unbändiges Verlangen nach Süßigkeiten, auf die wir wegen Franzi ja seit vier Jahren verzichten mussten.

»Darf ich?«, fragte ich Herrn Dreier, während meine Finger schon über der Pralinenschachtel kreisten.

»Natürlich! Greifen Sie feste zu!«

Herr Dreier zwinkerte und wies uns an, diesen Herren zehn Prozent mehr Blumenzwiebeln zu geben als eigentlich genehmigt.

Die zwei Kolleginnen waren beide unverheiratet und kinderlos, und nachdem wir Vertrauen zueinander gefasst hatten, besuchten sie uns an den Wochenenden öfter im Schrebergarten. Sie waren sofort schockverliebt in unsere süßen Mädchen und brachten jedes Mal Blumenzwiebeln und Pflanzensamen mit. Von nun an blühte und gedieh unser Schrebergarten noch mehr als im Vorjahr. Wir ernteten Karotten, grüne Bohnen, Erbsen, Kohlrabi, Salat und Erdbeeren. Wieder verbrachten wir im Sommer jede freie Minute in unserem gemütlichen Häuschen mit bayrischem Einschlag. Die Mädchen tobten mit den anderen Kindern herum und waren glücklich. Paul hatte ihnen eine Schaukel und ein Klettergerüst gebaut, und für ganz heiße Tage gab es ein Fass mit eiskaltem Wasser. Unsere unmittelbaren Nachbarn, Elke und Eckard Neumann, schafften sich einen süßen Zwergschnauzerwelpen mit Namen Schnitzel an, und von da an waren unsere Kinder aus deren Garten gar nicht mehr wegzubringen. »Schnitzel!«, hörte ich ihre hellen Kinderstimmen über die Hecke. »Schnitzel! Komm, bring Bällchen!«

»Da läuft einem ja das Wasser im Mund zusammen«, bemerkte Paul, der gerade den Lattenzaun neu strich: »Den Hund mag ich wirklich, besonders in heißem Fett goldbraun gebraten!«

Ich musste lachen und panierte ihm sofort ein Schnitzel.

Ich lief den ganzen Tag im Bikini herum, Paul in Shorts,

und sein braun gebrannter muskulöser Oberkörper war ein ausgesprochen erfreulicher Anblick.

Als ich eines Sonntags gerade entspannt in einer Zeitschrift blätterte, die wir wieder mal per Post aus dem Westen bekommen hatten, hörte ich eine vertraute Männerstimme am Zaun sagen: »Die dümmsten Bauern haben die dicksten Kartoffeln.«

Ich schreckte auf. Das war ja Günther, Mariannes Mann! Wir hatten uns ewig nicht gesehen. Dahinter tauchten nun auch etwas verlegen Marianne und ihre zwei Söhne, Tobias und Markus, auf. Begehrlich blickten sie auf unsere blühende Pracht, die sich mit dem Hündchen balgenden Kinder und auf die Tomaten, Gurken und Karotten, die sich auf unserem Tisch türmten.

»Hallo!« Ich legte die Zeitschrift weg. »Was macht ihr denn hier?« Erfreut stand ich auf und öffnete ihnen das Gartentor.

»Kommt doch rein!«

Meine Schwester und mein Schwager blieben unschlüssig stehen. Paul kam mit Erdklumpen an den Stiefeln anmarschiert. »Das ist ja eine Überraschung! Wir haben also doch noch Kontakt zu unserer Ostverwandtschaft!« Er grinste frech. »Haben sie euch durchgelassen?«

»Paul, bitte.«

»Dürfen wir euch ein kühles Bier mit Himbeersaft anbieten? In Berlin heißt das Berliner Weiße!«

»Wissen wir. Wir sind ja nicht aus der Welt gefallen.«

Zögernd nahmen die beiden auf unserer gemütlichen Bank vor der »Almhütte« Platz. Während wir unverbindlich plauderten und das schäumende Erfrischungsgetränk genossen, beäugten sie unser liebevolles Werk. Ich konnte kaum erwarten, dass sie etwas dazu sagten, so was wie: »Wow! Das habt ihr ja super hingekriegt!«, oder »Was für eine Pracht! Wie herrlich habt ihr es hier!« Stattdessen redeten sie über totale Belanglosigkeiten. Nicht einmal meine Schwester Marianne verlor ein lobendes Wort über die akkuraten Gemüsebeete, über die hübsche Einrichtung mit meinen selbst geschneiderten Gardinen und der rot-weiß karierten Bettwäsche. Noch nicht mal das in die Tür zum Plumpsklo gesägte Herz, auf das ich so stolz war, war ihnen eine Erwähnung wert. Kein Wort fiel über Bruno, Vater oder die Verwandten im Westen.

Ich fühlte mich zunehmend unwohl. Wir hatten ja mehr Tabuthemen als Redestoff!

Gleichzeitig schielte Marianne immer wieder zur »Bunten«, die sich im Sommerwind aufblätterte. Doch sie hätte sich lieber die Zunge abgebissen, als zu fragen, ob sie sie mal ausleihen dürfe. Na, dann eben nicht!

»Wie geht es Tanja?«, schnitt ich meinerseits ein brisantes Thema an.

»Die Kleine ist bei Edith und Jürgen rausgeflogen. Sie haben sich komplett überworfen.«

»Oje!« Sofort wurde ich hellhörig.

»Ich werde sie besuchen«, erbot ich mich. »Kennst du ihre Adresse?«

»Sie hat jetzt eine Einzimmerwohnung in einer schäbigen Gegend«, informierte Marianne mich. »Aber was soll ich sagen: Wir sind inzwischen alle erwachsen, und jeder geht seinen Weg, nicht wahr, Lotti?« Das sagte sie in einem gedehnten, vieldeutigen Ton.

Damit war anscheinend alles gesagt.

»Dann gehen wir jetzt mal«, beschied Marianne emotionslos. »Tobias! Markus! Verabschiedet euch von euren Cousinen und dem kleinen Hund!«

Mein Schwager Günther stand noch unschlüssig herum, und ich spürte, dass er mir unter vier Augen etwas sagen wollte.

»Weißt du, dass Bruno noch einmal oben in eurer Wohnung war?«, raunte er mir zu.

Mein Herz begann zu rasen. Bruno war bei Edith gewesen? Ja, war er denn entlassen worden? Warum wusste ich nichts davon?

»Günther, was soll denn das jetzt!« Marianne versuchte ihn zu stoppen. »Wir wollten das Thema doch nicht ...«

»Bitte!« Ich sah Günther flehentlich an. »Wo ist er jetzt? Was hat er gesagt?«

»Warte. Gleich.« Günther drehte seiner zeternden Frau den Rücken zu, die sich laut klatschend den Sand aus den Schuhen schlug.

»Euer Bruder konnte ebenfalls in den Westen ausreisen. Auf dem Weg zum Bahnhof hat er noch mal bei eurer alten Wohnung vorbeigeschaut«, raunte mir Günther zu. »Er ist aus dem Gefängnis freigekauft worden, weißt du das? Von diesem Dr. Meister!«

Ich bekam Gänsehaut. »Bei dem war ich doch! Allerdings wegen Vater.«

»Es ging alles ganz schnell«, raunte mir Günther zu. »Auf einmal war er frei. Irgendwie hat er es geschafft, seine Bewacher zu überlisten, sich in den fünften Stock raufzuschleppen und Sturm zu klingeln.«

Was für ein Mut! Dafür hätten sie ihn wieder einbuchten können!

»Ja?« Atemlos starrte ich ihn an. »Und Edith?« Ich schluckte trocken. »Hat sie ihm aufgemacht? – Marianne, WAS ist passiert?« Ich packte meine Schwester am Arm. »Haben Edith und Bruno sich noch mal gesprochen?«

Sie riss sich los.

»Quatsch! Edith hat durch den Spion gesehen, dass es Burschi war. Er sah erbarmungswürdig aus, sagt sie, sie hätte ihn fast nicht erkannt. Sie haben sich in die Augen gestarrt, wohl wissend, dass der andere jenseits der Tür steht. Aber aufgemacht hat sie ihm nicht. Sie hat das mit der Lossagung unterschrieben, und daran hält sie sich auch.« Mit diesen Worten zerrte sie ihre Familie von unserem Grundstück.

Fassungslos blieb ich zurück. Das wäre die Chance auf einen erneuten Kontakt gewesen, den uns die Behörden seit er in Bautzen einsaß, strikt verwehrt hatten! Doch diese Chance war jetzt unwiderruflich vorbei. Glaubte mein heiß geliebter Bruder etwa, auch ich hätte ihn verstoßen? Was hatte man ihm im Gefängnis alles weisgemacht?

Tatsächlich sollte sich Bruno nach seiner Übersiedlung in den Westen bei keiner seiner Schwestern mehr melden. Wäre mir das damals schon klar gewesen – ich hätte meine Schwester nicht einfach so gehen lassen. Ich hätte ihr die Augen ausgekratzt!

35

Bernau am Chiemsee, 18. August 2011

»Sie öffnet uns nicht!«

Entrüstet rüttelte ich am schmiedeeisernen Gittertor der Zahnarztpraxis. »Hallo? Wir sind's! Bruno Alexander! Die Prothese ist kaputt. Wir haben doch einen Termin!«

Bruno saß im Rollstuhl und fühlte sich sichtlich unwohl. Mit der gesunden Hand versuchte er wegzurollern. Da es ziemlich steil bergab ging, und ich Mühe genug gehabt hatte, ihn hier heraufzuschieben, hechtete ich zu ihm und hinderte ihn daran.

»Bruno, nicht!« Ich packte die Armlehne und klingelte erneut. »Das gibt's doch nicht! Hallo!«

In der Zahnarztvilla ging ein Fenster auf. Eine Mitarbeiterin hängte sich hinaus und schrie deutlich hörbar auf die

Straße hinunter: »Wir behandeln Ihren Bruder in diesem Zustand nicht mehr!«

»Wie? In welchem Zustand?« Ich ließ den Blick über den Mann gleiten, der da neben mir im Rollstuhl saß. Er hatte tadellos saubere Sachen an und war frisch gewaschen!

»Die Mundhygiene Ihres Bruders lässt doch sehr zu wünschen übrig!«, keifte die Zahnarzthelferin in den Vorgarten hinaus. »Nicht nur die noch verbliebenen Zahnstummel sind ungepflegt, sondern auch die Prothese! Das sind wir hier wirklich nicht gewöhnt.«

Ich fühlte mich, als hätte sie einen Eimer Eiswasser über uns ausgegossen. Schon wollte sie das Fenster wieder schließen, aber da hatte sie die Rechnung ohne mich gemacht.

Ich hielt die beiden Hälften der zerbrochenen Zahnprothese hoch.

»Sie hat ihm nicht gepasst, und sie hat wehgetan! Deshalb bin ich ja hier!«

»Gehen Sie zuerst zu einer professionellen Zahnreinigung«, schrie die Zahnarzthelferin.

»Entschuldigung?! Ich schlage vor, wir besprechen alles Weitere drinnen!«, rief ich zurück. »Wenn Sie so freundlich wären, mir das Tor zu öffnen, damit ich meinen Bruder ins Wartezimmer schieben kann?« Schneidende Wut schlich sich in meine Stimme.

»Wir haben niemanden da, der Ihnen über die Stufen helfen kann«, behauptete die Helferin.

»Oh, mit vereinten Kräften schaffen wir das schon!«

»Hier haben wir für so was keine Zeit.« Peng, hatte diese unverschämte Person das Fenster wieder zugeknallt.

»Haben Sie gerade ›so was‹ zu meinem Bruder gesagt?«, schrie ich zornentbrannt.

Wie bestellt und nicht abgeholt standen Bruno und ich vor der Villa.

»Ist das denn die Möglichkeit, Bruno?«

»Ja.«

»So eine Unverschämtheit!« Ich musste mir mein Tuch vom Hals reißen und mir Luft damit zufächeln.

»Dann gehen wir jetzt auf ein Eis und scheißen drauf, was, Bruno?«

»JAAA!«

So schnell konnte ich gar nicht hinterhereilen, wie Bruno einhändig seinen Rolli in Fahrt brachte und die Straße hinuntersauste!

Wir ließen uns einen riesigen Eisbecher schmecken.

Wieder im Heim brachte ich den erschöpften Bruno erst mal ins Bett. Nach diesem Erlebnis wollte er einfach nur seine Ruhe haben und war sehr abweisend. Dabei hatte ich ihm doch gar nichts getan! Aber wo sonst hätte er seinen Frust abladen sollen?

Auf dem Flur traf ich Laura Frischling, die entzückende Logopädin. Ich erzählte ihr von dem entwürdigenden Erlebnis mit der Zahnarzthelferin, die uns vor aller Augen und Ohren zu Asozialen abgestempelt hatte. Nach wie vor war ich schwer entrüstet.

»Mein armer Bruder, wenn ich nicht wäre! Er kann sich ja nicht wehren. Wie läuft es denn mit der Logopädie?«

»Er gibt sich wirklich Mühe«, erwiderte sie diplomatisch.

»Er mag Sie eben sehr, Frau Frischling!«

»Ich mag Ihren Bruder auch«, munterte sie mich auf. »Aber ich werde trotz allem noch viele Übungsstunden brauchen, um ihm das Gegenteil von ›Ja‹ beizubringen, ihn sagen zu lassen, wenn er etwas bewusst NICHT will.«

»Er sagt oft ›Ja‹ – einfach nur um seine Ruhe zu haben«, seufzte ich. »Und wird deshalb von vielen Menschen missverstanden. – Nanu, wo will die denn hin?« Ich sah eine fremde Dame in Richtung Brunos Zimmer stampfen, die einen wild entschlossenen Eindruck machte. »Oh, Moment. Ich muss dann mal.«

Die nächste Verhinderungsspezialistin betrat ohne anzuklopfen Brunos Zimmer. Und damit nicht genug. Sie riss die Vorhänge beiseite, die ich, um Bruno etwas Ruhe zu gönnen, für ein halbes Stündchen zugezogen hatte.

»Was ist denn hier los? Liegen wir etwa im Bett?!«, herrschte sie meinen Bruder an.

»Und wer sind SIE?« Die Frau wirbelte zu mir herum. »Wir haben jetzt Therapiestunde.«

»Ich bin seine Schwester. Und ich werde dabei sein. Sie können übrigens leise sprechen, er ist nicht schwerhörig.«

»Das ist völlig unüblich.« Energisch riss sie Bruno die Decke weg. »Nun mal auf, Herr Alexander. Hier wird nicht rumgelungert am helllichten Tag.« Sie schrie unvermindert weiter.

Bei Einfühlungsvermögen und Menschlichkeit hatte diese Frau nicht »Hier!« geschrien.

Bruno lag jetzt schutzlos in all seiner Windelpracht vor ihr – vor einer fremden Frau, die er noch nie gesehen hatte. Unwillig zog er die Decke wieder an sich und drehte sich mit dem Gesicht zur Wand.

»Nein, das fangen wir gar nicht erst an!« Erneut riss sie an seinem Bettzeug, und es entwickelte sich ein kleiner Zweikampf, den sie natürlich gewann. Sie hatte ja zwei gesunde Arme. Die Decke landete auf dem Fußboden. »Wir haben jetzt Therapiestunde, und wir legen die Beinprothese an!« Schon griff sie danach und wollte seinen Stumpf hineinzwängen. Aber da war sie buchstäblich auf dem Holzbein. Nicht mit mir!

»Sie gehen jetzt raus, und ich ziehe meinem Bruder erst mal eine Hose an!« Ich öffnete die Tür. »Und wenn Sie wieder reinkommen, stellen Sie sich erst mal mit Namen vor.«

»Sie haben mich ja gar nicht zu Wort kommen lassen«, zeterte sie im Hinausgehen. »Ich bin die neue Physiotherapeutin, Frau Stukenbrock-Schlossholte!«

Was war denn das für ein bescheuerter Doppelname?

»Wie hieß die?«, fragte ich Bruno, der beschämt zur Wand starrte. Mit einem Ruck zog er sich die Decke bis über beide Ohren. »Stubenhock-Schlosshotel?«

Leider heiterte das Bruno auch nicht auf. Früher hätten wir uns totgelacht über solche Wortverdrehungen.

»Gott, was für ein unsensibles Weibsstück!« Ich sah, dass Bruno sich vor Stress in die Windel gemacht hatte, auch das Bett war nass. »Die soll mich noch kennenlernen! ›Ein einzig böses Weib lebt höchstens auf der Welt‹«, sang ich, während ich ihm den Popo säuberte. »›Nur schlimm, dass jeder seins für dieses einz'ge hält!‹«

Früher hatten wir diesen Haydn-Kanon lustvoll mehrstimmig gesungen.

»Ja«, brummte es verschämt an der Wand. Bruno war wieder dialogbereit.

Zusammen mit Schwester Silke bezogen wir das Bett neu und warfen die benutzte Bettwäsche in den bereitstehenden Eimer. Nachdem wir meinen Bruder gesäubert und umgezogen hatten, machte ich die Tür wieder auf.

»Frau Stukenbrock-Schlossholte, Sie dürfen wieder reinkommen.«

Die hatte inzwischen eine geraucht, das war deutlich zu riechen. Ich hatte ja früher selber geraucht wie ein Schlot. Trotzdem konnte ich sie nicht leiden. Wir zwei würden keine innigen Freundinnen werden, so viel stand schon mal fest. Und Bruno würde sich auch kein bisschen in diese Frau verlieben.

Ohne mich eines Blickes zu würdigen, legte sie los, bog Brunos gelähmte Hand so weit nach hinten, dass er vor Schmerzen nach Luft rang.

»Ja, das muss jetzt ein bisschen wehtun«, sagte sie wieder viel zu laut. Mit aller Kraft stemmte sie sich gegen Brunos gelähmte Seite.

»Jaaaa«, entfuhr es Bruno.

Ich wusste, dass er Nein meinte!

»Nein, das muss es nicht!« Ich ging dazwischen. »Mein Bruder hat in seinem Leben schon genug Schmerzen gehabt.«

»Hören Sie!« Frau Stutenbiss-Schlossholte, wie ich sie insgeheim längst nannte, wirbelte herum. »Entweder Sie lassen mich jetzt meine Arbeit machen, oder wir brechen das hier auf der Stelle ab.«

»Jaaa!«

»Gute Idee«, pflichtete ich Bruno bei. »Letzteres! Ich begleite Sie zur Tür.«

An der Rezeption breitete sie weiß vor Zorn ihre Unterlagen vor mir aus.

»So. Unterschreiben Sie bitte hier, dass ich meine Therapiestunde wie geplant abgehalten habe. Nicht nur heute, sondern auch die restlichen Termine.«

»Das werde ich selbstverständlich nicht tun. Beglücken Sie andere Patienten, aber nicht meinen Bruder!« Ich machte auf dem Absatz kehrt und ging zurück zu Bruno. »Also, an Dreistigkeit fehlt es der nicht!«

»Ja!«

»Dafür an Herzenswärme und Fingerspitzengefühl! Wollen wir noch ein bisschen spazieren gehen?«

»Jaaaa!«

Ich half ihm in den Rollstuhl. Mit einer Hundertachtzig-Grad-Drehung rollte er davon.

36

Erfurt, 24. Oktober 1981

Im Herbst erwischte es auch Paul. Die angestrebte Planstelle, auf die er seit Jahren hingearbeitet hatte, bekam er nicht. Schon mehrfach war er übergangen worden und blieb der ewige Stellvertreter.

»Reich Beschwerde ein!«, riet ich ihm aufgebracht. »Du bist am besten für diese Position geeignet, und das wissen die auch!«

Aufgelöst stand ich in der Küche. Ich hatte gerade angefangen, das Abendessen zuzubereiten, als mein aufgewühlter Mann mit einem erneuten Ablehnungsschreiben nach Hause kam. Die Enttäuschung stand ihm ins Gesicht geschrieben. Er, der mich immer aufgebaut hatte, brauchte nun selbst Trost und Ermutigung. Ich umarmte ihn lange und fest.

Die Mädchen saßen einträchtig im Wohnzimmer auf der Auslegeware, wie man damals einen Teppichboden nannte, und schauten »Das Sandmännchen«.

»Ich tipp dir eine Beschwerde, die sich gewaschen hat! Los, gib her den Schrieb!«

Paul drückte mir einen Kuss auf den Mund. »Im verbalen Austeilen bist du einfach besser als ich. Hau rein, gib's ihnen.«

Das musste mir mein Mann nicht zweimal sagen. Ich setzte mich an den Schreibtisch, der im Schlafzimmer stand und gleichzeitig als Schminktisch diente, und hackte Folgendes in meine Reiseschreibmaschine:

Hiermit lege ich Beschwerde gegen meine wiederholte Nicht-Beförderung ein. Ich bin seit Jahren prädestiniert für diese Stelle und habe mir keinerlei Fehler oder Nachlässigkeiten zuschulden kommen lassen. Falls man mich dafür abstrafen

will, dass die Verwandtschaft meiner Frau nun im Westen lebt, und auf diese Weise mittelalterliche Sippenhaft zelebriert: Der Staat hat der Übersiedlung meines Schwiegervaters und meines Schwagers in die BRD zugestimmt. Beide waren für die DDR nach verbüßter Haft nicht mehr arbeitstauglich. Ich hingegen bin nach wie vor Genosse und sehr wohl arbeitstauglich.
Das eine sollte vom anderen zu trennen sein. Worin liegt also mein persönliches Fehlverhalten als Mitarbeiter in der Firma, für die ich nunmehr seit zehn Jahren zu aller Zufriedenheit arbeite? Ich erwarte eine Stellungnahme, eine verdiente Beförderung und appelliere an Ihre sozialistische Gesinnung!
Mit sozialistischem Gruß
Paul Denkstein

Am nächsten Tag wurde Paul zur Bezirksleitung der SED bestellt. Später berichtete er mir haarklein, wie das Gespräch mit seinem Vorgesetzten unter vier Augen verlaufen war.

»Das hat dir deine Frau geschrieben, stimmt's?« Der Chef hielt ihm meinen Brief unter die Nase.

Paul nickte. »Sie kann einfach schneller und besser tippen als ich.« Er hielt dem messerscharfen Blick des reichlich verstimmten Genossen stand. »Und inhaltlich stimmt es mit meiner Meinung überein«, schickte Paul hinterher.

»Paul, mal ganz unter uns.« Der Vorgesetzte schlug ihm kumpelhaft auf die Schulter. »Wir wissen alle, dass du dir nichts hast zuschulden kommen lassen. Im Gegenteil! Du bist unser bester Mann und genießt unser vollstes Vertrauen.«

»Das ist schön.« Paul setzte ein höfliches Lächeln auf. »Und warum bekomme ich die Planstelle dann nicht, auf die mein berufliches Profil perfekt zugeschnitten ist?«

»Der Grund ist der eingeschränkte politische Horizont deiner Frau.« Der Genosse schob das Schreiben mit spitzen

Fingern beiseite. »Und diese spitzfindigen Unverschämtheiten gegenüber unserem Staat sind wirklich nicht hinnehmbar.«

»Bitte was?!« Paul trat einen Schritt zurück und schüttelte die Pranke seines Vorgesetzten unwillig ab. »Was hat denn meine Frau mit meiner Beförderung zu tun?«

Der warf die Hände in die Luft: »Lass dich scheiden, Mann! Die Frau ist ein staatsfeindliches Subjekt, die will dich nur indoktrinieren.«

Paul fuhr sich mit beiden Händen durchs Haar und starrte seinen Vorgesetzten fassungslos an. »Wie bitte?«

»Paul! Du bekommst ein tolles neues Auto von uns, Mann!«, beschwor er meinen Liebsten. »Du kannst dir ein Haus bauen, du kannst Vorsitzender werden. Es liegt allein an dir, Paul! Beruflich ist alles für dich drin. Aber die Frau muss weg!«

Paul verzog das Gesicht zu einer Grimasse. »Ist dir eigentlich klar, was du da gerade sagst? Die Frau muss weg?«

»Genau. Trenn dich von ihr, sag dich von ihr los. Wir haben hier schon ein Schreiben vorbereitet: Lossagung von Frau Lotte Denkstein, geborene Alexander ...«

Paul entfuhr ein bitteres Lachen.

»Leute, ihr habt sie doch nicht mehr alle!« Er warf seinem Vorgesetzten, mit dem er zehn Jahre lang harmonisch und freundschaftlich zusammengearbeitet hatte, und der mich und die Kinder noch dazu seit Langem kannte, einen mitleidigen Blick zu und machte auf dem Absatz kehrt.

Bestürzt hörte ich mir seine Schilderungen an.

»Und ... lässt du dich scheiden?«, fragte ich halb im Scherz, halb fassungslos.

»Komm mal her du!« Er zog mich an sich. »Ich liebe dich und die Kinder mehr als mein Leben!« Er bedeckte mein Gesicht mit Küssen. »Die können uns alles nehmen, aber nicht unsere Liebe. Jetzt erst recht, Lotti! Wir gehen drei Schritte rückwärts, aber nur, um Anlauf zu nehmen! Denen zeigen wir's!«

Mir war völlig klar, dass es schwer werden würde. Aber wie schwer, konnte ich zu diesem Zeitpunkt noch nicht ahnen! Ich wusste nur, dass wir jetzt besonders fest zusammenhalten und an einem Strang ziehen mussten. Und ich liebte meinen Paul mehr denn je!

In dieser Nacht schliefen wir leidenschaftlich miteinander und schworen uns ewige Treue. Ohne zu ahnen, dass zu diesem Zeitpunkt sogar unser Schlafzimmer verwanzt war! Das sollten wir erst viele Jahre später nach Einsicht in unsere Stasi-Akte erfahren.

Vier Wochen später erreichte Paul per Einschreiben eine weitere schriftliche Vorladung zu seinen Vorgesetzten. Erhobenen Hauptes ging er hin.

Diesmal waren mehrere Männer im Raum, und der Ton wurde schärfer.

»Genosse Denkstein, wir haben dir vier Wochen Bedenkzeit gegeben. Wie sieht deine Entscheidung aus?« Die Männer hatten erneut dieses Lossagungs-Schreiben vor sich liegen.

»Ich habe keine Sekunde Bedenkzeit gebraucht. Niemals werde ich meine Frau und meine Töchter verlassen!« Paul sah jedem Einzelnen fest in die Augen.

»Genosse Denkstein, wenn du dich scheiden lässt, werden dir deine Töchter selbstverständlich zugesprochen! Im Gegensatz zu deiner Frau erziehst du sie im sozialistischen Sinne.«

Paul zog die Augenbrauen hoch: »Gibt es wirklich einen Richter, der einer liebevollen Mutter die Kinder wegnimmt? Ist das im sozialistischen Sinne?«

»Genosse Denkstein, das lass mal unsere Sorge sein!«

So ging es noch eine ganze Weile hin und her. Es wurde auch eingestreut, dass die Kinder möglicherweise an sozialistisch gesinnte Familien zur Adoption vermittelt würden, wenn man hier nicht parierte.

»Das wagt ihr nicht! Und wenn ich zum obersten Gerichtshof gehe und die westlichen Medien einschalte. Bis jetzt habe ich von meinen Westkontakten nicht Gebrauch gemacht.«

Fassungslos erzählte mir Paul auch von dieser »Anhörung«. Ich räumte gerade die Küche auf und polierte die Herdplatten.

Ich bekam das kalte Grausen. Sie hatten schon so viel zerstört. Die Familie Alexander hatten sie bereits auf dem Gewissen. Aber die Familie Denkstein würden sie nicht auch noch kaputt machen!

»Du hast denen gedroht, Paul! Das wird furchtbare Konsequenzen haben.«

Paul nahm mich in den Arm, weil ich schrecklich weinen musste.

»Liebes! Wir müssen jetzt stark bleiben! Das ist unsere Zerreißprobe, und wir werden sie bestehen. Vertrau mir! Wir haben viel mehr Grips in der Birne als die.« Mit dem Zipfel des Küchenhandtuchs wischte er mir die Tränen aus den Augen. »Komm ins Wohnzimmer auf ein Glas Wein. Lass uns alles in Ruhe besprechen.«

Und wieder liefen wir denen ins Messer: Unser Wohnzimmer war natürlich auch verwanzt. Nie hätte ich mir damals vorstellen können, dass die sich so viel Mühe mit uns machten. Doch anscheinend waren wir es ihnen wert.

Nach weiteren vier Wochen wurde Paul an einem Donnerstag beim Genossen Generaloberst vorgeladen. Das war nun schon der dritte Versuch, mir meinen Mann zu entreißen.

»Mensch, Paul Denkstein, sei doch nicht so stur! Du weißt doch, welche Konsequenzen deine Weigerung, dich von Lotte scheiden zu lassen, für dich haben wird!«

»So? Welche denn? Sagt es mir ins Gesicht!«

»Eure Töchter werden nicht studieren können. Du wirst beruflich kein Bein mehr an die Erde kriegen. Und wie es mit

Auto, Wohnung und Urlaub aussieht, muss ich dir nicht gesondert erklären. All das wird es nicht geben, solange es in deiner Familie die Verbindung zu den Alexanders gibt.«

Paul schwieg und hielt dem Blick des Genossen Generaloberst stand.

Der verlor langsam die Contenance: »Ist dir das deine Frau wirklich alles wert? In unseren Augen ist sie nicht mal den Dreck auf einer Kehrschaufel wert.«

Das reichte! Paul wurde laut.

»Mich schüchtert niemand ein! Auch du nicht, Genosse Generaloberst!« Er sprang auf und schlug mit der Faust auf den Tisch. »Es ist eine Frechheit, so respektlos von meiner Frau zu sprechen! Das steht dir überhaupt nicht zu, egal wie viele Streifen du auf deiner Uniform hast. Meine Familie ist mein höchstes Gut! Niemandem wird es je gelingen, uns auseinanderzubringen!« Er fuhr herum und schrie sie alle einzeln an: »Ihr habt schon so viel auf dem Gewissen, Genossen. Die Familie meiner Frau ist auseinandergebrochen. Das geht allein auf eure Kappe, und das wisst ihr. Aber eher verlasse ich die DDR, als meine Familie zu opfern.«

Peng, nun war es heraus. Paul, der Sohn sozialistischer parteitreuer Eltern, war fertig mit der DDR. Zum ersten Mal hatte er es laut gesagt.

Das war's.

Sofort musste er seine Entlassungspapiere unterschreiben. Auch er hielt nun seine fristlose Kündigung in Händen!

37

Erfurt, 3. Januar 1982

»Junge, ich habe meine Beziehungen zum Stadtrat Händel spielen lassen.«

Mein Schwiegervater hatte sich besorgt – und möglicherweise beschämt? – die Geschichte von der Kündigung seines Sohnes bei der GST angehört. »Es gibt eine neu geschaffene Planstelle: Verkehrskoordinator in der Lebensmittelindustrie. Diese Planstelle ist wegen der Dieselknappheit geschaffen worden. Du kannst sie haben!«

Der Alte kämpfte tapfer für seinen Sohn. Bestimmt hatten die Schwiegereltern Angst, ihn und ihre Enkelkinder an den Westen zu verlieren.

Ohne sich auch nur mit einem Wort über diesen Job zu beschweren, bezog Paul sein neues Büro im VEB Braugold Erfurt. Einerseits war er erleichtert, andererseits fühlte er sich natürlich noch immer ungerecht behandelt. Er war jetzt in der »freien Wirtschaft« tätig und auf dringendes Anraten seines Vaters hin immer noch Genosse.

Das Gespräch zwischen Vater und Sohn schilderte mir Paul anschließend wortgetreu:

»Junge, schaufle dir doch nicht dein eigenes Grab! Nutz doch die Chancen, die sie dir vor die Füße werfen und hör auf mit dem starrsinnigen Trotz! Das hat dir doch alles nur deine Frau eingeimpft!«

Auch im neuen Job wurde Paul regelmäßig zu Befragungen vorgeladen, um seine Gesinnung auf die Probe zu stellen. Immer wenn es abends wieder mal später wurde, hatte ich Angst. Würden sie erneut versuchen ihn zu brechen?

Und dann sagte er den Satz, der unser Leben für immer ändern sollte.

»Lotti, wenn das mit den Schikanen so weitergeht, beantrage ich unsere Ausreise. Dann bin ich wirklich endgültig fertig mit der DDR.«

»Paul!« Ich rang nach Luft. »Du? Was werden deine Eltern dazu sagen? Du bist ihr einziger Sohn! Ich weiß, dass sie bald in Rente sein werden ... Aber ich will dich ihnen wirklich nicht wegnehmen.« Mir war zittrig auf den Beinen. Mir wuchs das alles über den Kopf. »Wir haben hier unser Auskommen, können demnächst über deine Beziehungen einen gebrauchten Trabi 601 bekommen. Den Mädels geht es gut, unsere Wohnung im Plattenbau ist top, und unsere Jobs sind auch wieder erträglich. Außerdem bekommen wir regelmäßig Westpakete. Fordere das Glück nicht heraus!« Ich legte meine Hände auf seine Brust, und er hielt sie fest.

»Lotti, ich will es selbst zu etwas bringen. Ich will nicht auf Almosen aus dem Westen angewiesen sein!«

»Na ja, so darfst du das nicht sehen. Sie freuen sich doch, uns helfen zu können«, versuchte ich die Sache herunterzuspielen.

Doch Paul ließ sich nicht beirren.

»Lotti. Wir sind jung, wir haben Power, wir sind nicht ganz verblödet. Unsere Katharina bringt nur Einser aus der Schule heim! Was, wenn sie tatsächlich nicht studieren darf?«

»Ach, Liebster, es wird nichts so heiß gegessen, wie es gekocht wird«, versuchte ich eine lahme Ausrede. Mir fehlte einfach der Mumm, einen Ausreiseantrag zu stellen.

»WAS? Und das sagst ausgerechnet DU? Sie essen noch viel heißer, als sie kochen!«

»Trotzdem, das wird schon nicht passieren. Du bist immer noch der Sohn deiner Eltern.«

Doch Paul war nicht zu bremsen: »Wer gibt dem Staat das Recht, uns hier einzusperren, unsere Post zu kontrollieren und uns vorzuschreiben, wohin wir reisen dürfen?«

Ich spürte, bei meinem Liebsten war nach seiner unehrenhaften Entlassung das Maß voll.

Dennoch versuchte ich den Ball flach zu halten, während er mich plötzlich fest entschlossen zum Schreibtisch schob.

»Komm, Lotti. Setz dich an die Schreibmaschine. *Hic Rhodos, hic salta* – beweise, was du kannst! Wir stellen einen Ausreiseantrag.«

»Paul, nein!« Ich entwand mich ihm sanft. »Lass uns noch damit warten. Wir können das den Mädchen nicht antun. Sie haben hier ihre Freunde, ihren Sport, ihr ganzes Umfeld.«

»Denen kann es drüben nur besser gehen!« Paul warf die Hände in die Luft, kehrte mir den Rücken zu und starrte aus dem Fenster.

Ich umschlang ihn von hinten, schmiegte mein Gesicht an seine Schulter und hielt ihn ganz fest: »Aber solltest du noch einmal diskriminiert werden und diese Arbeitsstelle auch verlieren, bin ich bereit, mit dir zusammen einen Ausreiseantrag zu stellen.«

»Okay«, sagte Paul schließlich in die Plattenbauidylle hinein. »Das ist ein Wort.«

Ich schluckte. Jetzt hatten wir eine Abmachung.

Dass auch dieses Gespräch von vorne bis hinten abgehört wurde, konnten wir damals noch nicht ahnen.

Kurz darauf schienen sich die dunklen Wolken an unserem Horizont aufzulösen: Mein kluger Paul wurde für ein Fernstudium zum Ingenieurökonom zugelassen!

Haha! Sie konnten es sich nicht leisten, diesen tüchtigen jungen Mann zu verlieren.

Jetzt würde alles gut werden. Ich war bereit, in der DDR zu bleiben und das Beste daraus zu machen.

38

Erfurt, Pfingsten 1983

»Kinder, habt ihr alles? Papa ist da, wir können losfahren!«

Unten auf dem Parkplatz war gerade knatternd der gebrauchte Trabi vorgefahren, den wir inzwischen glücklich erworben hatten, und ich lief aufgeregt durch die Wohnung. Ich hatte vorgekocht und alles eingepackt, was uns die Feiertage im Garten versüßen sollte.

»Mama, ich hab so Bauchweh!« Mir bot sich ein ungewohnter Anblick: Meine elfjährige Katharina lag wimmernd auf ihrem Bett im Kinderzimmer, statt wie sonst vor lauter Vorfreude herumzutoben.

»Aber Liebes, das ist bestimmt die Aufregung! Im Garten wird es dir gleich besser gehen.«

Sanft bugsierte ich meine Mädels nach unten, wo Paul schon gut gelaunt auf die Hupe drückte.

»Oh, wie ich mich auf die paar freien Tage freue!«

Schwarze Wolken ausstoßend, holperte unser Trabi über die Straße.

»Katharina!« Ich drehte mich zu ihr um. »Los, bitte schnall dich an!«

»Mama, ich kann nicht! Der Gurt tut mir am Bauch so weh!«

»Aber Liebes, dann leg dich ausnahmsweise auf die Rückbank. Aber dass dich kein Vopo sieht!« Besorgt sah ich Paul von der Seite an: »Meinst du, sie kriegt ihre Periode?«

»Keine Ahnung.« Paul zuckte besorgt die Achseln. »Ich fürchte, da kann ich nicht mitreden. Behalten wir sie im Auge.«

Im Garten schleppte sich Katharina gleich auf die Hollywoodschaukel. Ich deckte sie liebevoll zu und strich ihr übers blasse Gesicht. »Du hast ganz schwarze Ringe um die Augen. Mäuschen, hast du etwa Liebeskummer?«

Paul holte einen Eisbeutel, aber davon wurden ihre Bauchschmerzen nur schlimmer. Jetzt machte ich mir ernsthaft Sorgen um unsere Tochter.

»Paul, lass uns gleich zurück in die Stadt fahren. Es könnte der Blinddarm sein!«

Sofort packten wir unsere Siebensachen wieder ein und knatterten zum nächsten Krankenhaus.

Hier war nur ein Arzt in der Notaufnahme.

Er drückte auf ihrem Bauch herum. »Tut das weh?«

»Nö«, sagte Katharina. Na toll! Vorführeffekt. »Ja, was denn nun? Herr Doktor, sie simuliert doch nicht! Sie ist sonst total bewegungssüchtig und sportlich!«

»Spring mal von der Liege.«

Das tat Katharina. Und brach sofort ohnmächtig auf dem Fußboden zusammen.

»Akuter Blinddarm. Das Kind muss dableiben.« Der Arzt hastete schon zum Telefon. Zwei herbeieilende Schwestern nahmen Katharina gleich mit. »Sofort fertig machen zur OP!«

»Um Gottes willen, Paul, nimm du die Franzi mit heim, ich bleibe hier.«

»Nein, Sie gehen auch nach Hause, wir können Sie hier gar nicht brauchen. Rufen Sie gegen siebzehn Uhr an.« Mit diesen Worten schob man uns nach draußen.

Von Schrebergartenfreuden war nun keine Rede mehr. Bedrückt fuhren wir in unsere Wohnung. Dort ließ ich meine Franzi ausnahmsweise schon tagsüber und bei Sonnenschein vor dem Fernseher sitzen. Heulend saß ich im Schlafzimmer und malte mir aus, was unsere arme Tochter für Schmerzen erlitten haben musste. Und wir unsensiblen Eltern hatten sie so lange leiden lassen! Sie war halt immer so zäh und im Schatten unserer kranken Franzi die vernünftige Große, sodass wir ihre Symptome nicht ernst genommen hatten. Ich machte mir bittere Vorwürfe. Paul rief inzwischen meinen Papa im Westen an und winkte mich ans Telefon.

»Komm, Lotti, auch wenn dein Vater nur Tierarzt war. Von so was hat er doch Ahnung.«

Unter Tränen ließ ich mich von Vater beruhigen.

»Das ist eine Routinesache«, versuchte der alte Mann meine Panik zu mildern. »So eine Blinddarm-OP machen die mehrmals täglich.« Mit einem typischen trockenen Papa-Scherz versuchte er mich aufzuheitern: »Das machen in Erfurt bestimmt schon die Pförtner.«

Eine Stunde später klingelte das Telefon. Es war der operierende Arzt!

»Sie müssen nicht bis siebzehn Uhr warten, ich will Sie nicht länger auf die Folter spannen.«

»Oh! Ist alles gut gegangen, ist sie schon ansprechbar?«

»Frau Denkstein, es tut mir leid, Ihnen mitteilen zu müssen, dass wir gar nicht mehr operieren konnten.«

»WAS?« Mir sackten die Beine weg. Paul fing mich auf, und wir lauschten den schrecklichen Worten des Arztes, die mir so gar nicht in den Kopf wollten: »Der Blinddarm war bereits geplatzt. Wir konnten ihn nicht entfernen, der ganze Bauchraum ist voller Eiter!«

Das Blut rauschte mir in den Ohren, und ich sah grelle Blitze vor den Augen.

»Was heißt das, Herr Doktor?!«

»Das heißt …«, kam es nun zögerlich aus dem Hörer, »… dass Ihre Tochter jetzt einen guten Schutzengel braucht. Wir haben eine Drainage in den Bauchraum gelegt und hoffen, dass der Eiter dadurch abfließen kann. Mehr können wir leider im Moment nicht für sie tun.«

»Können wir sie sehen?«, flehte ich tränenüberströmt. »Wir kommen sofort!«

»Nein. Rufen Sie morgen um zehn an. Wir können nur hoffen, dass sie die Nacht überlebt. Entschuldigen Sie mich jetzt, ich habe das Wartezimmer voll.«

Damit war das Gespräch beendet.

Mir entwich ein gequälter Schrei, und ich sank in mich zusammen. Weinend umarmten wir uns und hielten uns ganz fest. Franzi stand bedrückt mit ihrem Kuscheltier in der Tür: »Muss Katharina jetzt sterben?« Wir zogen sie an uns und weinten zu dritt.

Drei Nächte taten wir kein Auge zu, geisterten nur durch die Wohnung und machten uns gegenseitig verrückt. Ich konnte nichts essen und nahm wieder stark ab. Gleichzeitig versuchten wir unsere Franzi abzulenken.

Wir waren auf uns angewiesen, und unserer Ohnmacht und der Qual des Wartens ausgesetzt. Erst nach den Feiertagen, morgens um zehn, kamen die erlösenden Worte: »Ihre Tochter ist über den Berg! Der Eiter läuft ab, und Sie können sie am Nachmittag besuchen! Aber bitte nicht vor vier. Halten Sie sich an die Besuchszeiten!«

Weinend sanken wir uns in die Arme. »Unsere Katharina wird überleben!« Wir lachten unter Tränen: »Sie ist ein zähes Luder, sie ist eben auch eine kleine Alexander!«

Freudig brachen wir zu Fuß zur Klinik auf. Dort lag unsere Große am Tropf, weiß wie die Wand und sichtlich mitgenommen, lächelte uns aber tapfer entgegen.

»Ach, Katharina, Liebes! Was machst du denn für Sachen!«

Zärtlich umarmte ich mein geliebtes Mädchen und musste schon wieder weinen.

Sich vorzustellen, sie hätte das nicht überlebt und wäre uns unter den Händen weggestorben!

»Wird schon wieder, Mama.« Beruhigend tätschelte sie mir

mit ihrer kleinen zarten Hand, in der die Infusionsnadel steckte, den Arm.

Der Arzt erklärte Paul inzwischen, wie es weitergehen würde: »Erst in drei Monaten können wir frühestens operieren. Bis dahin muss die junge Dame ruhiggestellt werden und hierbleiben.«

»Aber dann verpasst sie bis zu den Sommerferien die Schule ...«

»Lotti, das ist doch jetzt völlig unerheblich.« Paul zog mich beruhigend in die Arme. »Sie wird danach trotzdem versetzt werden. Sie hat nur Einser!«

Zu Hause erzählte ich Vater und Onkel Franz alles brühwarm am Telefon. Vor lauter Erleichterung sprudelten die Worte nur so aus mir heraus. Doch das war noch längst nicht alles: Von Onkel Franz erfuhr ich endlich Neuigkeiten über Bruno!

»Dein Bruder hat wieder eine Stelle im Orchester. Er spielt zwar nur noch die zweite Geige, und auch das nur im Orchester eines kleinen Stadttheaters in Niederbayern, aber immerhin.«

»Aber das ist ja großartig!« Ich traute meinen Ohren kaum. »Ihr habt also wieder Kontakt? Seit wann?« Ich klebte förmlich am Hörer.

»Na ja, wie ihr wisst, war Bruno nach den Bemühungen von Herrn Dr. Meister erst mal wie vom Erdboden verschwunden.« Onkel Franz wurde ernst. »Anscheinend hat er sich unendlich dafür geschämt, uns so in Unkosten gestürzt zu haben, und wollte auf keinen Fall als Bittsteller auftreten. Er hat sich mit Straßenmusik über Wasser gehalten und sich so bis nach Norddeutschland durchgeschlagen, wo Katja mit den Kindern ja inzwischen gelebt hat.«

Mein talentierter Bruder! Erst Sologeiger und dann Straßenmusikant? Ich schluckte schwer.

»Und dann? Wie hat Katja das aufgenommen? Die war wahrscheinlich weniger begeistert?«

Ich stellte mir vor, wie er da eines Tages bei ihr vor der Tür gestanden war. Für seine kleine Tochter Yasmin war er praktisch ein Wildfremder, sie hatte ihn ja nie kennengelernt. Und auch Pits Erinnerung an seinen Vater musste durch die lange Trennung stark verblasst sein.

Onkel Franz schnaubte. »Kati hat Bruno die schlimmsten Vorwürfe gemacht«, fuhr er fort. »Und ich kann sie ja auch verstehen!« Er räusperte sich. »Sie sagt immer öfter: ›Wäre ich doch in Erfurt geblieben. Da hatte ich alles, was ich brauchte.‹ Sie hat schreckliche Sehnsucht nach ihren Eltern, der großen Villa und ihren Freunden vom Theater. Sie meint, sie wäre längst eine berühmte erfolgreiche Sängerin, wenn sie im Osten geblieben wäre.« Onkel Franz lachte bitter. »Es ist wirklich ein Drama, keiner von beiden ist hier glücklich. Bruno fühlt sich als Versager, der alles falsch gemacht hat. Er hat angefangen zu trinken und Kati auch schon geschlagen.«

»Um Gottes willen …« Ich presste mir die Hand vor den Mund. »Das ist ja schrecklich. Sie haben einen so hohen Preis bezahlt …«

Auf einmal kamen mir meine eigenen Probleme fast klein vor. Ich hatte meinen heiß geliebten Paul. Zwischen uns passte kein Blatt Papier. Wir vertrauten uns hundertprozentig. Und wir hatten unsere geliebten Töchter. Unsere Familie war noch intakt.

Onkel Franz räusperte sich heftig.

»Außerdem hatte sich das Mädel zwischenzeitlich in Norddeutschland schon jemand anderem zugewandt. Kati konnte ja schließlich nicht ahnen, dass Bruno noch mal wiederkommt …«

Ich schwieg ratlos und sagte dann: »Sind sie nun geschieden oder nicht?«

»Meine Nichte hatte bereits die Scheidung eingereicht, als Bruno kleinlaut hier bei uns aufgetaucht ist. Dein Vater hat ihm erst mal gründlich den Kopf gewaschen … und Kati überredet, es noch einmal mit ihm zu versuchen.«

Das konnte ich mir lebhaft vorstellen! Mit seiner diplomatischen Art hatte Vater den beiden ins Gewissen geredet. Und Katja noch einmal umgestimmt.

»Das hat Bruno wieder die Kraft gegeben, sich noch mal aufrichtig um eine Arbeit zu bemühen. Wie gesagt, er hat jetzt wieder eine Orchesterstelle.«

Ich atmete auf. Aber Onkel Franz war noch nicht fertig.

»Kati ist ihm allerdings ohne große Begeisterung wieder in den Süden gefolgt. Auch für die Kinder ist der erneute Umzug nicht leicht: Pit muss eine Klasse wiederholen, und die kleine Yasmin tut sich auch schwer, neue Freunde zu finden. Kein Wunder, dass sie ihm nach wie vor heftige Vorwürfe macht.«

Verstehen konnte ich meine Schwägerin. Trotzdem.

»Unser Burschi ist im Gefängnis gebrochen worden«, sagte ich erschüttert. »Wer kann es ihm verdenken, dass er trinkt? Er ist einfach nicht mehr derjenige, den Katja mal geliebt hat!«

»Lassen wir das Thema«, erwiderte Onkel Franz mit brüchiger Stimme, als es in der Leitung knackte. Ich spitzte die Ohren. »Hallo? Bist du noch dran?«, rief ich irritiert.

»Kommt morgen Nacht um eins zum Autobahnparkplatz Triptis!«, kam es leise und abgehackt aus dem Hörer.

»Wie bitte? Onkel Franz, ich hab dich jetzt nicht verstanden!«

Aber da war das Gespräch schon beendet.

»Er hat aufgelegt«, sagte ich fassungslos zu Paul. »Sag mal, habe ich da richtig gehört?«

Wir überlegten hin und her, ob wir uns auf eine Fahrt zu diesem Parkplatz einlassen sollten, doch Paul hatte den Mut. »Was soll's! Wir tun doch nichts Verbotenes, wenn wir nachts spazieren fahren!«

Fast hatte ich das Gefühl, er wollte das Glück herausfordern. Was hatte Onkel Franz vor? Mir war sehr unwohl, doch ich ließ mich überreden.

In der nächsten Nacht packten wir die schlafende Franzi auf den Rücksitz, Katharina war ja noch im Krankenhaus. Mit klopfendem Herzen fuhren wir zu besagtem Autobahnparkplatz und warteten. Nervös rutschte ich auf meinem Beifahrersitz hin und her und spähte in die Dunkelheit. »Hier dürfen überhaupt keine Westfahrzeuge halten.«

Paul massierte mir den verspannten Nacken. »Warten wir's ab.«

»Wir sind wahnsinnig, dass wir das machen!« Besorgt sah ich mich nach hinten um, wo unser Töchterchen unter einer Decke schlummerte.

Paul hatte vorsichtshalber die Lichter ausgeschaltet, sodass wir im Stockdunkeln dastanden. Immer wenn der Wind in den Zweigen über uns raschelte, brach mir der Schweiß aus. »Lass uns wegfahren, Paul. Ich habe Angst.«

»Wieso, wir tun doch nichts Böses. Wir stehen auf einem für DDR-Bürger erlaubten Parkplatz. Da können wir so lange stehen, wie wir wollen.« Pauls Hände umklammerten das Lenkrad. »Schlaf ein bisschen. Wenn jemand kommt, sagen wir, ich war zu erschöpft um weiterzufahren.« Er lehnte sich zurück und schloss die Augen.

Kurz darauf hörte ich ihn gleichmäßig atmen. Männer! Nun schliefen sie beide, Franzi und Paul. Verängstigt spähte ich mit weit aufgerissenen Augen in die Dunkelheit. Auch wenn das ein für Ostdeutsche erlaubter Autobahnparkplatz war – man stand hier nicht stundenlang nachts rum, ohne Verdacht zu erregen!

Was war denn das? Ein Licht? Kam da jemand? Nein, nur ein Auto, das in der Ferne vorbeifuhr. Dann ein Geräusch! Ein Käuzchen rief.

Plötzlich klopfte jemand auf unser Autodach!

Ich schrak hoch. Es war aber nur eine Eichel, die auf unser Dach gefallen war. Ein Nachtvogel flog auf, und es begann zu regnen. Nun waren die Scheiben trüb, und ich konnte gar nichts mehr sehen.

Gott, was für ein Stress! Warum taten wir uns das an? Morgen früh mussten wir wieder beide am Arbeitsplatz sein!

Nach zwei Stunden nahte brummend ein dicker Lkw, der auf unseren verlassenen Parkplatz einbog!

»Paul, wach auf!«

Verstohlen spähten wir durch die Windschutzscheibe.

»Viehtransport Klöpfer, Siegsdorf! TS für Traunstein – ein westliches Kennzeichen!«

Ich traute meinen Augen nicht. Waren da lebendige Tiere drin? Der Wagen schwankte bedenklich, und ich hörte Schnauben und Trampeln.

In Windeseile sprang eine dunkle Gestalt heraus, ich konnte nicht erkennen, wer das war. Der Mann öffnete eine Schiebetür, holte eine große Kiste aus dem Lkw und schleppte sie zu uns rüber.

»Mein Gott, der ist wahnsinnig.« Ich presste mir die Fäuste vor den Mund.

Im Eilschritt lief der Fremde schweigend zu uns herüber und klopfte gegen den Kofferraum.

Paul stieg aus und öffnete ihn wortlos. Die beiden Männer luden die Kiste ein. Sie war so schwer, dass der Trabi erst mal ächzend in die Knie ging.

Innerhalb weniger Sekunden war die fremde Gestalt schon wieder in das Führerhaus gesprungen, und der Lkw rollte vom Parkplatz. Ich glaubte, das Ganze nur geträumt zu haben! Erst viel später sollte ich diesen Mann an Brunos Bett kennenlernen: Xaver Frankl, den mutigen Urbayern.

Paul pinkelte erst mal in die Büsche. Und fuhr vor lauter Verwirrung in die falsche Richtung. Hauptsache, weg hier!

Auf der Rückfahrt war der Nebel so dicht, dass wir die Hand vor Augen nicht sahen. Leitplanken gab es damals noch keine.

Ich klammerte mich an den Haltegriff. »Weit und breit kein Schild ... Sag mal, Paul, sind wir auf der richtigen Seite?«

Vor lauter Stress hatte mein Mann die falsche Auffahrt genommen und fuhr jetzt als Geisterfahrer in den Nebel hinein!

»Festhalten!«

Er machte eine Hundertachtzig-Grad-Wende – damals ging das noch auf der Autobahn! Endlich erkannten wir jenseits der quietschenden Scheibenwischer ein Schild: Erfurt, hundertacht Kilometer.

Seufzend vor Erleichterung ließ ich mich in meinen Sitz sinken und hoffte, dass nichts Gefährliches in der Kiste war.

Gegen fünf Uhr morgens schleppte Paul das ominöse Ding und ich das schlafende Kind in unsere Wohnung. Zum Glück hatten wir einen Aufzug, und niemand hatte uns gesehen. Ich legte unser Töchterchen behutsam ins Bett und deckte es zu. Unsere Franzi hatte von dem gefährlichen Abenteuer nichts mitbekommen.

Ermattet ließ ich mich aufs Sofa fallen. »Ich glaube, ich muss sterben! Wofür haben wir das alles gemacht?!«

»Dafür!« Paul öffnete beherzt die Kiste ... und hielt einen Kassettenrekorder ins erste Morgenlicht.

»Schau dir das an, Lotti!«

Behutsam legte er jede Menge Zeitschriften, Bücher, Hörkassetten, Spielsachen, Pyjamas, Schmusetiere, Hygieneartikel, Cremes, Haarbürsten, Spangen, Süßigkeiten, frisches Obst und am Schluss die »Bravo« auf den Tisch. Darauf klebte ein gelber Zettel. »Für Katharina – gute Besserung!«

Typisch Onkel Franz. Wie hatte er das bloß auf die Schnelle hingekriegt?

Kopfschüttelnd besah sich Paul die Kassetten. »Englisch und Französisch für Anfänger, Geometrie und Mathematik für die zweite Klasse Gymnasium, Erdkunde, Geschichte ...« Der muss einen Buchladen ausgeraubt haben!«

Ich griff nach den Zeitschriften. »›Bunte‹, ›Stern‹, ›Spiegel‹ und für Katharina sogar die ›Bravo‹ ...«

Vom Titelbild sah mir Roy Black mit sanften braunen Augen entgegen. Paul griff nach dem »Spiegel«. »Den reiß ich mir gleich mal unter den Nagel.«

»Aber das ist streng verboten ...«, sagte ich lahm.

»Meine Klolektüre geht niemanden was an.« Pfeifend verschwand er damit auf der Toilette. Männer!

Lange betrachtete ich die westlichen Gaben und kämpfte mit Tränen der Rührung. Onkel Franz hatte mal wieder keine Mühen gescheut! Unsere Tochter würde sich im Krankenhaus nicht langweilen und sogar mithilfe von Hörkassetten Sprachen lernen. Der Kassettenrekorder war der Hit!

Schließlich packte ich alles wieder ein, um es Katharina am nächsten Tag ins Krankenhaus zu bringen. Na gut ... fast alles. Die »Bravo« ließ ich unauffällig in der untersten Schublade des Wohnzimmerschrankes verschwinden. Roy Black gehörte mir. Und Doktor Sommer auch. Alles musste unsere Katharina ja nun wirklich noch nicht wissen.

39

Bernau am Chiemsee, 30. August 2011

»Schau mal was wir dir mitgebracht haben, Schwagerherz!«

Paul schleppte gut gelaunt einen DVD-Player in Brunos Zimmer. »Den installiere ich dir gleich mal, dann kannst du deine Lieblingsfilme schauen, wann immer du willst.«

»Jaaa!«, kam es zustimmend aus dem verdunkelten Raum. Die Vorhänge waren zugezogen.

Bruno saß im Rollstuhl, schaute aber mit dem Gesicht zur Wand.

»He, mein Lieber! Wie vertreibst du dir denn die Zeit?«

Ich fragte mich, wie lange mein Bruder wohl schon allein so im finsteren Zimmer gesessen hatte.

Vorsichtig zog ich die Vorhänge auf, während Paul bereits pfeifend anfing, den DVD-Player mit dem Fernseher zu verbinden. »Weißt du noch, wie Onkel Franz unserer Katharina all die Medien in einer Nacht-und-Nebel-Aktion in die DDR geschmuggelt hat, damit sie sich im Krankenhaus nicht langweilt?«

»Jaaa!«, gluckste Bruno heraus.

»Nun, was der kann, können wir schon lange!« Paul lag schon auf dem Boden und steckte irgendwelche Kabel in irgendwelche Buchsen.

Bruno sah ihm interessiert dabei zu.

»Hast du schon ein Bild?«, kam es von da unten.

»Jaaa!«

Tatsächlich! Schon flimmerte die erste Folge von ›How I met your mother‹ über den Bildschirm.

Ich schob mir einen Sessel neben Bruno. »Ist das jugendfrei?«, scherzte ich,

»Jaaa!« Bruno nahm meine Hand, und wir bereiteten uns auf einen gemütlichen Heimkino-Nachmittag vor.

»Das ist ja eine Superserie«, freute sich Paul, nachdem wir uns eine Folge reingezogen und herzlich gelacht hatten. »Die hole ich uns auch für zu Hause!«

»Na dann lauf mal«, regte ich an. »Noch sind die Geschäfte offen!«

»Hab ich das Okay der Chefin, den Betrag vom Haushaltsgeld abzuknapsen?«, fragte er spaßeshalber.

»Jaaaa«, rief ich. Und zu Bruno: »Wollen wir weiterschauen?«

»Jaaa«, gluckste mein Bruder amüsiert. Es war schon merkwürdig, dass sich unser Dialog auf dieses eine Wort reduziert hatte. Und trotzdem verstanden wir uns. Wir zogen uns gleich die zweite Folge dieser Serie rein.

Doch bald wurde er sehr unruhig. Bestimmt war es auf Dauer recht ungemütlich in dem Rollstuhl.

»Willst du ins Bett?«

»Jaaa!«

»Moment, ich helfe dir!« Schon wollte ich zupacken, als ich sah, dass Bruno sich allein am Galgen über seinem Bett hochgezogen hatte! Jetzt stand er da, wackelig auf einem Bein, und klammerte sich daran fest.

»Bruno, Vorsicht! Nicht dass du fällst!«

Doch Bruno hangelte sich mit unglaublichem Geschick selbst ins Bett. Na bitte, er schaffte es ganz ohne mich!

»Unglaublich! Machst du das öfter?«

»Jaaa«, ertönte es stolz.

Mit vereinten Kräften bugsierten wir seinen halbseitig gelähmten Körper ein Stück nach oben und stellten das Kopfteil hoch, damit er in eine aufrechte Position kam. Ich stopfte ihm ein paar Kissen in den Rücken.

»Hast du Bock auf Süßkram?« Ich holte meinen mitgebrachten Kuchen hervor, den ich im Eifer des Gefechts ganz vergessen hatte, und dann schauten wir noch zwei weitere Folgen der lustigen US-Serie an und krümelten mit Wonne sein Bett voll.

Unser gemütlicher Kinonachmittag dauerte drei Stunden – obwohl draußen strahlend die Sonne schien. Früher hätte ich das als Sünde empfunden, aber was wissen wir, wozu uns die Umstände treiben können?

Am nächsten Tag stand wieder mal ein Arzttermin auf dem Programm.

»Hallo! Frau Denkstein, richtig? Warten Sie! Ich packe mit an!«

Der neue Zahnarzt, kam uns mit wehendem Kittel die Straße entgegengelaufen, obwohl wir uns noch gar nicht kannten. »Wir haben im Garagenhof eine Rampe, über die kann Ihr Bruder ganz leicht zu mir in die Praxis gelangen!«

Dr. Wörle war mir auf Anhieb sympathisch. So ging es also auch! Der Doktor packte fest mit an, und gemeinsam schoben wir den Rolli hoch.

Er musterte die entzweigebrochene Prothese, die ich inzwischen akribisch gesäubert hatte. Mit einem routinierten Blick stellte er sofort fest, dass sie meinem armen Bruder gar nicht passen konnte!

»Die schleifen wir ab. Mein Gott, was muss Ihnen die für Schmerzen verursacht haben!«

»Jaaa.«

»Und was ist mit Ihren noch verbliebenen Zähnen? Tun die weh?«

»Jaaa!«

»Da machen wir erst mal ein Röntgenbild.« Der Zahnarzt war der Erste, der meinen Bruder einer solchen Behandlung für würdig erachtete! Bruno verzog das Gesicht, als er mit seinen maroden Zahnstummeln auf ein Stück Film beißen musste.

»Du machst das ganz toll, Bruno. Wir zwei schaffen das!«

Dr. Wörle stellte uns eine neue Prothese in Aussicht und gab uns gleich einen Termin. Außerdem verschrieb er uns eine Tinktur zur Behandlung von Brunos Wunden im Mundbereich.

Als wir mit der Behandlung fertig waren, zauberte ich zwei Konzertkarten hervor.

»Schokolade darfst du ja noch nicht, Bruderherz. Aber ich habe eine andere Überraschung.«

Es waren Karten für ein Streichquartett in der nahe gelegenen Kirche.

»Kennst du die? Hagen-Quartett!«

»Jaaaa!« Begeisterung und Erstaunen lagen in Brunos Stimme. Mit großen Augen starrte er auf das Programmheft. Ob er es lesen konnte oder nur die Bilder betrachtete? Da es bereits später Nachmittag war, beschloss ich, meinen Bruder gleich zur Kirche zu schieben, um die besten Plätze zu ergattern.

»Schaffst du das, Bruno? Oder müssen wir vorher noch nach Hause, Windeln wechseln?«

»Jaaa!«

Na gut. Offene Fragen führten nicht zum Ziel. Ich bückte mich und schnupperte unauffällig an ihm. Nichts Schlimmes.

In der Kirche schob ich ihn gleich ganz nach vorn, wo ich mich neben ihn in die Bank setzte. Andächtig harrten wir der Dinge. Brunos Augen ruhten auf den bunten Fenstern, in denen sich die Abendsonne brach und den Innenraum in wundervolles Licht tauchte.

Ich spürte, dass es ihm im Rollstuhl unbequem wurde, und sah ihn besorgt von der Seite an.

»Sollen wir nach Hause gehen?«

»Jaaaa.« Doch als ich ihn wegschob, sperrte er sich mit seinem einen Bein dagegen.

»Wir sollen also doch hierbleiben?«
»Jaaaa!«
Wir nahmen wieder Platz.

Schließlich trat das Streichquartett auf. Gebannt lauschten wir der wunderschönen Musik. Schubert, »Der Tod und das Mädchen«. Das hatte er früher selbst auf Schallplatte eingespielt! Ergriffen hielt er meine Hand. Ich sah ihn verstohlen von der Seite an. Aus Brunos Augen liefen Tränen. Plötzlich schluchzte er laut auf. Seine Erinnerungen schienen ihn regelrecht zu überrollen. Oder erreichte die Musik nur sein Unterbewusstsein?

Ich drückte seine Hand. Doch er konnte sich gar nicht mehr beruhigen. Die Leute machten schon »Pssst!« und schüttelten unwillig die Köpfe. Ich hätte ihnen so gerne erklärt, was diese Musik Bruno bedeutete! Und dass er auch einmal ein berühmter Geiger gewesen war, der das alles selbst gespielt hatte!

Mein armer Bruder weinte so herzzerreißend, dass wir die Kirche noch während des Konzerts verlassen mussten.

Draußen war es nach wie vor hell und warm. Die Vögel zwitscherten. Die Welt hatte uns wieder. Vor der Kirche stand wie aus dem Boden geschossen Paul. Wenn das keine Gedankenübertragung war! Lächelnd nahm er uns in Empfang, umarmte mich und legte dem tief bewegten Bruno nur die Hand auf die Schulter. Er sagte kein Wort, wollte den Nachhall unseres musikalischen Genusses nicht stören. Schweigend gingen wir durch den milden Sommerabend heim.

40

Bernau am Chiemsee, 10. September 2011

»Bruno, herzlichen Glückwunsch! Du bist Großvater geworden!«

Glücklich wedelte ich mit der Geburtsanzeige, die heute in der Post gewesen war.

»Yasmin hat einen kleinen Sohn bekommen, er heißt Timo! Schau mal, wie süß der ist ...«

»Jaaaa!«

Ein kleiner runder Erdenbürger lag seiner Mutter an der Brust, noch ganz nass und verklebt von den Strapazen der Geburt. Aber man hörte ihn förmlich glucksen vor Zufriedenheit. Sein Fäustchen ruhte auf ihrem Busen, und sein winziges Handgelenk wurde von einem hellblauen Geburtsbändchen umschlossen. Und Bruno hatte das von Yasmin aufbewahrt!

Yasmin schien vollkommen erstaunt zu sein über die großartige Leistung, die sie da vollbracht hatte: Fassungslosigkeit, Erschöpfung und Glück lagen in ihrem Blick.

Wie schön, dass sie uns dieses Foto hatte zukommen lassen! Auch wenn kein persönliches Wort dabeistand: Yasmin hatte ihren Vater nicht vergessen.

Stolz und Glück standen dem frisch gebackenen Großvater in den Augen.

Schwungvoll steuerte er seinen Rolli durch die Halle zur Besucherecke, wo ein Sofa stand.

Das sollte wohl bedeuten, dass er heute in Plauderlaune war und nicht wie sonst am liebsten im Bett bleiben wollte. Lange betrachteten wir das rührende Bild. Bruno konnte sich gar nicht daran sattsehen.

Oh Yasmin, dachte ich. Wenn du wüsstest, was du deinem Vater für eine Freude gemacht hast!

»Wollen wir Yasmin ein paar Zeilen schreiben?«
»Jaaa!«
»Und ich denke, es wäre angemessen, einen Hunderter beizulegen als deinen großväterlichen Beitrag zum Windelgeld?«
»Jaaa!«
Ich schrieb per Hand in Brunos Namen:

Willkommen auf der Welt, lieber kleiner Timo!

So lange hat deine Mama auf dich gewartet, aber nun bist du da, und alle freuen sich, besonders ich, dein Opa Bruno am Chiemsee! Seit ich von deiner Geburt erfahren habe, strahle ich alle Menschen hier im St. Rupert am See an und sause in einem Affenzahn durch mein Heim! Ich will mit allen anderen Insassen und Pflegern mein Glück teilen. Sonst habe ich schon manchmal »keinen Bock« mehr, aber jetzt bin ich Opa und das fühlt sich »sangnat« an, wie die Bayern hier sagen. Heute wünsche ich dir für dein Leben alles Liebe, gute Freunde und die Gabe, deine Zuneigung allen Menschen, die du liebst, auch zeigen zu können. Ich hab das nicht immer hingekriegt, und dafür könnte ich mir selbst in den Hintern beißen. Mein lieber Windelkollege! Grüß mir deine Mama und deinen Onkel Pit und sag ihnen, dass ich sie ganz doll liebhabe. Auch deinem Papa bestell bitte unbekannterweise liebe Grüße und meinen aufrichtigen Glückwunsch. Ich würde ihn so gerne noch kennenlernen und dich natürlich auch, mein kleiner Enkelschatz! Es ist mein innigster Herzenswunsch, euch alle noch einmal zu sehen. Bitte sag deiner Mama Yasmin und deinem Onkel Pit, dass ich Tag und Nacht auf euch warte. Ich würde mich »narrisch« freuen, wenn ich das noch erleben dürfte!

In Liebe, dein Opa Bruno.

»Darf ich das so abschicken? Ist das ungefähr dein Wortschatz, Bruderherz?«

Bruno lächelte gerührt. Ich musste ihm wieder die Nase putzen.

Nach einem fröhlichen Windelwechsel in Loyalität zum frischgebackenen Hosenscheißer zogen wir zur Post und verschickten unser Glückwunschschreiben mitsamt dem Hunderteuroschein per Einschreiben.

Jetzt lag es an Yasmin, darauf zu reagieren.

41

Erfurt, 15. März 1984

»So. Jetzt bringen wir den Brief beide zur Post. Per Einschreiben. Jetzt liegt es an denen, darauf zu reagieren!«

Paul reichte es. Er war stinksauer. Und mir reichte es auch! Was für eine Schikane!

Zwei Jahre nachdem Paul voller Eifer sein Fernstudium angefangen hatte, war heute mit der Post ein amtliches Schreiben ins Haus geflattert.

Sehr geehrter Herr Denkstein,

hiermit teilen wir Ihnen mit, dass Sie mit sofortiger Wirkung vom Studium ausgeschlossen sind. Sie haben Ihre Bücher abzugeben bei …
Die Studiengebühren sind zu entrichten an …
Keine Begründung, Stempel, Datum, Unterschrift. Der Staat der DDR.

»Lotti. Jetzt ist es so weit. Du hast mir versprochen, einen Ausreiseantrag zu stellen, wenn sie mich weiter so gängeln.« Paul zerriss den Brief in tausend Fetzen und ließ sie aus dem Fenster des dreizehnten Stocks auf den Parkplatz segeln.

Ich konnte mich nur noch sprachlos an die Wand lehnen. Warum hatten sie das getan?

Und warum um alles in der Welt erst jetzt? Hatten sie Paul mit Absicht so hart arbeiten, sich in den Stoff reinknien lassen, um ihn erst kurz vor Schluss zu suspendieren?

Die Zeit nach Feierabend hätte er mit der Familie auch netter verbringen können! Ich hatte ihm den Rücken freigehalten, war jedes Wochenende allein mit den Kindern unterwegs gewesen und hatte sie in der Wohnung zum Flüstern angehalten, nur damit ihr Vater sein Studium durchziehen konnte! Ich hatte ihm die Vordiplomarbeit getippt, viele Nächte lang! War das seelische Grausamkeit?

»Das kann doch nicht sein!«, brach es aus mir heraus.

»Du siehst doch, dass das geht!« Paul schäumte vor Wut. Er knallte das Fenster zu und fuhr zu mir herum. »Ein Schrieb, und man ist weg vom Fenster!«

»Ach, Paul, das tut mir so leid! Du hast dich da so reingehängt, kein Schrebergarten für dich, kein Spaziergang, kein Sport! Du wolltest es allen beweisen und hättest die Prüfung mit Bravour geschafft!«

»Tja.« Paul zog geräuschvoll die Nase hoch. »Ich habe mich ihnen widersetzt. Und dafür muss ich jetzt büßen. – Aber nicht mit uns Lotti! Los, ran an die Schreibmaschine.« Wutentbrannt riss er das Blatt seiner angefangenen Diplomarbeit heraus und zerknüllte es zwischen den Fingern. Das Wurfgeschoss landete knapp neben dem Papierkorb. »Wir stellen den Ausreiseantrag. Das Maß ist voll.«

»Ich hab einen Riesenschiss«, gab ich zu. »Wir werden alles verlieren!«

»Lotti. Wir müssen jetzt stark sein. Das wird kein Kindergeburtstag und kein Waldspaziergang. Aber wir beide schaffen das.« Paul zählte mir das Für und das Wider auf, das unser Antrag mit sich bringen würde. »Wir werden erst richtig Ärger kriegen. Aber den müssen wir sportlich sehen.«

Er zog mich aufs Sofa, nahm mich bei den Schultern und sah mich ernst an.

»Unsere Devise lautet: kein Wort zu niemandem. Auch nicht zu den Kindern.«

Ich nickte verwirrt. »Gut. Ja. Ist sicher besser so, sie da nicht mit reinzuziehen.«

»Kein Wort zu deinen Kollegen und den Damen in der Firma, so nett und westlich orientiert sie auch sein mögen.«

Ich knabberte an meiner Unterlippe. »Hm. Gut. Okay.«

Glücklicherweise hatte ich das gelernt. Wie hatte unser Vater immer gesagt? »Reden ist Silber, Schweigen ist Gold.«

»Vertraue niemandem.«

»Hm. Ja. Außer dir natürlich.«

»Weiterhin ordentlich arbeiten, nicht auffallen.«

Ich nickte. Auffallen war sowieso nicht meine Stärke.

»Die werden unseren Garten beschlagnahmen.«

»Was? Unseren Garten? Aber wir ernähren unsere Franzi damit!«

»Sie werden ihn uns wegnehmen. Wir werden wieder verstärkt auf Westpakete angewiesen sein.«

Ich schluckte. So weit würden sie gehen? Unserem chronisch kranken Kind die Nahrungsquelle wegnehmen? Ich konnte mir das kaum vorstellen. Die waren doch alle selbst Eltern! Mir schossen die Tränen in die Augen. Doch, genau das würden sie tun.

»Besser, wir stellen keinen Ausreiseantrag. Paul, ich schaff das nicht!«

»Lotti, schau mich an! Sie werden uns beide befragen,

natürlich einzeln, und immer wieder. Gebetsmühlenartig. Wir bleiben stark, nennen immer dieselben Argumente.«

»Und welche? Dass die DDR scheiße ist?« Ich heulte los.

»Keine staatsfeindlichen Aussagen.« Paul wischte mir Tränen aus den Augenwinkeln. »Damit setzen wir uns nur selbst in die Nesseln. Wie würde dein Vater sagen?«

»Nicht heulen! Rücken gerade, Blick nach vorn! Die kriegen uns nicht klein!«

»Genau. Gib denen sachlich zu verstehen, dass wir bei unserem Antrag bleiben und uns durch nichts umstimmen lassen. Weder durch Verlockungen noch durch Drohungen.«

Weinerlich verzog ich das Gesicht. »Da hab ich so was von keine Lust drauf! Wir waren doch so kurz vor dem Ziel! Ich will mit dir und den Kindern in Ruhe leben. Hier ist doch mein Zuhause!«

Paul sah mich eindringlich an. »Lotti. Was meinst du wohl, worauf ICH keine Lust habe! Dass sie uns für den Rest unseres Lebens weiterschikanieren!«

Ich senkte den Blick.

»Wir ziehen das jetzt durch! Lotti!« Er rüttelte mich an den Schultern. »Schau mir in die Augen! Du hast es versprochen!«

»Du wirst deine jetzige Arbeitsstelle auch verlieren!«, wandte ich ein. »An der du gerade Gefallen gefunden hast. Denk doch nur an die netten Kollegen!«

»Ich weiß. Und aus der Partei werde ich rausfliegen, hurra!«

Ich zog eine hilflose Grimasse. »Deine Eltern werden völlig verstört sein. Sie werden den Kontakt zu uns abbrechen.«

Pauls Schläfenadern traten hervor. »Ja. Auch darauf bin ich gefasst.«

Ich kaute auf dem Innern meiner Wange herum. »Du willst das also wirklich?«

»So sehr, wie ich dich und die Kinder will.« Paul reichte mir ein weißes Blatt Papier. Ich spannte es routiniert in die Schreibmaschine und begann zu tippen.

»Antrag auf Entlassung aus der DDR-Staatsbürgerschaft und Übersiedlung in die BRD.«

Jetzt lag es an ihnen zu reagieren.

42

Erfurt, 29. März 1984

»Der Feind hat in unseren Reihen Fuß gefasst!« Mit diesen Worten wurde Paul auf der außerplanmäßigen Versammlung begrüßt, zu der er »eingeladen« worden war. Vorgeladen traf es schon besser. Teilnahme war Pflicht.

Der Parteisekretär, ein alter Sportskamerad von Paul, versuchte vor versammelter Mannschaft, ihn von der Aussichtslosigkeit seines Antrags zu überzeugen.

»Mensch, Paul, deine Frau hat dir ja völlig den Kopf verdreht. Die und nur die steckt hinter den ganzen Machenschaften! Hast du denn gar keine Eier, Mann? Schieß sie in den Wind, meinetwegen in den Westen, und lass dich scheiden! Eine goldene Zukunft liegt vor dir!«

»Ein klares Nein.«

»Also Eier hat er wohl«, murmelte jemand hinter vorgehaltener Hand.

»Der Kapitalismus ist verantwortlich für alles Gift der Welt«, schnarrte der Vorsitzende weiter. »Nur in der DDR ist das Wohl der Bürger garantiert.«

»Die einen sagen so, die anderen so«, antwortete Paul.

»Muss ich dir, Genosse Denkstein, noch mal die Vorzüge und die politische Haltung unseres Staates vor Augen führen?«

»Nein danke. Ich glaube, die kenne ich schon.«

»Dann betone ich noch mal deine besonderen Arbeitsverdienste, Paul Denkstein! Du hast erst vor Kurzem eine Prämie von zweihundert Mark bekommen! Damit wollte der Staat ausdrücken, wie sehr er deine Leistung schätzt.«

Paul hatte angeregt, den Transport der in der Innenstadt dringend gebrauchten Waren wegen der Dieselknappheit von der Straße auf die elektrische Straßenbahn zu verlegen. So ratterte die blassgelbe Straßenbahn neuerdings auch nachts mit Bierkisten, Kartoffeln, Gemüse und anderen wichtigen Gütern durch die Stadt.

»Du bist einer unserer klügsten Köpfe! Wir lassen dich nicht gehen!«

»Das hättet ihr euch früher überlegen müssen!« Paul ließ sich keinen Honig ums Maul schmieren. »Für mich ist das Maß voll.«

»Du nimmst deinen Antrag also nicht zurück?« Sie trommelten mit den Fingern auf die Tischplatte.

»Nein. Also Ja. Ich nehme den Antrag nicht zurück.«

Die Parteigenossen waren mitnichten zum Scherzen aufgelegt. Mit zusammengekniffenen Mienen fixierten sie ihren ehemaligen Liebling, der vom Saulus zum Paulus geworden war.

»Dann kommen wir jetzt zur Abstimmung.« Der Parteisekretär setzte eine amtliche Miene auf. »Jeder Genosse, der dafür ist, dass Paul Denkstein aus der SED ausgeschlossen wird, hebt sein Parteibuch.«

Alle Anwesenden hoben ihr Parteibuch.

Der Genosse legte nun noch mehr Gewicht in seine Stimme.

»Jeder Genosse, der dafür ist, dass Paul Denkstein unter diesen Umständen seine Stellung bei uns nicht mehr ausüben kann, hebt sein Parteibuch.«

Alle Anwesenden hoben ihr Parteibuch.

Da war keiner, aber auch nicht einer, der den Mut hatte, dagegen zu stimmen. »Wie denn auch!«, erzählte mir Paul später. »Die hatten doch alle Angst um ihren eigenen Job!«

»Herr Denkstein, übergeben Sie mir Ihr Parteibuch und finden Sie sich morgen in der Kaderabteilung ein!« Mit diesen Worten beendete der Sekretär die Sitzung.

Paul war aus der Partei entlassen und hatte auch diese Stelle verloren.

Am nächsten Morgen meldete er sich in der Kaderabteilung, um zu erfahren, dass er in der Firma, in der er bisher eine verantwortliche Position bekleidet hatte, zum Schlosser degradiert worden war – und zwar in der Außenstelle Neudietendorf. Dort wollte man nicht tot überm Zaun hängen. Ab sofort überwachte er das Verschließen und Bekleben von Bierflaschen am Fließband. Ein Job, für den er sein Gehirn nicht einsetzen musste. Ein Job, den jeder Hilfsarbeiter erledigen konnte. Eine demütigende Degradierung.

Hatte er seine bisherige Arbeitsstelle bequem mit der Straßenbahn erreichen können, war er jetzt eine Dreiviertelstunde mit dem Auto unterwegs. Doch letztlich amüsierte sich mein lieber Mann köstlich über die vermeintliche Bestrafung – kam er doch in eine Arbeitsgruppe, deren Mitglieder so motiviert waren wie Schneemänner im Juli: Sie waren hauptsächlich damit beschäftigt, private Dinge zu organisieren, ihre Autos zu reparieren oder einfach nur ausführlich Pause zu machen.

Ein Chef war weit und breit nicht in Sicht, und es genügte, wenn immer abwechselnd einer das zäh dahinratternde Band mit den Flaschen im Auge hatte. Die Zeit wurde einfach so rumgebracht. Paul gab sich als einer von ihnen – das zum Thema sozialistische Arbeit.

Wenn er mir abends von diesen sogenannten Werktagen erzählte, lachten wir uns oft kaputt, obwohl uns nicht wirklich zum Lachen zumute war.

»Dein Vater hat angerufen«, teilte ich ihm besorgt mit. »Du sollst am Wochenende nach Gotha kommen. Aber ohne mich.«

»Oje, das habe ich kommen sehen!« Paul zog die Stirn in Falten. »Mein alter Herr wird ganz schön daran zu knacken haben.«

»Und deine Mutter erst!« Ich konnte meine Schwiegermutter gut verstehen! Sie war im Begriff, alle ihre Privilegien und ihren »guten Ruf« zu verlieren.

»Bestimmt hat dein Vater den Auftrag von ganz oben, dich umzustimmen.«

»Das wird ihm nicht gelingen.« Pauls Gesichtsmuskeln verhärteten sich.

»Du zerstörst ihr Lebenswerk«, sagte ich seufzend. »Ich möchte nicht in deiner Haut stecken!«

Was für eine Parallele zu Bruno, ging es mir durch den Kopf. Auch er hatte das Lebenswerk seiner Eltern zerstört. Was dieser Staat mit seiner Sippenhaft Familien so alles antat!

»Wahrscheinlich muss Vater jeden Tag über mich Meldung machen«, meinte Paul. »Die hetzen ja schon die eigene Verwandtschaft gegeneinander auf!«

In den nächsten zwei Wochen fuhr er nach der stumpfsinnigen Fabrikarbeit tapfer jeden Abend zu seinen Eltern nach Gotha, um ihnen die Gründe für seinen Ausreiseantrag darzulegen.

Was für eine Heldentat! Er hätte das ja auch lassen und seine Eltern aufgeben können. Aber er wollte sich gründlich mit ihnen aussprechen, um Verständnis werben. Vater und Sohn stritten fürchterlich, denn für Pauls Vater war diese Schande nach dreißig Pflichtjahren in der Armee ein mehr als kümmerlicher Abgang. Die Mutter weinte und beschwor ihn, seinem Vater, der es doch immer nur gut mit ihm gemeint habe, das bitte nicht anzutun. Diese Gespräche zehrten sehr an Pauls

Nerven. Er machte seinen Eltern klar, wie sehr er sie liebte und wie dankbar er ihnen war. Aber auch, dass er in diesem Staat für sich und seine Familie keine Zukunft mehr sah und den Ausreiseantrag daher nicht zurückziehen würde.

Nach zwei Wochen gaben die Eltern schließlich auf. Auch sie waren des Streitens müde. Sie machten Meldung, dass ihr Sohn nicht umzustimmen sei. Was für ein Drama, was für eine Wende in ihrem bis dahin so sorglosen Leben auf der Sonnenseite dieses Staates! Von da an telefonierten sie nur noch selten mit ihm, mit mir sprachen sie kein einziges Wort mehr. Ich war für sie die Drahtzieherin des Bösen, die Teufelin, die ihren einst linientreuen Sohn verdorben und verhext hatte. Das tat weh, aber unsere düstersten Vorahnungen bestätigten sich, und wir erfuhren, dass mein Schwiegervater tatsächlich bald unehrenhaft aus der Armee entlassen wurde und sein Parteibuch abgeben musste. Welche Schmach für diesen alten Mann!

Fest stand, dass wir nun einen Weg eingeschlagen hatten, auf dem es kein Zurück mehr gab. Wir waren gerade knapp Mitte dreißig, unser Leben lag noch vor uns. Unsere Devise lautete, nicht weiter auffallen, und wir sprachen mit niemandem über unsere Pläne. Pünktlich und zuverlässig gingen wir unserer Arbeit nach, verhielten uns korrekt und waren den Kollegen gegenüber freundlich. Auch zu unseren Nachbarn, den Neumanns mit dem kleinen Hund Schnitzel im Schrebergarten, zu anderen Eltern und Lehrern, ja dem gesamten Umfeld gegenüber verhielten wir uns neutral.

Doch eines Tages kam meine knabenhafte Kollegin Dörte Dünnbügel ganz besorgt in mein Büro.

»Lotti, hast du was angestellt?«

»Nein, wieso?« Mir wurde heiß und kalt.

»Der Parteisekretär hat sich bei unserem Direktor, Herrn Dreier, angemeldet und gefragt, ob du im Hause bist.«

Ich straffte mich. »Bin ich.« Auf ging's in die nächste Runde!

Auch die andere reizende Kollegin, die kirchlich engagierte Maria Borchert rollerte mit ihrem Schreibtischstuhl betroffen um die Ecke.

»Können wir was für dich tun, Lotti? Gibt es etwas, das wir wissen sollten?«

Ich sah die beiden entwaffnend an. Sollte ich ihnen noch länger was vorlügen?

»Wir haben einen Ausreiseantrag gestellt«, ließ ich die Bombe platzen.

»Nu!«, schoss es aus ihnen heraus, was im Dialekt alles, von »Klasse!« bis »Hast du sie noch alle!« heißen kann.

Fräulein Borchert öffnete vor Schreck den obersten Blusenknopf. »Soll ich dir mal was sagen, Lotti? Aber das muss unter uns bleiben …« Sie zog die Tür hinter sich zu und flüsterte verschwörerisch: »In unserer Gemeinde gibt es mindestens fünf, die auch einen gestellt haben!«

»Und?« Ich starrte sie neugierig an.

»Sie warten zum Teil schon sieben Jahre.« Nervös schaute sie sich um, ob uns auch ja niemand belauschte. »Es wimmelt nur so von Menschen, die in der Kirche Trost und Halt suchen.«

»Ja, und ich habe selbst schon vor Jahren einen gestellt«, flüsterte Dörte Dünnbügel verstohlen. »Fünfmal abgelehnt, ignoriert – aber ich gebe nicht auf!«

Die Tür wurde aufgerissen, und wir drei stoben auseinander wie Schülerinnen, die man beim Mogeln erwischt hat. Mein Freund, der gütige Herr Dreier mit der Spiegelglatze, der Parteisekretär, Herr Wuttke, und ein dritter Herr, der es nicht nötig hatte, sich vorzustellen, quollen mit ihren Aktenordnern und wichtigen Mienen in mein Büro.

Die beiden Fräuleins machten, dass sie wegkamen.

»Kaffee?«, zirpte das busenlose Fräulein Dünnbügel.

»Kekse?«, schob Fräulein Borchert hinterher.

»Nicht nötig!« Peng, war die Tür zu.

Erwin Dreier, der mir ja beim Vorstellungsgespräch seine prowestliche Gesinnung offenbart hatte, zog plötzlich andere Saiten auf und wurde sehr förmlich. Ich war mir aber sicher, dass er das Spiel nur mitspielte, weil er keine andere Wahl hatte. Die Herren setzten sich mir gegenüber, während der namenlose Dritte farblos an der Fensterbank lehnte.

»Wer ist bei Ihrem Antrag federführend gewesen, Frau Denkstein?«

»Wir beide.« Ich räusperte mir einen Kloß von der Kehle. »Mein Mann und ich.«

»Sie wollen uns doch nicht erzählen, dass Sie einfach so, aus heiterem Himmel, ganz plötzlich die Idee hatten, die schöne DDR zu verlassen?«

»Wir sind uns darin einig, dass wir in der DDR keine Zukunft mehr für uns sehen.« Mein Herz raste, und meine Finger verkrampften sich in meinem Schoß. Genau diesen Satz hatten wir uns ausgesucht, den würden wir gebetsmühlenartig wiederholen. Keine negative Atmosphäre aufbauen, nicht jammern, kein Selbstmitleid, keine Vorwürfe und erst recht keine Tränen. Das alles hätten die gern gesehen, kriegten sie aber nicht. Ich musste mein sachliches Argument einfach nur immer wieder wiederholen. Sie bekamen ansonsten keinen weiteren Stein des Anstoßes von mir.

»Können Sie das zu Protokoll nehmen?«, fragte Herr Dreier eine Spur zu liebenswürdig.

»Gern.« Ich tippte stoisch mein Sprüchlein in die Maschine. Herr Dreier riss das Blatt damit heraus und legte es mir feierlich auf den Schreibtisch.

»Dann unterschreiben Sie jetzt, dass das Gespräch stattgefunden hat.«

Normalerweise legte ich IHM Blätter zum Unterschreiben hin. Wäre es nicht so traurig gewesen – wir hätten laut gelacht.

»Und nehmen Sie gefälligst zur Kenntnis, dass Ihrem Ausreiseantrag niemals stattgegeben wird.«

Der Parteisekretär knallte die Hacken zusammen und verließ mein Büro. Mister Unbekannt schob seinen Hintern von der Fensterbank und folgte ihm.

Herr Dreier kratzte sich die Spiegelglatze und blieb neben meinem Schreibtisch stehen.

»Fräulein Borchert, Fräulein Dünnbügel?«

So schnell konnte ich gar nicht gucken, wie die beiden Damen im Zimmer standen. Wenn sie gelauscht hatten, dann sehr professionell.

»Haben Sie gehört, was hier besprochen wurde?«

»Nein/Ja!«, schoss es aus zwei Mündern. Die kirchlich Engagierte sprach natürlich die Wahrheit.

»Dann möchte ich dir, Frau Denkstein, hiermit sagen, wie leid mir das tut.« Er gab mir die Hand und hielt sie lange fest. »Ich verstehe deine Beweggründe und wünsche dir alles Gute.«

»Du kannst jetzt Feierabend machen, Frau Denkstein. Ruh dich aus, das wird sicher noch eine heftige Zeit für dich.«

Aufatmend verließ ich die Blumenzwiebel-Firma. Auf dem Weg zu meiner Hochhaussiedlung merkte ich, dass ein Auto in gebührendem Abstand hinter mir herfuhr. Wenn ich stehen blieb, blieb es auch stehen. Ab jetzt werde ich also spürbar beobachtet, dachte ich. Heimlich beobachtet wurde ich schon lange, aber jetzt sollte ich dadurch zusätzlich verunsichert werden. Na toll! Auf geht's in die nächste Runde! Plötzlich wehte mich ein Hauch von Übermut an, wie Sommerwind, der einem unters Kleid fährt. Warum sollte ich eigentlich nicht ein kleines bisschen mit dem Hintern wackeln? Mein selbst geschneidertes hellblaues Kostüm saß perfekt, schlanke Fesseln in Nylonstrümpfen hatte ich auch zu bieten, und meine Wildlederpumps aus der westlichen Ladenkette »Salamander« machten einen schlanken Fuß. Frech tänzelte ich vor ihnen her, schlenkerte mit der Handtasche und tat so, als ginge es mir bestens. Meine Körperhaltung konnte natürlich auch das berühmte Götz-Zitat von Goethe bedeuten, aber das war Auslegungssache. Wenn sich die Stasi-Burschen schon den ganzen Tag beim Beobachten ihrer Staatsgenossen langweilen mussten, wollte ich ihnen wenigstens eine kleine Freude machen.

43

Erfurt, September 1984

»Oh Paul, wie lange soll das noch so weitergehen?« Wieder und wieder war ich in der Firma zum ewig gleich verlaufenden, zermürbenden Gespräch vorgeladen worden. Der arme Herr Dreier hatte dem Parteisekretär Betroffenheit vorgespielt, und es war immer ein anderer namenloser Bückling mit dabei gewesen, der lauernd auf der Fensterbank Position bezogen hatte.

»Das ist deren Pflicht, uns so in die Mangel zu nehmen«, beruhigte mich mein Mann. Wir standen gerade gemeinsam in der Küche und putzten Salat. »Der Staat gibt diese Spielregeln vor. Das ist wie zehn Runden ›Mensch ärgere dich nicht‹: Einfach weiterwürfeln und weitergehen. So lange, bis einer heult.«

»Aber das ist ein bescheuertes Spiel!«, begehrte ich auf, während ich mit dem scharfen Messer Tomaten kleinhackte. »Ich habe das noch nie gemocht, sich gegenseitig schadenfroh kurz vor dem Ziel rauszuwerfen!«

»Das schult den Charakter.« Unbekümmert zerkleinerte Paul eine Gurke. »Wenn du nicht heulst und lächelnd wieder von vorne anfängst, bist du die eigentliche Siegerin! Hauptsache, wir bleiben im Gespräch und unser Antrag gerät nicht in Vergessenheit.«

»Hauptsache, die Schweine lassen unsere Kinder in Ruhe!«

Morgen sollte unsere kleine Franzi eingeschult werden, und heimlich hatte ich gehofft, dass das hier in Erfurt gar nicht mehr nötig sein würde. Ich sah meine Süße schon in Bayern im Dirndl in die Dorfschule gehen!

Wider Erwarten standen am nächsten Tag die Schwiegereltern samt Pauls Tante und Onkel auf der Matte. Die hatten sich wohl Verstärkung mitgebracht.

Erst war mir unbehaglich zumute, doch dann schritt ich mit einem versöhnlichen Lächeln auf sie zu. »Hallo, schön dass ihr da seid! Franzi freut sich riesig, dass ihr ihr die Ehre erweist. Sie hat ihre lieben Großeltern aus Gotha schon so vermisst!«

Die anderen Großeltern gab es ja leider nicht mehr, und bevor meinen Kindern noch mehr Omas und Opas wegbrachen wie Zuckerguss von alten Lebkuchenherzen, förderte ich ihre Anwesenheit lieber.

Mit leicht säuerlichem Gesicht überreichten sie Franzi eine Schultüte, in der natürlich keine Süßigkeiten waren ... sondern zwei kleine weiße Mäuse! Die rumorten in der Holzwolle herum. »Oh wie süüüß!«, rief meine Franzi entzückt.

Ich selbst sah darin einen ziemlich miesen Schachzug: Sie wollten meiner Franzi eine mögliche Ausreise noch schwerer machen! Dennoch täuschte ich Begeisterung über den tierischen Zuwachs in unserer Dreizimmerwohnung vor und servierte Schwiegereltern samt Onkel und Tante Kaffee.

Unser Ausreiseantrag war kein Thema. Die Kinder wussten ja auch nichts davon!

Oma und Opa Gotha krabbelten im Kinderzimmer herum und versuchten, die aufgeregten Mäuse unter den Betten hervorzuscheuchen.

»Sieh es ihnen nach!«, flüsterte Paul mir zu. »Die haben bestimmt Angst, ihre Enkelinnen gar nicht mehr zu sehen. Es kann schließlich jeden Tag so weit sein!«

Kurz darauf wurden Paul und ich zu zweit vorgeladen: diesmal ganz amtlich ins Rathaus! Ich straffte mich. Auf ging's in die dritte Runde! Ich machte mich besonders hübsch und knetete extra viel Volumen in meine Dauerwelle. Zur Feier des Tages zog ich knackig enge Jeans der Marke Wrangler an und dazu passend ein hautenges T-Shirt mit Udo Lindenberg drauf. Der war gerade DER Renner in den Hitparaden! Sein Hit »Sonderzug nach Pankow« erregte derzeit die Gemüter der hohen Tiere im Parteiapparat.

Einerseits hatte dieser Termin etwas noch Bedrohlicheres, weil er nicht mehr nur in den Firmenräumen stattfand, andererseits fühlte ich mich gestärkt durch Paul, der wie immer souverän wirkte. Er trug Jeans, ein weißes Hemd und einen Schnauzer, wie er damals Mode war. Zu zweit saßen wir vor dem Schreibtisch des Beamten in Zivil, der sich uns nicht vorgestellt hatte. Wir waren schon von so vielen Fremden verhört worden, dass wir uns die Namen auch nicht mehr merken konnten. Es war ein kleines dunkles Büro, in dem wir uns nicht allzu wohlfühlen sollten. An der Wand hing natürlich das Porträt des Genossen Honecker. Wenn das alles nicht so traurig gewesen wäre, hätte ich gern gelacht. Diese ganze Farce war so absurd!

Und schon ging die Befragung los.

»Aus welchen Gründen haben Sie den Antrag gestellt ... Wer hatte die Idee dazu ... Warum kommen Sie so plötzlich auf die Idee ... Ist Ihnen bekannt, was Sie im kapitalistischen Ausland erwartet?«, ging die Endlosschallplatte schon wieder los. Jede Frage war uns schon Dutzende Male gestellt worden.

Wahrscheinlich erhofften sie sich eine Variation unserer

ewig gleichen Antworten, aber auch wir hielten uns an die geistlosen Spielregeln und sagten wie immer wortwörtlich unser einstudiertes Sprüchlein auf: »In der DDR sehen wir keine Zukunft mehr für uns und unsere Kinder. Wir verweisen auf die Verfassung und die von Ihnen getätigten Aussagen, die eine volle Anerkennung und Durchsetzung der nationalen und internationalen Abkommen und die Einhaltung der Menschenrechte und Würde in der DDR bestätigen.«

Wir hatten uns darauf geeinigt, keine persönlichen Gründe zu nennen, die denen nur unnötig neue Munition liefern würden, sondern sie mit ihren eigenen Waffen zu schlagen und ihnen den Ball in Form ihrer eigenen Zitate zurückzuspielen. Das durchschaute der Genosse in Zivil.

Jetzt wurde der Typ laut und schrie uns an: »Ich mache Sie darauf aufmerksam, dass Ihrem Antrag nie stattgegeben werden wird!« Seine Stimme überschlug sich genauso wie die unseres Staatsratsvorsitzenden Honecker, wenn er weinerlich wurde. Sein thüringischer Akzent tat ein Übriges. Unter meinem Zwerchfell vibrierte es, aber ich hatte mich unter Kontrolle. Ganz ruhig entgegnete ich dem zornigen Genossen: »Wir fordern nur unser Recht ein, welches in der Verfassung verankert ist. Danach hat jeder Mensch das Recht, seinen Aufenthaltsort selbst zu wählen.« Paul stieß mich sanft in die Rippen. Ich spürte Anerkennung und gleichzeitig die Warnung: Mädchen, übertreib es nicht. Der Kerl ist doch schon auf hundertachtzig!

»Dort heißt es aber ›innerhalb des Staatsgebietes der DDR‹!«, schrie der Mann uns an. Rasend vor Wut schnappte sich der Kerl die vor ihm liegende Verfassung der DDR, eine kleine Broschüre, mit der er uns hatte belehren wollen, und warf sie nach mir.

Reflexartig duckte ich mich, und die Einzelteile der Broschüre flogen meinem Hintermann an den Kopf: der namenlose Dritte, der fahl auf der Fensterbank gesessen hatte! Er konnte sich nur noch die einzelnen Seiten des schlecht verleimten Exemplars aus dem Gesicht pflücken.

Ich hatte ihn gar nicht reinkommen sehen! Oder hatte er schon im Dunkeln gehockt, als wir den Raum betraten?

»Oh«, sagte ich besorgt. »Haben Sie sich wehgetan?«

44

Erfurt, Januar 1985

Von der Kollegin Borchert und auch von den Neumanns aus dem Schrebergarten, die den süßen Hund hatten, war uns bekannt, dass eine Ausreise, wenn sie denn bewilligt wurde, oftmals sehr zügig vonstatten ging. So war es ja auch Vater und Bruno ergangen. In einer Nacht-und-Nebel-Aktion wurde man rausgeschafft, damit man sich nicht mehr von seinen Freunden und Verwandten verabschieden konnte. Man sollte keine Spuren hinterlassen. Alles musste ganz schnell gehen. Deshalb entschlossen wir uns schweren Herzens, den Schrebergarten zu verkaufen, auch weil wir jederzeit damit rechnen mussten, dass die Stasi ihn uns wegnehmen würde.

Ausgerechnet jetzt, wo wir den perfekten Ort der Entspannung für uns geschaffen hatten, wo alles an seinem Platz war, wo wir nur noch die Früchte unserer Arbeit ernten mussten, sollten wir uns von unserer Oase trennen.

»Es muss sein, Lotti. Noch können wir Geld dafür bekommen, aber wenn die Stasi ihn beschlagnahmt, sehen wir keinen Pfennig mehr, und die Parteigenossen reißen sich alles unter den Nagel.«

»Okay, Paul, aber dann so schnell wie möglich! Ich werde

ihn nicht mehr betreten. Das würde mir das Herz brechen. Wie erklären wir das nur den Kindern?«

Die Schlinge zog sich immer enger um mein Herz. Sollten wir nicht doch lieber hierbleiben! Aber jetzt gab es kein Zurück mehr.

Paul machte sich auf den Weg zum Vorstandsvorsitzenden der Gartenanlage. Herr Hillegossen, ein pensionierter Lehrer, war zuständig für Verkauf und Weitergabe der Gärten. Die Warteliste war lang. Der Mann mochte uns sehr, wir waren seine Augenweide – nicht nur die Familie, sondern auch unser Garten! Er kannte mit Sicherheit einige bedürftige Familien, die unseren Garten verdient hätten. Aber auch der gute Lehrer Hillegossen musste sich an die Statuten des Vereins halten, auch er stand unter Druck: Ein verdienter Funktionär namens Albert Grätz bekam den Zuschlag und unseren Prachtgarten quasi geschenkt, wenn man bedachte, was wir aus dieser Laube gemacht hatten! Für weniger als zweitausend Ostmark erhielt der Grätz unseren bayrischen Holzbungalow mit den rot-weiß karierten Gardinen, dem neuen Jägerzaun, mit vierunddreißig Metern Ligusterhecke, Kirsch-, Birn-, Aprikosen-, Pflaumen-, Apfel- und Pfirsichbäumen, mit unseren Beeten, Tomaten- und Beerensträuchern. Dabei war er sicherlich das Zehnfache wert. Der Preis wurde in unserer Abwesenheit von Parteimitgliedern festgelegt. Wir waren Abtrünnige. Wir waren unseren eigenen Garten nicht mehr wert.

Paul hatte Tränen in den Augen, als er ein letztes Mal aus der Gartenanlage kam.

»Das mache ich alles wieder wett, wenn wir erst mal in Bayern sind.« Wie immer trösteten wir einander und nahmen uns ganz fest in die Arme. »Da kriegst du Geranien, dass sich die Balkone biegen! Ich sehe dich schon im Dirndl fesch über den üppigen Blüten hängen und die Welt mit deinem Anblick verzaubern.«

»Wie gut, dass gerade Winter ist«, schniefte ich. »So merken die Mädchen es wenigstens nicht.«

»Bis sie es merken, sind wir schon längst drüben. Kopf hoch, Lotti. Wie hat dein Vater immer gesagt? ›Nicht heulen! Rücken gerade, Blick nach vorn! Die kriegen uns nicht klein!‹«

45

Bernau am Chiemsee, 6. Oktober 2011

»Stimmt's Bruno? Die kriegen uns nicht klein!« Paul und ich standen etwas ratlos im abgedunkelten Zimmer, um ihn zu einem Spaziergang abzuholen, doch Bruno lag mit dem Gesicht zur Wand.

Heute mussten wir meinen Bruder nach allen Regeln der Kunst aufheitern. Hatte er sich vor Wochen noch sichtlich über unser Kommen gefreut, wirkte er jetzt müde und abgeschlafft.

Paul zog einen Stuhl ans Bett und rüttelte ihn sanft an der Schulter. Ich strich ihm über das frisch geschnittene Haar. Auf meine Anregung hin war er endlich mal wieder beim Friseur gewesen.

»Du siehst gut aus, Alter. Steht dir! Jetzt noch zünftige Lederhosen, und wir gehen aufs Oktoberfest!« Paul versuchte wie immer keine Traurigkeit aufkommen zu lassen.

»Hm? Was bedrückt dich denn?«, versuchte ich es mit weiblichem Einfühlungsvermögen.

»Pit! Yas-min!«, sagte er schließlich mit brüchiger Stimme.

Ach daher wehte der Wind! Bruno wartete natürlich auf weitere Lebenszeichen von seinen Kindern, nachdem wir zur Geburt des kleinen Timo gratuliert und schon vor Wochen einen Hunderter geschickt hatten.

»Weißt du, wir dürfen nicht zu viel erwarten.« Ich nahm seine Hand und hielt sie ganz fest.

»Die Kinder leben jetzt ihr eigenes Leben und haben sicher viel zu tun. Komm, Burschi, lass uns deswegen nicht diesen herrlichen Nachmittag im Bett vertun!«

»Genau!« Paul hatte inzwischen die Vorhänge aufgezogen.

Die Sonne schien, es war ein herrlich milder Herbsttag, und ich wäre gern mit meinen Männern eine Runde ausgefahren. Doch kaum hatte ich Bruno mithilfe von Paul in den Rollstuhl gehievt, begann er, sein großes Geschäft zu machen. Das war sichtbar und hörbar anstrengend. Tat es ihm weh?

»Oje, Bruno.« Paul riss das Fenster auf. »Setzen wir ihn aufs Klo!« Mein Mann wollte ihn schon wieder aus dem Rollstuhl reißen.

»Ich denke, wir können ihn nicht mehr zur Sauberkeit erziehen«, bremste ich seinen Eifer. »Er hat Pflegestufe drei bekommen, das bedeutet, was ihm zusteht, sind Einfühlungsvermögen, Verständnis ... und Windeln!«

»Okay, Bruno, ›scheiß ins Bett, dass's kracht!‹«, zitierte Paul aus einem Mozartkanon. »Wie geht das noch mal? Du bist der studierte Musiker! Bona nox, bist a rechta Ochs? Bona notte, liebe Lotte ...«

Das war früher UNSER Gutenachtlied gewesen! Brunos Lippen verzogen sich zu einem schelmischen Grinsen.

Taktvoll verließen wir das Zimmer und überließen ihn seiner Verrichtung.

Schwester Silke, die vorne an der Rezeption saß, teilte uns auf Nachfrage mit, dass Bruno wohl Probleme im Intimbereich habe. »Unser Pfleger Felix sagt, dass er sich überhaupt nicht mehr dort anfassen lässt und wieder um sich schlägt, wie es auch schon im Bericht des letzten Pflegeheims stand.«

»Das kann nur bedeuten, dass sein Tumor weiter fortgeschritten ist.« Ich sah Paul besorgt an. »Sollen wir eine Biopsie machen lassen?«

Der zuckte die Achseln. »Bringt das was? Dann muss er wieder in die Klinik.«

Ich verzog das Gesicht. »Natürlich weiß ich, dass bestimmte Dinge nur im Krankenhaus möglich sind.«

»Ich weiß nicht«, sagte Paul. »Das quält ihn nur.«

Wir einigten uns darauf, dass er zumindest radiologisch untersucht werden sollte. Seit seinem Aufenthalt im Krankenhaus im April waren Bruno und ich nicht mehr gut auf Krankenhäuser zu sprechen, und Paul sprach aus, was ich nur dachte: »Er hat Krebs, das wissen wir. Wie lange sein Leben noch lebenswert ist, liegt an uns, daran, wie wir es ihm gestalten.«

Endlich konnten wir mit dem gesäuberten und frisch angezogenen Bruno ausfahren. Die Sonne stand schon schräg, sodass ein Großteil des Ortes bereits in Schatten gehüllt war. Im Hintergrund leuchtete ein Hügel in den herrlichsten Farben, und eine Zwiebelturmkirche hob sich weiß vom blauen Himmel ab. Das reinste Postkartenmotiv!

»Da oben ist noch Sonne!« Paul scheute wieder mal keine Mühe. Ich selbst hätte den Rollstuhl niemals da raufgekriegt mit meinen schwachen Ärmchen. Oben vor der Wallfahrtskirche stand eine Bank. Ein herrlicher Energieplatz! Au ja, da wollten wir hin!

Paul schob den Rolli energisch den Berg hinauf, und ich lief keuchend neben Bruno her und hielt seine Hand.

Oben angekommen, hielten wir unsere Gesichter in die Nachmittagssonne und öffneten Brunos Jackenreißverschluss. »Ey, Alter, du hast ja ordentlich zugelegt!« Paul klopfte Bruno anerkennend auf den Bauch.

»Bitte, Paul! Er mag das nicht!«

»Jaaa«, bestätigte Bruno laut.

»Deine Sachen werden dir langsam zu eng!« Mein Mann

ließ sich nicht einschüchtern. »Bald passt du in meine Klamotten, Schwager! Ich bring dir nächstes Mal einen ganzen Schwung davon mit.« Er legte ihm brüderlich die Hand auf die Schulter. »Weil'st a fescher Teifi bist.«

Paul liebte es, den bayrischen Tonfall nachzuahmen. Er war so stolz darauf, endlich dazuzugehören! Natürlich lachten wir echten Bayern ihn dafür immer aus.

»Bayrisch kann man nicht lernen«, zog ich ihn auf. »Man ist entweder in Bayern geboren oder ›a Preiss‹. Und du bist eine Steigerung davon: a thüringischer Preiss!«

»Jaaaa!«, amüsierte sich Bruno.

»Wollen wir was singen?«, schlug Paul vor. Und schon stimmte er an, falsch aber laut: »Bona nox, bist a rechta Ochs!«

»Pfui, pfui, good night, heut müßma noch weit, gute Nacht, gute Nacht, 's wird höchste Zeit!«, stimmte ich mit ein. Wie schade, dass wir diesen Kanon jetzt nicht dreistimmig singen konnten! Bruno war dazu nicht mehr in der Lage, und Paul war kein bisschen musikalisch – dafür aber mit tausend anderen Gaben ausgestattet.

Bruno begann sofort rhythmisch mit dem Oberkörper zu wippen. Auch er stimmte mehr laut als richtig in das Lied ein, und bei der Stelle »Schlaf fei g'sund und reck' den Arsch zum Mund!« amüsierte er sich königlich. »Jaaaa!«

»Ich denke, das heißt ›Scheiß ins Bett dass's kracht‹«, meinte Paul trocken.

»Das kommt vorher.« Genießerisch hielt ich mein Gesicht in die Sonne. »Aber es gibt auch eine jugendfreie Version.«

»Und wie geht die?«

»Schlaf fei g'sund und bleib recht kugelrund«, summte ich.

»Jaaa!«, freute sich Bruno. Wenigstens für heute hatten wir ihn doch wieder etwas aufgeheitert.

46

Erfurt, Februar 1985

»Hier, Katharina! Ich hab noch altes Brot, Möhren und Apfelschalen für dein Lieblingspferd!«

Meine dreizehnjährige Tochter gab mir einen Kuss und strahlte mich an. Ihr neues Hobby war Reiten. Seit sie nicht mehr ständig auf Franzi aufpassen musste, ließ ich sie nach den Hausaufgaben gern mit der Straßenbahn zu ihrem Pferd an den Stadtrand fahren. Sie sollte auch etwas nur für sich haben, das sie nicht mit Franzi teilen musste. Und sie hatte dort Freundinnen gefunden, was mich sehr für sie freute.

»Mama, ich kann schon im Stehen reiten!«, schwärmte Katharina. »Der Reitlehrer hat gesagt, dass ich am Wochenende bei der Reitprüfung mitmachen darf. Er meint, ich könnte zum Zirkus gehen!«

»Das ist ja großartig, mein Schatz. Dürfen wir Eltern denn zum Zuschauen kommen?«

»Ja, unbedingt! Ich werde den ersten Preis machen! Oh, mein Harlekin ist soooo süüüß!« Sie war ganz verliebt in ihr ausrangiertes Dressurpferd.

Katharina schlüpfte in ihre Reitstiefel, schnappte sich die Gerte und das Futter und sprang voller Tatendrang davon. »Tschüs dann! Habt einen schönen Tag!«

»Wie gut sich unsere Große macht!«, freute ich mich. »Wie selbstbewusst sie sich entwickelt! Von ihrer Krankheit keine Spur mehr!« Ich war so erleichtert.

»Tja. Eignes Pferd ist Goldes wert«, kalauerte Paul.

»Ich würde eher sagen, einem geschenkten Gaul schaut man nicht ins Maul«, orakelte ich.

»Der Zweck heiligt die Mittel: Sie hat noch nicht mal nach dem Schrebergarten gefragt!«

Ich sah ihr durchs Küchenfenster nach, wie sie leichtfüßig zwischen den Pfützen zur Straßenbahnhaltestelle balancierte. Als hätte sie meinen Blick gespürt, drehte sie sich noch einmal um und winkte mit der Plastiktüte zu uns herauf.

»Ja, und wie spielend leicht sie ihre Versetzung geschafft hat!«

Paul zog mich an sich. »Vorschlag: Nachdem ich ja nicht mehr studiere und mich auch sonst nicht überarbeite, habe ich endlich wieder mehr Zeit für die Familie. Schrebergarten haben wir auch keinen mehr, also schnappen wir uns doch Franzi und gehen zu Fuß zum Pferdegestüt. Dort überraschen wir Katharina und schauen ihr beim Training zu.«

»Angenommen!« Auch Franzi, die im Kinderzimmer auf dem Bauch lag und wieder mal versuchte, die großelterlichen weißen Mäuse unter dem Bett hervorzulocken, konnte etwas Frischluft vertragen.

Also marschierten wir los, unsere Siebenjährige zwischen uns. Betont heiter liefen wir durch die Straßen. Wenn uns in gebührlichem Abstand ein Auto folgte, sollte uns das herzlich egal sein.

Wir spielten »Engelchen flieg«, auch wenn unsere Franzi dafür eigentlich schon zu alt war. Die Beobachter von der Stasi sollten ruhig sehen, wie tiefenentspannt wir waren.

»Die Katharina wird Augen machen!«

Doch als wir kurz vor dem Pferdegestüt um die Ecke bogen, kam uns eine schmale Gestalt mit Plastiktüte entgegen, mit hängenden Schultern und gesenktem Blick.

»Da ist sie ja!«

Besorgt lief ich auf sie zu. Sie weinte ja! Bei mir schrillten alle Alarmglocken.

»He, Liebes! Was ist denn los? Ist das Training heute ausgefallen?«

Im Hintergrund sah ich die anderen Reiterinnen im Kreis galoppieren.

»Mein Klassenlehrer war da und hat mit dem Reitlehrer geredet«, schluchzte Katharina.

»Und dann hat der Reitlehrer zu mir gesagt, ich soll nach Hause gehen. Das war's für mich mit dem Reiten!«

Mich überzog es heiß. Scham und unbändiger Zorn stiegen in mir hoch. Hinter mir spürte ich förmlich den Wartburg, der auf der anderen Straßenseite stand und aus dem wir mit dem Fernglas beobachtet wurden. Am liebsten hätte ich mich umgedreht und geschrien: »Ihr Schweine! Nicht einmal vor den Kindern macht ihr halt!« Aber ich bewahrte die Contenance.

Und dann kam auch schon der gefürchtete Satz von Franzi, die ganz verstört danebenstand: »Können wir dann nicht wenigstens in unseren Schrebergarten gehen? Wir waren schon so lange nicht mehr da!«

Mir wurde ganz anders.

Geistesgegenwärtig nahm Paul unsere Töchter in den Arm: »Wisst ihr was? Wir machen jetzt einen tollen Stadtbummel. Mal sehen, was im Kino läuft!«

Das lenkte die beiden Mädels fürs Erste ab. Wie betäubt lief ich neben ihnen her.

Ob wir im Kino waren, und was für ein Film da lief, kann ich beim besten Willen nicht mehr sagen.

Katharina war ja besonders begabt in Sport. Schon vor Jahren hatte man uns nahegelegt, sie in die Kinder- und Jugendsportschule zu stecken, eine Kaderschmiede, an der besondere Talente für die Teilnahme an der Olympiade gedrillt wurden. Da wäre sie allerdings im Internat gewesen und hätte vor und nach dem regulären Unterricht stundenlang trainiert. Paul und ich hatten das abgelehnt. Unsere Tochter sollte nicht gedopt und gedrillt werden. Sie sollte eine schöne, normale Kindheit haben. Von ihrer Polytechnischen Oberschule aus sollte sie allerdings an der Spartakiade in Berlin teilnehmen, eine

Art Bundesjugendspiele für die Besten der Besten. Das erlaubten wir, und darin unterstützten wir sie von Herzen.

Drei Tage vorher bekam sie ohne jede Begründung eine Absage. Denkstein disqualifiziert.

Dasselbe geschah mit dem Wandertag, kurz vor den Sommerferien.

»Katharina, deine Teilnahme ist nicht erwünscht. Du gehst stattdessen in eine andere Klasse und nimmst dort am Unterricht teil.«

Unsere Kinder wurden regelrecht gemobbt! Dieses Wort kannten wir damals noch nicht, aber das Schlimme war, dass dieses Mobbing von den Lehrern ausging.

Die schriftlichen guten Noten konnte ihr keiner streitig machen, aber mündlich hagelte es jetzt nur noch Vieren. Ein Virus, der auch unter ihren Freunden um sich griff. Die anderen Jugendlichen begannen sie auszulachen. »Na, Katharina, mal wieder nichts kapiert?«

Paul ging daraufhin zum Direktor der Polytechnischen Ernst-Thälmann-Oberschule.

»Ich verbitte mir die Schikane meiner Tochter! Sie hat bis jetzt immer nur Auszeichnungen gehabt, und ich bestehe darauf, dass unsere politischen Differenzen von den Kindern unterschieden werden!«

Der Herr Direktor ließ ihn heuchlerisch wissen: »Katharinas Interessen haben sich zu stark auf außerschulische Bereiche verlagert. Das Pferd haben wir ihr ja schon gestrichen, den Sport und die Musik auch. Solange sie es nicht versteht, ihre Interessen zu koordinieren, lassen ihre mangelhaften Leistungen solche Auszeichnungen wie bisher nicht mehr zu.«

»Sie wissen genauso gut wie ich, dass das eine einzige Lüge ist!«

Paul ließ den Direktor im Flur stehen. Aber die hatten trotzdem den längeren Atem.

Am nächsten Tag kam Katharina weinend nach Hause: Die Mitschüler hatten sich gegenseitig einen Zettel zugeworfen, auf dem sie als »Schmarotzer und Nutznießer der Gesellschaft« betitelt wurde.

»Ich weiß gar nicht, was das bedeutet«, heulte sie. »Was ist ein Schmarotzer und Nutznießer der Gesellschaft?«

»Schatz, ausnahmsweise darfst du fernsehen, bis der Papa kommt.« Jetzt war es um meine Fassung geschehen.

Als Paul nach seinem Flaschendrehen, wie er das scherzhaft nannte, nach Hause kam, nahm ich ihn und Katharina mit auf den Balkon. Längst hatten wir uns angewöhnt, Privatgespräche nur noch draußen zu führen. Inzwischen hatten wir den Verdacht, dass wir in unserer alten Wohnung abgehört wurden.

»Paul. Sag es ihr.«

»Hör zu, mein Schatz. Du bist kein kleines Kind mehr. Wir sagen dir jetzt die Wahrheit.«

Paul atmete tief durch und sah unsere Tochter bedauernd an. »Wir haben einen Ausreiseantrag gestellt.«

»Ja, und das bedeutet …?«

»Wir wollen zu Onkel Bruno, Opa und den anderen Verwandten im Westen.«

Erleichtert fiel uns Katharina um den Hals. »Ach DESHALB sind alle so scheiße zu mir!«

Wir nickten unter Tränen. »Ja. Deshalb sind alle so scheiße zu dir. Das hast du nicht verdient, und es ist nicht deine Schuld. Meinst du, du kannst das noch ein bisschen aushalten?«

»Jetzt, wo ich weiß, woher der Wind weht!« Ihr entfuhr ein erleichtertes Lachen. »Oh Leute! Jetzt kapier ich das! Und deshalb haben wir auch den Schrebergarten nicht mehr.«

»Genau …«

»Und deshalb darfst du nur noch Flaschendrehen!« Schlau war sie ja, die Katharina.

»Und du bei den Blumenzwiebeln arbeiten, Mama!«

Katharina dachte nach, und schließlich brach es aus ihr heraus: »Ach, wisst ihr was, Leute: Die sind alle bloß neidisch! Wir werden im Westen sein und die nicht.«

Paul und ich lächelten uns traurig an. »Ja, Katharina. Und deshalb müssen wir jetzt durchhalten.«

Es begann die Zeit der Botschaftsbesetzungen in der Tschechoslowakei. Aufgeregt schauten wir um acht die ›Tagesschau‹, denn bei uns herrschte natürlich Stillschweigen über die verzweifelten DDR-Bürger, die eine Übersiedlung in den Westen erzwingen wollten. Es waren nicht viele, die es bis in den Westen schafften, und mit den Massenbewegungen von 1989 hatte das noch nichts zu tun, aber wir schöpften Hoffnung.

»Das ist ja ein Ding!« Paul warf sich in den Fernsehsessel und starrte in den Apparat.

»Die trauen sich was!«

»Ja, aber wie wird es mit denen weitergehen? Wo sollen die alle hin?«

»Jedenfalls tut sich was, Lotti.« Paul beugte sich vor und stützte den Kopf in die Hände. »Die können das nicht länger ignorieren!«

»Ich habe Angst, Paul! Ich traue mich schon kaum noch mit den Leuten zu reden, überall vermute ich Spitzel!«

»Psssst! Sei doch mal leise, Lotti!«

Pauls Augen wurden immer größer. »Auf den Zug spring ich mit auf.«

»Was? Spinnst du? Nein!«

»Lotti.« Paul fuhr herum und nahm meine Hände. Eindringlich sah er mich an. »Lass uns nach Prag fahren.«

Mein Herz setzte einen Schlag aus. »Und dann?«

»Dann schauen wir weiter.«

Ich sah uns schon unsere Kinder über den Zaun der Botschaft hieven und mit anderen Familien in deren Garten kampieren. »Am Ende buchten sie uns alle ein und nehmen uns die Kinder weg!«

»Lotti. Wir ziehen das jetzt durch. Wenn mich einer fragt, dann sage ich, ich möchte meinen Kindern Prag zeigen. Bald sind Frühjahrsferien.«

»Paul! Prag ist ein heißes Pflaster! Meinst du, die glauben dir?«

»Lotti. Wir haben gesagt, wir halten zusammen und ziehen an einem Strang. Bist du dabei?«

»Ich weiß nicht ...« Ich konnte mein Herzrasen gar nicht wieder unter Kontrolle kriegen. Letztlich sagte ich Ja.

»Und weißt du, was das Tollste ist, Lotti? Einen Visa-Antrag brauchen wir gar nicht zu stellen. Seit 1972 hat de DDR ja ein Abkommen mit der Tschechoslowakei, das den visafreien Verkehr ausdrücklich erlaubt. Niemand kann uns einen harmlosen Wochenendtrip nach Prag in den kommenden Frühjahrsferien verbieten! Es muss klappen, es muss einfach klappen!«

»Paul, ich weiß nicht, die sitzen immer am längeren Hebel.«

»Wart's ab. Das Blatt wendet sich!«

Am selben Abend schnappten wir uns die Kinder und verbanden den Weg zum Briefkasten mit einem Spaziergang durch den Stadtpark. Hand in Hand liefen wir über die breiten Parkwege, es war noch mild und hell. Auf dem Teich präsentierten stolze Schwäne ihre grauen Küken, die hinter ihren Eltern herschwammen. Linientreue Familien – wenigstens auf dem trüben Teich!

»Schaut mal, da kommen die Neumanns!« Schon liefen die Kinder zu dem netten Ehepaar, das seinen putzigen Hund ausführte.

»Schnitzel!« Die Kinder liebten den Zwergschnauzer und hatten ihn schon schrecklich vermisst.

»Na, so eine Überraschung! Ist das nicht ein herrliches Wetter?«, begannen wir den Small Talk.

»Eigentlich viel zu warm für die Jahreszeit...« Die Kinder herzten und knuddelten den Hund, und wir Erwachsenen setzten uns auf eine Bank.

»Jetzt müsste man verreisen können!«, seufzte Elke.

»Und wie schon alles knospt und sprießt!«, lenkte ich vom brisanten Thema ab.

»Apropos knospt und sprießt – warum habt ihr den Schrebergarten nicht mehr?« Elke Neumann sah mich bedauernd, aber auch neugierig an.

»Ach, wisst ihr, wir konnten ihn gut verkaufen...« Paul befleißigte sich eines belanglosen Tonfalls. »So eine Chance kriegt man nicht alle Tage.«

»Aber ihr habt so viel Mühe da reingesteckt.« Bedauernd schüttelte Herr Neumann den Kopf. »Er wirkt schon total runtergekommen. Was für ein Elend!«

Mir wollte das Herz brechen. Ich schluckte trocken. Was sollte ich darauf antworten?

»Die Kinder sind jetzt in einem Alter, wo sie lieber in der Stadt bleiben.« Paul zuckte mit den Achseln. »Ihr wisst schon. Sport und Jugendklubs und so.«

Ich zog eine Grimasse. Wer sollte ihm das denn abnehmen?

»Und was habt ihr so in den Ferien vor?«, fragte Herr Neumann, nachdem er den Kindern das Stöckchen für den Hund überlassen hatte. »Hier, werft so weit ihr könnt! Aber fallt mir nicht in den Teich!« Offensichtlich wollte er die Kinder ablenken, um ein Erwachsenengespräch führen zu können.

»Och, wir überlegen noch...« Pauls Gehirnzellen arbeiteten fieberhaft. Ich sah, dass er mit sich kämpfte, den Neumanns von unserem Antrag zu erzählen. Sofort ging mir wieder Papas Losung »Reden ist Silber, Schweigen ist Gold« durch den Kopf. Ich warf Paul einen warnenden Blick zu.

»NICHTS«, unterbrach ich Paul mit Bestimmtheit. »Wir bleiben in Erfurt. Der Kinder wegen.«

»Also WIR haben ja überlegt, nach Prag zu fahren, schnatterte Frau Neumann plötzlich los.

»Elke!«

»Ach komm, Eckard, Denksteins können wir das doch gestehen! Wir kennen uns jetzt so viele Jahre! Nicht wahr?« Freundschaftlich zupfte sie an meinem Blusenärmel.

Mein Herz begann zu klopfen. Zaghaft fasste ich Vertrauen. »Echt? Habt ihr im Westfernsehen gesehen, was da los ist?«

»Natürlich, das weiß doch jeder!« Elke rückte näher an mich heran und legte ihre Hand auf meine. »Offen gestanden überlegen wir, auch auf den Zug aufzuspringen.«

»Also wir ...« Paul biss sich auf die Unterlippe, doch dann platzte es aus ihm heraus: »Wir haben auch schon darüber nachgedacht.« Er sah mich fragend an. Ich merkte, dass er den lieben Neumanns die Angst nehmen wollte. Wir waren also doch nicht allein mit unseren Träumen!

Auf einmal überrollte mich eine Welle der Zuneigung für diese freundlichen Neumanns. Sie waren immer so nett zu unseren Töchtern!

»Wir haben nicht nur darüber nachgedacht, wir haben sogar schon gebucht in Prag«, sprudelte es nur so aus mir heraus. »Das Bestätigungsschreiben an das Hotel liegt bereits in diesem Briefkasten da vorn!« Mir entwich ein hysterisches Kichern.

»Stimmt.« Paul grinste erleichtert. »Wir wollen den Kindern die Stadt Prag zeigen. Das haben sie sich nach dem langen Schuljahr verdient. Und uns vor Ort ein Bild machen natürlich ...«

»Dann tun wir uns doch einfach zusammen!«, schlug Eckard Neumann vor. »Nicht wahr, Elke?«

»Ja, aber erst einmal müssen auch wir eine Unterkunft buchen«

»Ich helfe euch«, sprudelte es aus mir hervor. »Im Briefeschreiben bin ich gut!«

»Sie hat schon ganz andere Briefe geschrieben«, sagte mein Liebster.

»Paul, bitte!« Nervös rieb ich mir die Arme. Gab er jetzt nicht doch ein bisschen zu viel preis?

»Wir haben die Nase gründlich voll«, redete sich Paul in Fahrt. »Wir haben nämlich längst einen Ausreiseantrag gestellt, der aber bei irgendjemandem in der Schublade verschwunden ist. Offiziell wollen wir unseren Kindern jetzt Prag zeigen, aber in Wahrheit ... wer weiß?«

»Ihr denkt tatsächlich an Flucht?« Eckard Neumann beugte sich verschwörerisch zu mir.

»Na ja, mit zwei kleinen Kindern hat man solche Gedanken eher nicht«, rief ich schnell.

»Wir wollen eigentlich ganz normal ausreisen«, bestätigte Paul. »Aber die Behörden reagieren einfach nicht. Wir geben nicht auf, haken konstant nach, halten alles am Laufen.«

»Genau wie unser Hund eure Kinder!« Sie lachten herzlich.

Wir plauderten noch eine Weile.

»So, ihr Lieben. Jetzt müssen wir aber. Morgen geht es wieder früh raus!« Paul streckte sich und stand auf.

»Wir hören voneinander!«

Mit Umarmung und Küsschen verabschiedeten wir uns von Elke und Eckard, und die Kinder rissen sich schweren Herzens von dem schwarzen Hundeknäuel los.

»Gute Nacht! Es war schön, euch zu treffen!«

Wir wunderten uns nicht, dass die Neumanns, die ihren Schrebergarten ja weiterhin hatten, auf einmal im Park spazieren gingen, statt auf ihrer Terrasse zu sitzen.

»Na siehst du! Wir sind nicht allein«, freute sich Paul. »Sogar die Neumanns wollen nach Prag.«

Ich seufzte. »Das hat so gutgetan, endlich mal wieder mit Freunden plaudern. Wir sollten das öfter machen, so einen Abendspaziergang.«

Am nächsten Morgen verließ Paul wie immer um halb sieben die Wohnung.

»Tschüs, meine Süßen! Bis heute Abend.«

»Wir kommen dich abholen!«, rief ich aus dem Bad. »Die Kinder freuen sich so, wenn wir mal was unternehmen!« Ich steckte mein Gesicht aus dem Bad hinaus und flüsterte verschwörerisch: »Dann können wir auch wieder über Prag reden!«

»Guter Plan! Ich freu mich auf euch! Bis dann!«

Ich stand noch in Unterwäsche im Bad und schminkte mich, während die Kinder in der Küche vor ihrem glutenfreien Müsli aus einem der Westpakete saßen, als die Wohnungstür wieder aufging.

»Hast du was vergessen?« Mit einem schon geschminkten und einem noch ungeschminkten Auge spähte ich in BH und Höschen aus dem Bad ... und schaute auf einmal auf eine Kalaschnikow. Mein Herz setzte einen Schlag aus.

Drei Männer standen hinter Paul im Flur, die Maschinengewehre auf seinen Kopf gerichtet. Ich schlug mir die Hände vor den Mund. Schnappatmung, Panik, Todesangst. Kraftlos sank ich gegen die Tür. Das Blut rauschte mir in den Ohren. Oh Gott, die Kinder. Ich hörte sie in der Küche fröhlich plaudern und ihre Morgensendung hören.

»Guten Morgen, guten Morgen, guten Morgen Sonnenschein ...«, trällerte eine vergnügte Frauenstimme.

Bitte, lieber Gott, lass sie jetzt nicht rauskommen. Diesen Schock überleben sie nicht.

»Personalausweise!« Der vordere der Männer, in dessen Gewehrmündung ich blickte, wedelte fordernd mit der freien Hand. »Na los. Alle beide. Wird's bald.«

Ich hüllte mich in ein Handtuch und schlüpfte gehorsam ins Schlafzimmer, gefolgt von Paul. Unsere Personalausweise lagen zuunterst in der Wäscheschublade.

»Hopphopp.« Der Stasi-Mann fuchtelte ungeduldig. »KLB der Kinder auch.«

Unter Schock händigten wir den Männern zitternd unsere Personalausweise und die Kinderlichtbildausweise aus.

»Ersatzausweise können Sie bei der Polizei beantragen. Wenden Sie sich an das Volkspolizei-Kreisamt, Erfurt Nord.«

Mit drei Schritten waren die Herren wieder an der Tür. Paul wollte mich stützen, weil ich taumelte, aber sie rissen ihn von mir weg.

»Sie kommen mit!« Paul wurde am Arm herausgeführt.

Das »Schönen Tag noch« in meine Richtung hätten sich die drei Kerle wirklich sparen können! Kraftlos fiel ich aufs Bett und presste mir das Handtuch vor den Mund, um nicht laut loszuschreien.

Die Kinder hatten wie durch ein Wunder nichts bemerkt!

Unten hörte ich Schritte und Stimmen. Barfuß huschte ich auf den Balkon und spähte übers Geländer: Bei unserem Auto standen noch zwei Männer mit gezogenen Waffen. Fünf Bewaffnete hatten uns heimgesucht!

Sie forderten Paul auf, das Auto zu öffnen. Durchsuchten alle Ecken und Ritzen, kippten alles auf den Parkplatz und inspizierten den Kofferraum.

»Losfahren!«

Die fünf standen da, während Paul tapfer in seinen Trabi stieg und davonknatterte.

Erst danach verteilten sie sich auf zwei andere Autos und fuhren ebenfalls los.

Am Abend, als die Kinder im Bett waren, standen Paul und ich geschockt im Wohnzimmer.

Paul war weiß wie die Wand, und auch ich war nur noch ein Gespenst. Wir flüsterten in unseren eigenen vier Wänden und kamen uns vor wie ferngelenkte Marionetten.

»Die Neumanns?« Ratlos zupfte ich an meiner Unterlippe.

»Nein, niemals! Das sind unsere Freunde. Die bespitzeln uns nicht.« Paul hatte die Hände in den Hosentaschen vergraben und starrte auf den Teppich. »Außerdem wollten die doch selber ...« Er verstummte. »Könnte das eine Falle gewesen sein?«

Ich schluckte. »So viel Verschlagenheit traue ich denen eigentlich nicht zu. Die sind so kinderlieb und haben einen so süßen Hund ...«

Paul biss sich auf die Lippe. »Lotti, wir können KEINEM mehr trauen! Auch nicht den kinderliebsten Hundebesitzern!«

Mit plötzlicher Entschlossenheit riss Paul das Wohnzimmersofa von der Wand. »Komm, pack mal mit an!«

So leise wie möglich rückten wir das Sofa, den Tisch, die Schränke und die Lampen von der Wand, hoben den Teppich hoch und schraubten die Lichtschalter- und Steckdosenabdeckungen ab. Dasselbe taten wir im Schlafzimmer, in Küche und Flur. Vorher löschten wir alle Lichter und zogen die Vorhänge zu.

»Hier, warte mal.«

»Was ...?«

»Die Taschenlampe.«

Paul leuchtete in Sofaritzen und Schrankfächer wie ein Zahnarzt in die hintersten Backentaschen.

»Nichts.«

Wir fanden keine Wanze.

»Das Telefon?«

Paul schraubte alles auseinander. »Wieder nichts.«

»Also doch die Neumanns?«

Erst viel später, nach Einsicht in unsere Stasi-Akten, stellte sich der Verdacht leider als richtig heraus. Sie waren extra auf uns angesetzt worden, der kleine süße Hund war der buchstäbliche Lockvogel. Hätten wir doch auf unsere innere Stimme gehört und ihnen nicht vertraut!

Nach diesem Vorfall war ich nur noch ein Schatten meiner selbst. In der Blumenzwiebel-Firma konnte ich keine einzige Schreibmaschinentaste richtig treffen. Fräulein Borchert und Fräulein Dünnbügel erkannten sofort, dass etwas mit mir nicht stimmte.

»Frau Denkstein, du zitterst ja! Das ist heute Morgen schon deine achte Zigarette!«

»Und du siehst aus wie ausgespuckt!«

Besorgt betrachteten mich die beiden Kolleginnen. Herr Dreier räumte sinnlos Akten von rechts nach links und tat so, als wäre er nicht da.

»Gestern standen drei Männer mit Maschinengewehren bei uns im Flur. Wir haben die ganze Nacht Möbel gerückt«, brach es aus mir heraus. »Wir glauben, wir werden abgehört!«

»Da seid ihr nicht die Einzigen«, flüsterte Fräulein Borchert. »Bei uns in der Kirche kommen die Leute jeden Tag zusammen, um sich in Ruhe unterhalten zu können. Alle ihre Wohnungen sind verwanzt.«

Nervös blies ich weitere Rauchschwaden in mein bereits verqualmtes Büro. »Ich weiß nicht! Wir konnten keine Abhörvorrichtung finden. Außerdem: Wie viele Leute müssen denn da täglich nur damit beschäftigt sein, andere zu bespitzeln? Die kommen ja zu nichts anderem mehr!«

»Unzählige.« Fräulein Borchert machte das Fenster auf und wedelte meinen Rauch hinaus.

»Ihr solltet euch in eurer Wohnung überhaupt nicht mehr unterhalten!«

»Ja, aber wo ...«

»Und sonst lasst ihr den Wasserhahn laufen, dreht das Radio lauter, macht den Mixer an ...«, schlug Fräulein Dünnbügel vor.

»Da bleibt eigentlich nur noch die Toilette ...«, murmelte ich.

»Da wäre ich mir nicht so sicher. Die sind so was von geschickt!«

»Traut keinem Menschen mehr über den Weg. Wie gut, dass du wenigstens deinem Mann vertrauen kannst«, raunte Fräulein Dünnbügel vielsagend. Sie sah mich fragend an: »Das kannst du doch, oder?«

»Ja natürlich!«, schoss es aus mir heraus. »Zwischen Paul und mich, da passt kein Blatt Papier!«

»Sicher?«

»Sicher!« Ich schluckte. »Wie kommst du denn darauf?« Mir wollte sich der Magen umdrehen.

»Es gibt Ehepaare, die bespitzeln sich gegenseitig.«

»Und Kinder ihre Eltern«, bestätigte Fräulein Borchert.

Oh Gott, mir wurde schlecht! Ein Staat fraß sich von innen auf wie ein bösartiges Krebsgeschwür?

Paul und mir blieb tatsächlich nichts anderes übrig, als unsere Gespräche spätabends im Flüsterton zu führen, und zwar außerhalb unserer vier Wände.

Arm in Arm spazierten wir um unseren Plattenbau herum, unsere erhellten Fenster ständig im Auge. Den Kindern schärften wir ein, nicht aufzumachen, wenn es klingeln sollte.

»Wir haben den Schlüssel, und sonst hat niemand was in

der Wohnung zu suchen. Ihr dürft noch fernsehen, bis wir wiederkommen. Habt ihr das verstanden?«

»Ja.«

»Wiederholt das!«

»Wir dürfen noch fernsehen, bis ihr wiederkommt.«

»Das andere.«

»Wir machen nicht auf, wenn es klingelt.«

»Unter keinen Umständen.«

»Unter keinen Umständen.«

»Und wenn es brennt?«, fragte Franzi mit großen Augen.

»Es brennt nicht«, sagte ich müde.

Dabei brannte es schon lange lichterloh.

Paul und ich holten unsere Ersatzausweise ab. Graue Wische aus dünnem Papier, wie sie entlassene Strafgefangene bekamen. Einfach entwürdigend. Damit waren wir faktisch vorverurteilt wie damals mein Vater. Der hatte sich tapfer geweigert, so einen Lappen in Empfang zu nehmen. Ich bewunderte ihn dafür! Woher hatte er nur die Kraft genommen, sich seine Würde zu bewahren?

»Sie haben sich regelmäßig zu melden«, schnarrte der Polizeibeamte, der uns mit gewichtiger Miene Stempel auf die Papiere knallte, »und sich an folgende Auflagen zu halten: Sie dürfen die Stadt nicht verlassen und nicht ins Ausland reisen ...«

»Sehr witzig«, meinte Paul zynisch. »Dabei wollten wir gerade nach Paris.«

Dieser Scherz kam gar nicht gut an. Paul wurde sofort aufs Schärfste belehrt, solche Unverschämtheiten zu lassen.

Mechanisch setzte ich einen Schritt vor den anderen, als Paul mich über den Parkplatz zum Auto schob. »Kopf hoch, Liebes!«, raunte er mir zwischen zusammengebissenen Zähnen zu. »Nicht einknicken, weitergehen, lächeln!«

Mein tapferer Paul lief richtig zur Hochform auf. Galant öffnete er mir die Tür und bugsierte mich zitterndes Häuflein Elend ins Auto, als wäre ich eine prominente Dame des Hochadels. Natürlich wurden wir vom Polizeigebäude aus beobachtet. Paul tänzelte um den Trabi herum und tat so, als wäre er ein Mercedes oder Porsche.

»Paul! Hör auf mit dem Quatsch«, fuhr ich ihn an. »Für mich ist das der blanke Horror, ich halt das nicht mehr aus.« Seine aufgesetzte Fröhlichkeit machte mich wahnsinnig!

»Für mich ist das nur noch lächerliche Kinderkacke.« Paul lachte ungerührt. »Des *homo sapiens* nicht mehr würdig. Ich verlasse diesen Staat lachend und aufrecht!«

»Paul, unser Ausreiseantrag ist jetzt ein Jahr her! Das wird nie mehr was. Wir bleiben für den Rest unseres Lebens hier«, jammerte ich verzweifelt. »Wir werden unseres Lebens nicht mehr froh!«

»Andere haben drei bis vier Jahre gewartet, aber am Ende durften sie raus!«

Wenn sie uns auch im Auto abhörten, konnten sie jetzt nur noch lautes Geknatter und leises Schluchzen hören. Wie versteinert starrte ich auf die Straße. Überall sah ich nur noch Menschen, die uns beobachteten. War diese Frau mit Kinderwagen, die jetzt vor uns über den Zebrastreifen ging und dankend die Hand hob, auf uns angesetzt? Sie schaute viel zu lang in unser Auto! Oder der alte Mann mit Hund, da drüben am Kiosk? War er mit dazu eingeteilt, sich unsere Route zu notieren? Und was war mit den beiden Männern mit Hut, die rauchend an der Straßenecke standen? Warum drückten die jetzt ihre Zigaretten aus und folgten uns? Ich war am Rande des Wahnsinns, am Ende meiner Kräfte. Ständig hatte ich Brechreiz, essen konnte ich nichts mehr.

»Lotti, du musst noch eine Weile durchhalten«, versuchte Paul mich zu beruhigen, als er mir vor unserem Plattenbau aus dem Auto half. Meine Beine zitterten so sehr, dass ich auf meinen Pumps nicht mehr übers Kopfsteinpflaster laufen konnte. »Kopf hoch, Süße. Es kann jetzt nicht mehr lange dauern. Was haben die schon an so renitenten Bürgern wie uns? Sie müssen uns gehen lassen!«

»Ich weiß nicht, was ich mit unseren Mädchen noch machen soll«, flüsterte ich voller Angst. »Die werden immer mehr geschnitten.«

»Fahr einfach mit ihnen in die Stadt. Lenk sie ab, beschäftige sie.«

Ich schüttelte den Kopf. »Die wollen unbeschwert mit ihren Freundinnen zusammen sein ...«

Paul führte mich am Spielplatz vorbei, auf dem der Alltag ganz normal weiterging. »Guten Tag«, grüßte er nach rechts und links freundlich die jungen Eltern, die uns hinterhergafften, als zögen wir eine Rolle Klopapier hinter uns her. Früher hatten wir auch dabeigestanden, unsere Kinder beobachtet und arglos mit den Nachbarn geplaudert. Heute schienen wir den Stempel »Westflüchtige Verräter!« auf der Stirn zu haben.

»Versuch überall, Koffer zu bekommen. Es kann ganz schnell gehen«, flüsterte Paul mir zu, bevor wir den Aufzug betraten, der möglicherweise auch verwanzt war. Im Spiegel des Fahrstuhls starrte mich eine verängstigte, gebrochene kleine Frau an, deren Hände zitterten. So wollte ich nicht länger sein. Paul war doch auch guter Dinge! Und sei es nur den Mädchen zuliebe: Sie hatten starke Eltern verdient. Wir mussten sie vor diesem ganzen Wahnsinn schützen!

Und so verbrachte ich die Nachmittage mit den Mädchen auf möglichst neutralem Boden, wo uns niemand kannte. Wir fuhren kreuz und quer mit der Straßenbahn durch die Stadt und bemühten uns dabei, unauffällig Koffer zu hamstern. Doch die waren offensichtlich in ganz Erfurt ausverkauft.

Am späten Nachmittag, mitten im Berufsverkehr, stand ich mit den Mädchen im dichten Gedränge der schlingernden Straßenbahn. Hinter uns zwei Männer und eine Frau, die sich an den Halteschlaufen festhielten. Sie waren uns so nah, dass ich ihren Atem im Nacken spüren konnte.

»Kennt ihr die?«, fragte einer der Männer ungeniert. »Lotte Denkstein. Geborene Alexander: Paragraph 213, ungesetzlicher Grenzübertritt. Auch ihre Familie hat schon die Ausweise abgegeben.«

Ich zuckte zusammen und fuhr herum. Alle drei grinsten mir frech ins Gesicht.

Mir gefror das Blut in den Adern. Jetzt machten sie es nicht mal mehr heimlich! Jetzt wurde ich offen angegriffen! Wieder wurden wir beim Bremsen der Straßenbahn aneinandergedrückt. Ich starrte auf ihre hämisch lachenden Münder. Meine Finger umklammerten die Stange, an der sich auch die drei Stasi-Leute festhielten. Ich fühlte ihren Schweiß förmlich auf der Haut, sah den Hass in ihren Augen. Als sich die Türen an der nächsten Haltestelle öffneten, gab ich einem plötzlich aufsteigenden Fluchtreflex nach. Unsanft zerrte ich meine ahnungslosen Töchter auf die Straße. »Los, aussteigen.«

»Aber es sind doch noch drei Stationen!«, maulte Katharina.

»Wir laufen! Laufen ist gesund!« Meine Stimme war schneidend, die Kinder kapierten und hoppelten angsterfüllt neben mir her. Sie taten mir so leid!

Noch während wir davonrannten, drehte ich mich um.

Die drei Spitzel waren auch ausgestiegen. Und folgten uns.

47

Bernau am Chiemsee, 10. Oktober 2011

»Frau Denkstein! Haben Sie mal eine Minute?« Im Eilschritt lief Dr. Eberhartinger hinter mir her. Gerade war ich vom Rad gesprungen und schloss es am Fahrradständer an.

»Natürlich. Für Sie doch immer!« Ich richtete mich auf und drückte dem Hausarzt, der Bruno inzwischen auch vor Ort im Heim betreute, die Hand. »Oh, Entschuldigung, ich brauche ein Taschentuch …« Immer wenn ich bei diesem Schmuddelwetter mit dem Rad unterwegs war, schoss mir das Wasser aus der Nase.

»Ich will Sie auch gar nicht lange aufhalten.« Der Arzt entsperrte bereits seinen Range Rover, woraufhin der einen kurzen Jaulton von sich gab und gehorsam mit seinen Scheinwerferaugen blinkte.

»Haben Sie die Ergebnisse der radiologischen Untersuchung?«

»Ja.« Der Arzt kramte in seinem Kofferraum und legte einen großen Umschlag aufs Autodach. So etwas ging auch nur bei uns am beschaulichen Chiemsee. Unser Dorf war ein einziges gemeinsames Wohnzimmer.

»Schauen Sie …« Er zog die radiologischen Aufnahmen heraus und hielt sie gegen das Licht. Ich sah … Knochen. Und darin … mehrere schwarze Punkte.

»Was ist das?« Ich war immer noch mit meinem Taschentuch zugange.

»Das sind Nägel. Das Bein Ihres Bruders wurde mehrfach genagelt.«

»Oh.« Augenblicklich bekam ich eine Hitzewallung. »Was bedeutet das?«

»Dass das Bein mehrfach gebrochen war.« Der Arzt zog die Stirn in Falten. »Es ist auch fehlerhaft behandelt worden, und offensichtlich gibt es auch Störungen am Hüftgelenk. Hatte Ihr Bruder als Kind vielleicht Skoliose?«

Ich holte tief Luft. »Nein. Er war als junger Mann kerngesund und sportlich. Das muss im Gefängnis passiert sein. Die Haftbedingungen in der DDR ...« Mehr wollte ich nicht sagen. Ich musste das Gesicht abwenden und schnäuzte mich.

Der Doktor nahm es mit Entsetzen zur Kenntnis. »Das würde einiges erklären, aber ... sind Sie sicher?«

»Bruno kann es mir ja leider nicht mehr sagen. Oder sollte ich lieber sagen glücklicherweise? Ich weiß es nicht.«

Der Arzt verstaute seine Tasche wieder im Kofferraum. »Es ist jedenfalls ein Segen, dass er eine so fürsorgliche und liebevolle Schwester hat. – Sie wissen, dass wir wegen seines schlechten Allgemeinzustandes nicht mehr operieren können – weder die schlecht verheilten Knochenbrüche noch die Hüfte noch das Prostatakarzinom?«

»Ja. Nur noch Schmerztherapie. Jetzt, wo er unter meiner Obhut steht, soll er einfach noch eine möglichst lebenswerte Zeit haben und spüren, dass er geliebt wird.«

Der Arzt gab mir die Hand. »Ich kann mich nur wiederholen: Gut, dass er Sie hat, Frau Denkstein.« Mit diesen Worten fuhr der Landarzt davon.

Ich musste ein paarmal tief durchatmen und betrat dann das Foyer des Heims St. Rupert am See.

Bruno saß mit den anderen Heiminsassen vor der Flimmerkiste, kam aber sofort erfreut auf mich zugerollt und bot mir die Stirn zum Kuss. Wie süß war das denn? Er freute sich sichtlich, mich zu sehen!

»Hallo, mein Lieber!« Ich strahlte ihn an. »Wie geht es dir heute?«

»Jaaaa!«

»Immerhin haben sie dir ein anständiges Hemd, eine richtige Hose und eine hübsche Jacke angezogen!«

»Jaaaaa!«

Es war schon einige Male vorgekommen, dass ich meinen Bruder ziemlich ungepflegt mit fettigem Haar, in Jogginghosen und einem nicht mehr ganz frischen T-Shirt vorgefunden und meinem Ärger darüber gründlich Luft gemacht hatte. Zeitmangel und Arbeitsüberlastung hin oder her: Wenn sie ihn in seiner Gefängniszelle schon menschenunwürdig behandelt hatten, sollte er hier größten Respekt genießen!

»Frau Denkstein, gut dass Sie kommen! Ich muss Ihnen leider mitteilen, dass Ihr Bruder schon mehrfach sein Zimmer nicht mehr gefunden hat!«

Schwester Silke kam mit einem anderen Patienten im Rollstuhl um die Ecke und schob ihn vor das Aquarium. »Wir mussten ihn heute Morgen lange suchen, bis wir ihn im Bett von Herrn Brettschneider gefunden haben. Und als wir ihn da rausholen wollten, hat er sich mit Händen und Füßen dagegen gewehrt. Das Angefasstwerden bereitet ihm Schmerzen, und auf seinem Bein kann er auch nicht mehr stehen.«

»Ich weiß«, gab ich zurück. »Ich habe schon mit dem Arzt gesprochen. Gehen Sie bitte davon aus, dass das keine böse Absicht war.«

»Bruno ...« Ich beugte mich zu meinem Bruder hinunter. »Hast du vergessen, wo du wohnst?«

»Jaaaaa!«

»Sollen wir dein Zimmer kennzeichnen? Mit einem schönen Schild vielleicht?«

»Jaaaaa!«

Schnurstracks brach ich mit Bruno zu einem Spielzeuggeschäft auf. Er schaffte es, selbstständig in seinem Rollstuhl neben mir herzurollen, und wir hielten uns dabei an der Hand.

»Schaut mal! Da gehen sie wieder, Brüderchen und Schwesterchen«, hörte ich zwei Damen vom Pflegepersonal sagen. »Wenn das keine Liebe ist!«

Im Spielzugladen angekommen, entdeckte ich ein Holzschild, auf das ein Elefant gemalt war. Das war es doch!

»Bruno, erinnerst du dich noch an Berta?«

»Jaaaaa!«, schoss es dermaßen begeistert aus ihm heraus, dass einige Mütter mit ihren Kleinkindern erschrocken beiseitetraten.

»Der tut nichts«, beruhigte ich sie. »Der will nur spielen.«

Wir kauften das Schild, und ich hängte es sofort an seine Zimmertür.

»Jetzt findest du dein Zimmer leicht wieder!«

»Jaaaaa!«

Kaum saßen wir einträchtig in seinem Elefanten-Zimmer, hangelte sich Bruno mithilfe seines Galgens wieder geschickt ins Bett. Er war müde und wollte sich ausruhen.

Mein Blick fiel auf das heruntergeklappte Bettschutzgitter.

»Soll ich es hochklappen, damit du nicht rausfällst? Und dich im Halbschlaf nicht mehr verlaufen kannst?«

»Jaaaaa!«

»Oder bedeutet das Nein?«

Ich besprach die Sache mit Schwester Silke, die gerade mit einigen Insassen am Tisch saß und versuchte, ein Brettspiel in Gang zu halten.

»Frau Denkstein, so leid es mir tut …« Konzentriert verfolgte sie die Spielzüge ihrer Schützlinge. »Als Vormund Ihres Bruders müssen Sie schriftlich beantragen, dass das Bettschutzgitter nachts oben und tagsüber unten sein soll. Eine genaue Konkretisierung der Anwendung von solch freiheitsentziehenden Maßnahmen ist tatsächlich notwendig.«

Ich traute meinen Ohren nicht. Jahrelang war mein Bruder unrechtmäßig hinter Gittern gewesen, weil er von seinem Menschenrecht der Freizügigkeit Gebrauch gemacht hatte. Und jetzt, wo es um ein harmloses Schutzgitter ging, das ihn davor bewahrte, aus dem Bett zu fallen und sich unter Umständen schlimme Verletzungen zuzuziehen, davor, orientierungslos und voller Angst durch die Gänge zu irren, musste das erst wochenlang beantragt werden? Ich seufzte. Na, die sollten mich kennenlernen: Im Antragstellen war ich gut!

48

Erfurt, 24. April 1985

Paul und Lotte Denkstein
Warschauer Straße 30
Erfurt

An die
Sozialistische Einheitspartei Deutschlands
Haus des Zentralkomitees
Generalsekretär Genosse Honecker
1020 Berlin

Werter Herr Honecker!

Am 15.3.1984 stellten wir unseren Antrag auf Entlassung aus der DDR-Staatsbürgerschaft und Übersiedlung in die BRD. Während mehrerer Aussprachen und Vorladungen wurden widersprüchliche Aussagen seitens der staatlichen Organe getätigt, bis uns aufgrund meiner Schreiben an Sie vom 16.7.84 und vom 7.8.84 mitgeteilt wurde, dass unser Antrag nicht bearbeitet werde, da er den Forderungen des GBL Teil 1 Nr. 26 nicht entspreche.
Da diese Hinhaltetaktik weder eine Antwort auf mein

Schreiben noch eine Lösung unseres Problems ist, wandte ich mich wiederholt an Sie persönlich, werter Genosse Honecker. Wir planten darüber hinaus eine Tagesreise nach Prag.
Die einzige Reaktion auf mein Schreiben war der Entzug unserer Personalausweise. Dies ist eine absolute Einschränkung unserer Grundfreiheiten und Menschenrechte.
Ich berufe mich auf die unzähligen Zitate Ihrerseits, welche zu verschiedenen Anlässen und Höhepunkten Ihrer öffentlichen Auftritte stets aus ihrem Munde getätigt werden. Sie garantieren volle Anerkennung und die Durchsetzung der nationalen und internationalen Abkommen und die Einhaltung der Menschenrechte in der DDR! Insofern beharre ich auf unserem Antrag und weise Sie ausdrücklich darauf hin, dass wir ihn mit Recht gestellt haben.
Obwohl wir diesen Staat bisher nicht durch Besetzen einer Botschaft konfrontiert und somit keinen Anteil an den dadurch entstandenen Konflikten haben, berufen wir uns mit diesem Schreiben nun konkret an die Zusage der Regierung an die Besetzer der Botschaften, ihre Anträge zeitnah zu bearbeiten! Auch wir haben ein Recht darauf, dass unsere Anträge zeitnah bearbeitet werden.
Wir haben stets und konsequent während der sogenannten Aussprachen unseren Standpunkt ehrlich vertreten. Aufgrund der menschenunwürdigen Behandlung unserer Familien wollen wir dieses Land verlassen. Wir haben uns auch weder durch Drohungen noch durch Sanktionen davon abbringen lassen. Unsere Tochter leidet an der unheilbaren Darmkrankheit Zöliakie, die nur durch eine konsequente Ernährung gelindert werden kann. Da wir inzwischen noch nicht mal mehr die rettenden Pakete aus dem Westen erhalten dürfen, erwarten wir im Interesse unserer Tochter und der dringend notwendigen Pflege unseres – durch diesen Staat massiv gesundheitlich und psychisch geschädigten – Vaters (Schwiegervaters) sowie

des ebenfalls menschlich und beruflich zerstörten Bruders (Schwagers) eine korrekte, zügige und unbürokratische Bearbeitung unseres Antrages.

Hochachtungsvoll

Paul und Lotte Denkstein

Erfurt, 19. Mai 1985

*Paul und Lotte Denkstein
Warschauer Straße 30
Erfurt*

*An den
Staatsrat der DDR, Staatsratsvorsitzenden,
Genosse Honecker
PF 100*

1020 Berlin

Werter Staatsratsvorsitzender!

Bis zum heutigen Tage blieben unser Schreiben vom 24.4.85 wie auch die vorangegangenen regelmäßig schriftlich gestellten Anträge unsererseits unbeantwortet. Diese Handlungsweise Ihrerseits steht keinesfalls im Einklang mit Ihren Empfehlungen an die örtlichen Volksvertretungen, »mit menschlichem Verständnis auf die Anliegen der Bürger zu reagieren«, und

ist kein Ausdruck der sozialistischen Demokratie, auf die Sie sich stets berufen.
Seit dem 15.3.1984 besteht unser Antrag auf Entlassung aus der DDR-Staatsbürgerschaft und Übersiedlung in die BRD, gestützt auf fundamentale Eckpfeiler von menschlich nachvollziehbaren Gründen, die dieser Staat selbst geschaffen hat.
Im Interesse der Genesung unserer an Zöliakie erkrankten Tochter und allgemein der schulischen Entwicklung unserer Kinder, die hier keine adäquaten Bildungsmöglichkeiten mehr haben, stellen wir diesen Antrag erneut und werden ihn immer wieder stellen, bis wir Gehör finden.
Wir lassen uns nicht ignorieren.
Bei einer Vielzahl von Aussprachen im Betrieb (s. Anlage), vor dem Rat der Stadt, vor dem Rat des Stadtbezirkes und bei Vorladungen ins Rathaus und auf verschiedene Polizeistationen der Stadt Erfurt wurden wir immer wieder aufgefordert, unsere Beweggründe zu schildern. Simple, durchschaubare und unbegründete Gegendarstellungen unserer Situation (unsere Tochter sei gar nicht krank, sie könne mit ihren sieben Jahren auch allein in die BRD reisen, um sich dort behandeln zu lassen, etc.) wurden mutwillig wiederholt, einhergehend mit Drohungen gegen uns gerichtet. Uns beiden wurden bereits die Arbeitsplätze weggenommen, wir haben Tätigkeiten zugewiesen bekommen, für die wir beide überqualifiziert sind, unseren Kindern wurden Fortbildungsmöglichkeiten untersagt, sie wurden von Schule, Sport und Freizeitmöglichkeiten ausgeschlossen. Mein Mann wurde mehrfach aufgefordert, sich von mir scheiden zu lassen.
Das alles wurde uns unter dem Deckmantel der »Nichtantragsberechtigung« angetan.
Mit diesem Argument wurden uns auch die Personalausweise abgenommen. Unsere Wohnung wurde von mehreren

bewaffneten Männern gestürmt, als wären wir Schwerverbrecher.
Sehr geehrter Herr Staatsratsvorsitzender, diese Fakten sind Ihnen doch nicht unbekannt!
Durch die Besetzung der Botschaft der BRD durch Bürger der DDR in Prag, deren Anträge auf Ausreise wie unsere Anträge ebenfalls ignoriert und nicht bearbeitet wurden, gelang es, den öffentlichen Druck auf die Regierung der DDR zu verstärken.
Wir verlangen aufgrund der mehrfachen Überschreitung der Bearbeitungsfrist, unserem Antrag nun stattzugeben und damit einen echten Beitrag zu den getätigten Ausführungen des Prof. Dr. Müller auf der 41. Tagung der UNO-Menschenrechtskommission zu leisten.
Obwohl wir schon Dutzende von Malen mündlich und persönlich unser Anliegen und dessen Begründung vorgetragen haben, sind wir dennoch nach wie vor jederzeit bereit, uns Fragen und Diskussionen rund um unseren Antrag zu stellen. Wir werden uns jedoch von unserer Überzeugung und unserem Entschluss, die DDR so schnell wie möglich für immer zu verlassen, nicht mehr abbringen lassen.
In beiderseitigem Interesse verlangen wir hiermit nochmals, unserem Antrag auf Entlassung aus der DDR-Staatsbürgerschaft und Übersiedlung in die BRD zuzustimmen.

Paul und Lotte Denkstein

Anlage: Protokolle der innerbetrieblichen Aussprachen/Vorladungen der Lotte Denkstein

Protokoll am 25.4.84
Wiederholte Aussprachen mit Kollegin Denkstein. Es gibt gegenwärtig keine andere Einstellung der Kollegin zu dem von ihr und ihrem Mann Paul Denkstein gestellten Antrag auf Ausreise in die BRD.

Gezeichnet Erwin Dreier

Protokoll am 24.6.84

Die Kollegin Denkstein ist in unserem Betrieb, Abt. Spezialkulturen Blumenzwiebeln und Pflanzensamen, als Sachbearbeiterin tätig. Nach Bekanntwerden ihres Antrages auf Ausreise in die BRD wurden mehrere Aussprachen mit ihr geführt. Das letzte Gespräch erfolgte am 20.6.84 durch den Bereichsleiter, Genossen Helmut Dreier, und den Parteisekretär, Gen. Heinz Wedel. Kollegin Denkstein brachte zum Ausdruck, dass ihr Mann Paul Denkstein und sie gemeinsam die Antragsteller seien. Es lägen persönliche Gründe vor; die Krankheit ihrer Tochter Franziska (komplizierte chronische Darmkrankheit, Zöliakie) und die Pflegebedürftigkeit ihres Vaters Werner Alexander und die private Situation ihres Bruders Bruno Alexander (früher erfolgreicher Geiger, heute arbeitslos, geschieden, Sozialhilfeempfänger). Beide Schicksale basierten auf traumatischen Erlebnissen in der DDR. Kollegin Denkstein beharrt auf ihrem Standpunkt und will, nach ihren Worten, um die Ausreise kämpfen. Die Gespräche werden weitergeführt.

Gezeichnet Erwin Dreier

Protokoll am 30.7.84

Am 27.7.84 erfolgte eine weitere Aussprache mit Kollegin Denkstein durch den Direktor, Gen. Franz Pupke, und den Kaderleiter, Gen. Hansgünther Laderer. Denkstein bekräftigte in dem Gespräch ihre in der vergangenen Aussprache dargelegten Gründe und führte außerdem an, dass ein Grund ihres Antrages die Stoffwechselkrankheit ihres Kindes sei (Zöliakie, strengste Diät, in der DDR ohne Pakete aus dem Westen nicht durchführbar), die in der BRD heilbar wäre. (Problemlose Ernährung durch Spezialdiät, einfach zu erlangen in speziellen Reformhäusern).

Sie räumte ein, dass ihr seitens der staatlichen Organe angeboten worden sei, ihr Kind ohne sie und ihre Familie in den Westen zu schicken, um es dort behandeln zu lassen. Anmerkung: Das Kind ist sieben Jahre alt.

Sie lehnt dieses Angebot dankend ab. Ein weiteres Argument für ihren Antrag ist, dass sie und ihr Mann Paul Denkstein, besonders nach der Ausweisung ihres Vaters Werner Alexander und ihres Bruders Bruno Alexander (beide nach jahrelanger verbüßter Haftstrafe wegen Flucht bzw. Beihilfe zur Flucht nicht mehr arbeitstauglich), keine beruflichen Chancen und keine Perspektive für persönliche Entwicklungen, ebenso wie ihre Kinder, mehr haben.

Trotz entsprechender Argumentation unsererseits, auch dass sie in unserem Betrieb bisher keinerlei Nachteile gehabt habe (sie ist ausgezeichnet in das Kolleginnenteam integriert und sehr beliebt), hält sie ihren bisherigen Standpunkt aufrecht. Die Gespräche werden weitergeführt.

Gezeichnet Erwin Dreier

Protokoll am 26.9.84

Am 21.9. wurde durch den Parteisekretär Gen. Karl Heinz Brennerdürr und Bereichsleiter Gen. Ferdinand Kerchow ein weiteres Gespräch mit der Kollegin Denkstein geführt. Sie war im Gespräch sehr unzugänglich, obwohl die Aussprache bewusst im kleinen Kreis erfolgte. Immerhin gab es Kaffee und Kekse, von der Kollegin Denkstein selbst serviert. Sie brachte zum Ausdruck, dass ihr Ausreiseantrag mit den entsprechenden Gründen bestehen bleibe. Sie finde, so wörtlich, schon einen Weg, um die Ausreise zu erwirken. Es sei zwecklos, sich weiter mit ihr zu unterhalten. Trotz der gegenwärtigen Reaktion werden die Gespräche zu geeigneter Zeit weitergeführt.

Gezeichnet Erwin Dreier

Protokoll am 26.11.84

Bei der Kollegin Lotte Denkstein ergab das Gespräch keine Veränderung ihrer Haltung und eine Abstandnahme von ihrem Antrag auf Ausreise in die BRD konnte nicht erreicht werden.

Gezeichnet Erwin Dreier

Protokoll am 4.1.85

Siehe Protokoll vom 26.11.84

Gezeichnet Helmut Dreier

Protokoll am 30.1.85

Mit Kollegin Denkstein wurde ein weiteres Gespräch durch den Parteisekretär geführt, das zu keinerlei Ergebnis führte. Die Kollegin Denkstein äußerte, sie habe keine Lust mehr, sich weiterhin über ihre Probleme zu unterhalten. Sie beharrt auf ihrem Antrag und ist der Meinung, irgendwann ihr Ziel zu erreichen. Ihre Gründe sind nach wie vor die gleichen; besonders die Krankheit des Kindes (Zöliakie) und die Pflegebedürftigkeit ihres körperlich schwer geschädigten Vaters und inzwischen arbeitslosen, ins soziale Abseits gerutschten Bruders in der BRD. Beide brauchten dringend die Hilfe und Fürsorge der Antragstellerin. Inzwischen ist der Standpunkt der Kollegin Denkstein verhärtet. Da die Kollegin keine Bereitschaft zu weiteren Aussprachen zeigt, sind andere Ergebnisse als die vorliegenden nicht zu erwarten.

Gezeichnet Erwin Dreier

49

Bernau am Chiemsee, 25. Oktober 2011

»Frau Denkstein! Kommen Sie schnell! Ihr Bruder ist in seinem Rolli bewusstlos zusammengesackt!«

Gerade hatte ich mich mit einer netten Mitpatientin ein wenig im Foyer unterhalten, als ich hektisches Treiben auf dem Flur bemerkte. Sofort stürmte ich zu Bruno. Er war herausgefallen und lag reglos am Boden.

In Windeseile wurde er auf eine Rollbahre gelegt und in sein Zimmer geschoben. »Blutdruck im Keller«, rief Schwester Silke. »Wir brauchen sofort einen Arzt!«

»Kreislaufkollaps!«

Plötzlich überwältigte mich die Angst, er könnte jetzt sterben. Das durfte doch nicht wahr sein! Er hatte doch seine Kinder noch gar nicht gesehen!

Pit und Yasmin waren die beiden Menschen, die ihm noch verzeihen mussten, bevor er gehen konnte.

»Burschi!« Ich schüttelte ihn. »Bitte, wach auf!«

Der herbeigerufene Dr. Eberhartinger legte ihm eine Infusion, und kurz danach entspannte sich die Lage. Bruno schlug die Augen auf und schaute verschämt lächelnd in die Runde, als wollte er sich dafür entschuldigen, dass er in Ohnmacht gefallen war!

Aufschluchzend nahm ich seine Hand und küsste sie. »Bruno! Was machst du denn für Sachen?«

Brunos Augen waren wieder geschlossen, er atmete flach.

Ich redete leise und beruhigend auf ihn ein, sang unsere alten Kinderlieder.

Als er die Augen nach einer Stunde wieder aufschlug, ignorierte er mich einfach. Er tat als wäre ich Luft! War er etwa böse, dass man ihn zurückgeholt hatte?

»Frau Denkstein, gehen Sie mal beiseite, wir wollen Ihren Bruder jetzt aufs Abendessen vorbereiten.«

»Bruno, ich …«

»Gehen Sie jetzt, Frau Denkstein. Sie können gerade nichts für ihn tun!«

»Gute Nacht, Bruno!« Ich wollte ihn auf die Stirn küssen, aber er wandte brüsk das Gesicht ab. Wie ein begossener Pudel schlich ich zur Tür. »Ich hab dich lieb, großer Bruder!«

Kein »Jaaaa!« kam zu mir herüber. Kein dankbarer Blick wie sonst, kein verschämtes, jungenhaftes Lächeln.

Mir schossen die Tränen in die Augen. Was hatte ich getan oder gesagt, das ihn so verletzt haben könnte?

Er war kurz davor, ins Jenseits hinüberzugleiten, und ich hatte ihn angefleht, noch nicht zu gehen. Er hatte doch noch was zu erledigen!

Warum nahm er mir übel, dass seine Kinder ihn hier noch nicht besucht hatten?

Zu Hause tröstete mich Paul, der mir sofort ansah, dass ich geweint hatte.

»Herzerl! Waren sie nicht nett zu dir?«

»Nein! Und Bruno auch nicht!«

Paul hörte sich alles an, und zog mich an sich. »Lass dich jetzt bloß nicht unterkriegen, Lotti. Wir haben schon so vieles gemeinsam durchgestanden. Da schaffen wir das jetzt auch noch!«

Abrupt ließ er mich los und ging zum Regal. Darin stand der Ordner mit Kopien der Stasi-Unterlagen, die wir nach der Wende eingesehen hatten. Manchmal tat es regelrecht gut, sich wieder kurz darin zu vertiefen, sich wieder vor Augen zu führen, was wir alles hinter uns gelassen hatten. Ich überflog nur wenige Seiten und musste automatisch lachen.

Protokoll einer Beschattung
Abt. 26/2 streng vertraulich/Erfurt, 10. Juni 1985

08:34 Uhr   betrat Denkstein für 1 Min. den Balkon der Wohnung (13. Stock) und schüttelte Teppich aus.

08:56 Uhr   betrat Denkstein nochmals den Balkon und sah sich, über das Balkongeländer gebeugt, den Fahrzeug- und Personenverkehr in der Warschauer Straße an. Nach 58 Sekunden ging er wieder in die Wohnung zurück.

08:58 Uhr   verließen Denkstein und seine beiden Töchter Katharina und Franziska das Wohnhaus und gingen zum abgeparkten Pkw. Jedes der Mädchen trug einen aus Weidenruten geflochtenen Korb mit Deckel. Die Körbe wurden nach dem Einsteigen in den Pkw in der Fondablage abgelegt.

09:03 Uhr   fuhren sie durch die Warschauer Straße, Bukarester Straße, Ulan-Bator-Straße auf das Gelände der Intertankstelle in der Demminer Straße. Hier tankten sie. Die jüngere Tochter bohrte in der Nase, die ältere überreichte ihr ein Taschentuch.

09:18 Uhr   verließen sie die Intertankstelle und fuhren durch die Nordhäuser Straße, Moritzwallstraße, Moritzstraße in die große Ackerhofstraße. Hier fuhren sie

09:24 Uhr   auf das Grundstück des VEB Großhandel Blumenzwiebeln/Pflanzensamen.

09:29 Uhr   fuhr Denkstein mit seinem Pkw vom Grundstück des VEB Großhandel. Im Pkw befand sich nunmehr auch noch seine Ehefrau. Sie fuhren durch die große Ackerhofgasse, Moritzstraße, Moritzwallstraße, Schlüterstraße, W.-Pieck-Straße, über Schmidtstätter

Knoten, Thüringerhalle, Steigerwald bis Parkplatz Arnstädter Hohle. Es machte den Anschein, als würden sie im Auto gemeinsam singen.

09:34 Uhr   Denkstein, die Denkstein und die Kinder Denkstein, betraten das Luft- und Sonnenbad. Sie trugen die erwähnten Körbe, in denen sich offensichtlich die Badesachen befanden. Die jüngere trug einen aufblasbaren Schwimmring (gelb).

09:35 Uhr   Beobachtung der erwähnten Personen abgebrochen. Die Personen machten den Eindruck, als wollten sie einfach nur an einem Samstagvormittag zum Schwimmen in ein öffentliches Hallenbad gehen. Dies schien uns unverdächtig.

Leiter der Abteilung
Hauptmann
Eichentopf, Oberstleutnant
Leiter des Referates 5

50

Erfurt, 2. Juli 1985

»So, liebe Schülerinnen und Schüler, liebe Eltern, lieber Elternbeirat, liebes Lehrerkollegium! Das Schuljahr war lang und meine Rede auch.«

Der Direktor der Ernst-Thälmann-Schule, Dr. Potthast, hatte an diesem letzten Schultag vor den großen Ferien eine lange Ansprache über Staatsbürgerkunde gehalten, und die zahlreichen Zöglinge, viele davon in FDJ-Tracht, hatten schon mit den Beinen gebaumelt vor Langeweile. Nachher sollte es bei einem gemütlichen Beisammensein auf dem Schulhof Thüringer Rostbratwurst geben und wie immer nach einer Zeugnisvergabe Limo, Kuchen und Bier. Darauf freuten sich wohl alle am meisten. Auch wir hatten vor, uns entspannt unters Volk zu mischen, nachdem unsere Mädchen ihre Zeugnisse erhalten hatten. Beide waren fleißige Schülerinnen gewesen und würden nur gute Noten haben.

»Doch jetzt will ich euch nicht mehr länger auf die Folter spannen ...« – der Direktor wandte sich jovial an die Schulsekretärin, die neben einem großen geschmückten Tisch seitlich auf der Bühne stand – »... und mit der Zeugnisübergabe beginnen. Bitte liebe Kollegen Klassenlehrer!«

Die Lehrer hatten sich an einem langen Tisch aufgereiht und gewichtige Mienen aufgesetzt. Wie immer war eine Zeugnisausgabe ein wichtiger Staatsakt.

Die Schulsekretärin reichte dem Direktor Potthast nun in alphabetischer Reihenfolge die Dokumente. Umständlich und feierlich überreichte der nun jedem Klassenlehrer und der wieder dem einzelnen Schüler, der namentlich auf die Bühne gerufen wurde, mit ein paar lobenden, anerkennenden oder auch mahnenden Worten das Zeugnis.

Schließlich erhob sich Katharinas Klassenlehrerin, Frau Barsch.

Ich reckte den Hals.

»Gleich kommt unsere Große dran ...«

Paul und ich saßen in der vorletzten Reihe der sachlich gehaltenen Mehrzweckhalle. Wir hatten hier bereits einige Festlichkeiten ausgestanden. Vorne prangte natürlich das große Porträt des Genossen Erich Honecker, daneben die Fahnen der Deutschen Demokratischen Republik, der Freien Deutschen Jugend und der Jungen Pioniere. Ansonsten waren die Wände mit bunten Wimpeln geschmückt, gebastelt von eifrigen Schulkindern, die damit ihre Linientreue ausdrücken sollten.

»Jetzt!«, wisperte ich aufgeregt und umklammerte den Griff meiner Handtasche. »Schau nur, wie aufgeregt sie da vorne sitzen, unsere zwei!«

»Katharina!«, gab ich unserer Ältesten ein Zeichen. »Du bist gleich dran, stell dich schon mal in die Reihe!«

Feierlich stellte sie sich am Bühnenaufgang auf. Die Vorfreude und Spannung stand ihr ins Gesicht geschrieben.

»Dachs, Susen«, las der Direktor vor, »Deilmann, Kevin, Dellert, Yvonne ...«

»Jetzt!« Ich versetzte Paul einen Stoß zwischen die Rippen und konnte eine Träne der Rührung nicht zurückhalten.

»Dietermann, Doreen, Dulke, Justin, Ebert, Sandra ...«

Wir fuhren zueinander herum. »Er hat sie übergangen!«

»Abwarten!«, versuchte Paul mich zu beruhigen. »Vielleicht zeichnet er die Besten am Schluss aus!«

Katharina, die noch immer erwartungsvoll an der Treppe zur Bühne stand, drehte sich fragend zu uns um. In ihren Augen standen Angst, Verunsicherung und Scham.

Alle anderen Klassenkameraden stiegen mit ihren Zeugnissen in der Hand die Stufen wieder hinunter und rempelten sie an, weil sie im Weg stand.

Mir schoss die Röte ins Gesicht. Das durfte doch nicht wahr sein!

Längst war der Direktor bei »L« angelangt, dann bei »M«, schließlich bei »W«. Unsere Kleine machte fragende Augen und flüsterte Katharina etwas zu, die mich hilfesuchend ansah. Paul neben mir verspannte sich, ich sah, wie sich seine Züge verhärteten.

Vorsichtig bedeutete ich Katharina, sich unauffällig wieder zu setzen. Die anderen, die ihre Zeugnisse bereits in Händen hielten, schauten sich kichernd und tuschelnd nach ihr um. Sie wurde an den Pranger gestellt!

»Zauner, Christine, Zeppelin, Thilo, und zu guter Letzt:

Zukowski, Tobias. Wie immer bist du der Letzte, aber nicht DAS Letzte, hahaha.« Der Direktor tätschelte dem Jungen gönnerhaft die Schulter und überreichte ihm sein Zeugnis.

Als Franzis Klasse an die Reihe kam, geschah genau dasselbe. Fassungslos sah ich zu Paul hinüber.

Nachdem das letzte noch auf dem Tisch der Sekretärin liegende Zeugnis verteilt worden war, sagte der Direktor fröhlich: »Und jetzt lasst uns feiern, es gibt eine ordentliche Stärkung!«

Alles klatschte, und im Anschluss spielte das Blasmusikorchester der Jungen Pioniere. Das schrille, durchdringende Pfeifen der Pikkoloflöten brachte mein Trommelfell zum Flattern, und ich fühlte mich verhöhnt und ausgepfiffen. Unsere Kinder waren öffentlich übergangen, vor aller Augen wie Luft behandelt worden! Unsere braven, fleißigen Mädchen, die sich nie etwas zuschulden kommen ließen! Während Störenfriede, Faule und Aufsässige alle ihr Zeugnis bekommen hatten!

Mein Magen zog sich schmerzhaft zusammen. Das hatten wir ihnen mit unserem Ausreiseantrag angetan!

Hörbar entspannt und schon in Ferienlaune leerte sich der Saal. Alle Kinder strömten ihren Eltern entgegen und zeigten ihnen stolz die Zeugnisse. Diese verstauten die kostbaren Dokumente sorgfältig in Klarsichtfolien, bevor sie von Senf oder Würstchenfett beschmutzt werden konnten. Gönnerhaft zückten sie Scheine aus ihren Brieftaschen und überreichten sie ihren Sprösslingen. Großeltern tätschelten ihren Enkeln anerkennend die Köpfe. Es wurde gelacht und geplaudert, es war ein Gewusel und Gesumme wie in einem Bienenstock. Alle hatten eine Daseinsberechtigung. Nur wir nicht.

Paul und ich blieben auf unseren Plätzen sitzen. Die herablassenden Blicke der an uns vorüberziehenden Eltern schmerzten wie Wespenstiche. Vor uns unsere beiden Töchter einsam in ihrer Reihe.

Katharina hatte Tränen in den Augen, als sie sich zu uns

umsah. So eine Demütigung! Beide kamen Trost suchend angerannt.

Ich breitete die Arme aus: »Kommt, meine Lieben. Das klärt sich bestimmt gleich. Seid nicht traurig!« Ich drückte ihre Köpfe an mich und strich ihnen übers Haar.

»Warum haben wir kein Zeugnis gekriegt?«

»Wir waren doch so fleißig und haben nie gefehlt!«

»Das ist sicherlich ein Irrtum«, hörte ich mich selbst sagen, glaubte aber nicht daran.

In Pauls Augen stand heiliger Zorn. Seine Schläfenadern pochten. »Wir gehen ins Direktorat und holen eure Zeugnisse dort ab. Das sind ja amtliche Dokumente, die euch ausgestellt werden müssen.«

»Mach du das, Paul. Ich warte draußen vor der Schule mit den Mädchen.«

Ich war so außer mir, dass ich es nicht ohne Zornestränen geschafft hätte, mich einer Diskussion mit dem Direktor zu stellen. Eine böse Vorahnung schwebte über mir wie eine schwarze Gewitterwolke, aber ich wollte nicht wahrhaben, dass sich die Schleusen gleich öffnen würden. Dass man unsere Mädchen von der Schulbildung ausschloss. Dass es für sie kein nächstes Schuljahr geben würde. Mein Mund war staubtrocken, und ich sah alles nur noch verschwommen.

Bloß weg hier! Bloß mit keinem reden müssen!

Eilig zog ich die Mädchen über den Schulhof, über dem bereits der Duft von frischer Rostbratwurst lag. Plaudernd und lachend stand man mit Bier und Limo in Grüppchen zusammen. Im Laufschritt verließen wir das Schulgrundstück und warteten auf der gegenüberliegenden Straßenseite in einer Toreinfahrt.

»Der Papa bringt euch gleich die Zeugnisse.«

Doch schon eine Minute später kam uns ein maßlos empörter Paul entgegen.

Mit leeren Händen!

»Es gibt keine Zeugnisse. Ende.«

»Ja, aber warum denn nicht?«

»Ohne Angabe von Gründen!« Ich hatte Paul noch nie so wütend gesehen. »Er hat mich einfach stehen lassen!«

Er warf die Hände in die Luft und blinzelte Tränen weg. Jetzt war es um meinen bisher so gelassenen Mann geschehen. Wütend schritt er so schnell vor uns her, dass wir ihm kaum noch folgen konnten. Er wollte nicht, dass die Kinder ihn weinen sahen.

»Aber was machen wir denn jetzt, Paul?« Gab es möglicherweise Ersatzzeugnisse, die man sich auf der Behörde abholen musste so wie unsere Ersatzausweise?

»Später. Erst mal weg hier.«

Im Park, in der Nähe unseres Hauses, ließ Paul sich schließlich auf eine Bank fallen. Zu Hause trauten wir uns ja nicht mehr frei zu sprechen.

»Mädchen. Ihr müsst jetzt noch einmal sehr tapfer sein.«

Die Mädchen schmiegten sich an ihn.

»Wir werden ganz bald zu Opa und Onkel Bruno in den Westen ausreisen. Deshalb braucht ihr hier keine Zeugnisse mehr.«

Ich sog scharf Luft ein. Wenn er sich da mal nicht täuschte!

»Paul, mach ihnen doch jetzt keine falschen Hoffnungen ...« Ich lehnte an einem Baum und rauchte hastig eine Beruhigungszigarette. »Wenn wir nicht rauskommen, sitzen wir ganz schön in der Scheiße!«

Die kleine Franzi erfuhr erst jetzt von unseren Plänen. Ganz erstaunt sah sie uns mit ihren runden, fragenden Kinderaugen an. Ihren Opa und Onkel Bruno hatte sie ja gar nicht mehr kennenlernen können.

Leider hatten Paul und ich noch keinen Urlaub, sodass ich die Mädchen wieder dazu verdonnerte, strikt in der Wohnung zu bleiben und niemandem die Tür zu öffnen, sich irgendwie die Zeit zu vertreiben, bis ich von der Arbeit kam.

»Bitte, ihr müsst es mir versprechen. Zu spielen habt ihr ja, zu essen auch, und meinetwegen dürft ihr fernsehen.«

Das war bitter, die Kinder bei schönstem Hochsommerwetter von der Außenwelt abschirmen zu müssen. Immer in der Mittagspause rief ich sie an, aus Angst, es könnten wieder bewaffnete Männer bei uns eingedrungen sein und sie, was der Himmel verhüten möge, abgeholt haben! Wenn sie nicht beim dritten Klingeln drangingen, brach eine Welt für mich zusammen.

»Mama, wir brauchen neue Schulbücher«, drängelte Katharina jedes Mal, wenn ich sie erreicht hatte. »Alle Kinder haben schon neue Bücher, und im Schreibwarengeschäft gehen sie schon zu Ende. Du musst mir welche besorgen!«

Meine Nerven lagen blank, ich rauchte wie verrückt. Sie würden mir wahrscheinlich gar keine neuen Schulbücher aushändigen, denn dafür brauchte man einen von der Schule abgestempelten Bezugsschein!

Plötzlich spürte ich eine Hand auf meinem Rücken. Es war Fräulein Borchert, die mir ein Glas Wasser reichte. »Eine innere Stimme sagt mir, dass ihr keine Schulbücher mehr brauchen werdet. Vertrau auf Gott, Frau Denkstein. Gott hat schon viele Wunder getan.«

51

Erfurt, 11. Juli 1985

Das Telefon klingelte. Ich saß in der Firma am Schreibtisch und ging dran. Wahrscheinlich die Kinder. Sie sollten sich immer gleich melden, wenn sie wach waren. Es war Viertel nach neun an einem ganz gewöhnlichen Donnerstag.

»Denkstein?«

»Rathaus Erfurt. Ihr Mann und Sie haben einen Termin um zehn Uhr im Rathaus. Zimmer 318, dritter Stock.«

Sofort wurde mir schwarz vor Augen. »Heute? Also in fünfundvierzig Minuten?«

»Ihr Mann weiß schon Bescheid.« Peng! Aufgelegt. In meinen Schläfen hämmerte es.

Augenblicklich wich mir alles Blut aus dem Gesicht. Meine Kolleginnen und mein Chef sahen mich besorgt an. »Alles in Ordnung?«

Ich schluckte. »Rathaus. Sofort.«

»Oh, scheiße«, entfuhr es Fräulein Dünnbügel. »Das kann alles bedeuten.«

»Auch das Schlimmste«, sagte Herr Dreier ernst.

»Aber vielleicht gibt es ja gute Nachrichten?«, versuchte Fräulein Borchert, mir Mut zu machen.

Schweigend nahm ich meine Handtasche und verließ mit weichen Knien das Büro. Meine Gedanken fuhren Karussell, die Anspannung war kaum auszuhalten.

»Hals und Beinbruch!« Meine Kollegen und der Chef standen daumendrückend am Fenster.

Wie betäubt saß ich in der Straßenbahn, vor lauter Angst vor der nächsten Keule, die auf uns herniedersausen würde.

Vor dem Rathaus wartete Paul bereits, leichenblass und die Hände in den Hosentaschen vergraben. Als er mich kommen sah, breitete er stumm die Arme aus, und ich sank kraftlos hinein. Paul hielt mich ganz fest. Er gab mir die Kraft, nicht ohnmächtig zu werden vor Angst.

»Was immer geschieht, wir halten zusammen.«

»Paul, wenn sie uns die Kinder wegnehmen, springe ich vor die Straßenbahn ...«

Paul schluckte trocken. »So etwas darfst du gar nicht denken ...«

Es war noch zu früh. Wir mussten warten. Hastig rauchte ich noch eine und trat dann entschlossen den Stummel aus.

»Wenn wir im Westen sind, hörst du sofort mit dem Rauchen auf, versprochen?«

Ich dachte an Fräulein Borchert, fragte mich, ob Gott wirklich Wunder bewirken konnte. Vielleicht sollte ich ihm einen heimlichen Handel anbieten? »Versprochen«, sagte ich mit fester Stimme zu Paul.

»Los!« Hand in Hand betraten wir das Rathaus. Ohne ein Wort stiegen wir die breite Treppe hinauf bis in den dritten Stock.

»Bereit?« Pauls ernster Blick ruhte auf mir.

»Bereit.« Ich biss mir auf die Lippen. Mein Herz schlug wie ein Presslufthammer, und ich rang nach Luft.

Um Punkt zehn klopften wir an die Tür von Zimmer 318.

Ein Mann hinter dem Schreibtisch, daneben eine Protokollantin mit Stenoblock sowie ein namenloser Stasi-Typ an der Wand.

Zwei freie Stühle.

»Setzen.«

Mit Beinen weich wie Pudding sanken wir darauf, die Augen fest auf den Mann in Zivil gerichtet, der, ohne uns anzuschauen, schnarrend etwas von einem Papier ablas.

»Hiermit wird Ihnen mitgeteilt, dass Ihre Ausreise in die BRD genehmigt ist. Die Ausreise hat am Samstag den dreizehnten Juli 1985 mit dem Zug um neun Uhr fünfzehn vom Hauptbahnhof Erfurt, Gleis vier, zu erfolgen.«

Die Frau schrieb unbewegten Gesichtes mit. Das Blut rauschte mir in den Ohren.

»Es ist nur dieser Zug möglich, ein längerer Aufenthalt in der DDR ist Ihnen nicht mehr gestattet. Zuwiderhandlung wird mit Gefängnis bestraft.«

Mein bisheriges Leben zog im Schnelldurchlauf an mir vorbei und blieb im jetzigen Moment stehen, als hätte jemand die Pausetaste gedrückt. Wir saßen da wie versteinert. Keiner der Anwesenden rührte sich. Das reinste Wachsfigurenkabinett. Die in dem Raum eingetretene Stille tat mir in den Ohren weh.

Ich wagte es nicht, Paul anzusehen. Atmete er überhaupt noch?

Erst die darauffolgende Litanei aus dem Munde des Mannes über unsere Rechte und Pflichten, was wir alles sofort zu erledigen und auf welchen Ämtern wir uns unverzüglich abzumelden hätten, holte mich in die Gegenwart zurück.

»Sie haben sich sofort bei der Zentralbank zu melden und die Bestätigung zu beantragen, dass Sie in der DDR keine Schulden haben. Sollten Sie doch Verbindlichkeiten haben, sind diese binnen der nächsten zwei Stunden zu begleichen. Alle weiteren Termine sind gemäß dieses Zeitplans hier abzuarbeiten.«

Der Mann übergab uns einen Laufzettel, auf dem im Minutentakt aufgelistet war, welche Behördengänge wir wann wo zu machen hätten. Abmeldung Strom und Wasser, Abmeldung Telefon und als Letztes auf der langen Liste, morgen, Freitag, Punkt vierzehn Uhr: Abholung der Fahrkarten am Bahnhofschalter fünf.

Paul und ich starrten uns fassungslos an. Wir durften die

Tickets in die Freiheit abholen. Morgen. Von nun an dauerte es keine achtundvierzig Stunden mehr ... Wir begriffen es nicht.

»Geld, egal welcher Währung, darf nicht mitgeführt werden«, fuhr der Beamte hinter dem Schreibtisch damit fort, seine Belehrungen gefühllos herunterzuleiern.

»Stopp mal, stopp!«, hörte ich mich mit völlig fremder Stimme sagen. Ich war selbst erschrocken darüber, dass ich den Mut dazu hatte, den Mund aufzumachen. »Wie Sie wissen, reisen wir mit zwei Kindern. Wir werden ihnen unterwegs ja wohl was zu essen und zu trinken kaufen müssen! Die Fahrt mit diesem Zug dauert ja sieben Stunden.«

Der Mann hob nicht mal den Kopf genauso wenig wie die Frau mit dem Stenoblock.

»Geld, egal welcher Währung, darf nicht mitgeführt werden«, wiederholte er mechanisch, als wäre eine Schallplatte hängen geblieben.

»Wenn ein Container zum Transport von Möbeln gewünscht wird, sorgen Sie für einen Verantwortlichen. Ihre Möbel müssen bis übermorgen Mittag komplett aus der Wohnung entfernt sein, andernfalls gehen sie in Staatseigentum der DDR über. Die Wohnung muss sauber und ordentlich hinterlassen werden. Es kommen sofort neue Mieter hinein. Alle Schlüssel müssen gut sichtbar auf dem Küchentisch liegen. Briefkastenschlüssel, Wohnungsschlüssel, Ersatzschlüssel. Die Wohnung muss von außen ordnungsgemäß versperrt, und der letzte Schlüssel muss durch den Briefkastenschlitz ins Innere der Wohnung geworfen werden.«

Peng! Der Mann klappte seine Akte zu und stand auf. Ohne uns noch eines Wortes oder Blickes zu würdigen, verließ er den Raum.

Der Namenlose folgte ihm, und auch die Protokollantin packte schweigend ihren Kram zusammen.

Wie auf Wolken schwebten Paul und ich aus dem Raum, unfähig, ein Wort zu sagen.

Wie im Traum schritten wir Seite an Seite durch den langen Flur, in dem es nach Bohnerwachs roch, und liefen die Treppe hinunter. Meine Hände ertasteten zitternd das Geländer. Mir war so schwindelig, und ich fühlte mich so benommen, dass ich fürchtete zu stürzen.

Plötzlich tippte mir jemand von hinten auf die Schulter. Ich fuhr herum. Es war die Protokollantin, eine rundliche Frau mit blondem Pagenschnitt und Brille.

»Wenn Sie ein paar Mark einstecken, hat keiner was dagegen.« Mit diesen leisen Worten huschte sie an uns vorbei.

Ich traute ihr keine Sekunde. Diesen Gefallen tu ich dir nicht, schoss es mir durch den Kopf. Das ist bestimmt eine Falle, damit sie mich in letzter Sekunde wegen einer Straftat aus dem Zug holen und ins Gefängnis stecken können. Lieber hungern und dursten wir bis München. Das werden wir auch noch schaffen.

Der Countdown begann.

Donnerstag, 12 Uhr

»Lotti, wir haben es geschafft!«

Vor dem Rathaus nahm Paul mich in die Arme und wirbelte mich ein paarmal herum.

»Nicht, Paul, wenn sie uns sehen...«

»Wir haben es geschafft«, jubelte Paul, »Wir sind frei!«

»Noch nicht, Paul! Oh Gott, ich begreife es nicht, lass uns sofort zu den Kindern nach Hause fahren...«

Im Eilschritt rannten wir zum Auto, und ich ging noch einmal die Liste durch, die man uns in die Hand gedrückt hatte.

»Oh Gott, Paul, das schaffen wir nie, wir haben nur noch fünfundvierzig Stunden und fünfzehn Minuten…«

»Fünfundvierzig Stunden und fünf Minuten!« Paul drückte so sehr aufs Gas, dass der Trabi einen Satz nach vorn machte. »Wir schaffen das, Lotti, jetzt kommt der Endspurt!«

Zu Hause angekommen, machten wir unseren Mädchen begreiflich, was jetzt auf sie zukommen würde.

»Ihr dürft jeder ein Spielzeug und ein Buch mitnehmen, hört ihr? Sortiert eure Sachen! Jeder hat nur einen Koffer!«

»Und wann gibt es Mittagessen?«, fragte Franzi, die nichts von der Tragweite dieser Ereignisse begriffen hatte.

»Jeder darf heute essen, was er will!« Im Schweinsgalopp fegte ich durch unsere Räume und begann, die Koffer von den Schränken zu reißen, die wir inzwischen gehortet hatten.

»Darf ICH essen was ich will?« Ganz überwältigt stand Franzi in der Schlafzimmertür. »Auch Schokolade? Und Kuchen?«

Ich wirbelte herum. »Oh Gott, nein! Wir gehen zwar in den Westen, aber deine Zöliakie nimmst du mit.« Ich zerrte mein verwirrtes Kind in die Küche und setzte ihr die Dinge vor die Nase, die sie essen durfte. »Entschuldige, mein Schatz, du bist ja völlig überfordert…«

Paul drückte mir eine Tasse Kaffee in die Hand. »Cool bleiben, Liebes. Wir sind hier nicht bei ›Am laufenden Band‹ mit Rudi Carrell. Nicht kopflos Dinge zusammenraffen. Nachher rutschen wir noch auf Schmierseife aus. Wir müssen jetzt einen Behördengang nach dem anderen machen.«

»Kinder, nur noch zwei Tage. Ich verlass mich auf euch!« Paul und ich schnappten uns die Liste, um unsere Pflichten abzuarbeiten.

»Lass uns so viel wie möglich mit dem Auto erledigen, und ganz am Schluss geben wir den Trabi ab.« Mit einem Affenzahn sausten wir durch die Straßen, rannten im Schweinsgalopp durch Flure und Gänge, Treppen rauf und Treppen runter, klopften atemlos an Türen, gaben Papiere ab, erhielten neue und kritzelten Unterschriften. Wir kamen uns vor wie zwei Hamster im Laufrad. An Essen war gar nicht zu denken.

Freitag, 12 Uhr

Keuchend erreichten wir Zimmer 318, in dem wir uns wieder einzufinden hatten.

Der Mann, der diesmal hinterm Schreibtisch saß, war der gleiche Typ, der mir bei einer der letzten Anhörungen die Verfassung der DDR an den Kopf hatte werfen wollen.

Oh, dachte ich. Wir sind ja keine Freunde. Jetzt wurde es spannend.

»Setzen!«

Ohne ein weiteres Wort bekamen wir unsere Ausbürgerungsurkunden ausgehändigt.

»Empfang quittieren!«

URKUNDE

Frau Lotte Denkstein
geborene Alexander

Geboren 1950 in Prien am Chiemsee

Herr Paul Denkstein
Geboren 1947 in Gotha

Wohnhaft in Erfurt, Warschauer Straße 30/13. Stock

Werden gemäß § 10 des Gesetzes vom 20. Februar 1967 über die Staatsbürgerschaft der Deutschen Demokratischen Republik G.B.I. I S.3) aus der Staatsbürgerschaft der Deutschen Demokratischen Republik entlassen.
Die Entlassung erstreckt sich auf folgende kraft elterlichen Erziehungsrechts vertretene Kinder:

Katharina Denkstein, geboren 1972 in Erfurt
Franziska Denkstein, geboren 1977 in Erfurt

Die Entlassung aus der Staatsbürgerschaft der Deutschen Demokratischen Republik wird gemäß § 15 Abs. 3 des Staatsbürgerschaftsgesetzes mit der Aushändigung dieser Urkunde wirksam.

Erfurt, den 8.7.1985

Unterschrift Hartlauer

Rat des Bezirkes Erfurt
Deutsche Demokratische Republik

Zwei weitere Papiere wurden uns kommentarlos hingeknallt.

Welch Überraschung! Ich reckte den Hals. Lauter »Sehr gut« und »Gut« leuchteten mir entgegen.

»Was es nicht alles gibt!«, entfuhr es mir. »Da sind ja auch die Zeugnisse unserer Töchter.«

»Empfang bestätigen! – Sie auch!« Paul und ich schoben uns ein Papier nach dem anderen zu, wie damals beim Standesamt, nur ein bisschen hastiger.

Wir kamen mit dem Unterschriftenkritzeln gar nicht mehr nach!

»Um zwölf Uhr mittags abgeben!«

Damit waren unsere vorübergehenden Ersatzausweise gemeint. Nur zu gern legten wir sie auf den Schreibtisch.

»Und, bekommen wir jetzt unsere Personalausweise wieder?«

Ich saß kerzengerade vor dem Parteifunktionär. Seinen hasserfüllten Blick werde ich nie vergessen. Natürlich bekam ich keine Antwort.

Kopfschüttelnd dachte ich: Was seid ihr nur für Menschen? Macht ihr das gerne? Habt ihr eure Seele abgegeben? Kriegt ihr sie abends beim Ausstempeln wieder zurück und nehmt sie mit nach Hause? Habt ihr Kinder? Werdet ihr geliebt?

»Fahrkarten sind um vierzehn Uhr am Ticketschalter fünf abzuholen.«

Ein Blick auf die Uhr: Oh, das wurde knapp.

Kurz darauf rannten wir Hand in Hand durch die Bahnhofshalle.

»Paul, es gibt nur vier Schalter!« Vor einem Bahnbeamten legten wir eine Vollbremsung hin. »Wo ist denn dieser Schalter fünf, ich kann ihn nirgends finden?«

Der uniformierte Beamte wies stumm mit dem Kinn in eine Ecke. Der Schalter erinnerte eher an den Eingang zu einer Herrentoilette. Das war natürlich Absicht. Kein Passant ging daran vorbei. Niemand sollte sehen und hören, dass uns nur

Fahrkarten für die Hinfahrt ohne Rückfahrschein ausgehändigt wurden.

Für etwas mehr als tausend Ostmark, die Hälfte dessen, was wir für unseren Schrebergarten bekommen hatten, hielten wir tatsächlich die Fahrkarten zweiter Klasse nach München in Händen! Erster Klasse gab es nicht. Geld hätten wir genug gehabt, aber wir wagten nicht, mit dem abweisenden Menschen hinter der Trennscheibe zu diskutieren. Erster Klasse aus der DDR ausreisen, das wäre ja noch schöner! Ein Wunder, dass wir Sitzplätze hatten!

Erst im Auto wagten wir es, einen zweiten Blick auf unsere Fahrkarten zu werfen. Sie waren echt!

Erfurt Hauptbahnhof – München Hauptbahnhof! Viermal! Ich drückte sie immer wieder an mich und traute mich nicht, sie in die Handtasche zu stecken, aus Furcht, sie könnten sich darin in Luft auflösen.

Freitag, 17 Uhr

Ein letztes Mal betraten wir unsere gemütliche Wohnung, in der wir die letzten sieben Jahre verbracht hatten.

Die Kinder saßen schon auf ihren Koffern, die sich nicht schließen ließen. Sie konnten sich von vielem nicht trennen, was ich ihnen mehr oder weniger unsanft und unter Zeitdruck entreißen musste. Heftige Diskussionen entspannen sich um die weißen Mäuse, die wir auf keinen Fall mitnehmen durften.

»Bring sie zur Nachbarin. Katharina, tu was ich dir sage.«

»Aber Mama, wir können sie doch mitnehmen, die gewöhnen sich ganz bestimmt an Bayern ...«

»Bring sie zur Nachbarin. JETZT!«

Ich hatte einfach keine Nerven mehr, um über die seelische Verfassung dieser Viecher zu diskutieren! Franzi weinte bitterlich, aber ich schob sie einfach aus dem Zimmer.

Ich begann Klamotten und Gegenstände in unsere zwei Koffer zu werfen, riss sie wieder heraus und warf andere hinein. Was würden wir brauchen, und wovon konnten wir uns trennen?

Paul kümmerte sich um alle wichtigen Papiere, während ich komplett den Überblick verlor! Wie angewurzelt stand ich im Wohnzimmer, die selbst geschneiderten Kleider meiner Mädchen an mich gepresst.

Auch wenn wir jahrelang auf diesen Moment gewartet hatten, fiel ich jetzt in ein tiefes Loch: Mein kleines kuscheliges Reich, der hart erkämpfte Trabant – das alles sollte morgen jemand anderem gehören? Eine fremde Familie würde zwischen unseren Möbeln, Bildern und Teppichen wohnen und all das ihr Eigen nennen? Das wollte einfach nicht in meinen Kopf!

»Die Fotoalben!« Hastig riss ich wieder einen Berg Kleider aus dem Gepäckstück und stopfte die Fotoalben hinein. Der Koffer ging nicht mehr zu. Er war schwer wie ein Sack Zement.

Was wird morgen, ohne Wohnung, ohne Auto, ohne Möbel, ohne Geld?

»Mama, aber die Kindergitarre darf ich mitnehmen?«

»Nein, mein Schatz. Die lassen wir hier.«

»Aber das Akkordeon?«

»Nein, auch das Akkordeon nicht.«

Franzi hatte das Ausmaß dieser Aktion immer noch nicht begriffen. Bei jedem Stück, das ihr ans Herz gewachsen war, kam sie zu mir und versuchte, mich umzustimmen.

»Nein, nein, nein.« Ich stand vor meinem Kleiderschrank und erlegte mir dasselbe auf.

»Bleibt hier, bleibt hier, bleibt hier.« Morgen würde eine fremde Frau diese wunderschönen, liebevoll geschneiderten Sachen tragen? Meine Tischdecken, Gardinen und Vorhänge besitzen? In unserer Bettwäsche schlafen?

»Mama, darf ich mich noch von meiner besten Freundin Janine verabschieden?«

Katharina stand wieder auf der Matte. Sie hatte weiße Flecken im Gesicht. Ihr Kinn zitterte.

»Ja, aber nicht allein.«

Nach wie vor hatte ich Angst, man könnte die Kinder entführen und uns allein in den Westen schicken. Zu viert spazierten wir Hand in Hand zum benachbarten Plattenbau, in dem Katharinas Schulfreundin Janine wohnte. Die Eltern ließen uns nicht in die Wohnung, schauten uns bloß stumm an. Die Mädchen fielen sich noch einmal weinend in die Arme.

Dann schloss sich auch diese Tür hinter uns.

Am Abend konnte niemand schlafen. Das letzte Mal im eigenen Bett!

Ich räumte auf und putzte sogar noch, damit die neuen Mieter ein anständiges Heim vorfanden. Das war uns ja auch so aufgetragen worden.

Der Kühlschrank war voll, ebenso die Tiefkühltruhe. Voll mit kostbarem Obst und Gemüse, alles Dinge, die Franzi essen durfte. Wir konnten das Zeug nicht mitnehmen. Die neuen Mieter würden sich freuen.

Paul brachte schon mal zwei der gepackten Koffer zum Bahnhof und schloss sie über Nacht in ein Schließfach ein. Er nahm zwanzig Ostmark mit, hatte keine Ahnung, was so etwas kostet.

Ostmark hatten wir genug, aber mitnehmen durften wir ja nichts.

Gegen Mitternacht ging ich noch duschen und wusch mir die Haare. Ich legte unsere Anziehsachen für den nächsten

Morgen zurecht und bereitete unser letztes Frühstück vor, das wir nur noch hastig im Stehen zu uns nehmen würden.

Paul kam zurück und legte unser restliches Geld, den Fahrzeugbrief, die restlichen Wohnungs-, Keller- und Briefkastenschlüssel wie befohlen auf den Küchentisch.

Dann putzte er alle Schuhe auf Hochglanz für einen würdigen Abgang.

Samstag, 7 Uhr 30

Unsere Klingel schrillte – das Taxi stand unten auf dem Parkplatz. Ein letzter Blick in unsere geliebte Wohnung. Die Lampen hingen von der Decke, die Gardinen bauschten sich im Sommerwind, die Bilder befanden sich noch an ihren Plätzen. Ich hatte das Frühstücksgeschirr abgewaschen und abgetrocknet, die Betten ordentlich gemacht.

Man hätte meinen können, wir würden nur mal eben übers Wochenende in unseren Schrebergarten fahren.

»Hoffentlich ist es ein Wolga. Wenn es ein Wartburg ist, passen die zwei Koffer nicht rein.«

Pauls Schläfenadern pulsierten. Noch einmal durchschritt er prüfend die Wohnung.

Die Mädchen hatten identische rot-weiß gepunktete Kleider aus dem Intershop an, genau richtig für die sommerlichen Temperaturen. Aufgeregt rannten sie im Flur herum.

»Das Taxi ist da, das Taxi ist da!«

»Ja, ihr Lieben. Bitte seid leise, die anderen Leute schlafen noch.«

Ein letztes Mal trat Paul auf den Balkon hinaus, um die Gegend nach Spitzeln abzusuchen. Das hatte er sich angewöhnt, das tat er dreimal am Tag. Er sah wie immer schick und sportlich aus in seiner hellen Hose und dem dunkelblau gepunkteten Hemd. Ich hatte für meine Ausreise aus der DDR ebenfalls eine helle schmale Hose, ein Spaghettiträgertop und ein passendes Jäckchen gewählt.

Gegenüber blitzte im schräg stehenden Morgenlicht ein Fernglas auf. Paul winkte freundlich hinüber, und ich zog ihn nervös vom Balkon.

Wir schlossen von außen die Wohnungstür ab, und Paul warf, wie befohlen, die Wohnungsschlüssel durch den Briefkastenschlitz.

»So. Nicht heulen jetzt, Lotti. Aufrecht rausgehen, lächeln! Wir werden beobachtet!«

Das Taxi war ein Wolga und parkte ausgerechnet vor unserem Trabi! Der gute Mann konnte ja nicht wissen, wie weh es tat, noch einmal um unser treues Auto herumzulaufen, um einsteigen zu können. Die Koffer passten in den Kofferraum.

Das Taxi fuhr los. Paul drehte sich noch einmal zu unserem Trabi um, ich schaute geradeaus.

Nicht heulen jetzt, beschwor ich mich. Du bist geschminkt. Reiß dich zusammen, denk an deine Kinder!

Wir fuhren durch noch morgendlich leere Straßen, die freundlich in der Morgensonne glänzten, als wollten sie uns Lebewohl sagen. Hier wirst du nie wieder sein, schoss es mir durch den Kopf. Unzählige Male bist du hier durchgefahren, mit und ohne Kinder, mit und ohne Paul. Jetzt ist es unwiederbringlich das letzte Mal.

Als wir an meinem Elternhaus vorbeifuhren, kam gerade quietschend eine blassgelbe Straßenbahn um die Kurve. Ich sah meinen Vater darin sitzen, den Blick nach vorn gerichtet, blind für mein heftiges Winken, blind für mein letztes Lebewohl. Ich sah, wie Bruno sich ausgemergelt und erschöpft noch einmal die fünf Treppen hinaufkämpfte, um vergeblich an der Wohnungstür zu klingeln. Auge in Auge durch den Türspion mit Edith, die ihm nicht öffnete. Mein Blick glitt an der Backsteinfassade hinauf und blieb an den drei Fenstern hängen, durch die wir so oft nach unten geschaut hatten. Ob meine Schwester ahnte, dass unsere Familie jetzt ein letztes Mal an ihrem Haus vorbeifuhr? Ich saß hinterm Fahrer, die Mädchen neben mir, ihre Kuscheltiere an sich gepresst, und Paul auf dem Beifahrersitz. Keiner sprach ein Wort.

Endlich setzte der Fahrer den rechten Blinker, und der Wolga fuhr aufs Bahnhofsgelände.

Der große Platz lag ruhig in der Morgensonne, die sich in den Fenstern des Interhotels spiegelte. Hier hatte vor fünfzehn Jahren Willy Brandt gestanden und die tausend versammelten Menschen gegrüßt. Die Menge hatte ihn in Sprechchören ans Fenster gerufen: »Willy Brandt! Willy Brandt! Willy, Willy, Willy!«, und daraus hatten die Stasi-Leute und Genossen einen Gegenchor gebildet: »Willi Stoph! Willi Stoph!«

Solche Dinge gingen mir in diesem Moment durch den Kopf.

Der Taxifahrer öffnete den Kofferraum und klemmte einen Holzstab zwischen Kofferraumdeckel und Heck. Die Stoßdämpfer waren kaputt, Einzelteile hingen marode vom hochgelobten russischen Fahrzeug deutsch-sowjetischer Freundschaft herunter. Dieser klägliche Anblick löste meinen dicken Kloß im Hals, und ich begann zu lachen.

»Was gibt's denn da zu lachen, schöne Frau?« Der Taxifahrer wuchtete unsere Koffer auf den Asphalt und nahm überrascht Pauls großzügige Entlohnung in Empfang. Fünfhundert Ostmark!

»Passt so!«

»Ich lache, weil heute so ein schöner Tag ist!«

»Na, das sieht mir nach Ausreise aus!« Der Taxifahrer schob seine Kappe in den Nacken und kaute auf einem Zahnstocher herum.

Mit seiner kräftigen dunklen Stimme antwortete Paul stolz: »So ist es!«

Wir rannten mit je einem Koffer und einem Kind an der Hand durch die Unterführung zum Bahnsteig. Während die Mädchen und ich bereits aufgeregt in unser Abteil kletterten, drehte sich Paul auf dem Absatz um.

»Ach, jetzt hätte ich fast die Koffer aus dem Schließfach vergessen!«

»Paul, ist doch egal jetzt …« Nervös trat ich von einem Bein aufs andere.

»Aber Lotti, wir haben noch ganze zwölf Minuten. Denk an die schönen Fotoalben!«

Schon rannte er wieder zur Unterführung und wurde von dem schwarzen Loch verschluckt. Die Minuten, die er außer Sichtweite war, kamen mir vor wie Stunden. Was, wenn er jetzt noch aufgehalten würde? Ich klebte am Fenster, und der Angstschweiß lief mir den Rücken herunter. Die Mädchen hockten auf den Bänken, ihre Rucksäcke und Kuscheltiere vor sich auf dem Schoß, und starrten mich angsterfüllt an.

Gott sei Dank, da kam Paul zurück die Treppe hinauf! Er schwenkte die beiden Koffer.

»Kinder, es geht los!«

Um neun Uhr fünfzehn verließ der Zug pünktlich Erfurt.

Samstag, 11 Uhr

Zwei Stunden hatte ich wie in Trance im Zug gesessen und auf die an uns vorbeiziehende Landschaft gestarrt. Irgendwann war noch ein Ehepaar eingestiegen, das die Fensterplätze reserviert hatte. Wir machten ihnen höflich Platz, sprachen aber kein Wort. Viel zu aufgeregt waren wir, viel zu angespannt.

Pauls Kiefermuskeln mahlten ununterbrochen. Ich wischte mir die schweißfeuchten Hände an einem zerknüllten Taschentuch ab und umklammerte gleichzeitig meine Handtasche, in der sich unsere Papiere befanden. Hoffentlich hatten wir alles bedacht! Hoffentlich fehlte nichts! Hoffentlich hatten wir nichts Verbotenes dabei! Tausend Gedanken gingen mir durch den Kopf herum, und immer noch glaubte ich zu träumen.

Ratternd und quietschend verlangsamte der Zug die Fahrt. Der blaue Himmel wich dunklen Wänden, die uns auf einmal umschlossen wie eine dunkle Höhle. Plötzlich ragten an beiden Seiten hohe Mauern vor den Fenstern auf, auf denen sich Berge von Stacheldraht türmten. Es war, als würden wir in ein riesiges Gefängnis einfahren. Das war die deutsch-deutsche Grenze. Hier stieg niemand ein und aus. Der nächste Halt im verheißungsvollen Westen war noch nicht zu sehen. Jetzt kam es darauf an. Ein letztes Mal mussten wir tapfer sein.

Die Kinder starrten uns angsterfüllt an. Schwere Schritte hallten über den Bahnsteig, Türen wurden aufgerissen, Befehle gebelfert. Hunde schnüffelten an den Schienen und zerrten aufgeregt bellend an ihren Leinen. Grenzer, die Pistolen im Halfter, suchten die Unterseite des Zuges ab, indem sie Spiegel an langen Stangen darunterschoben. Überall patrouillierten schwer bewaffnete uniformierte Männer, deren eiskalte Blicke uns trafen. Ich fürchtete mich vor jedem einzelnen. Eine halbe Stunde verging, ohne dass jemand unser Abteil betrat. Die Kinder saßen ganz blass und still da, Hand in Hand auf ihrem Mittelplatz.

Durch den Gang stapfte ein Zöllner nach dem anderen. Plötzlich wurde unsere Tür aufgerissen. Eine Zöllnerin und ein Zöllner betraten das Abteil.

»Pässe!«

Das Ehepaar auf den Fensterplätzen überreichte grüne Westpässe. Die Zöllner begutachteten sie, glichen die Fotos mit ihren Gesichtern ab, knallten ihren Stempel rein und gaben die Papiere wieder zurück. »Gute Weiterfahrt.«

Wir hatten nichts dergleichen vorzuweisen. Mit zitternden Fingern überreichte ich unsere erbärmlichen Zettel, die sich Ausreiseurkunde nannten.

Der Zöllner drehte und wendete sie angewidert, ohne ein Wort zu sagen.

Die Zöllnerin schnarrte, ohne uns anzusehen: »Inhaltsverzeichnisse der Koffer!«

Mir blieb das Herz stehen.

»Das hat uns niemand gesagt!«

»Haben wir nicht«, sagte Paul. »Stand auf keiner Liste.«

Das westliche Ehepaar sandte uns mitleidige Blicke. Vielleicht hatten wir es deren Anwesenheit zu verdanken, dass das Thema damit augenblicklich erledigt war.

»Handtasche!« Sie machte eine fordernde Handbewegung, und ich überreichte ihr demütig meine Tasche. Mit spitzen Fingern nahm die Zöllnerin jeden einzelnen Gegenstand heraus, hielt ihn gegen das Licht, schüttelte, prüfte, schnupperte, und warf ihn dann wieder in meine Tasche.

»Kinderrucksäcke ausleeren!«

Brav schüttelten meine beiden Töchter ihre Habseligkeiten aus.

»Aufstehen!«, forderte der Zöllner jetzt meinen Mann auf. »Führen Sie Geld mit sich, egal welche Währung?«

»Nein!« Paul wendete seine Sakkotaschen und ließ sich abklopfen.

»Hosentaschen ausleeren!« Oh Schreck! Es schepperte, und Kleingeld und Münzen klebten in Pauls schweißnasser Hand. Zum Vorschein kamen die dreizehn Mark, die Paul beim Öffnen des Schließfachs entgegengekullert waren! Er hatte zwanzig Ostmark einwerfen müssen, und das war als Restgeld herausgekommen.

»Oje, die hab ich gedankenverloren eingesteckt, ganz automatisch, wissen Sie. Ich war so in Eile und brauchte zwei freie Hände ...«

»Mitkommen!«

Ich saß wie angewachsen auf meinem Kunstledersitz, die Kinder auch.

Nie werde ich vergessen, wie Paul damals zwischen den bewaffneten Zöllnern nach draußen verschwand. Ich presste die Hände vor den Mund, weil ich glaubte, mich hier und jetzt übergeben zu müssen, mitten in dieses Abteil.

Bitte, lieber Gott, flehte ich. Wenn es dich gibt, dann lass mir meinen Mann! Lass diesen Zug jetzt nicht ohne ihn weiterfahren! Mach, dass sie ihn hier jetzt nicht einbuchten wie schon meinen Vater und Bruder, wegen einer lächerlichen Kleinigkeit! Ich werde das nicht überleben!

Das westliche Ehepaar, das bisher kein Wort mit uns geredet hatte, und wir ja auch nicht mit ihm – es hätten ja Spitzel sein können –, beugte sich freundlich zu den Kindern herüber und lenkte sie ab. Die Frau holte wunderschöne große schwarze Herzkirschen aus einer Tüte und hängte den Mädchen je ein Pärchen über die Ohren. Sie zauberte einen Spiegel hervor: »Schaut mal, was für schöne Ohrringe ihr habt!«

Obwohl die Mädchen eigentlich längst zu alt für so etwas waren, stahl sich ein scheues Lächeln auf ihre blutleeren Lippen. Auch mich erlöste die Frau auf diese Weise aus meiner Schockstarre. »Bitte! Essen Sie eine davon. Dann geht es Ihnen gleich besser.«

Süßer Kirschsaft schoss mir in den Mund und hauchte mir neues Leben ein.

Währenddessen hörte ich, wie die Suchhunde direkt unter unserem Abteil zugange waren, und sah, wie Leitern am Fenster vorbeigetragen wurden.

Als würde ich das nicht alles schon wissen, klärte mich der

freundliche Ehemann der Kirschenfrau auf: »Der Zug wird nach Flüchtlingen abgesucht.«

»Aha!«

»Mit den Leitern überprüfen die Grenzbeamten das Zugdach, ob sich da auch niemand versteckt.«

»Ach so!«

»Und mit den Hunden kontrollieren sie, ob sich auch niemand unter dem Zug befindet!«

»Ach was!«

Mein Herz hämmerte zwanzig Minuten lang wie ein Presslufthammer. Es waren die längsten zwanzig Minuten meines Lebens.

Dann kam Paul endlich zurück. Gut gelaunt schwang er sich in unser Abteil und warf sich auf den Sitz. Sein Hemdkragen schlug ihm im Takt seiner Halsschlagader gegen das Kinn. Er hatte ein schmales blassgelbes Buch in der Hand. »Die Blumen des Waldes.«

»Was soll denn das?«

»Nun, das hat genau dreizehn Ostmark gekostet. Ich musste mein Geld bis auf den letzten Pfennig ausgeben.«

Entschuldigend zuckte er mit den Schultern: »Es hat eine Weile gedauert, bis ich das passende Buch gefunden habe. Bin ja nicht so belesen wie du!«

Samstag, 15 Uhr 30

»Mädels, wir sind drüben!«

Paul hatte schon eine Weile auf dem Gang gestanden, und als ich irgendwann grüne Wiesen, weiße Häuser und saubere Westautos gesehen hatte, hatte ich es begriffen: Wir waren im Westen!

Noch Stunden nachdem wir die Grenze passiert hatten, hatte ich unter Schock vor mich hin gestarrt, unfähig, den Blick zu heben oder gar aus dem Fenster zu schauen.

Paul hatte die Mädchen auf den Gang geholt, dort das Fenster geöffnet und das Buch »Die Blumen des Waldes« mit einem freudigen »Juhuu!« hinausgeworfen.

Dann hatte er die Mädchen in den Arm genommen und hochgehoben; rechts und links auf je einer Hüfte sitzend, ließen sie sich den Westwind um die Nase wehen. Ich sah nur ihr flatterndes Haar und ihre lachenden Gesichter, klebte aber nach wie vor mit meinem Angstschweiß am Kunstledersitz.

Ich hatte nicht die Kraft aufzustehen. So wie ich mich morgens um neun im Zug niedergelassen hatte, saß ich jetzt immer noch da.

Noch nicht mal auf die Toilette musste ich; wir hatten ja unterwegs nichts gegessen und getrunken.

»Frau, wir sind frei, wir haben es geschafft!«

Irgendwann glitten die Vororte von München an uns vorbei. Bahnhofsschilder, Wartehäuschen, vor Schranken wartende Menschen und Autos.

Freundliche Ansagen vor jedem Halt, mit Informationen über Anschlussmöglichkeiten! »Wir bedanken uns für Ihre Fahrt mit der Deutschen Bundesbahn und wünschen noch eine gute Weiterreise!« So etwas hatte ich noch nie gehört.

Am Horizont tauchten die Berge auf, und sattgrüne Wiesen leuchteten im Sonnenschein. Mein Bayern. Das Bayern meiner Kindheit. Mein Herz zog sich zusammen vor lauter Glück, aber ich konnte mich nach wie vor nicht rühren.

Paul half den Mädchen mit den Rucksäcken, holte die Koffer von der Ablage und brachte die Mädchen mitsamt dem Gepäck in den Gang.

Dann beugte er sich zu mir und pflückte mich regelrecht von meinem Sitz.

»Kannst du stehen?«

»Ich glaube nicht ...«

Schon sah ich die ersten Gesichter von Wartenden auf dem Münchner Bahnhof an mir vorbeiflirren.

Durchsagen, Stimmengewirr, Menschenmassen. Ein Kopfbahnhof. Alles strömte in eine Richtung. Ich konnte mich nicht bewegen. Ich hatte einfach nicht die Kraft dazu.

Sollte ich jetzt tatsächlich Vater wiedersehen? Und Bruno? Möglicherweise auch Katja, den kleinen Pit, die kleine Yasmin, Onkel Sepp und die Tanten?

Wie würde unser Leben jetzt weitergehen? Wo würden wir wohnen?

Wie in Trance ließ ich mich von Paul die Stufen hinunterziehen.

»Willkommen am Münchner Hauptbahnhof. Sie haben Anschluss in Richtung Frankfurt ...«

Wir vier standen doch tatsächlich auf westlichem Boden. Hand in Hand schritten wir in Begleitung eines Kofferwagens erhobenen Hauptes ans Ende des Bahnsteigs.

Und da standen sie! Vater, erschreckend klein, alt und gebrechlich, saß in einem Rollstuhl! Er breitete die Arme aus. Schüchtern und scheu schmiegten die Mädchen sich an ihn. Sie kannten ihn ja kaum bis gar nicht – wie auch die anderen Verwandten, die uns jetzt an sich rissen!

Alle lachten und weinten durcheinander. Laut aufschluchzend fiel ich meinem kranken Vater in die Arme. Er war vom nahenden Tod gezeichnet.

»Wie geht es dir?!«

»Ich habe auf euch gewartet!«

Wie im Traum ließ ich mich von Tanten und Onkeln abküssen und umarmen. In meinen Ohren summte ein hoher Dauerton.

Vater im Rollstuhl. Er würde bald sterben. Das hatte uns niemand am Telefon gesagt!

Meine Augen suchten die Menge ab.

»Wo ist Bruno?«

Vater sah mich nur traurig an und senkte den Blick: »Das wüssten wir selber gern, Lotti. Er ist seit Monaten verschwunden.«

52

Bernau, 2. November 2011

»Und wo du gesteckt hast, werde ich wohl nie erfahren?«

Bruno schaute mich mit traurigen Augen an und öffnete den Mund – aber nicht um mir zu antworten, sondern um zu essen!

Ich saß mit einem Leberwurstbrot vor ihm und fütterte ihn mit ganz kleinen weichen Bissen ohne Rinde. Schwester Silke hatte mir gesagt, dass er das Essen und Trinken in letzter Zeit weitestgehend verweigerte, und als ich heute bei ihm auftauchte, sah er erschreckend dünn und eingefallen aus.

Er hatte im Sessel im Foyer gesessen, ohne sein Essen anzurühren, doch als er mich sah, glitt ein gelöstes Lächeln über sein Gesicht, und er begann ganz hektisch mit der beweglichen Hand an seiner Lehne herumzufummeln, in der irrigen Annahme, das sei sein Rollstuhl. Bestimmt wollte er mir entgegenrollen, ohne zu begreifen, dass sein Stuhl weder Räder noch Bremsen hatte.

Paul und ich waren ein paar Tage bei Katharina und Franziska in München gewesen, die zufällig gleichzeitig freigehabt hatten. Das war seit Weihnachten das erste Mal, und das hatten wir natürlich ausgenutzt.

»Er hat stark abgebaut, als Sie nicht da waren, Frau Denkstein! Wir hatten schon das Gefühl, er gibt sich auf.«

»Ach, Bruno, hier bin ich ja wieder. Ich verlasse dich nicht, das habe ich dir versprochen!«

Inzwischen hatten wir uns in sein Zimmer verzogen, und ich hatte ihn ins Bett gebracht.

Ich reichte Bruno die Schnabeltasse mit dem Tee und stützte seinen Kopf, damit er besser trinken konnte.

»Nachdem du mir nicht erzählen kannst, wo du damals abgeblieben bist, möchte ich dir schildern, wie unsere erste Zeit im Westen war.«

Bruno lehnte sich entspannt zurück und schaute mich abwartend an. Er schien in der kurzen Zeit, die ich ihn nicht besucht hatte, tatsächlich um Jahre gealtert zu sein.

»Wir durften bei Tante Gitti und Onkel Sepp wohnen, und die Kinder haben sich wie im Paradies gefühlt. Paul hat sich sofort auf dem großen Bauernhof nützlich gemacht und mit allerlei Gelegenheitsarbeiten sechshundert DM im Monat verdient. Ach so, ich vergaß zu erwähnen, dass wir erst nach Gießen ins Aufnahmelager mussten, um uns ordnungsgemäß anzumelden, unsere Papiere und unser Begrüßungsgeld abzuholen. Wir bekamen auch Sozialhilfe. Anfangs fühlten wir uns reich und unbesiegbar, und als wir zum ersten Mal den Einkaufswagen durch so einen großen Supermarkt schoben, luden Paul und die Kinder alles ein, was sie sahen, während ich es heimlich wieder irgendwo abgelegt habe. Nur Bananen kaufte ich wie verrückt, weil ich immer noch Angst hatte, unsere Franzi könnte bald keine mehr bekommen. Ich hab übrigens in der ersten Zeit immer in den vor den Regalen abgestellten Kisten gewühlt, weil ich dachte, das sei begehrte Bückware. Dabei waren es bloß Waren, die noch nicht ins Regal geräumt worden waren.«

Bruno lauschte mir mit gerunzelter Stirn, und ich wusste nicht, ob er mich verstand. Aber es tat ihm gut, meine Stimme zu hören. »In der DDR haben wir uns die Bückware ja aus der Hand gerissen, weil sie sofort ausverkauft sein würde. Aber hier in Bayern gab es alles im Überfluss. Ich habe Monate, nein vermutlich Jahre, gebraucht, um das zu begreifen.«

Ein letztes Leberwurstbrothäppchen wanderte in den Mund meines aufmerksamen Zuhörers. Ich freute mich, dass er so einen Appetit an den Tag legte!

»Dann kamen die Kinder in Bayern in die Schule und wurden sofort herzlich aufgenommen. Dank der Hörkassetten konnte Katharina ja schon ganz gut Englisch, für Franziska war das noch kein Thema, sie kam erst in die zweite Klasse der Volksschule. Trotzdem ungewohnt: kein ›Freundschaft‹-Rufen mehr am Morgen, kein ›Allezeit bereit!‹, kein Honecker und keine Wimpel an der Wand, stattdessen ein Kruzifix! Das hat die Kinder zunächst schwer verstört.

Was mich hingegen erschreckt hat, war der Zustand unseres Vaters. Kaum waren wir in Deutschland angekommen, ist er verstorben. Er hatte wirklich nur noch auf uns gewartet, Bruno!«

»Jaaa«, kam es ganz nachdenklich und leise.

»Vater war so traurig, dass er uns nicht sagen konnte, wo du bist! Du hattest dich endgültig mit Katja zerstritten. Vater wollte noch mal schlichten, aber du bist Hals über Kopf abgehauen, irgendwo ins Ausland. Ich weiß nur, dass Katja die Scheidung eingereicht und dich quasi aus der Wohnung geschmissen hatte. Da waren wohl einige sehr unschöne Dinge zwischen euch vorgefallen.«

Bruno hatte die Augen geschlossen und stellte sich tot.

»Ich will dich nicht quälen, Bruno. Ich weiß, wie hart es für dich gewesen sein muss, hier anzukommen, nach so vielen Jahren Haft in der DDR. Das Leben war ohne dich weitergegangen. Die Kinder waren integriert, Katja auch, nur du nicht. Gleichzeitig hast du dich für alles, was passiert ist, verantwortlich gefühlt. Der Druck war einfach zu groß, du hast immer mehr getrunken, unter starkem Alkoholeinfluss Möbel aus dem Fenster geworfen ... und das vor den Kindern.«

Brunos Atem ging flacher. Es war, als hätte er sich weggebeamt. Das wollte er auf keinen Fall hören!

»Aber das ist jetzt lange her, Bruno. Vater starb eines Nachts, nachdem er mir das alles erzählt hatte, in meinen Armen. Das Letzte, was er sagte, war, dass ich nie aufhören dürfe, dich zu suchen!«

Ich nahm seine Hand, die eiskalt war und zitterte.

»Und ich hab dich gefunden, Bruno. Wir haben alles wieder in Ordnung gebracht.«

Fast alles: Seine Kinder hatten ihm nach wie vor nicht verziehen.

Sein Atem rasselte, seine Brust hob und senkte sich schnell. Rasch lenkte ich das Gespräch wieder in harmlosere Bahnen.

»Auch für mich war es nicht immer leicht hier in Bayern. Die weißen sauberen Häuser und Gärten haben mich natürlich beeindruckt: keine Abgase, kein Kohlenstaub, kein Dreck. Als hier in Bayern der erste Schnee fiel, habe ich mich gewundert, dass er tagelang weiß blieb. In Erfurt war Schnee nach drei Tagen buchstäblich schwarz. Trotzdem hatte ich jahrelang schreckliches Heimweh nach Erfurt, nach meinen vertrauten Straßen, meinen lieben Kollegen, meinem regelmäßigen Tagesablauf. Hier in Bayern war alles so teuer, modern und schnell. Im Vergleich dazu kam ich mir klein und minderwertig vor.«

Brunos Körper entspannte sich, und sein Daumen streichelte dankbar meine Hand.

»Paul hat sehr hart gearbeitet und schließlich einen Teil des Hofes von Onkel Sepp und Tante Gitti übernommen. Wir durften die Wohnung im ersten Stock des wunderschönen Bauernhofs beziehen, und niemals werde ich den ersten Sommer ein Jahr nach unserer Ankunft vergessen, als ich tatsächlich im Dirndl zwischen den üppig blühenden Geranien auf dem Balkon stand! Paul fuhr mit dem Trecker vor und rief:

›Hab ich's dir nicht gesagt? Nur der üppige Busen, von dem ich immer geträumt habe, hat sich nicht eingestellt!‹

Da habe ich ihm mit der Gießkanne das Wasser auf den Kopf gegossen!«

Ich lachte. »Wir sind immer noch sehr glücklich, Paul und ich, aber das weißt du ja.«

Brunos Griff lockerte sich. Entspannt lag er da, die Gesichtszüge weich, die Augen geschlossen.

»Zum Geburtstag bekam Paul von seinen Nachbarn eine Eintrittskarte fürs Freiluftkonzert der Rolling Stones im Olympiastadion geschenkt«, fuhr ich fort. »*I can't get no ... satisfaction*«. Brunos Mundwinkel zuckten. »Er hat sich wahnsinnig gefreut, seine Lieblingsband einmal live zu sehen. Er hat geheult vor Freude und ich gleich mit. So mein Lieber, schlaf gut.«

Ich beugte mich zu Bruno und lauschte seiner gleichmäßigen Atmung. Als ich leise aufstehen wollte, zuckte seine Hand, und er flüsterte flehentlich.

»Jaaa!«

»Heißt das, ich soll weitererzählen?«

»Jaa!«, kam es nur noch wie ein Hauch.

»Und Onkel Franz, du weißt schon, der mit dem Lkw-Fuhrunternehmen aus Siegsdorf, dessen Fahrer Xaver Frankl vor Kurzem hier war. Der kam 1986 an Weihnachten mit einem weißen VW Golf, überreichte uns die Schlüssel und sagte: ›Der gehört jetzt euch, keine Widerrede!‹

Da hatten wir unser erstes Auto, und im Sommer 1987 fuhren wir damit das erste Mal in Urlaub. Als ich am Brenner war, und die Sonne gerade aufging, schrie ich ›Stopp!‹, weil ich einfach nicht fassen konnte, wie unendlich wunderschön diese Bergwelt war. Paul fuhr dann auf einen Parkplatz, und wir haben uns in den Arm genommen und geweint vor Glück.

Morgen erzähl ich weiter, Bruderherz. Schlaf gut und träum was Schönes!«

53

Bernau, 15. November 2011

Das Telefon riss mich aus dem Schlaf. Verwirrt warf ich einen Blick auf den Radiowecker: 7 Uhr 20!

»Frau Denkstein, kommen Sie schnell, Bruno hat wieder einen epileptischen Anfall!« Es war Schwester Silke.

Schnell schlüpfte ich in meine Jeans, legte Paul, der seelenruhig weiterschlief, einen Zettel hin und war mit dem Rad innerhalb von fünf Minuten beim Heim.

Davor stand bereits mit Blaulicht der Rettungswagen, und zwei Sanitäter schoben gerade eine Rollbahre in Brunos Zimmer. Dort stand eine stämmige Notärztin mit Raspelfrisur und massierte sich ratlos den ausrasierten Nacken.

Bevor ich sie begrüßte, beugte ich mich zu Bruno: »Hallo, Burschi. Ich bin da, alles wird gut!«

Die Ärztin stellte sich als Frau Dr. Kesselbrink vor. »Hat Ihr Bruder eine Patientenverfügung? Sonst lasse ihn jetzt in die Klinik einweisen.«

»Nein. Ich bin seine Schwester und amtliche Betreuerin. Bitte geben Sie ihm einfach nur krampflösende Mittel wie im Rahmen der Notverordnung vorgegeben.« Ich strich Bruno über die schweißnasse Stirn. »Erfahrungsgemäß dauern seine Anfälle nur kurz. Alles andere wäre eine Überreaktion. Ich weiß, was sein Wunsch ist: NIE wieder in ein Krankenhaus.«

»Das geht nicht«, erwiderte die Ärztin knapp. »Ich muss ihn jetzt mitnehmen, da ich mich ansonsten vor der Krankenkasse für die Leerfahrt des Rettungswagens rechtfertigen muss.«

»Wie bitte?« Ich wirbelte herum. »Das verstehe ich nicht! Es geht doch um das Wohl meines Bruders und nicht um irgendeine Abrechnung mit der Krankenkasse!«

»Die Leerfahrt des Rettungswagens kostet Geld! Ich bin doch nicht umsonst gekommen!«

»Nein! Was soll denn im Krankenhaus gemacht werden, was hier nicht auch geht?«

»Blutuntersuchungen, EEG, EKG, CT, und dann wird ein Neurologe hinzugezogen«, ratterte sie mechanisch herunter.

»Ach, und das kostet KEIN Geld?«

»Das ist etwas ganz anderes«, bellte sie zurück. »Was wissen Sie denn schon!«

»Eine ganze Menge!« Jetzt baute ich mich vor ihr auf und wich keinen Zentimeter zurück. »Halten Sie sich an die Notverordnung! Wenn es ihm dann besser geht, bleibt er hier!«

Die Sanitäter zogen hörbar Luft durch die Zähne. So hatte noch keiner mit dieser herrischen Frau Doktor geredet!

Unwirsch verabreichte sie ihm sein Medikament und machte unwillig ein EKG mit dem transportablen Gerät aus dem Notfallkoffer. Wir warteten. Wieder kratzte sie sich im Nacken. »Das sieht unauffällig aus.«

»Also bleibt mein Bruder hier?!«

Inzwischen hatte Bruno die Augen aufgeschlagen und machte einen entspannten Eindruck. Als er mich erkannte, huschte der Anflug eines Lächelns über sein Gesicht.

»Unterschreiben Sie mir hier, dass Sie ausreichend über seinen Gesundheitszustand aufgeklärt worden sind«, herrschte mich die Ärztin an.

»Aber das bin ich nicht! Sie haben mich nur darüber aufgeklärt, dass eine Leerfahrt die Krankenkasse Geld kostet!«

»Sie gehen mir wirklich auf die Nerven! Mit Ihnen rede ich doch gar nicht mehr.« Wutschnaubend packte sie ihren Arztkoffer und rauschte mit den Sanitätern ab.

»Ich werde dafür sorgen, dass mein Bruder nur noch palliativ behandelt wird«, rief ich ihr hinterher. »Sonst lasse ich niemanden mehr an ihn heran!«

Die Kunde vom frühmorgendlichen Großereignis verbreitete sich im ganzen Heim wie ein Lauffeuer.

»Frau Denkstein, der haben Sie es aber gegeben!« Schwester Silke kam mit Brunos üblichen Pflegeutensilien ins Zimmer. Gemeinsam wuschen wir meinen Bruder, der vor Schmerzen das Gesicht verzog und leise stöhnte. Sein Wimmern ging mir durch Mark und Bein. Wie konnte es sein, dass die Dosis seines Schmerzpflasters permanent erhöht wurde, aber immer noch keine Wirkung erzielte? Er bestand wirklich nur noch aus Haut und Knochen. Ich blieb den ganzen Vormittag bei ihm.

Nur mit Mühe konnte ich die Tränen unterdrücken.

»Ich bin bei dir, Bruno. Du kannst ruhig einschlafen. Ich gehe nicht weg, vertrau mir.«

Ob er meine Worte verstand? Jetzt standen ihm eindeutig Tränen in den Augen. Ich versuchte, ihn zu trösten und sagte, dass er nicht verzweifelt auf sein Leben zurückblicken solle.

»Es gibt keinen Menschen auf der Welt, der im Leben alles richtig gemacht hat, Burschi.«

Urplötzlich bekam ich Lust, meinen Bruder und mich mit einem Bier zu beglücken.

»Wollen wir uns einen tütteln?«, fragte ich.

Da schmunzelte Bruno und nickte. Er hatte alles mitbekommen! Flugs organisierte ich zwei Becher und dann ... taten wir es! Wir prosteten uns mit Bier zu und nahmen den ersten Schluck. Bruno machte große Augen: Ja, der Geschmack war heute ein anderer: Das war kein Wasser oder Tee und auch kein Saft. Es war Bier, wenn auch natürlich alkoholfreies.

Schluck für Schluck trank er den Becher aus. Dann fielen Bruno wieder die Augen zu. Er war erschöpft, aber glücklich.

Zärtlich küsste ich ihn auf die Stirn.

54

Bernau am Chiemsee, 17. Dezember 2011

Es war wieder kurz vor Weihnachten. Bruno war nicht mehr in der Lage, sein Zimmer zu verlassen. Er stand nicht mehr auf, wollte nichts mehr unternehmen, verweigerte das Essen. Eine »Unterhaltung« mit ihm war auch nicht mehr möglich. Ich wusste ja: Bei jedem epileptischen Anfall starben weitere Gehirnzellen ab. Seine Schlafphasen wechselten sich mit Wachphasen ab. Manchmal glaubte ich schon, er würde nicht mehr atmen, aber nach einer gefühlten Ewigkeit schnappte Bruno immer wieder lautstark nach Luft, um dann ruhig weiterzuatmen.

»Er ist jetzt in einer Übergangsphase«, raunte Schwester Silke, die lautlos mit frischen Handtüchern und Bettwäsche hereingekommen war. Sie legte mir die Hand auf die Schulter: »Sie sollten langsam Abschied nehmen.«

Ich fuhr herum. »Aber er hat noch nicht alles erledigt! Er wartet doch noch auf seine Kinder!«

Schwester Silke zog sich einen Stuhl heran. »Darf ich ganz offen mit Ihnen sprechen?«

»Aber natürlich ...« Mein Herz zog sich schmerzhaft zusammen. Was kam denn jetzt?

»Sie kümmern sich so fürsorglich um ihn ... Um nicht zu sagen ... überfürsorglich.« Sie hielt inne und suchte nach den richtigen Worten. »Ich will Ihnen nicht zu nahetreten, Frau Denkstein. Wir haben noch keinen Angehörigen erlebt, der sich so aufopfernd für seinen Schützling eingesetzt hat wie Sie. Erlauben Sie mir, Ihnen zu sagen, dass ich den Eindruck habe, dass Bruno SIE nicht enttäuschen will. Dass SIE der Grund sind, warum Bruno nicht gehen kann.«

Mir schossen die Tränen in die Augen. »ICH?«

»Möglicherweise setzen Sie ihn mit ihren Bemühungen unter Druck.«

Mir blieb die Luft weg. »Sie meinen, ich sollte ...«

»Loslassen, ja. Sonst kann ihr Bruder es auch nicht. Es wäre gut, wenn Sie ihm jetzt seine Lieblingssachen herauslegen würden, mit denen er dann seine letzte Reise antreten kann.«

Sie drückte mir noch einmal tröstend die Schulter und verließ dann wortlos den Raum.

Ich brauchte lange, um mich zu überwinden, suchte dann aber in seinem Schrank sein Lieblingsoutfit zusammen: sein weißes Poloshirt, seine blaue Jeans, seine dunkelblaue Strickjacke und seine heiß geliebten weißen Segeltuchturnschuhe.

All das hängte ich liebevoll auf einen Bügel. Beim Suchen fand ich auch Yasmins rosa Geburtsarmbändchen wieder.

Es war wie ein letzter Wink, dem ich noch einmal nachgeben wollte.

Einem plötzlichen Impuls folgend, zückte ich mein Handy und fotografierte das Bändchen, startete einen letzten Versuch.

Liebe Yasmin!

Dieses Armband bekamst du nach deiner Geburt in der Klinik angelegt. Viele Jahre hat es dein Vater aufgehoben. Kann es einen besseren Beweis für seine Liebe zu dir geben? Er kann es dir nicht mehr persönlich zurückgeben, und deshalb schicke ich es dir heute wenigstens per Foto. Du bist ja inzwischen selbst Mutter und bewahrst irgendwo so ein Bändchen von deinem kleinen Timo auf?
Da ist noch ein Band zwischen euch, Yasmin! Das ist das letzte Geschenk deines Vaters an dich. Es geht zu Ende mit ihm.
Bitte gib auch Pit Bescheid, dessen Kontaktdaten ich leider nach wie vor nicht habe.

Das ist mein letzter Versuch, Bruno noch seinen letzten Wunsch zu erfüllen. Bitte überwinde dich doch. Selbstverständlich könnt ihr alle, auch dein kleiner Timo, bei uns übernachten. Wir haben immer Platz für euch.

Alles Liebe
Tante Lotte

Während ich nachts im Dunkeln diese Mail an Yasmin tippte, schrieb Paul zeitgleich eine bei uns zu Hause an seinem Rechner, ohne dass wir uns abgesprochen hätten. Es war einfach Gedankenübertragung.

Servus Pit,

ich bin Paul, der Mann deiner Tante Lotte. Ich kenne euren Vater noch aus Erfurter Zeiten und habe ihn als tollen Freund und Schwager sehr geschätzt.
Über das Internet habe ich die Kontaktdaten deiner Hamburger Werbeagentur herausgefunden und schreibe dir, ohne dass meine Frau etwas davon weiß.
Obwohl ich mich normalerweise nicht einmische und erst recht nichts hinter dem Rücken meiner Frau tue, sende ich dir diese Mail sozusagen von Mann zu Mann.
Lotti sagt, es ist wunderschön mitzuerleben, in welch friedliche Verfassung Bruno gekommen ist, seit er palliativ behandelt wird. Sie hat für deinen Vater gekämpft wie eine Löwin, und er bekommt jetzt viermal täglich Morphium gespritzt. Aus meiner Sicht hängt sein Leben nur noch am seidenen Faden, aber daran klammert er sich fest. Er kann noch nicht gehen, Pit.
Vielleicht hängt es damit zusammen, dass ihr beide noch eine Rechnung offen habt.
Er ist enttäuscht vom Leben und vor allem von sich selbst. Ich

schätze, es ist ziemlich schwer, sich am Ende des Tages einzugestehen, dass das Leben echt mies gelaufen ist. Er hatte so große Träume und Pläne, und alles ist schiefgegangen. Es ist nicht allein seine Schuld. Ich weiß nicht, wie viel er dir erzählt hat, und auch wir können nur ahnen, was er durchgemacht hat. Aber glaub mir, Pit: Er ist durch die Hölle gegangen. Wir wissen, was euer Großvater im Gefängnis mitmachen musste, wir haben ihn damals abgeholt. Du möchtest das nicht wissen, Pit. Hätte dein Vater Lotti nicht, wäre er allein mit diesen grausamen Erinnerungen und seinen Gewissensqualen, was euch anbetrifft, und das hat wirklich niemand verdient. Bestimmt war er kein guter Vater. Aber bist du ein guter Sohn?
Ich weiß ja nicht, wie es dir geht, aber ich will nicht, dass du dir irgendwann Vorwürfe machst, wenn es zu spät ist.
Ich war lange im Leistungssport tätig und habe viel mit jungen Leuten gearbeitet.
Oft hat es einen kleinen Tritt in den Hintern gebraucht, um meine Jungs zu Höchstleistungen zu treiben. Sie mussten sich auch erst überwinden, aber dann standen sie auf dem Siegertreppchen und waren mit Recht stolz auf sich.
Pit, ich möchte, dass du am Ende auf dem Siegertreppchen stehst und mit Recht stolz auf dich bist.

Mit sportlichen Grüßen
Paul

Lange saß ich nachdenklich am Bett meines Bruders. Er hatte so wenig Liebe bekommen in den letzten Jahrzehnten, und dafür wollte ich ihn in seinem letzten Lebensjahr so gut es ging entschädigen. Hatte ich ihn mit meiner Schwesternliebe erdrückt? Plötzlich kam mir die Erkenntnis, dass Bruno mir schon so viele Zeichen gegeben hatte! Zeichen dafür, dass er Abschied nehmen, sich auf den Weg zu unseren Eltern, in eine andere Welt machen wollte: Er hatte seinen Therapeuten zu verstehen gegeben, dass es keinen Zweck mehr hatte. Er hatte das Essen und Trinken verweigert, und mich hatte er auch schon oft ignoriert. Doch dann spürte er meine Hilflosigkeit und meinen Schmerz und sammelte alle seine Kräfte, rappelte sich wieder auf und wollte mir ein guter Bruder sein ...

In mir herrschte Aufruhr! Gefühlswogen brachen über mir zusammen.

Als der Morgen dämmerte, legte ich die La-Mer-CD von Debussy ein, die er irgendwann mit dem Rundfunk-Sinfonieorchester Berlin eingespielt hatte. Damals, in einer anderen Zeit.

Wie aus einer anderen Welt kommend erwachte er und schenkte mir ein schwaches Lächeln. Die Schmerzen hinterließen immer deutlichere Spuren in seinem Gesicht. Die Augen lagen immer tiefer in den Höhlen, seine Haut war blass und fahl. Es war erschreckend, wie schnell der Sterbeprozess voranschritt.

Der Tod schien schon hinter ihm zu stehen, wie im »Jedermann«.

Doch dann traute ich meinen Augen nicht: Der Zeigefinger seines beweglichen Arms zuckte. Bruno dirigierte mit! Wieder wollte er mir zeigen, dass er meine Fürsorge wertschätzte, dass die Musik ihn berührte! Plötzlich liefen ihm Tränen aus den Augen. Ich spürte seine Anstrengung, die Gefühle unterdrücken zu wollen. Ich setzte mich ganz nah zu ihm und schmiegte meine Stirn an seine.

Die Musik durchströmte uns, als wären wir eine Person. Draußen wurde es langsam hell. Fast auf den Tag genau war Bruno jetzt ein Jahr bei uns. Was für ein kostbares Jahr!

»Bruno, du schuldest mir nichts«, flüsterte ich unter Tränen. »Du kannst von dieser Welt gehen, ohne Gewissensbisse! Es war eine wunderbare Bereicherung für Paul und mich, dich bei uns zu haben. Ich liebe dich sehr, Bruderherz!«

Ich spürte, dass sich der Druck seiner Stirn verstärkte.

»Du wirst in der anderen Welt bestimmt unsere Mama wiedersehen«, flüsterte ich. »Und unseren Papa. Gib ihnen einen Kuss von mir!«

Und so verharrten wir noch eine Weile Stirn an Stirn, bis ihm erschöpft der Kopf zur Seite fiel.

55

Bernau am Chiemsee, 19. Dezember 2011

Um kurz nach sechs klingelte das Telefon. Ich hatte unruhig geschlafen und war in Gedanken bei Bruno gewesen. Was für ein Segen, dass er keine Schmerzen mehr haben, in eine bessere Welt hinüberdämmern durfte.

Schwester Silke bestätigte mir das: »Wenn Sie ihn noch mal sehen wollen, dann kommen Sie!«

Ohne Paul zu wecken, schlüpfte ich in Jeans, T-Shirt und dicken Strickpulli, rannte die Treppe hinunter und zog meine Fellstiefel an. Ich hatte die Haustürklinke schon in der Hand, als ich es mir anders überlegte, noch mal die Treppe rauf ins Badezimmer rannte und mir wenigstens noch die Zähne putzte.

Fünf Minuten später schob ich mein Fahrrad aus der Garage und radelte durch den finstern Wintermorgen durch verschneite leere Straßen zum St. Rupert am See.

Ein Schneeräumfahrzeug näherte sich mit orangem Blinklicht und lautem Getöse. Ich sprang ab und ließ es vorbei. Auch wenn meine Fahrt jetzt langsamer ging, so doch auf frisch gestreuten Straßen. Im Schritttempo schlingerte ich hinter dem Räumfahrzeug her.

Um sieben betrat ich das Foyer. Es roch bereits nach frischem Kaffee.

Ohne nach rechts und links zu schauen, eilte ich zu Brunos Zimmer und öffnete vorsichtig die Tür. Dunkelheit und ein merkwürdig fremder Geruch schlugen mir entgegen.

Schon wieder jemand bei meinem Bruder, den ich nicht kannte! Konnte man nicht einfach von ihm ablassen! Schweigend blieb ich im Türrahmen stehen.

Zwei Gestalten beugten sich über Bruno, ein unglaublich dicker Mann und eine junge Frau, die ich noch nie gesehen hatte. Wo war Schwester Silke?

»Er ist gegangen«, hörte ich den dicken Mann mit belegter Stimme leise sagen. Er hatte Brunos Hand gehalten und ließ sie nun sanft auf seine Brust sinken.

Ich machte Licht. Sie fuhren zu mir herum. Und da schaute mir aus einem pausbäckigen Gesicht mit Doppelkinn und traurigen Augen der junge Bruno entgegen. Und eine dunkelhaarige junge Frau, die ihm sehr ähnlich sah. Erst jetzt bemerkte ich den Kinderwagen in der Ecke.

Beide sahen übermüdet aus. Das Baby im Kinderwagen schlief.

»Pit«, hörte ich mich leise rufen. »Yasmin!« Genau wie Bruno das hundertmal in den Logopädie-Stunden gerufen hatte!

»Hallo, Tante Lotte. Wir haben ihn fast nicht wiedererkannt.«

»Aber ihr seid gekommen, und das ist alles, was zählt.«

Ich umarmte sie. Der dicke Mann schluchzte. Was musste der arme Pit alles in sich reingefressen haben, bevor er es schaffte hierherzukommen!

Dann kniete ich mich vor meinen Bruder, nahm seine Hände und sah in ein friedliches, ja lächelndes Gesicht. Brunos Gesichtszüge waren so entspannt, seine Haut noch weich und warm. Ich streichelte seine Wange und küsste ein letztes Mal seine Stirn.

»Er ist friedlich eingeschlafen«, sagte Yasmin. In der Hand hielt sie das rosa Bändchen.

»Vor zwei Minuten«, sagte Pit. »Ich glaube, er war mit sich und der Welt im Reinen.«

Wenn ich mir nicht mehr die Zähne geputzt hätte, wäre ich nicht hinter den Schneewagen geraten, dachte ich. Dann wäre ich da gewesen, wie ich es ihm versprochen hatte. Aber es gab etwas Wichtigeres als mich.

»Da bin ich mir ganz sicher«, sagte ich ruhig.

Und nahm die Hände seiner beiden Kinder.

Gemeinsam schlossen wir ihm die Augen.

ENDE

Nachwort der Protagonistin, Iris Bäcker

Für mich ist bis heute unbegreiflich, wie sich Schicksale aus dem Nichts heraus kreuzen und Menschen einander so nahebringen können, wie es bei diesem Buch geschehen ist ...

An einem Januartag des Jahres 2018 konnte ich abends nicht einschlafen und schaltete deshalb den Fernseher ein. Ich sah Hera Lind in einer Talksendung. Sie sprach über ihr neuestes Buch und machte den Zuschauern Mut, gern auch ihre Geschichte an sie zu senden.

Warum hatte ich gleich das Gefühl, dass Hera Lind in dieser Sekunde ausgerechnet *mich* dazu aufforderte?

Ich hatte da tatsächlich eine Geschichte. Und die war bereits geschrieben! In einem fast dreihundertseitigen Tagebuch habe ich die letzten beiden Lebensjahre meines Bruders festgehalten.

Der Gedanke, ihr zu schreiben, ließ mich nicht mehr los. Also nahm ich all meinen Mut zusammen und schrieb:

»Wenn Sie mein Tagebuch (mit Rückblenden) interessiert, in dem ich die letzten beiden Lebensjahre meines Bruders festgehalten habe, wenn Sie interessiert, welche Erlebnisse ich während seines Aufenthalts im Pflegeheim hatte, welche Kämpfe ich mit Ärzten und Pflegepersonal ausgetragen habe, wenn es Sie interessiert, wie es meinem Bruder und mir in dieser Zeit mit allen emotionalen Höhen und Tiefen gegangen ist, wenn es Sie interessiert, wie das Leben in so einem Heim aussieht, wenn es sie interessiert, welch tolle Menschen es gibt, die sich um Schwerstpflegebedürftige kümmern, und wenn es Sie interessiert, wie sehr ich jeden Tag um die Würde meines Bruders gekämpft habe, wie schwer, aber auch wie schön das war, dann würde ich Ihnen mein Tagebuch zuschicken wollen.«

Ja, und Hera Lind hatte Interesse – und nicht nur oberflächlich!

Sie wollte noch so vieles mehr aus der Vergangenheit meines Bruders in der DDR, aus seiner Lebensbiografie und der meiner Familie erfahren. Aber auf viele Fragen hatte ich keine Antworten.

Das Tagebuch hingegen, das jetzt die Rahmenerzählung ausmacht, wuchs aus dem täglich Erlebten, aus meinen Briefwechseln und Mails mit seinen Kindern und Freunden, aus den Gesprächen mit Ärzten, Schwestern und anderen Personen. Gedanken und Emotionen flossen automatisch aufs Papier, ohne dass ich mich krampfhaft erinnern musste. Aber die Vorstellung, jetzt über mich und meine Familie schreiben zu sollen, überforderte mich.

Ich konnte Hera Lind nur im Groben mitteilen, dass mein Bruder mehrfach republikflüchtig geworden, deshalb auch mehrfach inhaftiert und zu Gefängnisstrafen verurteilt worden war. In der Folge wurde u. a. meine Mutter als Betriebsleiterin entlassen. Ganz sicher trug diese Sippenhaft auch dazu bei, dass sie unheilbar an Krebs erkrankte. Mit fortschreitender Krankheit konnte sie die im Gefängnis erlaubten Besuche nicht mehr antreten. Irgendwie schaffte es mein Vater, dass mein Bruder die einmalige Ausnahmegenehmigung erhielt, unsere Mutter für fünfzehn Minuten zu Hause besuchen zu dürfen. An dem Tag wussten jedoch beide schon, dass sie sich auf dieser Welt zum letzten Mal sehen würden. Wie ein Schwerverbrecher wurde mein Bruder von zwei Polizisten in Handschellen in die Wohnung geführt. Meine Mutter lag im Wohnzimmer auf der Couch, und wir mussten das Zimmer verlassen. Die Besuchserlaubnis galt ja nur für sie und meinen Bruder. Fünfzehn Minuten durfte er weiterhin in Handschellen und an die Polizisten gekettet, am Sterbebett unserer Mutter verweilen. Weder zur Begrüßung noch zum Abschied durften sie sich umarmen. Mir krampft sich noch heute das Herz zusammen, wenn ich an diese Viertelstunde in meinem Leben denke! Zwei Wochen nach dem Besuch starb unsere Mutter.

Hera Lind schrieb mir, dass mein Tagebuch sie sehr rühre, sie aber für einen großen Schicksalsroman doch zu wenig Information habe. Ich verstand das sofort und freute mich über ihre immer wieder herzlichen und mitfühlenden Worte. Mein Tagebuch kam zurück in den Koffer mit Erinnerungen …

… bis Hera Lind sich Mitte April mit einer Mail und den Worten meldete: »Sind Sie Frau Bäcker, die mir ihr Pflegetagebuch geschickt hat? Falls Sie es sind: Es geht noch mal um Ihren Romanstoff. Würden Sie mir kurz ein Zeichen geben, ob ich noch mal Kontakt aufnehmen darf? Habe inzwischen Hunderte von Geschichten gelesen und hätte da vielleicht eine Idee, vielleicht sogar die zweite Hälfte der Geschichte gefunden.«

Natürlich meldete ich mich sofort bei ihr. Schnell wurde ein gemeinsames Treffen zwischen ihr, der Lektorin Britta Hansen, der weiteren Protagonistin Frau Schneider und mir in München ausgemacht. Und dann nahm alles seinen Lauf. Als wir uns gegenübersaßen, wich meine Aufgeregtheit sofort, und Sympathie stellte sich ein. Schnell stand für mich fest: Ja, meine Geschichte und die meines Bruders kann ich beruhigt in die Hände von Hera Lind und Britta Hansen legen.

Das Ergebnis spricht für sich! Ich ziehe den Hut vor Hera Lind, die es wundervoll verstanden hat, aus ZWEI EINS zu zaubern.

Nachwort der Protagonistin, Angelika Schneider

Freunde und Bekannte, vor allem jedoch meine Töchter, baten mich immer und immer wieder, meine Geschichte aufzuschreiben. Dann las ich ein Buch von Hera Lind – und am Ende begeistert auch das Nachwort. Hera Lind schrieb: »Trauen Sie sich!« Ich traute mich und sitze nun selbst über so einem Nachwort. Unglaublich!!

Zaghaft schickte ich meine Geschichte stichpunktartig an den Verlag. Es kam eine Eingangsbestätigung mit der Bitte um Geduld.

Monate später kam dann ein Schreiben des Verlags: »Bitte in Textform, mindestens fünfzehn Seiten.« Aha, also Interesse. Ich schrieb zweiundzwanzig Seiten. Wieder lange nichts.

Der Alltag hatte mich wieder, und ich vergaß das Ganze.

Ende März des Jahres 2018 bekam ich einen Anruf von Hera Lind. Jetzt war es um mich geschehen: Schnappatmung, Freude, Glück. Hera Lind interessierte sich tatsächlich dafür, wie es zur Flucht meines Bruders, später dann zu der seiner Frau und seines Sohnes gekommen war. Außerdem für meine Familienangehörigen und in diesem Zusammenhang für den gestellten Ausreiseantrag meiner eigenen kleinen Familie.

Jetzt erzählte ich meinen Töchtern, was ich angestellt hatte, und dass es eventuell zu einem Buch kommt. Beide freuten sich riesig.

Die Einladung nach München war der nächste Höhepunkt. Aufgeregt und zittrig strebte ich dem Treffpunkt zu. Die Tür ging auf, ich wurde erwartet und aufs Herzlichste begrüßt. Trotz meines Respekts vor den Persönlichkeiten mir gegenüber – Hera Lind, die Cheflektorin Britta Hansen und die andere Protagonistin Iris Bäcker, denen ich ja noch nie begegnet war – empfand ich die Atmosphäre zwar als aufregend, die Gespräche aber als herzlich und informativ.

Frau Bäcker und ich bekamen die Idee für das Buch von Hera Lind geschildert. Sie wollte unsere beiden Geschichten in einem Buch vereinen. Ja, es galt Abstriche zu machen und Kompromisse einzugehen. Dennoch stimmte ich zu.

Kaum wieder zu Hause, bekam ich meine zweiundzwanzig Seiten mit tausend Fragen von Hera Lind zurück.

Ein wunderschöner Sommer begann! Bis spät in die Nacht konnte ich meine Hausaufgaben auf der Terrasse erledigen. Ich las Schriftstücke aus der damaligen Zeit, holte Kopien von Stasi-Akten hervor, besprach mich wiederholt mit meiner Familie.

Um Hera Lind die Schilderung der Flucht im Tank besser vermitteln zu können, versuchte ich den damaligen Lkw-Fahrer ausfindig zu machen, und es gelang mir auch! Wie alle Namen im Manuskript musste auch seiner geändert werden, aber Xavers Geschichte hat sich so zugetragen.

Als ob es gestern passiert wäre, hatte sich auch ihm alles ins Gedächtnis eingebrannt. Er erzählte mir vier Stunden lang, wie sich alles genau abgespielt hatte. Wir lachten viel. Wir weinten gemeinsam um meinen an akuter Leukämie verstorbenen Bruder. Als Familie versuchten wir gemeinsam, seinen zweijährigen Leidensweg erträglich zu gestalten. Mein Bruder starb nicht allein. Seine Frau hielt eine Hand und ich die andere. Burschi wird von allen vermisst, und ich darf ihn jetzt in diesem Buch verewigen. Meine Eltern hatten noch sieben gemeinsame Jahre mit ihrem Sohn in Bayern. Zwei Jahre nach meiner Ausreiseerlaubnis starb mein Vater. Den Mauerfall hat er nicht mehr erleben dürfen. Meine Mutter ist mit sechsundachtzig Jahren gestorben.

Dann ging alles Schlag auf Schlag. Wie gewünscht übermittelte ich alles an Hera Lind, bekam ihre ersten Entwürfe, las und überarbeitete sie, bekam neue Entwürfe und recherchierte weiter. Erinnerungen meiner Töchter wurden aktiviert. Beiden möchte ich an dieser Stelle von Herzen danken. Die Seiten von Hera Lind wurden immer mehr, die erforderlichen Änderungen immer weniger.

Es war anstrengend, aufregend, traurig, spannend und teilweise lustig zu lesen.

Die Sprache und Ausgestaltung der Geschichte ist das Verdienst von Hera Lind.

Die Autorin genießt meine volle Hochachtung, ich habe sie nur ein wenig angestoßen, und schon kam dieses Buch ins Rollen!

Ich sage Danke, auch im Namen von Burschi.

Irgendwann war es vollbracht, und es hieß tatsächlich ENDE, mit dem kleinen letzten Vermerk von Hera Lind: »Bitte noch Ihr persönliches Nachwort!«

Nachwort der Autorin

Im Januar 2018 fand ich unter vielen anderen Einsendungen das unfassbar ausführliche, rührende und liebevolle Tagebuch von Iris Bäcker, die über zwei Jahre lang ihren pflegebedürftigen Bruder betreut hat. Ich las jeden Morgen eine Stunde auf dem Stepper im Fitnessstudio und freute mich regelrecht auf die Fortsetzung. Aus jeder Zeile kamen mir so viel Fürsorge und Liebe entgegen, dass ich mir manchmal die Augen wischen musste. Auch wenn es sich um alltägliche Dinge wie Vorlesen, Handhalten, Ausfahren im Rollstuhl, das Singen von Kinderliedern und Füttern handelte, darum, die Interessen des Patienten vor Ärzten, Behörden und Pflegern zu vertreten, die der schlaganfallgeschädigte Bruder nicht mehr selbst äußern konnte, rührte und bewegte mich diese Geschichte sehr. Ich las sie komplett durch, war ganz bei dieser sympathischen, starken Protagonistin und freute mich über jeden noch so kleinen Fortschritt ihres Bruders. Zwischen den Zeilen schien immer wieder durch, wie sehr sich die Schwester für ihren Bruder gewünscht hätte, das Interesse seiner Kinder noch einmal für ihn wecken zu können. Da musste etwas Schlimmes vorgefallen sein, von dem aber in dem Tagebuch keine Rede war. Die gesamte Vorgeschichte fehlte mir, und erst auf Nachfrage schickte mir Frau Bäcker noch das Kapitel, in dem der Bruder seine sterbende Mutter noch einmal sehen darf – in Handschellen und bewacht von Polizisten, die ihn danach sofort wieder ins Gefängnis bringen.

Da blitzte etwas auf, das unfassbare Schatten warf! Aber als jemand, der im Westen aufgewachsen ist, traute ich mir bei Weitem nicht zu, einen Schicksalsroman rund um diesen Bruder und diese Schwester zu erfinden!

Also bedankte ich mich bei Frau Bäcker und sagte diese schöne Geschichte schweren Herzens ab.

Acht Wochen später hatte ich sicherlich hundert andere Einsendungen gelesen, und der Funke war noch nicht so recht übergesprungen, als mir die vergleichsweise wenigen, aber inhaltsreichen Seiten von Angelika Schneider in die Hände fielen. Auch eine Bruder-Schwester-Geschichte, die diesmal in den Siebziger- und Achtzigerjahren in Erfurt spielte. Die Familie war von Bayern nach Thüringen gegangen, weil der Vater Zoodirektor wurde. Der Bruder floh eines Tages in den Westen, indem er einen Ziegelstein aufs Gaspedal seines Lkws schob, aus dem fahrenden Wagen sprang und durch die Werra schwamm. Seine Frau und seinen kleinen Sohn holte er später nach. Die Familie zerbrach an der Flucht des Bruders, und die im Osten gebliebene Schwester durchlitt mit Mann und Kindern schlimmste Repressalien.

Auf einmal hatte ich die fehlende Vorgeschichte zu der von Frau Bäcker! Mir kam die Idee, die beiden Geschichten zu einer zusammenzufügen. Auf einmal ergab alles einen Sinn! Auf einmal konnte es funktionieren!

Natürlich kannten sich die beiden Frauen überhaupt nicht, und ich hatte keine Ahnung, ob sie mit diesem ungewöhnlichen Kompromiss einverstanden sein würden. Es betraf ja auch ihre jeweiligen Männer und Kinder, ihre jeweiligen – inzwischen verstorbenen – Brüder!

Wir trafen uns mit meiner langjährigen Lektorin Britta Hansen vom Diana Verlag in München, wo wir schon einige Protagonistinnen unter die Lupe genommen haben. Britta Hansen war zuerst mit Recht skeptisch, aber nachdem ich ihr meine Idee geschildert hatte, gab sie mir das Okay. Einen Versuch war es wert. Auch die beiden Protagonistinnen ließen sich auf meinen Plan ein, bei dem wir alle noch nicht wussten, ob er funktionieren würde.

Das war – abgesehen von meiner wundervollen Zusammenarbeit mit den Zwillingen Sonja und Senta vom »Kuckucksnest« – das erste Mal, dass ich mit zwei Protagonistinnen arbeiten würde. Aber die Zwillinge kannten und liebten sich, und es war ja dieselbe Geschichte, nur aus zwei Blickwinkeln geschildert.

Hier aber kamen zwei Schicksale zusammen, die eigentlich nichts miteinander zu tun hatten. Jahreszahlen, das Alter der Protagonistinnen und natürlich ihre Erfahrungen mit der DDR stimmten allerdings überein.

Auch hatten beide tolle Ehemänner, tolle Töchter und ebendiesen einen geliebten Bruder, der das Familienschicksal in beiden Fällen durch eine unüberlegte Flucht aus der DDR stark beeinflusst hatte.

Um diesen Bruder sollte es also gehen. Ich nannte ihn Bruno.

Im September begann ich zu schreiben, fügte abwechselnd ein Kapitel von Frau Bäcker und eines von Frau Schneider aneinander, merkte aber bald, dass ich nicht nur die erfundenen Namen, Daten und Nebenfiguren angleichen musste, die irgendwann hinten und vorne nicht mehr stimmten, sondern auch stark ins wahre Geschehen beider Geschichten eingreifen und mit reichlich Fantasie würzen musste, um einen stimmigen und dennoch unterhaltsamen Roman zu schreiben. Ich musste Menschen und Situationen erfinden, andere zugunsten eines roten Fadens und des Spannungsaufbaus streichen. Ich dachte mir Dialoge und Szenen aus, die es nie gegeben hat.

Von beiden Protagonistinnen kam zwischenzeitlich deutliches Zähneknirschen. Frau Bäcker schrieb: »Die Mutter meines Mannes war nie in der Partei! Können Sie das bitte ändern?« Aber dann hätte unsere Geschichte nicht funktioniert. Es waren nämlich Frau Schneiders Schwiegereltern, die überzeugte Parteigenossen waren!

Frau Schneider hingegen schrieb: »Die Ehe meines Bruders war bis zum Schluss glücklich! Er trank auch nie übermäßig Alkohol! Können Sie das bitte ändern?«

Nein, das konnte ich auch nicht, denn sonst hätte die ganze Geschichte von Frau Bäcker nicht mehr funktioniert!

Beide Protagonistinnen vertrauten mir schließlich, im Sinne eines spannenden, temporeichen und mitreißenden Romans.

Die Geschichte ist im doppelten Sinne wahr – und doch hat jede Protagonistin nur einen Teil davon erlebt. Den Kitt habe ich in dichterischer Freiheit hinzugefügt.

Ich selbst, im Westen aufgewachsen, war auf die Schilderungen meiner Protagonistinnen angewiesen und habe mir trotzdem erlaubt, Gefühle, Gespräche, Nebenfiguren und Situationen zu erfinden – Kollegen, Pfleger, Ärzte, aber auch Heime, Praxen und Kliniken, den sonnigen Ort St. Rupert am See, um dem Ganzen mehr emotionales Gewicht zu geben.

So habe ich beispielsweise Xavers Fluchtprotokoll, das mir wörtlich vorlag, an Brunos Krankenbett verlegt und den Mann als urigen Bayern mit großem Hund geschildert. Denn manchmal wollte ich der doch sehr bedrückenden Geschichte ein bisschen die Schwere nehmen.

»Lotti« ist eine, wie ich finde, sehr gelungene Mischung aus Iris und Angelika geworden, die man einfach ins Herz schließen muss – für ihren Mut, ihre Zähigkeit, ihren Humor und ihre Schwesterliebe.

Nun möchte ich mich sehr bei meinen Protagonistinnen bedanken und ziehe den Hut vor ihnen. Sie haben nicht nur eine großartige Geschichte geliefert, sondern auch immer und immer wieder nachgebessert und für Fragen zur Verfügung gestanden. Dass sie es zugelassen haben, ein TEIL dieser Geschichte zu werden, zeugt von menschlicher Größe und einer Riesenportion Gelassenheit.

Für mich war es eine wundervolle Zusammenarbeit. Beim

Schreiben war ich oft so gebannt, dass ich gar nicht mehr aufhören konnte. Wie bei allen guten Geschichten, tauchte ich komplett in diese andere Welt ein, vergaß die Zeit, ging nicht ans Telefon, war wochenlang nicht ansprechbar und schwer überrascht, wenn wieder mal zwölf Stunden am Schreibtisch vergangen waren.

Und so soll es Ihnen beim Lesen meiner Tatsachenromane ebenfalls ergehen!

Wenn Sie, liebe Leserinnen und Leser, auch eine packende, emotional tiefgründige und außergewöhnliche Lebensgeschichte haben, dann schreiben Sie mir unter heralind@a1.net. Ich lese alle Einsendungen selbst und bearbeite sie sorgfältig und wertschätzend. Vielleicht sind Sie ja schon bald dabei, bei den erfolgreichen Tatsachenromanen, die inzwischen die Bestsellerlisten füllen. Aktuell biete ich in meiner Romanwerkstatt in der Salzburger Altstadt auch Schreibseminare an. Anmeldung ebenfalls unter:

heralind@a1.net

Ich danke meinen lieben Leserinnen für ihre Treue und freue mich, dass unsere Tatsachenromane es regelmäßig auf die Bestsellerliste schaffen. Die besten Geschichten schreibt eben das Leben!

Ihre
Hera Lind

LESEPROBE

Der Traum vom Westen zerbricht in einer kalten Winternacht

Der neue große Tatsachenroman von Hera Lind über eine starke Frau, die trotz der Schreckensjahre im DDR-Frauengefängnis Hoheneck die Hoffnung und den Glauben an die Liebe zu ihrem Mann nicht verliert.

ISBN 978-3-453-36076-1
Auch als E-Book erhältlich

DIANA

1

Ostberlin, in der Nacht zum 1. April 1973

Nebenan schnarchte mein künftiger Schwiegervater.

»Was ist denn nun mit Eileen?«, flüsterte ich neugierig.

Auch Schwiegermutters gleichmäßige, tiefe Atemzüge drangen durch die dünnen Wände bis zu meinem Verlobten und mir herüber. Bevor mein liebster Ed einschlafen konnte, kuschelte ich mich ganz dicht an ihn. Eds Schnauzbart kitzelte, als ich ihm einen Gutenachtkuss gab. Sofort durchströmte mich sein mir so vertrauter Duft.

»Dein Vater hat beim Abendessen gefragt, wann eure Diplomarbeit endlich fertig ist, und das möchte ich ehrlich gesagt auch mal wissen!«

Neugierig stützte ich mich auf den Ellbogen und blies meinem Liebsten eine widerspenstige Strähne aus der Stirn. Er trug lange Haare, was damals in der DDR nicht allzu gern gesehen wurde, aber Ed war alles andere als staatskonform. Aus Protest lief mein zukünftig Angetrauter in einer amerikanischen Originalkutte aus dem Ami-Shop in Hamburg herum, die ihm seine Tante Irene geschickt hatte. Ed verweigerte das Tragen von FDJ-Hemden, das Schwenken von Fahnen und Transparenten bei verordneten Aufmärschen und Kundgebungen. Er fand alles in der DDR scheiße, verlogen und lächerlich. Ich dachte zwar genauso, aber im Gegensatz zu mir sagte mein mutiger Mann das auch laut.

»Eileen?« Er klang, als hätte er schon geschlafen. »Was soll mit ihr sein?«

»Ach komm, Ed! Mir kannst du es doch sagen! Oder denkst du immer noch, ich bin eifersüchtig?« Ich gab ihm einen zärtlichen Stups. »Bin ich echt schon lange nicht mehr!«

Ed und Eileen waren »nur« gute Freunde, sie studierten beide im letzten Semester Architektur an der Kunsthochschule Berlin-Weißensee und schrieben ihre Diplomarbeit zusammen, aber in jüngster Zeit schienen sie nichts zu tun, was sie in der Hinsicht weiterbrachte. Mein geliebter Freigeist Ed zeichnete sich nicht gerade durch übertriebenes Strebertum aus, was ich umso mehr an ihm liebte. Die wiederholte Frage seines Vaters, was denn nun mit der Diplomarbeit sei, war durchaus berechtigt. Wenn er keine Lust auf das Studium hatte, trampte er durch die DDR mit allem, was fuhr: mit Pferdefuhrwerken, aber auch mit Lastern voller Äpfel oder Kohlköpfe. Dann konnte er stundenlang Landschaften skizzieren, alte Gebäude fotografieren oder Schopenhauer und Kleist lesen und in seiner Traumwelt versinken. Aber WENN er arbeitete, war er brillant. Seine Entwürfe konnten sich durchaus sehen lassen und wiesen ein hohes Maß an Kreativität auf. In der DDR Ende der 60er-, Anfang der 70er-Jahre wurde diese Art Begabung, gepaart mit einer gehörigen Portion Eigensinn zwar gerade noch geduldet, aber dafür umso genauer beäugt. Mein Ed war eben etwas Besonderes.

»Ed, ich will wissen, was mit Eileen ist! Ich hab sie ewig nicht mehr gesehen«, bohrte ich nach. Eileen rebellierte genauso gegen das System wie Ed.

»Psst, Peasy!« Ed legte den Arm unter meinen Kopf und zog mein Ohr ganz dicht an seine Lippen.

»Ich sag's dir, aber flipp jetzt nicht aus, okay?«

In mir zog sich alles zusammen. Da war irgendwas im Busch.

»Ist sie schwanger?« Mein Herz klopfte. Ed zog missbilligend eine Braue hoch. »Das sollte ein Scherz sein!«, setzte ich hastig nach.

Warum war er auf einmal so ernst? Er nahm meine Hand in seine und hielt sie ganz fest. In seinen dunklen Augen lag etwas Geheimnisvolles. Er hatte mich doch nicht … Er würde doch nicht …?

»Peasy, was ich dir jetzt sage, muss absolut unter uns bleiben, versprichst du mir das?« Sein Blick war ernst. Sehr ernst.

Plötzlich durchzog es mich heiß. Etwas wirklich Dramatisches musste passiert sein. Aber doch hoffentlich nicht DAS EINE. Ich liebte meinen Ed vorbehaltlos. Wir hatten doch keine Geheimnisse voreinander?

»Versprochen«, raunte ich tonlos und versuchte tapfer zu sein.

Und dann ließ Ed die Bombe platzen. »Kreisch jetzt nicht los, okay? Sie ist in den Westen abgehauen.«

Mein Herz machte einen dumpfen Schlag. Vor Erleichterung, vor Entsetzen, vor Respekt, vor Überraschung. Ruckartig setzte ich mich auf.

»Sie ist weg? Für immer?«

Die gelbbraun gestrichenen Wände unseres Zimmers kamen auf mich zu. Draußen ratterte eine Straßenbahn vorbei, und der orientalisch anmutende Vorhang, den Ed als »Meisterdekorateur« irgendwo aufgetrieben hatte, um das triste Grau unseres Lebens aufzulockern, wehte wie von Geisterhand vor dem Fenster hin und her.

Ich kreischte nicht. Ich schluckte trocken und würgte an einem Kloß.

Ed gab mir Gelegenheit, die Nachricht zu verdauen, und strich beruhigend über meinen Rücken. Schon immer war ich eifersüchtig auf alle Frauen gewesen, die in Eds Nähe sein durften. Und erst recht auf diese selbstbewusste coole ausgeflippte Eileen!

»Wusstest du davon?«

»Nein, Peasy, natürlich nicht!«

»Aber wie hat sie das hingekriegt?« Meine Stimme wurde schrill.

Ich spürte Eds Hand auf meinem Mund. »Bitte beruhige dich, Peasy. Du weißt, die Wände haben Ohren!« Tatsächlich hatte Schwiegervater Georg aufgehört zu schnarchen.

Kraftlos ließ ich mich nach hinten plumpsen und starrte wie betäubt an die Decke.

Eileen. In den Westen. Abgehauen. Mein Herz klopfte so heftig, dass der Kragen meines Nachthemds über der Halsschlagader hüpfte. Sollte ich mich jetzt für sie freuen? Oder doch eher für mich? Ich wollte auch in den Westen, verdammt! Wer von uns Studenten wollte das nicht?

Aber allein darüber nachzudenken war schon utopisch!

Ed legte sich auf mich, als wollte er mir mit seiner Körperwärme neues Leben einhauchen. Er nahm meine Handgelenke und presste sie ins Laken. »Sie hat mich angerufen«, raunte er mir ins Ohr. »Sie ist in Westberlin. Wenn du zum Fenster rausschaust, kannst du sie fast sehen.«

Lange konnte ich keinen klaren Gedanken fassen. Ich lag einfach da, spürte den Herzschlag meines Liebsten und roch den Duft seiner Haare, die mir ins Gesicht gefallen waren und mich kitzelten.

Endlich hatte ich die Nachricht verdaut. »Wie zum Teufel hat sie das geschafft? Gibt es Hintermänner …?«

»Das konnte sie mir am Telefon natürlich nicht sagen.« Ed stützte sich auf und sah mir ernst in die Augen. »Nur so verschlüsselt: Klaas hat damit zu tun.«

Wieder zuckte ich zusammen. »Klaas? DER Klaas? Der dicke Cousin mit den roten Haaren und dem Methusalem-Bart?«

»Ja, verdammt!« Ed musste sich ein Lachen verkneifen. »Häng doch gleich ein Fahndungsplakat an die Litfaßsäule, Schätzchen!«

»Ich kann's nicht fassen!« Ächzend drehte ich mich auf den Bauch und vergrub das Gesicht im mit Frottee bezogenen Kopfkissen. Der »Vetter aus Dingsda«, wie wir ihn spaßeshalber nannten, schickte Eileen immer Westpakete und kam ab und zu vorbei, um uns vom Schlaraffenland vorzuschwärmen. Er tat immer so cool, und ich wusste gar nicht, ob ich ihn mochte. Aber ihm war das Unfassbare gelungen, was wir beide kaum zu denken, geschweige denn auszusprechen wagten, nämlich Eileen auf welche Weise auch immer in den Westen zu schmuggeln!

»Ich kann dir gar nicht sagen, wie froh ich bin, dass sie sie nicht an der Mauer abgeknallt haben!« Ed strich mir beruhigend über den Rücken. »Oder dass sie nicht im Knast gelandet ist.«

»Die ist ja wahnsinnig«, flüsterte ich halb begeistert, halb neidisch, und hieb auf das Kopfkissen ein. »Dass die sich das getraut hat!«

Wir warteten, bis Georg wieder tief und gleichmäßig schnarchte. Dann wisperte Ed geheimnisvoll: »Sie sagt, sie war am Wochenende zum Skifahren in der Schweiz und hat dabei schon einen tollen Typen kennengelernt.«

Wie von der Tarantel gestochen, schnellte ich hoch. »Du

verarschst mich doch.« Plötzlich musste ich lachen. »Stimmt's, Ed, du bindest mir schon die ganze Zeit einen Bären auf.« Mit einem Blick auf den Radiowecker glückste ich: »Seit einer Minute ist der erste April!« Ich nahm das Kopfkissen und zog es ihm über den Kopf. »Du Mistkerl, das sieht dir ähnlich, und ich bin drauf reingefallen!«

Ed hielt das Kopfkissen wie einen Schutzschild zwischen uns. Georg hatte wieder aufgehört zu schnarchen, und mir wurde mehr und mehr bewusst, was Ed da gerade kundgetan hatte. Ich geriet ins Zweifeln.

»Sie ist wirklich ... Du hast mich nicht ...«

»Behalt's um Himmels willen für dich, Peasy.«

Ja, wem sollte ich das wohl erzählen? Selbst an meiner Berufsfachschule für Bekleidung in der Warschauer Straße traute ich niemandem über den Weg. Es wimmelte überall von Spitzeln, die einen aushorchten, und ich war auf der Karriereleiter sowieso schon auf die unterste Stufe verbannt worden. Tiefer fallen konnte ich gar nicht mehr! (Das glaubte ich zumindest. Wie naiv von mir!) Meine Träume hatte ich in diesem Land alle längst begraben müssen.

»Dann schreibst du deine Diplomarbeit jetzt allein zu Ende?« Neugierig musterte ich Ed, der sich inzwischen eine Zigarette angesteckt hatte und unser Zimmer vollpaffte. »Oder gibst du dein Studium etwa auf?«

Ed war wirklich alles zuzutrauen. Er liebte wilde Kellerpartys mit West-Whisky aus Tante Irenes Hamburger Paketen ebenso wie das tagelange Abtauchen irgendwo im Nirgendwo.

»Nee, den Gefallen tue ich denen nicht. Die werden mich jetzt erst recht auf dem Kieker haben.« Im schwachen Schein der Straßenlaterne sah er aus wie eine griechische Statue – so schön, aber auch so zerbrechlich. Trotzdem musste ich ihn das fragen.

»Ed, hast du mit Eileens Flucht irgendwas zu tun? Wusstest du davon?!«

»Nein, ich hatte echt keine Ahnung, das musst du mir glauben. Aber sie wissen, dass Eileen und ich Studienfreunde waren.« Er biss sich auf die Unterlippe. »Sie werden mich von nun an also besonders beobachten. Und dich auch.« Ed legte den Finger auf meine Lippen, weil ich noch etwas erwidern wollte und zwar lauter, als es für uns beide gut war.

»Wir müssen jetzt umso vorsichtiger sein!« Eine Zigarettenlänge lang sagte keiner von uns ein Wort. Durch die Wände drangen immer noch Georgs Atemzüge. Ed stieß eine letzte Rauchwolke aus. »Auch meine Eltern dürfen von Eileens Flucht nichts erfahren. Besonders für Vaters Karriere wäre das Wissen darum nicht ungefährlich. Er müsste es bei seinen obersten Bonzen pflichtgemäß melden!«

Georg war ebenfalls Architekt. Er hatte in unserer Straße am Märkischen Ufer durchgesetzt, dass die schönen Altberliner Bauten an der Spree nicht abgerissen wurden, so wie es die Bonzen gern gehabt hätten. Nach deren sozialistischer Stadtplanung sollten dort seelenlose Plattenbauten entstehen. Stattdessen hatte sich Georg unter großen Anstrengungen für die Sanierung der heruntergekommenen Gebäude eingesetzt. Auch das Haus, in dem wir wohnten, hatte vor dessen Instandsetzung unter dem Zahn der Zeit geächzt. Es fehlte ja an allen Ecken und Enden Geld und Material. Aber mein Schwiegervater hatte es in seiner Funktion als Denkmalpfleger geschafft, diese Wohnungen innen modern zu gestalten, die Fassaden aus dem 18. und 19. Jahrhundert aber stilgetreu zu erhalten.

»Ich sehe mir morgen mal Eileens Bude an«, flüsterte Ed in

die mitternächtliche Stille hinein. »Schließlich liegen unsere Unterlagen noch bei ihr auf dem Schreibtisch.«

»Bitte? Bist du wahnsinnig?« Ich schnellte hoch. »Hast du nicht gerade gesagt, wir müssen vorsichtig sein? Du kannst dich jetzt doch nicht mal in die Nähe ihres Hauses wagen!«

»Pssst!« Ed legte seine warme Hand an meine Wange. »Peasy, du musst mir vertrauen! Wenn mich jemand beobachtet oder sogar anspricht, werde ich sagen, dass ich mit Eileen zum Arbeiten verabredet war und mich wundere, warum ich sie nicht antreffe.«

Eigentlich war das der einzig logische Schachzug, um unverdächtig zu bleiben. Ed war eben immer cool. Dennoch machte ich mir Sorgen.

Ich kannte das alte heruntergekommene Mietshaus, in dem Eileen gewohnt hatte. Sie war, genau wie wir, keine, die sich um eine Plattenbauwohnung gerissen hätte. Abgesehen davon, dass sie auch niemals eine bekommen hätte. Ed hatte immer wieder davon geschwärmt, was er aus diesem einst prächtigen Altbau machen könnte, wenn er zur Sanierung freigegeben wäre. Mit seinen großen, hohen Räumen wäre es ein wahrer Palast geworden.

»Bleib da weg, Ed!« Ich spürte, wie mir heiß wurde. Nicht dass sie meinen wagemutigen Ed wegen dieser Aktion zur Nationalen Volksarmee einziehen würden. »Das ist zu gefährlich! Warte lieber noch ein paar Wochen!«

»Nein, Peasy. Das Gegenteil ist zu gefährlich: Wenn ich mich jetzt nicht mehr bei ihr blicken lasse. Dann denken die, ich weiß Bescheid. Das macht mich erst recht verdächtig.« Wir benutzten beide nie das Wort »Stasi«. Er küsste mich innig und grinste mich verschmitzt an. »Und jetzt lass uns das Thema wechseln, ja? Ich will dich nur noch genießen!«

Seine Hände wanderten über meinen Körper, und ich merkte, wie ich mich endlich entspannte. An Schlafen war sowieso nicht mehr zu denken.

Eileen war weg. Gut für sie und gut für mich.

Ed!, dachte ich, während ich seine zärtlichen und doch zielführenden Berührungen genoss. Du gehörst mir. Nur mir. Du hast gesagt, ich kann dir vertrauen. Und das tue ich.

Anschließend ließ ich mich fallen.

2

Ostberlin, April 1973

»Hilfst du mir in der Küche, Liebes?«

Thea, meine Schwiegermutter, sah mich bittend an, als Georg am nächsten Abend schon wieder mit strenger Stimme das Thema Diplomarbeit ansprach.

»Junge, wann willst du endlich mal zu Potte kommen? Nicht dass ich euch nicht gern bei uns hätte, aber du solltest irgendwann mal auf eigenen Beinen stehen! Ihr wollt doch sicher auch mal Kinder, oder nicht?«

Ed verdrehte die Augen und sandte mir auf meinen fragenden Blick hin nur ein stummes »Es gibt Neuigkeiten, aber später!«

»Peasy steht ja auch bald auf eigenen Beinen, nicht wahr, Liebes?«, sprang meine Schwiegermutter uns bei. »Wann ist noch mal deine Abschlussprüfung an der Modeschule?«

»Nächstes Jahr im Januar.«

Thea stapelte die Teller aufeinander, und ich legte die Servietten zusammen.

»Gehen wir rüber.« Ihr Blick besagte: »Männergespräch!«

Die sanierte Altbauwohnung, in der wir zu viert lebten, war zwar ganz schön eng für uns, aber an eine eigene Wohnung für uns, die noch nicht geheiratet hatten, war erst mal nicht zu denken, so ein Wohnraummangel herrschte in der DDR. Zu meiner Mutter Gerti in die Provinz nach Oranienburg zu ziehen war keine Option für uns. Wir liebten Berlin und ihre kulturellen Möglichkeiten.

Die Schwiegereltern hatten sich gefreut, »so eine liebreizende Tochter« dazuzubekommen. Womöglich hofften sie, ich könnte ihren rebellischen Ed ein bisschen bändigen. Dabei war ich genauso rebellisch wie er. Nur dass mich meine gutbürgerliche Erziehung gelehrt hatte, vieles für mich zu behalten und höflich und bescheiden zu sein, wie es sich für Töchter, die Ende der 40er-Jahre geboren worden waren, auch in der DDR noch gehörte.

Am liebsten hätte ich mit Thea jetzt über banale Dinge geredet – aber welches Thema war eigentlich noch unverfänglich genug, außer vielleicht das Wetter?

»Wie geht es deinem Patenkind?« Thea ließ heißes Wasser in das Spülbecken laufen und krempelte sich die Blusenärmel hoch. Sie hatte sich eine Küchenschürze umgebunden und zog die medizinischen Gummihandschuhe an, die sie heimlich in der Charité hatte mitgehen lassen, wo sie als OP-Schwester arbeitete. Das war eigentlich Diebstahl von Staatseigentum, aber damit nahm es Thea nicht so genau.

Ein süßes Ziehen überkam mich. »Lilli?« Ich schluckte trocken. »Gut, glaube ich.« Ich nahm das alte Tafelsilber vom Tablett und ließ es etwas ungeschickt auf die Spüle klirren.

»Glaubst du?« Thea musterte mich von der Seite. »Ich denke, ihr habt die Kleine vor Kurzem noch bei deiner Schwester besucht?«

Ich wusste nicht, wohin mit meinen Händen. Dieses Thema war alles andere als banal.

»Ihr möchtet bestimmt auch bald Kinder, Ed und du?« Thea warf mir einen aufmunternden Blick zu. »Schließlich seid ihr jetzt beide vierundzwanzig. In eurem Alter haben andere schon mehrere Kinder!« Sie lachte.

»Wir lassen uns noch etwas Zeit«, sagte ich ausweichend.

»Und deine Schwester hat immer noch keinen Mann? Wisst ihr denn, von wem das Kind ist?«

»Nein.« Beklommen begann ich die heißen, noch tropfenden Teller abzutrocknen. »Lilli ist schon mit vier Wochen in die Krippe gekommen. Als ganz kleines Würmchen.« Mir tat das immer noch weh.

Thea verzog das Gesicht zu einer Grimasse. »Wenigstens in der Kinderbetreuung ist unser Staat ›vorbildlich‹. Keine junge Mutter wird von der Werktätigkeit abgehalten. Als was arbeitet deine Schwester noch mal?«

»Kristina?« Ich räusperte mich. »Sie ist Grundschullehrerin.«

Thea stellte mit Schwung neue Teller auf die Spüle. »Ich durfte auch gleich wieder in meinem Beruf als Krankenschwester arbeiten, als Ed vier Wochen alt war. Um die Kinderbetreuung hat man sich ja damals schon mit ideologischer Gründlichkeit gekümmert.« Mit ironischem Unterton fuhr sie fort. »Ich habe ihn jeden Morgen um sechs in der Kinderkrippe abgegeben und genau zwölf Stunden später, um Punkt achtzehn Uhr, an der Tür zurückbekommen. Wie ein Paket. Einfach perfekt organisiert – der ganze Staat, das ganze Leben.«

Sie wies mit dem Kinn in Richtung Esszimmer, in dem immer noch Georgs sonore Stimme zu hören war, der meinem armen Ed bezüglich seines Diploms Druck machte.

»Junge, deine Exzesse müssen doch auch irgendwann mal ein Ende haben«, hörte ich meinen Schwiegervater dröhnen. »Du reizt deine Professoren bis aufs Letzte, wenn du die Diplomarbeit immer noch nicht abgibst! Sei doch froh, dass du überhaupt an der Kunsthochschule Weißensee studieren durftest!«

»Vater, jetzt mach mal halblang«, verteidigte sich Ed. »Dass Eileen nicht mehr im Boot ist, dafür kann ich doch nichts!«

Ich spitzte die Ohren, doch Thea plauderte ahnungslos weiter.

»Georg will doch auch endlich Großvater werden, deshalb macht er seinem Sohn jetzt Beine! Ihr wärt bestimmt wunderbare junge Eltern.«

Ich rang mir ein schiefes Lächeln ab. »Wo kommen die Radieschen hin?«

»Ach, die sind nix mehr. Wirf sie weg.« Thea nahm sie mir beherzt aus der Hand und entsorgte sie in dem weißen Treteimer. »Dafür habe ich nach meiner Arbeit eine Stunde Schlange gestanden. Von wegen ›Heute frisches Gemüse‹!«

»Ja, unser toller sozialistischer Staat. Im Prinzip gibt es alles zu kaufen, hat Honecker doch neulich gesagt. Und ich frage mich: Wo ist das Kaufhaus Prinzip?«

Wir lachten. »Das darfst du aber nicht laut sagen«, kicherte Thea und wechselte schnell wieder das Thema. »Wie alt ist deine kleine Lilli gleich wieder? Vier?«

Hatte sie »deine kleine Lilli« gesagt? Nervös legte ich die restlichen Wurst- und Käsescheiben zurück in das Fettpapier und räumte sie in den Kühlschrank. Es tat gut, Thea einen Moment lang den Rücken zuzukehren.

»Du meinst mein Patenkind. Ja, stimmt. Sie plaudert, singt und tanzt...« Ich unterbrach mich. »Sie ist ... ziemlich süß.« Ich wischte mir mit dem rechten Ärmel meines Pullovers über die Augen. Ihre Zärtlichkeiten waren so ungestüm, dass ich sie Tage später noch spürte.

»Du magst die Kleine sehr, nicht wahr?« Theas weibliches Gespür ließ mir die Knie weich werden. »Dann solltest du wirklich selbst bald Mutter werden, kleine Peasy. Jetzt, wo es mit dem Tanzen nichts mehr wird.«

Ich schluckte. »Soll ich die Quarkspeise draußen stehen lassen?«

»Nein, die isst heute keiner mehr.« Thea spülte die Reste weg. Ich sah sie in dicken Klecksen im Ausguss versickern. Genauso fühlte sich gerade mein Hals an. Der Kloß wollte einfach nicht weichen. Ich wollte in diesem Land einfach nicht Mutter werden! Die würden mir das Kind ja doch nach vier Wochen wegnehmen und in so eine Krippe stecken wie Lilli! Nachdem sie mir bereits alle meine Träume genommen hatten.

Thea hielt die tropfenden Hände hoch und sah mich prüfend an. »Hier, die kannst du auch schon abtrocknen.« Sie warf mir ein Küchenhandtuch zu. Anscheinend spürte sie, dass ich emotional aufgewühlt war.

Dankbar, meine Hände beschäftigen zu können, griff ich nach dem nassen Teller.

»Kristina macht das toll als alleinerziehende Mutter.« Ich versuchte ein Lächeln. »Als solche wurde ihr eine kleine Plattenbauwohnung zugeteilt. Zwei Zimmer mit Bad, gleich in der Nähe vom Kinderhort. Die Kleine kriegt dort auch zu essen und...« Ich verstummte. »Hast du Ed wirklich jeden Morgen um Punkt sechs an der Tür abgegeben wie ein Paket?«

Thea zuckte nur mit den Schultern. »Sie haben ihn mir förmlich entrissen. Jedes Kind bekam die gleiche Kleidung angezogen, keines sollte besser oder schlechter angezogen sein. Sie haben das Kind dann auch gleich gewogen und gewickelt, das ging zack, zack, da haben wir Mütter überhaupt kein Mitspracherecht gehabt.« Fast entschuldigend verzog sie das Gesicht. »Aber was sollte ich machen? Um Punkt sieben musste ich bei der Arbeit antreten.«

»Ja, in diesem Staat wird nicht lange rumgezärtelt«, murmelte ich. »Bevor ich meine lang ersehnte Ballettausbildung anfangen durfte, musste ich schon als Vierzehnjährige neben dem Schulbesuch jeden Morgen um sechs Uhr in einer Maschinenfabrik arbeiten, um meinen Anteil zum Aufbau des Sozialismus beizutragen. Dafür musste ich um fünf Uhr früh, im Winter bei eisiger Kälte, mit einem Zug, der noch von einer Dampflok gezogen wurde, eine Stunde dorthin fahren und abends wieder nach Hause zurück.«

»Aber du hast es durchgehalten.« Thea schenkte mir einen anerkennenden Blick. »Was uns nicht umhaut, macht uns stark.«

»Vier Jahre lang. Immer in der Hoffnung, endlich tanzen zu dürfen.«

Unwillkürlich schossen mir die Tränen in die Augen. Verärgert wischte ich sie weg.

»Aber deinem kleinen Patenkind wird es bestimmt einmal besser gehen. Die Zeiten ändern sich.« Thea wollte mir etwas Nettes sagen, sie war so lieb!

»Ja.« Ich wollte so gern das Thema wechseln.

Sie schien das zu spüren.

»Woher kommt eigentlich dein Spitzname? Wie wurde aus Gisa Peasy?«

»Im Balletttraining an der Oper haben sie mich ›Easy Peasy‹ genannt«, gab ich bereitwillig Auskunft. »Weil ich für die Tänzer so leicht zu heben war. Wie eine Feder. Ich war schon immer ein Fliegengewicht. Ja, mir war, als könnte ich fliegen.« Meine Stimme wackelte bedenklich.

Thea ließ die Spülbürste sinken.

»Und, fehlt es dir sehr, Liebes, das Leben an der Staatsoper, das Ballett?«

»Das Tanzen war mein Lebenstraum. Und wird es immer bleiben.« Um nicht auf der Stelle loszuheulen, ging ich in die klassische Haltung. Meine Füße nahmen automatisch die fünfte Position ein, und am liebsten hätte ich ein paar leichtfüßige Sprünge gemacht. Aber ich war ja keine Tänzerin mehr. Ich machte jetzt eine Lehre zur Theaterschneiderin, musste nach dem Abitur wieder ganz von vorn anfangen. Wenn ich Glück hatte, würde ich im nächsten Januar meine Gesellenprüfung bestehen. Im Ballettschuhe-Nähen. Zum Tanzen würde ich nie wieder eine Chance bekommen. Nicht in diesem Staat.

»Trau dich, es ist dein Leben!«

Hera Lind, *Vergib uns unsere Schuld*
ISBN 978-3-453-29224-6 · Auch als E-Book

Als sich die Witwe Carina und Pater Raphael zum ersten Mal begegnen, sind sie sofort so vertraut und fröhlich miteinander wie langjährige Freunde. Keiner von beiden denkt an Liebe. Doch Carina und Raphael können nicht verhindern, dass ihre Gefühle füreinander mächtiger werden als der heilige Eid des Zölibats. Und Carina ist stark. Sie kämpft um den geliebten Mann, denn sie ist schwanger – mit Zwillingen ...

Der neue packende Tatsachenroman von Bestsellerautorin Hera Lind über die bedingungslose Liebe einer mutigen Frau und ihren schier aussichtslosen Kampf gegen Kirche und Konventionen.

DIANA

Leseprobe unter diana-verlag.de